The Road Afar

远道苍苍 上

刘怀宇　刘子毅 / 著

重庆出版集团 重庆出版社

图书在版编目(CIP)数据

远道苍苍.上/刘怀宇,刘子毅著.—重庆:重庆出版社,2021.3
ISBN 978-7-229-14531-6

Ⅰ.①远… Ⅱ.①刘… ②刘… Ⅲ.①长篇小说—中国—当代 Ⅳ.①I25

中国版本图书馆CIP数据核字(2019)第222282号

远道苍苍(上)
YUANDAO CANGCANG(SHANG)
刘怀宇 刘子毅 著

责任编辑:杨 耘 徐 飞
责任校对:刘小燕
封面设计:尚书堂 夏 添
版式设计:戴 青

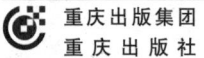

重庆出版集团
重庆出版社 出版

重庆市南岸区南滨路162号1幢 邮政编码:400061 http://www.cqph.com
重庆出版社艺术设计有限公司制版
重庆天旭印务有限责任公司印刷
重庆出版集团图书发行有限公司发行
E-MAIL:fxchu@cqph.com 邮购电话:023-61520646
全国新华书店经销

开本:890mm×1240mm 1/32 印张:12.375 字数:240千
2021年3月第1版 2021年3月第1次印刷
ISBN 978-7-229-14531-6
定价:48.00元

如有印装质量问题,请向本集团图书发行有限公司调换:023-61520678

版权所有 侵权必究

给我的父亲和所有建设者

目 录

第一章　谁不想去金山捞世界　/1

第二章　无法弥补的遗憾　/16

第三章　安身立命的根本　/30

第四章　他闻到了未来的味道　/47

第五章　席卷全身的震撼　/70

第六章　肋骨下连着一条线　/98

第七章　身不由己的人生　/120

第八章　梦想被烧为乌有　/133

第九章　金山法律到底为谁定　/151

第十章　他想要的和他应该要的　　/168

第十一章　最好的选择　　/191

第十二章　不折不扣的中国巫术　　/210

第十三章　有头脑的建设者　　/233

第十四章　为你的爱情做点什么　　/256

第十五章　与速度和力量融为一体　　/281

第十六章　需要仰视的高度　　/300

第十七章　仇恨的石头　　/318

第十八章　"中国佬必须滚"　　/356

第一章

谁不想去金山捞世界

咸丰十一年(1861年)　广东新宁县①朗美村

　　大年初二清晨,沐芳还在窗前梳妆,"噼噼啪啪"的爆竹声在村头炸开。熇燥的硝烟弥漫至村尾,与潮湿的冷风一同挤进窗缝。鼓声顺着巷脚滚落门前,锣湍急,钹高挑,"咚咚""哐哐""锵锵",碰击着倾斜的雨丝。

　　明叔迎娶新嫁娘,听说,还把舞狮队也请进村来,乡邻们不必像往年那样赶去斗山镇看舞狮了。如此大排场不出奇,毕竟明叔家有金山伯道叔爷常年托水客带回银信②,是朗美村数一数二的有钱人。

　　只是,沐芳跟阿禧哥早说好的,今天本来要一起去镇上看舞狮。明叔娶亲让全村人沾光的好事,却让沐芳失落。她对镜分匀青丝,梳成四条小辫,拈起禧哥送的绒线桃花贴上

---

①今台山市。
②海外华侨捎回家的钱和信。

鬓角。

绒花轻柔，如一声叹息。

窗外，老榕树枝墨叶绿，青石小径对面，禧哥家的沙砾茅舍被雨水染成芥末黄，两扇木门紧闭。腊月二十七，年末镇上最后那趟圩市后，禧哥就忙碌起来，难得看到他人影。

沐芳换上过年穿的桃红夹袄、湖蓝褶裙，辞过独自关在药房里调膏配散的阿爸，出门来，忍不住还是去敲了禧哥家的门："阿禧哥，一同去看舞狮吗？"

无人回应。"那我先去啦？"

沐芳独自赶到明叔宅前的时候，雨停了。爆竹撒了一路的红纸屑被看热闹的乡邻踩进稀泥，像开了遍地桃花。一对鲜红的醒狮舞遍明叔家每个角落，驱邪送瘟，又在大门前踏着鼓点摇头甩尾，拜年逗乐。顽童们不时把炮仗抛向狮子脚边、尾后，惹狮子一惊一跳，作或怒或怕的憨态。

辉仔晃着新剃过的圆脑袋，看见沐芳便要跑过来，被她疾声呼住。眨眼间，如她预感那样，一颗炮仗爆开红光，距辉仔一步之遥，红屑扑上他惊呆的鼻头。沐芳释然放下对辉仔扬起的手。从能记事起，她时有类似突如其来的洞悉，使她能知晓某些看不见摸不着的事。

与此同时，众人哗然抬头，青砖瓦房的阁楼窗口伸出来一支竹竿，竿头挑个大红包，还有一把翠绿的生菜。"采青啦！"男女老少围到一处。狮子们闪着铜铃大眼，搭起狮梯。鼓锣慢下来，一板一眼地敲着。顶上的狮子张开两尺阔嘴，咬住红包生菜。底下人们伸长脖子,随鼓点齐喊:"生财有道,生财有道……"狮子再一张口,吐出"恭喜发财"的红布条幅,铜钱和被"嚼碎"的生菜撒下来。

小伙伴们满地捡钱捡菜(财)。辉仔忘了刚受的惊吓,在弓起的背脊堆里挤进挤出;去年在镇上观音庙自梳①了的淑芬姐也跻身其中,黑袄黑裤,该是从顺德缫丝坊告假回来过年的。

沐芳在一旁静静看着推推搡搡的玩伴们。几天前她还和他们同样无忧无虑,可自从禧哥说要跟道叔爷去金山,她的心变得又潮又沉,像生菜田里刚浇过水的沙土,再无兴致玩闹。听说从香港坐大帆船去金山,顺风顺水也要两个月才到。两个月,就是生菜从播种到结苞那么长的时间啊。沐芳去过离家最远的地方是江门,步行三天。两个月的航行,那得比去江门还要远多少?她让脑子插上翅膀使劲往远处飞也想象不出。举目四望,仍不见禧哥的影子。忙得连这样难得的热闹都凑不了吗?

村口响起了八音②,"咿呀呀""咚隆隆",迎亲队伍进村,众人一窝蜂涌去夹道观望。花轿披挂着红绸带,贴满红双喜、龙凤呈祥的剪纸,紧跟八音队;明叔胸戴大红花,摇摆着

---

①像已婚妇人那样盘起发髻,立誓终身不嫁。在广东,自梳女大多进缫丝坊做工、下南洋做女佣。

②广东流行的古老乐种,因使用二胡、月琴、唢呐、喉管、洞箫、锣、鼓、钹等八类乐器而得名。

肩膀走在轿旁。明叔的大名叫陈景明,曾在朗美书斋——沐芳阿爸开的私塾念过两年书,又被家里送去广州的粤秀书院深造。他其实和禧哥同年,今年都是十七,但他辈分高,村里大多数后生都得喊他叔。

花轿后面,两对脚夫抬着四口大樟木箱,后面两口大箱上还压个小皮箱,沉甸甸坠得抬箱子的竹竿"嘎嘎"响。老人们见了,啧啧不已:"听说新娘是新会一个大富商家的二小姐,果然嫁妆都比常人多一倍。"

嫁妆抬过去,大家愣住了:怎么后面还有一顶轿子?虽不如前面花轿装饰繁复,也顶着大红绸花贴了双喜字。乡邻们猜测:陈景明一次娶两房?前后村可都没这先例。也许后面轿子里坐着新娘的贴身丫鬟或老妈子?富贵人家的佣人都金贵些?

人们跟随迎亲队伍又来到明叔宅前。花轿落定,明叔上前轻踢三下轿门,候在旁边的媒人掀开门帘,搀扶新娘下轿,小心指点披着红盖头的新娘抬腿、伸脚,跨过摆在宅门前的火盆。那一瞬间,身材娇小的新娘露出三寸金莲,大家一片赞叹,并由此认定新娘必有姣好的容颜。

沐芳低头看一眼自己的天足,微微懊恼。阿妈走的时候,她才蹒跚学步,阿爸忙着安身,没顾上给她缠足,等想起来,她也大了。硬缠上,痛得她每天哭,阿爸终究不忍,放弃了。禧哥倒是总安慰她:"冇(没)事,旗人女仔都是大脚,不一样做格格、贵妃?"

接下来新娘进屋给公婆长辈敬槟榔,大多数人拥进陈景明家继续看热闹起哄,等着吃宴席。可少数好奇的人注意到,这边新娘子跨完火盆,后面第二顶轿子又被抬起来,转个弯往村尾去了。

"阿芳,第二顶轿子是不是去你家的?"

沐芳正要跨进明叔家大门,听见这话,站定回头望去。那顶轿子果然冲村尾的老榕树去了,轿顶的红花在阴雨天格外显眼,如灯笼般照亮暗绿的小径。一个脚夫跟在后面,扛着先前摞在大樟木箱上的皮箱。

"不会是你阿爸给你娶继母吧?哈哈!"

那人还在打趣,沐芳的心却不由得抽紧。她已看清轿子是往禧哥家去的。沐芳狂奔过去。

朗美村村尾就住着沐芳和禧哥两家。禧哥的养父陈景兴祖上三代在朗美务农。九年前,沐芳四岁的时候,阿爸陈含章带着她来寻祖坟,跟村里人说他祖父陈寿光曾在此种地。村里无人记得,族里老人翻家谱,查到个"陈寿岗",依稀记得是嘉庆末年下了南洋。陈含章说那就是他祖父,后来回广州开了参茸铺,娶妻生子。铺子传到他手里,已不景气。沐芳阿妈染疾过世,他和女儿搬回乡下住,转个运。族人心善,便把村尾无人问津的两亩沙质地分给他筑舍开私塾,陈含章兼给乡邻把脉看病,逐渐又在茅舍周边地里种上了草药和生菜。

远亲不如近邻,两家人借米借盐是三天两头的事,耕田筑棚帮忙搭手从不见外,儿女亲家的玩笑也开了好几年。陈含章的朗美书斋隔天下午开课两个时辰,教村童识字诵诗。上课的锣声一敲响,禧哥总会千方百计赶完手里的活来旁听。天气好的时候,禧哥的养母兴婶会搬条长凳,招呼沐芳一同坐在老榕树下,带她穿针走线、编箩筐竹篮。兴婶欢喜起来就要认沐芳做干女儿,有时又捂嘴笑,说当然做儿媳更好。

沐芳羞得头埋到胸口,心里却早认了兴婶作半个阿妈,无论做她女儿还是儿媳,似乎都是自然而然的事。沐芳到朗美后,哪天没有禧哥伴在左右?春天的傍晚他带她去水田摸黄鳝螺蛳;夏天他顶着火辣的日头举竹竿给她粘知了;溪边洗衣忘了皂角,禧哥立刻摘一把送来;秋收她崴了脚,禧哥背她去村头看戏;圩市里遇到无赖,禧哥总替她挺身抵挡……

就在前几天,同去年末那趟圩市的路上,禧哥推着载生菜和酱油罐的三轮车,沐芳背着乐府、唐诗给他解闷,兴伯与阿爸在几步后闲聊。

"阿芳才十三,就是前后村出名的靓女,章叔你等着看,明年媒人就要踏破你家门槛啦。"

"呵呵,我家阿芳还小,不懂事,过几年再说吧。"

"可惜我们家底浅,几亩薄田,衙门收过租,只能吃半饱,还要走街串巷卖酱油杂货,赚点菜钱。哎,阿禧就算有心,也没福分啊。"

"可别小看你养的儿子,天庭饱满,鼻梁高挺,嘴宽唇棱,是成大事的面相……"

阿爸还说过,假如她能嫁个像禧哥这么好的夫君,算是前世修的福气。沐芳不能想象自己今后的日子里缺了禧哥。

禧哥家门口也摆了个火盆,木炭已烧红透亮。禧哥长袍马褂穿戴齐整,披挂红花,静候轿子停顿下来,也像明叔先前那样抬脚轻踢轿门。兴婶全身收拾得干净利索,发髻梳得光滑油亮,掀开帘子搀扶从轿里下来的女子。

女子瘦高,下轿先对兴婶深鞠一躬,像是知道她就是婆婆,然后自己翘手指撩起红盖头前面两个角,低头看路,长腿一迈跨过了火盆。

"哟,也是三寸金莲!"几个跟过来的乡邻赞叹。

"阿禧娶亲几解(为何)不告诉我们?"有人抱怨。

禧哥咬着下唇对乡邻作揖,未作答。

兴婶谦恭地笑着:"今日是他明叔的大喜日子,我们小户人家就不抢风头了,多谢各位乡亲来看望,大吉大利、恭喜发财!"

太阳忽然从云层钻出来,白晃晃地逼人,刺眼。

沐芳退到老榕树的气须后,在枝叶和须根的掩映里,她看到的一切都那么不真实。禧哥的额头依然饱满,鼻梁依然挺直,肩和背依然敦实,她却像不认得他了。

红盖头下的女子应该是她啊!心底升起无声的呼喊,火苗般冲到头顶,燎烤着她被发辫拉紧的头皮,又燎到腮帮、耳根、喉咙,令她焦渴不堪。她仰头在叶丛中找寻兴婶常说的心善的精灵:榕树娘娘,天上那么多装满水的灰色云朵啊,随便打开哪一朵,快洒下雨来吧,冲走眼前正在发生的一切,冲走红花、红袍、红盖头、红双喜……泪水哗哗地流淌,红色模糊一片,而不知情的太阳却越发地灿烂起来,把周遭照得如火如荼。

第二天,村里传开来:阿禧悄悄娶的是明叔新娘的姐姐,脸上有块青色胎记,一直嫁不出去。姐姐没出嫁,妹妹也不愿嫁,禧哥娶了姐姐,倒是帮明叔和新娘家解决了大难题,所以人家不要彩礼,还倒贴。

"听说搬进阿禧家那个皮箱里装的都是元宝!"

"阿禧真是赚了,白捡个老婆,还得元宝,财色兼收!"

"色?青色吧,哈哈!"

"赚乜嘢(什么)啊?你愿意每天对着个阴阳脸?"

"阴阳脸?那可不是讲笑的。上辈子缺德,出世前被阎王爷扇一耳光,晦气,晦气啊!"

"到底是多大一块胎印?没那么严重吧?反正过几天阿禧就去金山了,留个老婆在家生仔、陪公婆,眼不见心不烦。"

有好事的人大清早候在阿禧家门口,等新娘出来倒尿盆的时候验证她脸上的胎记。据说那块胎记遮盖了新娘大半个左脸。

沐芳昨天期盼的大雨随着轰然雷鸣倾盆落下。村里的传闻让她昨天目睹的情景像雨点砸在青石巷道上一般不容置疑，每颗雨点落下，都把事实在她心里砸得更深更痛。禧哥这些天不见人影，原来是避着她娶媳妇。新宁人皆知，金山客远渡重洋为的是在金山赚够赚足，然后返乡置田筑屋、娶妻生子。可禧哥却等不及？宁愿先娶个面有瑕疵的陌生女子？阿爸和兴伯兴婶说要结儿女亲家，难道全是戏言？她和禧哥的青梅竹马终究不过南柯一梦？

"种瓜得瓜、种豆得豆。"阿爸又跟她说这个道理，"禧哥能得道叔爷提携去金山，出洋前还能娶妻生子，给兴伯兴婶留后、留个照管家事的人，是他前世修得的福分。"阿爸通达诗书，身材却是种田汉的魁梧，他俯身抚慰她的神情，像阿妈病逝前替她缝的那床蓝花棉被，她盖了十多年，熟悉贴心。

可是，她到底是禧哥的什么瓜？什么豆？就此再无牵涉？沐芳想不明白。回想禧哥昨天的神情，温厚顺服，却不见新郎官的洋洋喜气。他们目光相遇的瞬间，他浑圆深邃的眸子一下把她整个人装进去，她分明感到他有话要对她讲，可他又飞快闪开了视线。他可看到她满脸泪光？

腊月二十七　　新宁县斗山圩

陈宜禧的命运改变那天，并无特别的征兆。客家人和广府人持续了六年的械斗稍有平息，斗山圩里办年货、逛花街的乡亲脸上不见了争端惊惶，却仍然谨小慎微，节日的喜气掖着藏着,像躲在灰色流云里的冬阳,难得漏一缕明亮的晖光。

圩市里最热闹的地段在镇上唯一的三层高楼前,洋派的水泥结构在一色的木檐斜瓦间如里程碑般醒目,楼面刷了洁白的洋灰,嵌着海蓝色玻璃窗,像住在三楼的洋人传教士,白脸,蓝眼睛。开在下两层的大兴茶楼飘散阵阵点心味道。

陈宜禧和养父设好摊位,照常又帮章叔父女卸车,生菜一筐筐摞好,章叔把脉问诊的竹凳竹台放稳架平,笔墨纸砚在竹台上摆开。

码头方向一阵骚动,一队壮汉抬着五个庞大的金山箱,呼着低沉的号子挪移过来。那些边角包了铁皮打了铆钉的漆皮大箱,即使在冬日阴霾的晨雾里也耀眼生辉。明叔挽着袖子,甩着肩膀,跟脚夫们指手画脚。他身旁的中年人,陈宜禧张望许久,认出是明叔的亲叔,十年前去了金山的陈宏道。按辈分,他该称他道叔爷。

乡亲们驻足翘首,夹道谈羡。此前返乡的南洋客、金山客谁这么气派过啊?去年下水村一位刘姓金山伯扛回两个金山箱,就让大家津津乐道了半年。道叔爷比陈宜禧记忆中的样子矮一些,腰粗了一圈,黝黑闪光的圆脸一路和悦着——下田种地的新宁人肤色都黑,但不发亮,乡亲都说那是因为道叔爷吃了金山奶油和面包。道叔爷不断从手提包里摸出五颜六色的金山糖,派给大人小孩。陈宜禧近前,也分到一颗。

道叔爷请脚夫们饮早茶,五口金山箱停摆在大兴茶楼门前,吃完点心还要抬十里路去朗美村。照习俗第二天下午在明叔家瞄银窑①,但围观的乡亲已忍不住猜测箱里的宝物:拳头大的金山皂,一揭箱盖满屋子像开了夜来香;长不过手掌的洋剪,却一刀就剪断半寸厚的鞋底;闪亮亮的洋钟,有公鸡伸脖子"喔喔"叫;还有带花边的粉红洋伞,"砰"地撑开,映得女人的脸桃花般娇艳……

"五个大箱,有一箱应该是装满了金子。"

"遍地开金花,山上的树都结金果。否则谁会冒死渡海去金山啊?"大家越说越神秘,眼中都闪出金光。

陈宜禧回望身后洋楼,几时他也上楼去听听洋教士讲故事?去过的人都说,站在楼顶,不仅能将斗山河上点点船帆尽收眼底,还看得见河水拐三道弯流进大海。大海尽头,就是到处找得到金子、穷人凭力气也能发达的金山吧?可他不像明叔有个金山伯阿叔,也没钱买船票,想去金山也没门路。

他小心打开包在花纸里的金山糖递给沐芳,沐芳咬下半块,另一半又递到他嘴边。两个人嚼得满嘴甜腻奶香,上下牙粘一起说不出话。

生菜档前很快排上长队。新宁传统大年初一吃斋,生菜是和蚝市(蚝干)、发菜、紫菜、腐竹一起必备的斋菜。陈含章回乡多年,手到病除的名声远扬新宁各村镇。坊间传说,他家的生菜从不长虫,因章叔通易经,下种时都念过咒。还有

---

①华侨回乡后开箱分物。

靓女沐芳每次趁圩(赶集)前亲手挑拣、包裹、压筐底的"幸运菜",吃了延年益寿,运气好才买得到。

除了买生菜、请章叔号脉开方,也有乡亲请章叔写春联,或者给远在金山的亲人写封信,托在圩市穿行递送银信的水客带走。时而也有人来踢摊子。当日来了个狂妄的江门秀才,嚷着要章叔算命。章叔还没开口,熟客们就帮他回绝:"章叔从不给人算命,懂不懂规矩!"

秀才抬腿掸掸簇新的棉靴:"章叔精通周易、身怀神通之名传开几十里,岂能不会算命?"

"含章虽习易多年,并无秀才所谓神通。病痛伤疾,我全力医治;若论诗谈道,也可改日到朗美书斋一叙,但断命拆字的消遣,恕不奉陪。"章叔说完,提笔继续替人写信。

"徒有虚名!"秀才被驳了面子,拂袖扫落竹台上的信笺。

陈宜禧俯身去捡,章叔左手拦住他,右手继续写字,头也不抬,冲秀才后背说一句:"小心脚下。"

话音未落,刚出人群的秀才踩到不知谁掉地上的生番薯,一个后仰翻倒在地。

众人哄笑:"章叔神算!""名不虚传!"

章叔不动声色的神功,陈宜禧不止一次见识过。他知道章叔家并不富裕,但他和沐芳身上有些与众不同的东西。跟他们做了九年近邻,在他心目中,他们仍像是来自某个仙境;在沐芳清澈的眼眸里,他仿佛能瞥见那个世界的一抹倒影。穷乡僻壤,他们的存在照亮了艰难平淡的日子。

陈宜禧后来常想,不知章叔是否早替他预料到,当日他一把钳住明叔砸向曹老伯的拳头那个瞬间,将是他命运的重大转折点?他本要随养父走街串巷去卖酱油,有人来请章叔出诊,章叔便拜托他先留下陪沐芳看菜档。

明叔不知何时蹬着一大一小两个单列的车轮晃到街上。"金山车!"众人喧哗,紧瞪着忽忽闪亮的轮圈,要找出金沙来。明叔冲沐芳挥手,失去平衡,左拐右拐撞翻了临近摊档的柑橘番薯,黄灿灿红扑扑滚了满地。另一档的黄毛鸡受了惊吓,"咯咯咯"扑腾不停,把装鸡的竹笼都扑翻了。

"阿芳,看我道叔从金山带回来的自行车,骑好了可比牛车快得多。"明叔终于单腿拖地,在生菜档前刹住车。太阳猛一探头,金属车把反射的光让陈宜禧和沐芳都眯起眼睛。

明叔来回往沐芳的生菜筐里瞧,又扫一眼她已见丰满的胸:"生菜今天好卖噢,就剩三筐了,幸运菜在哪筐啊?"

"明叔又不是不知道规矩,我不会告诉你的。"明叔在朗美书斋念书的时候,是带同窗捣蛋的头,不是在章叔桌下塞牛粪鸟屎,就是往沐芳的针线篓子里放蟑螂老鼠,沐芳一直烦他。

"怎么?我不够县城大少爷有钱,还是不够他靓仔?"明叔指陈宜禧,"我道叔马上要带我去金山,明叔今天高兴,把你剩下这几筐菜全买了。"明叔放倒自行车,端起一筐生菜掂量,像马上要扛走。

"喂,我们比你先来,凭么嘢(什么)你都买走?"排队买菜的乡亲不乐意,"存心让我们大年初一做不成斋?""你一家人怎吃得了三大筐?"

"我们慢慢吃!"明叔摸出银两。

"生菜三天不吃就蔫,你们吃不完全得扔掉!"沐芳心疼。

"扔就扔!"明叔不屑。

"陈大少爷去省城念书,点么(怎么)越念越不明理?"同村的曹老伯摇头。

"我点么不明理?我给钱,又不是抢!"

"有钱还要把财运都占去?过年积点德,也给乡亲留点生财①的机会啦。"

"你,你老糊涂,还是活腻了?"明叔一把扯住曹老伯的棉袍,挥起拳头。

"明叔,曹老伯可是德高望重的长辈!"陈宜禧钳住了明叔的手。

"你敢管你叔?冇(没)爹妈管教的衰仔(坏孩子)!"明叔使劲要抽回拳头。

陈宜禧紧抓不放。明叔比他高半个头,却虚胖,脸涨得通红,说不出话,两颗黑豆般密实的眼珠左右一扫,冲他身旁的杂货担狠狠踹去。陈旧的木担瞬间散了架,针线、头饰稀里哗啦洒落一地。

陈宜禧脾性向来随顺,此刻因感事关重大,倔着不松手,一边用言语给明叔台阶下:"明叔莫怪我失礼,快过年了,闹

①生菜的谐音。

出事多不吉利。我知道你心疼阿芳妹妹,想她早点收档去行花街,不过请你也照顾下叔伯婶娘们,让他们先买菜,余下的你都包了如何?"

"明叔放心,幸运菜我都是最后才卖,一定是你的。"沐芳乖巧接茬。

"阿明,还不收手?你这火爆脾气去金山可要吃大亏!"道叔爷从茶楼跑出来。

陈宜禧想他要被当街训斥了,转过身去,埋头拾掇散了架的货担。没想到道叔爷跟曹老伯赔完礼,竟走来夸他:"年纪轻轻,涵养不浅,难得。"

章叔正好出诊回来,也点头称赞:"阿禧的确有慧根。"

道叔爷在一旁看着他收拾好货担,忽然问:"阿禧,想去金山吗?"

"谁不想去金山捞世界啊,道叔爷?"他咧嘴笑,露出两排白牙,"可我哪有那福分?"

"我帮你买船票如何?"道叔爷并无玩笑之意。

陈宜禧直起身,在天降的好运前,诧异得说不出话,眼睛瞪成两颗滚圆的金橘。

第二章

无法弥补的遗憾

太平洋上

　　强劲的海风把高康达(Golconda)①号的每一层船帆都鼓捣起来。陈宜禧挑着行李担子踏上甲板,左眺不见船头,右望不见船尾,耳边白帆"噗噗"作响,仿佛步入了云端。他放下担子,仰头,桅杆顶端被低沉灰暗的云雾遮掩,一队海鸥绕道飞过。"哇,长过朗美村的地堂(晒谷场),高过斗山圩的大兴茶楼!"他咧嘴笑着回头,却不见道叔爷和明叔。

　　接踵而来的人流推他往前方楼梯口挪动,他很费了点气力才逆流捡起了行李担子。身旁大多是和他年纪相仿的四邑②男子,穿着自家缝制的土布短褂,辫子搭在肩上或盘在头顶,行李担子一头挑着柴米、一头是铺盖,里面或许裹着下饭的菜干和咸虾酱。人们神情疲惫,大概和他一样,从村里跋

---

①印度古代的钻石之城,英语中有"宝山"之意。
②今广东新会、台山、开平、恩平、鹤山。

山涉水七八天才终于抵达香港,登上了这艘即将启航的三桅大帆船。然而对远方的憧憬却像耀眼的白帆挂在每一张脸上,即使疲惫的云雾也遮掩不住。

陈宜禧随人流走下两截狭窄陡峭的木梯,到了船底大统舱。先到的人们已三五成群占据了便利的位置,有一群人把铁锅架上黄泥炉子,准备生火烧饭。

"阿禧,这边!"道叔爷在木梯后方招手。

"还以为你掉海里喂鱼了!"明叔嗤笑。

"我一身泥土臭汗,送进鱼嘴人家还嫌脏。"

"出门在外,不吉利的话少说!"道叔爷招呼。

统舱一头有两人高的木板隔出来的货仓,堆满沉甸甸的麻袋,有人透过板缝仔细看过,说里面装的是大米,还有面粉或者白糖,麻袋旁摞的十几个木条箱里装着老姜。

"金山连姜都没有?"有个新宁口音问。

"遍地都长金子啦。"另一个新宁人应道。

统舱的这一半很快被从木梯上涌来的乘客塞满。陈宜禧目测,大约四百人。道叔爷毕竟是经验丰富的金山伯,带明叔快手快脚占了个两面靠墙的角落,而且离楼梯近,出入方便。如果等他来再找地方,大概只能坐木梯边上了。从广州一路过来,也多亏有道叔爷跟大清和洋人的官人们打交道,缴费盖章,办妥令他眼花缭乱的文书,他们才顺利上了船。

陈宜禧对道叔爷感激一笑:"你们饿了吧?我来煮饭。"

"赶了几天路,都累了,今天就吃点干粮,早歇息吧。"道叔爷吩咐间,陈宜禧感到脚下一阵晃动,又听见船舱外轰隆砰然的声响和甲板上水手们的吆喝、奔跑。

"起锚了,今天风够劲。"道叔爷望向楼梯顶端的天窗,天色比先前更暗了。

忽然接连"哐啷"两声,顶层和夹层的铁舱板被依次推倒扣上,统舱内瞬即漆黑。还未完全辨清方向的人们抱怨、诅咒……

有个颤巍巍的声音问:"要这样摸黑挨两个月?"

"摸你妈个头!"

"两个月?你这衰样两天挨不挨得过都难说。"

咒骂和取笑的人底气似乎也不足,听着有逞强的嫌疑。关于猪仔船暗无天日的传说在各人脑际飘过——被拐上船的人像猪一样关在铁笼里几十天,一大堆人挤一处吃喝拉撒,或饥或渴或病,有人连金山的影子都没瞄到就丢了性命,被扔进海里,尸骨无存。

"快点火!"

"打火石呢?刚才还在。"准备烧饭的那伙人也乱了手脚。

陈宜禧双眼在黑暗中搜寻,终于在脑后右上方找到一线亮光,那大概是两层甲板缝隙的一个交叉点。有了参照点,心里踏实多了。他摸索着打开铺盖卷,贴着身后壁板坐下,摸出两个烤番薯,循声递给道叔爷。叔爷温热的手也让他放心。

道叔爷说过,带他同船去金山,是看中他沉稳可靠,路上能帮着一起看顾明叔。不是平白无故的施舍,也没其他隐情。替他垫付的船票钱,等他到金山挣够了再还。

"阿禧哥……"沐芳的声音像谷底溪水般清凉舒缓。说好在村口大榕树下等,初二去看舞狮,怎么只听见声音不见人?噢,对了,好像最后说是去村外的芭蕉林里等。

今年雨水多,芭蕉生得好茂盛,叶子又长又宽,可以摘下来当被盖。

"禧哥,女仔可不可以去金山?"

芳妹妹,你躲在哪里?快出来,怎么只听见你说话?我找得好辛苦!

"女仔是不是只有嫁给金山伯才能去金山啊?"沐芳绕着树丛走来,小脸被翠绿的芭蕉衬得更洁白无瑕。

"小小年纪,怎不知羞?"章叔也过来了。

一眨眼,沐芳又不见了。不,沐芳嵌进了硕大的芭蕉叶,画一样悬在半空!他跑过去抱着树干猛一阵摇晃……

陈宜禧被帆船大幅度的起伏晃醒。统舱正中的梁上不知何时点了两盏昏暗的油灯,充斥舱内的体味、饭菜味与海腥味混杂在飘忽的光影里,仿佛都有了实体,随着船身的颠簸滚过来,翻过去。道叔爷和明叔斜躺在一旁,如大多数人,还在沉睡中。鼾声、梦呓、咳嗽被海浪抛起又淹没。

陈宜禧坐直,从缝在背心胸口的小布袋里摸出沐芳临别时塞给他的红手帕,一个角一个角地展开。绣了并蒂莲的手帕包着沐芳用红丝线为他编的吉祥结,还有六颗晶莹的相思豆分别串在吉祥结的两条坠须上,像两串鲜红的铃铛。他用食指轻轻抚过,仿佛听到红铃摇响、她对他的声声呼唤。一闭眼,沐芳的百般美好涌上心头。

黎明,沐芳裁下两方新采的芭蕉叶,包好刚从地里摘下的最后一棵生菜,缠上红线;人人都想买回家的"幸运菜"在她纤巧的十指间翡翠般剔透。晨曦透过窗棂落在她脸颊上,那片肌肤便粉红透明起来。

趁圩的路上,沐芳脆生生背着《江南》,合掌作鱼尾摆来摆去:"鱼戏莲叶东,鱼戏莲叶西……"淡蓝碎花小袄的袖子有点短了,露出两节莲藕般粉嫩的手肘。

"阿禧哥,快去快回!"他挑担走街串巷,身后总有沐芳含笑的注目,如同茶楼里飘来的点心味道,温暖香浓……

全村人都说阿禧不知哪辈子攒下的福分,白捡张去金山的船票不说,还白捡个老婆。可其实,一个月来接连发生的事,像舱外海涛般将他席卷,让他喘不过气。此时大风大浪的轰鸣,似乎才终于为他从多日的忙乱中腾出一方独自回味的空间。

他怎么稀里糊涂与沐芳走散了?心深处的惊诧硌得他生生地疼。

离开朗美村那天清晨,养母和妻子秋兰因缠足不便,就在家门口的榕树下与他道了别。章叔和养父送他到村口,与道叔爷和明叔会合,一路却不见沐芳的身影。虽然他已为人夫,临别前最想看见的人却明明白白还是她。他隐约知道她在某处等候,一起长大这么多年,沐芳在不在,他即使看不见听不到也能觉察。

走过村外水田,浮萍还在安睡;过了番薯地,陈宜禧的感觉越来越强烈。到了芭蕉林边上,他借口小解,让道叔爷他们先行,他随后赶上。

果然,沐芳候在芭蕉林里,喊了声"阿禧哥"就泣不成声,低头把红手帕塞进他手里。那一刻他握住了她的手,冰凉。她一早就来这里,等了整一个时辰,淡蓝碎花小袄被晨雾浸湿成深蓝色。她手上的凉意像河里小鱼一样从掌心钻到他心里,他打了个激灵,不由得张开双臂想抱她。小时候,他抱过她,去看屋檐上的鸟窝。但他立刻收回了手,不一样了,现在,握她的手都不应该,他脸上烧起来。

"最多五年……"那晚章叔替他算完卦,他一直就想对沐芳说:芳妹妹你等着,最多五年,我就攒够钱回来,买田修屋,娶你!可一开口,却意识到那话也不该说了,他有什么理由要她等呢?他只好呆站在那里,看着她的眼泪,看着那双眼泪也遮挡不住的清亮的眸子、眸子里三天三夜也诉不尽的难分难舍。

"呵!并蒂莲、相思豆!我送你的老婆不错吧?很有闺情啊。"明叔不知何时醒了,凑过来一把抓走陈宜禧手中信物。

"请还给我!"他正色。娶秋兰,说到底是他帮了明叔的忙。然而有道叔爷提携他去金山这么大份人情在先,他说什么都像是忘恩负义。

明叔的黑豆眼转一圈:"阿禧,我们叔侄现在也是连襟了,不必忌讳。告诉我,老婆阴阳脸,晚上点着灯也只看得见一半是吧?那你倒是对着阳面睡还是阴面睡呢?"

陈宜禧把脸侧向一边不作声。

"兴致来了看阳面,没兴致就睡到阴面去,眼不见心不烦?明叔我猜得对不?哈哈哈……"

他不苟言笑,明叔有点扫兴,左右翻弄手帕和吉祥结,忽然恍悟:"不是阴阳脸老婆送的!沐芳吧?你想娶沐芳?哼,别做梦了,我过两年就回去娶她做二房!"

陈宜禧忍无可忍,起身把明叔的手掰转九十度,直到他放开手里信物。明叔疼得"嗷嗷"叫,陈宜禧一松手又立刻嘴硬:"道叔说你脾气好,也不过如此嘛!"

道叔爷被他们闹醒,叹口气:"两个后生哥,出门在外,自己人不能内讧啊,这才刚启程,留点气力吧,还有够你们受的。"

"是他先动手!"明叔不依不饶。

道叔爷摇头,嘴里轻声念着什么,又在胸前画个十字。两个年轻人看得莫名其妙。

如果去金山前能娶亲,陈宜禧想娶的当然是沐芳。

从年末那趟圩市回家当晚,章叔独自上门来,摸出三枚铜钱,说要给阿禧算一卦。

"那可是求之不得!"养父忙把家中唯一腿脚齐全的竹椅端给章叔,又招呼陈宜禧,"快去洗洗换上干净裤子,章叔可是难得给人算卦。"

"不用不用,心诚则灵。"章叔让陈宜禧摊开双手,把铜钱放到他手中。"乾隆通宝"四个字幽幽放光,一瞬间他觉得自己的命就捧在掌心,头皮发紧。

章叔让他并拢手指,合掌摇钱,松手。铜钱"叮当"落到饭桌上,有一枚从饭桌跳到地上,现出刻了满文的一面。章叔看一眼,又让他把铜钱捡起来,重新摇晃、撒落,反复摇撒了六次。

章叔收起铜钱,端坐竹椅里,闭目掐指推算。他和父母大气不敢出。桌上松油灯芯快烧完了,灯光黯淡下去,谁也不敢换,怕打扰章叔,打扰了他的前程。

油灯"噗"地灭了,屋里伸手不见五指,无一丝声响。

章叔低沉的话音终于从黑暗中传来:"阿禧此去,一路艰险,实在不容易,但有贵人扶持,最终会坐着车、带着钱财荣归故里!"

大家舒一口气,养母摸索着换了灯芯,屋里重新亮起来。

"坐车?坐船吧?"养父问。

章叔又闭目掐指一算:"坐车。"灯苗在他呼出的气息里猛跳一下。

"听说金山一路过来,到香港、江门,再到斗山码头,都是坐船啊。"养母同样不解,"下了船雇个大轿,那是坐轿吧?"

"不管坐车坐轿,阿禧去金山谋生千难万险,最终却可修得正果衣锦还乡,卦象很清晰。"

章叔这一卦,如同为陈宜禧即将到来的远行升起了旌旗:"阿爸阿妈收养儿子十一年,儿子此去,再艰辛,也要赚得满盆满钵来报答爸妈的养育之恩。"那一刻,他似乎已经能够看见,送银信的水客在圩市里喊着养父的大名,乡邻拍着养母的手称羡她养了个有出息的孝顺仔;不太久远的某天,他也像道叔爷一样,雇脚夫抬着沉沉的金山箱,走过斗山圩……当然,他最憧憬的,是盖一栋冬暖夏凉不漏雨的青砖瓦房,摆几十桌酒席,热热闹闹地把沐芳娶进新房子里。

"过几年阿禧扛回来的金山箱一定比道叔的还多。"章叔点头,是听到了他心里所想?

养母像是在代他询问:"他章叔,那卦象里可有说到阿禧的姻缘?"

"……没有。"

"那,你再给算算吧。"养母央求。

"呵呵,待阿禧衣锦还乡之日,还愁找不到好媳妇?"

"我们阿禧心里只有你家阿芳,就怕找别的谁都看不上。只是我们家底薄,怕是没有娶阿芳的福气?"养母半打趣半试探。

陈宜禧红脸回避到一旁,却伸着耳朵等章叔答话。可章叔既没给他算姻缘,也没接养母的话茬,转而与养父论说时局:"朝庭和洋人打仗欠下的债,粤人分摊最多,听说又要添什么赔款捐、规复差徭,康熙爷的'永不加赋'成了空话,就算风调雨顺,在新宁种田的日子也苦啊。"

"这些年天灾人祸不断,客家人这阵虽有消停,可听说又在招兵买马,不知哪天又要闹事。"养父下意识揉揉左肩,那里有四年前村里人一起抵御客家人铲村(烧杀洗劫村子)时被砍的刀伤,"阿禧跟我们窝在乡下,日后也不过是个种田佬、酱油贩,冇么嘢出息,自然还是出洋搏一搏的好……"

"出洋做工,据说当今皇上也点头许可了。①阿禧此去堂堂正正,以后回来风风光光,不像我阿爷当年下南洋,改名换姓,避人耳目,一辈子不敢返新宁。"

章叔走后,养母便叹:"虽说章叔算到阿禧衣锦还乡,可卦也有偏差的时候,他爸妈早逝,我们只养了他一根独苗,这一走谁知哪年哪月才回得来?好歹先娶个媳妇留下种子。"

"漂洋过海前能留个后当然好,只是家里哪有钱给阿禧娶个像样的媳妇?"养父一筹莫展,耸起肩胛骨,棉衣肩头何时又磨破了,绽出白絮。

"有钱也不娶。"他难得地忤逆了父母。

"我知道你是想去金山赚钱回来娶阿芳,刚才阿妈也帮

---

① 清廷1860年签订《中英北京条约》,允许外国商人招聘汉人出洋工作。

你问章叔了不是？可你章叔一声不吭，无意许配女儿给你啊。"养母多褶的眼皮愁得又叠了一层。

"我要是章叔也一声不吭，我们家徒四壁，拿么嘢娶人家百里挑一的女儿？"养父无奈，"开儿女亲家的玩笑容易，可我们连件像样的聘礼都拿不出。"

"阿芳会等着我。"他也不知自己哪来的信心。留在新宁，他不知如何才能发达，或许一世受穷，眼睁睁看着沐芳长成别人家的新娘。但只要他能到金山，能踏上西洋画里那片楼高路宽、人人都骑着闪亮的自行车的新大陆，他就有机会攒足钱，回乡娶沐芳。

"等？花骨朵般的年纪，你舍得她做金山婆①，像道叔婆那样独守十年空闺？"

"五年，我最多五年就回来。"

"依阿芳的容貌品行，明年媒人就得踏破她家门槛，还能等你五年？"

他理解父母的苦口婆心。他走后，家里是该有个人照应父母，不过："谁家肯不收聘礼，还送女儿来我们家受穷呢？"

"也是，临行不到一个月，去哪里找个白送的媳妇？"养父对满窗黑夜兴叹。

养母不气馁，说家里还有只留着下蛋的母鸡，明日提去找媒人碰碰运气。

那得是怎样的运气？他心无旁骛地去了灶间磨豆渣，推

---

①金山伯的妻子。

石磨的身影被油灯放大,在粗糙的泥墙上晃悠。万万没想到,半个时辰之后,明叔和道叔爷深夜登门,竟是要送他一个不收聘礼的媳妇。

"阿明要娶的新会杨家女子有个大姐,比阿禧年长八岁,性情温良,体格康健,还是黄花闺女。"道叔爷说,"兴伯兴婶要是觉得合适,去相一相?"

养父作揖道谢:"我们阿禧活过了咸丰元年的没顶水灾,大难不死,果真是有福之人,得道叔爷和明叔如此关照。"

陈宜禧傻了,本以为不可能的事,怎么又从天而降?可这同一天的第二份运气他实在不想要。"大户人家规矩多,姐姐未嫁,妹妹也不嫁,对吧?道叔爷提携我去金山,原来是要我娶嫁不出去的杨家长女?"他直愣愣问出来,立刻又后悔。从头次见面起,道叔爷就一脸和善、满口商量,未有过丝毫强求。他何来理由无礼冲撞?养父养母也立刻责怪他不识好歹。

道叔爷并不计较:"我家阿明脾气暴,实不相瞒,他在广州学堂惹事,打伤了同窗。人家在官府有人,虽赔了钱,再不能恢复学籍。我应承带他出洋历练,心里却没底。带阿禧同去金山,是为一路多个照应。杨家长女之事,全看你们一家人的意思。"

明叔冲他哼一声:"便宜都让你占尽了,还不爽?就算是你帮个忙,娶了杨家长女,那还不是应该的?总不能白蹭着我道叔去金山吧?"

"阿明,话不能这么说。去金山和娶杨家长女是两件事,不可混为一谈。"

明叔密实的眼珠子一翻:"成双的好事,他不愿意,我找别人!"

"愿意,当然愿意!"父母兴高采烈地讨好明叔,"明叔定好日子,我们就迎杨家长女过门。"

"兴伯兴婶还是先去新会相相亲再定吧。"道叔爷极尽周到。

养父养母感激不尽:"承蒙道叔爷抬爱,我们全家做梦都梦不来这样的双喜临门啊!"养母还把过年才做一回的油角全装进竹篮塞给了道叔爷。

陈宜禧心里虽极不情愿,看着笑逐颜开的父母,却再说不出悖逆的话,只暗求养父相不中杨家长女。

大年三十,养父专程去了趟新会,回来平淡地说:"秋兰看上去健康、能生养。"每个字却都像钉子,一颗颗戳破了他的侥幸,把娶秋兰这件事钉到了现实的板子上。遇到个不收聘礼还能生养的媳妇,不老老实实娶回家孝顺父母、传宗接代,岂非大逆不道?

秋兰脸上的胎记,陈宜禧直到洞房花烛夜才看到。他不知养父是否有意瞒他,即便如此,他也怨不得他,娶秋兰也许是他此生能为父母做的最后一件事了。匆忙间被塞进一段不明不白的婚姻,他虽惶惑,却还得为父母鼓足勇气面对。

他漠然看着自己和红盖头下的秋兰拜天地、拜父母,好像那个挂红花的新郎官是个与己无关的人。只有那天深刻的不甘是真实的,在他心底划出一道道沟壑。和沐芳执手偕老,或许是懵懂少年的痴望,遥不可及,但他正在驶往金山的船上,一个浪头接一个浪头,向传说中满山的金花金树靠近,向西洋画里的风景靠近。

陈宜禧用红手帕包起吉祥结,再次贴心放好,好像把沐芳对他的心思都收进了心窝。"最多五年。"他又轻声说了一遍,仿佛说出口,那未成形的将来便又多了一成可能。而现在,也许,他知道有她在家乡念着他就够了。

可老天偏不肯给他片刻心安。巨浪把帆船一侧高高掀起,陈宜禧整个身体被甩出去,一头撞到木梯上,撞出对沐芳的满怀歉意:他与她虽然从未约定,但从小到大以为最终该给她的妻的名分,他却给了一个不相干的陌生女子,即便他是为了尽孝,万般无奈。而这个遗憾,不管他去金山挣多少钱、给她买多漂亮的洋伞、带多少好吃的糖果回来,这一世都无法弥补了。

第三章

安身立命的根本

太平洋上

　　启航后一夜颠簸,接下来的航行还算平稳。然而统舱的中国人不可随意上夹层和顶层甲板走动,几百人挤一处吃喝拉撒,空气又不流通,三天下来,船舱内就像有条无处不在的死鱼,腐臭令人作呕。

　　吃喝、昏睡、胡侃女人之余,人们开始赌博,番摊、牌九、骰宝……各种玩法都有人凑趣,还有人带了蟋蟀,匍匐在地板上斗得不亦乐乎。离乡背井的惶恐、长途跋涉的艰难似乎瞬间就被骰子的滚动、铜钱的叮当和蟋蟀的撕咬冲淡驱散。

　　道叔爷把明叔从斗蟋蟀的围观人群里拉出来,又把正在烧饭的陈宜禧叫到身边:"去趟金山不易,后生哥千万不要把时间浪费在赌博上!"

　　"阿叔别紧张,我又没赌,就是看看。不然船上两个多月的日子怎么打发?"明叔打个呵欠。

"怎么打发？航行才开始，过两天你就知道辛苦了，后生仔没挨过苦，信口开河。"

明叔撇嘴，一时却也不敢再往赌博的人群那边去。

陈宜禧盛饭给道叔爷和明叔："叔爷，金山话和新宁话很不同吧？你有空教我们说两句？"

"呵呵，醒目仔！我正想趁你们精神还好的时候教你们几句洋话。"道叔爷笑逐颜开。

"呸！"明叔吃一口饭立刻吐出来，"阿禧，你要咸死我们？明叔带的虾酱富裕，也不能这样搏命（使劲）放啊，你以为过节呢！"

陈宜禧赶紧尝一口："我这碗不咸，可能没拌匀，你吃这碗。"

明叔不接他递去的木碗，斜眼哼道："中文字都不识几个，还想学洋话？"

道叔爷看不过去："都过来！Sit down!（坐下！）"道叔爷嚼着饭，开授速成英语课："米饭，洋人叫'赖丝'。"

"哈哈，赖屎，洋人饭屎不分。"明叔嬉皮笑脸。陈宜禧也忍不住笑起来。

"你们别笑，我说得不好，但多少可以和洋人打点交道，也才不至于一辈子在金山做苦力。"道叔爷整整西服领口，像有故事讲。

一位方头方脑的矮个后生跑过来，陈宜禧认得是下水村阿发，也曾在章叔私塾里读过几天书。"明叔，不好意思，你给我下注的钱都输光了,再借我点?"

"那你还不想办法给我赢回来!"明叔一巴掌扇到阿发后脑勺,"今天要是赢不回来,明天翻倍还!"

"还说你没赌?你这是放高利贷!"明叔后脑勺随即也挨了道叔爷一巴掌,"明天你做饭,阿禧跟我学洋话!"

然而第二天早饭前,明叔就吐翻了天。前一天的干饭虾酱都呕出来,没停歇半晌,又呕出大片汤水,把三人的被褥都弄湿了。再无物可吐,就扶墙干呕,空洞的胃囊挤出无目的的哀号。

陈宜禧清理着明叔的呕吐物,来回忙碌,脚下总站不稳。而脚下的不稳逐渐上升到眉心、太阳穴,很快头上沉重起来,灰蒙蒙一团,像海上的云雾渗透船舱涌进脑袋,然后那团云雾从头顶往下坠,堵在喉咙里。他吸一口气,闷在舱内的酸臭、腐臭却再无法容忍。情急中,他狠狠掐住手腕中央那个止吐的穴位——章叔临行前指点他的,他当时并没在意,想自己身强力壮,海上的风浪又能奈他何。

"阿禧,透口气。"道叔爷虽没吐,脸色在昏暗的灯光里也看得出发白,显然同样晕得厉害。

"叔爷你没事吧?"一掐一说话,恶心被岔开了,虽然头像秤砣般沉重,他稳住了脚跟,去取淡水。

盛淡水的大木桶半人高,离楼梯口不远,每天早上有洋人水手来倒满,顺便检查底舱货物,巡视留猪尾巴辫子的中国佬有什么不轨之举。倒水的时候,水手总会吆喝几句,道叔爷翻译说，船长规定每人每天三瓢淡水，早中晚各一瓢。

水手们离开的时候，总不忘把通向上层甲板的那道舱板狠狠扣上，"哐当"巨响像是警告每个统舱的中国佬：老实安分地待着，别想到上层打扰高等乘客！水手长杰克逊最凶，大高个，肚子撂了三层，一人顶三个新宁后生的体积。每次下来巡视的时候，杰克逊总是骂骂咧咧、推推搡搡，看谁不顺眼就拳脚相加。他大半个头都秃了，只剩几根红发挂在后脑勺，大家暗地里叫他"红毛鬼"。"红毛鬼下来了！"一听到楼梯边上的人通风报信，统舱里的唐人都闪到一边，清出一条通往货仓的道，免得无故挨他的拳头。

木桶里的水前些天不到中午就见了底，但今天，陈宜禧抬头看看两层甲板间那个空隙透来的天光——他一开始在黑暗中就找好的参照点，似乎已过午后，桶里的水还有大半。四周赌博的人少了很多，歪歪扭扭倒头昏睡的至少有一半，还有几个干呕的，鹅一样号着。

阿发精神倒好，笑眯眯在人堆里走来绕去，打听着什么，不时重复的一个词是"姜"。陈宜禧听见，下意识望向仓库那边，高耸的木板壁垒森严。要是洋人那些姜能分几块给晕船的人止吐就好了。

道叔爷呷着他烧开的水："不管晕成、吐成么嘢样，记住千万不可饮生水。晕船只是第一关，染了痢疾，可就生死难测了。"

"我知道，叔爷放心。"

十一年前,那场百年不遇的台风刮了三天三夜,暴雨、海潮把新宁各村镇淹成一片汪洋。幸免于丧生洪水的乡里们逃到四周山上,许多人却没逃过尾随而至的饥馑和痢疾。

当时陈宜禧六岁多,平日里已跟阿爸下田除草,上山放牛。但幼年的记忆似乎被那场大水冲得一片模糊,唯有灾难中某些片段还清晰如昨。

连根拔起的野菜,被摘光叶子的灌木,被围追堵截四处逃窜的青蛙和老鼠……还有藤酸果,平时漫山遍野都找得到的充饥野果,大水后却像珍珠般金贵。

阿爸阿妈带着他在山上平时放牛搭的草棚里躲避风雨。阿妈很快染疾,上吐下泻。阿爸按土方进深山挖来硬饭头(土茯苓)熬水给阿妈喝,却无济于事。

他每时每刻都饿,开始好像肚里进了个小人,"咕咕"催他四周找寻能往嘴里塞的东西。空腹吃太多藤酸果,反胃、烧心也不顾,只要肚里的小人能停止叫唤。后来吃了观音土,小人接连几天不叫了,却沉沉地坠得他肚疼,吐不出也拉不出。终于有一天,再找不到东西喂肚里小人了,大热天里他浑身冰凉,手脚绵软,爬都费劲,更不用说站起来,只能躺在草棚里,身旁是早已不能进食的阿妈。

阿爸最后一次走出草棚前,往他手里塞了一把不知何时何处弄来的黑豆,什么也没说。他侧脸贴着地上的杂草落叶,阿爸赤裸的脚趾看上去黝黑滚圆,像河边的卵石。他咬紧下唇,默默数着,一、二、三……把阿爸的脚趾来回数了三遍,黑卵石越来越小,终于看不见了。他当时并不知道,以后再看不见阿爸卵石般的脚趾了。

草棚门晃荡两下,虚掩一半,阴霾却刺眼的天光透进来。空中飘荡的气息没有大水前山林的清甜,浑浊、朽烂,透着阴森。一只庞大无形的蜘蛛编织着笼罩万物的空寂,密不透风的丝网黏着在他每寸肌肤上,他忽然害怕得发抖。多年以后他才懂得,那是死亡的气息、死亡的沉默。

阿妈瘦得肚皮贴着脊背。他嚼烂两颗黑豆,用手指掏出豆糜想喂她。阿妈睁开眼,抬起一只手,要摸他的头,却再没力气移动那只手。他凑过去,阿妈的手不像前几天那样滚烫了,温吞吞轻飘飘,如傍晚的风。阿妈把所有力量汇集在眼里,瞬间的亮,瞬间的清明,他在她的眸子里看见了自己,十分真切。阿妈的目光随即柔和、黯淡,却久久不散,将他环绕,直到他的身体停止发抖。

那场大水迫使六岁的他目睹生的脆弱易逝、死的悄无声息,生死聚散如斗山河的水波交叠在转瞬间。阿妈呼出最后一丝淡薄的气息,那一刻,他似乎已经长大成人。

"阿明,别上去!"陈宜禧被道叔爷急迫的呼声惊醒,"现在外面狂风暴雨,即使舱板开着,甲板上的风浪也会把人冲到海里!"

"天气好洋鬼不让上甲板,烂天气总不会拦了!"明叔执意要去透透气,"没日没夜困在船底,迟早憋死,还不如被海浪冲走。"

巨浪打来,道叔爷没站稳倒向一边,松开了拉明叔的手,明叔立刻跑上木梯。等陈宜禧完全清醒过来,明叔已爬到第一段楼梯顶。他赶紧追了上去。

不知是否是水手们疏忽,夹层的舱板没扣死。明叔推开铁板爬上去,铁板随即"哐当"扣下来,差点砸到陈宜禧头顶。他叹口气,用力推开舱板,一路爬到顶层。

船舱外如同盘古开天前的宇宙之初,混沌漆黑,风雨浪潮从四面八方劈头盖脑打来。身体被冲得东倒西歪,眼睛完全睁不开,即使瞬间撑开了眼皮,也什么都看不见。幸运的是,迎面而来的第一个浪头把陈宜禧冲倒在一堆缆绳上,他立刻死死抓住,才不至被接连而来的巨浪抛进海里——缆绳的另一端一定套牢在某根桅杆上了。

"明叔……"他扯开喉咙喊,根本听不见自己的声音,耳边只有狂风巨浪的怒号。

他伺机把缆绳绕到腰间打结拉紧,企图站起来,不是被剧烈的颠簸掀翻,就是被风浪扑倒。身体被甩到船舷、桅杆和各种看不清道不明的物体上,完全不能自控。被海水浸泡的皮肉轻易就撕裂,骨头被撞得生疼,他只好在缆绳长度允许的范围内匍匐前行,摸索搜寻。

忽然电闪雷鸣,银白的电光划开黑幕,眼角浪边似乎有人影晃过。他扭头定睛看过去,黑暗立刻合上密实的帷幕。

第二次闪电把明叔惨白的脸放大在翻卷的浪峰上,他悬挂在麻绳编结的围栏外,被风浪来回拍打,如一面残破的旗。

陈宜禧朝明叔匍匐过去。缆绳不够长,他把绳套从腰间往下推,推到小腿拉紧,感觉还不够长,心一横干脆把绳子套在右边脚踝打了死结,可伸出的手离明叔仍有半臂之差。

再次闪过的电光里,明叔的脸缩成一团,恨不能整个人躲进紧锁的两条眼线里去,抓着围栏麻绳的手颤抖得厉害,不知还能坚持多久。

"明叔,把腿伸给我!"明知他根本听不见,陈宜禧还是大声喊着。

又一波风浪排山倒海袭来,他像陀螺一样被抽到一边。他爬向明叔,再被抽到另一边,再爬回来……被来回抛甩不知多少次,身体各处被碰撞割裂的痛逐渐麻木,唯有右腿钻心的疼令他几乎不能呼吸。他想右腿大概快被扯断了,身体随时就会被海浪卷裹而去。

一、二、三……他咬着嘴唇,下意识地数起来,随着心跳的节奏,就像数着阿爸逐渐远去的脚步,阿妈清明的目光从记忆深处发散出来,覆盖着他,身体的痛似乎逐渐缓解。下一刻将发生什么?明叔是否还挂在船舷边?他一概不清楚,也没去想,只知道自己此刻必须在这里坚持着,如果放弃,他将抱恨终生。他不停张开双臂在虚空中打捞。

忽然间,有什么甩进他掌中,他一把揪住,才意识到是只冰冷的脚,明叔的脚!另一只手紧跟着抓上去,像抓紧自己安身立命的根本。

他揭开红盖头。秋兰的头低向一边,斜披的长刘海遮住了半张脸。他能看见的另一半轮廓清秀,鼻梁挺拔、鼻尖小巧,不是四邑乡下常见的塌鼻梁、短圆鼻头,低垂的睫毛在烛光里轻轻扑闪。乡下女子到了秋兰这个年纪,通常都已经生养了一群孩子,形容邋遢、不经看了。秋兰的侧面比他想象的年轻许多。

他伸手想撩开她的刘海,她头一偏躲开:"把蜡烛吹了吧。"

"我想看真你呢。"

她依旧低着头,长久不说话。他以为她害羞,又去撩她的头发。她抬头,自己拨开了刘海,眼里泪光闪动。他怔住了……

床边的红烛"啪嗒"掉下一滴烛泪。

他伏在秋兰身上,她解开他的裤带,指引他,他的腿却怎么也使不上劲。秋兰嫁过来也没有错,她给他传宗接代,他即使不喜欢她的脸,也应该配合,在离开家乡之前给她留下种子。

他一着急用蛮力,把秋兰弄疼了,她低声呻吟……钻心的疼,却怎么疼在他的腿上?

陈宜禧醒来,满头大汗。道叔爷在一旁念叨:"……求主保佑阿禧。"

"叔爷,你在求北帝吗?"

"哎呀,你可醒了!昏睡差不多五天了。"

"五天?"陈宜禧记起那晚甲板上的风暴与险恶,记起他拖着明叔爬进船舱,道叔爷和两个年轻力壮的同乡候在楼梯口把他们抬回统舱,红毛鬼在他们身后大声呵斥。随后又发生了什么?对了,记得道叔爷抱着他的上身,指挥一位强壮的同乡抬起他的右腿左右比画,然后猛力一推,他就痛晕了过去。

"你和阿明那晚都受了风寒惊吓,你还右腿脱臼,一直发高烧……"

"明叔怎样?"陈宜禧企图坐起来,头晕,全身像散了架,右腿根疼如刀切。

道叔爷向前方努努嘴。黯淡的光线里,大多数人歪坐斜躺,不是目光呆滞就是闭目昏睡。却还有那么十来个人围在一处,抛掷着骰子。"六!六!给我个六!"陈宜禧听见明叔喊。望着明叔左摇右晃的浑圆背影,他释然地笑了。阿发在明叔耳边低语,还塞给他一张银票。陈宜禧见到,心想明叔大难不死,在船上赌几把消遣消遣实在也不为过,道叔爷大概也不会太介意了。

"那晚多亏你去搭救!看不见,听不见,也不知你怎么找到了他?"道叔爷问。

"是明叔他命大、皮实。"陈宜禧咧嘴憨笑,"叔爷刚才是在求菩萨保佑吗?"

"不是,我在向上帝祷告。"

"上帝是洋人的神仙吗?"

"呵呵,整个世界都是上帝创造的。"道叔爷的语气平静、笃定,不像在讲神话。

"大清国也是这个洋人神仙造的?他叫乜嘢?"

"耶和华,他派儿子耶稣来救世人。"

"哦,姓耶的洋神仙,灵验吗?"

道叔爷微笑:"反正我现在不怕死了。"

剧烈的颠簸再次翻涌而来,赌博的人群被掀倒,人与物滚落碰撞的声音夹杂咒骂哀怨四起。

"降魔消灾的北帝、大慈大悲的观音菩萨、创造世界的上帝耶和华和上帝的儿子耶稣,请保佑我们平安度过风暴,平安抵达金山。"陈宜禧抱紧身旁木桩,把自己熟悉与刚听说的神祇一一求遍。

相比前半个月的各种不适与风险,接下来的三十三天航程,更是一天比一天难熬。

各人带的干粮多数已吃完,剩下的在潮湿闷热的底舱也大都发霉变质了。帆船颠簸剧烈时又不能烧饭,很多时候接连两三天吃不上一顿。许多人长久处于晕船状态,吃下去的又大半吐出来。忍饥挨饿还在其次,最不堪忍受的是船舱内污浊的空气。

原本每天水手下来添水巡视那段时间,会把通往上层的舱板打开,通风透气。可自从阿发吃了发霉的萝卜干泻肚后,水手们就不再下统舱了。他们每天把淡水放在夹层楼梯口,等统舱的中国佬自己去取。取水后,舱板立刻就被锁上,说是你们底下闹痢疾,会传染,必须隔离。几天下来,统舱里臭气熏天,憋闷难当。

陈宜禧养着腿伤,走动不便,躺在昏暗的角落,借头顶那个缝隙透进的光线变化,大致能感知白天黑夜。污浊的空气时刻逼近,封闭空间的压迫感步步倾轧,无处可逃。他屏息合目,回想朗美村的清风徐徐吹来稻谷的香、荷塘的甜,但随即被吸进的下一口气呛得作呕不已。呕吐物的颜色逐渐由黄变灰再变青,他怀疑即使自己完全不呼吸,弥漫四方的污物也已经渗入肌肤、融进血液,从里到外地啃噬着他。瘫软无效的挣扎中,他唯一的念想是如何在自己被彻底吞没前还能呼吸到洁净的空气。

黑暗中有什么忽闪忽闪,像凭空生发的幽灵。陈宜禧凝神搜寻,和一双碌碌转的小眼睛对上了,他一怔,小眼睛"吱"一声消失了。

"不是痢疾,吃坏了肚子而已。"道叔爷隔着舱板用英语跟楼上理论。

无人搭理。

道叔爷恳请水手长:"杰克逊先生,请你亲自下来看看,这位年轻人已经停止腹泻了。"

"呵,有只中国猪还会说人话。"楼上不知谁应道,一阵哄笑。

"空气长期不流通,统舱里可真会闹传染病啊。"道叔爷愁得眉毛连成一条人字线。

"那谁管得着?"杰克逊扔下来冷冰冰一句。

看见道叔爷无奈地摇头,阿发"噌噌"跑上楼梯,两只拳头使劲捶打舱板:"你们看,我已经好了!"

"是啊,他好了,否则哪有力气爬楼梯捶门!"

"不能不讲理啊!"大家帮腔。

楼上由着阿发紧捶慢捶,就是不搭理。阿发喊累、捶累了,在楼梯口坐下歇气。舱板忽然打开,他仰头,一桶粪尿凌空泼下,阿发被淋得迷糊了眼睛,满心羞辱,号啕大哭起来。

"还哭?谁让你小气舍不得丢发霉的萝卜干?"

"就是,为几条萝卜干拖累大家陪你闷死在舱底!"

"这个熊样就该被洋鬼教训!"有几个人捂着鼻子发泄怨气。

阿发一把抹去脸上污物冲下楼梯,也不知从哪里抓起一把铁锹,照着面前的船舱壁板戳过去:"连乡里都容不得我,不如破舱投海去死!"

好在阿发多日饥饿已无甚力气,他那一锹在厚实的木板上只戳出道凹痕,旁边的人赶紧拉住了他。

"哎,洋人不讲理,可大家四邑乡亲,互相包容才是。"道叔爷摇头劝解。

"岂有此理!洋鬼欺人太甚!"明叔离阿发远远的,也摩拳擦掌。

陈宜禧忽然想起黑暗中那双与他对视的小眼睛,问道叔爷:"前几日水手来查货的时候,总说的rats是么嘢?"

"老鼠……"道叔爷不解。

直到他冲楼上高声喊起来:"Rats,rats!"

"对对,大家快一起喊rats,洋人怕老鼠吃掉货仓粮食,一定会开舱板下来查货!"

在一片"rats"的呼声中,杰克逊带着两个水手开舱下楼来。他一只毛茸茸的大手盖着嘴和鼻子,另一只手推搡周边的人,满是雀斑的脸涨得通红:"谁在喊耗子?哪里有耗子?"

众人听道叔爷翻译完毕,一时鸦雀无声,都向陈宜禧望过来。此前似乎谁也没真正在船上见过耗子。

杰克逊顺着众人的目光看到半躺在角落的陈宜禧,两眼冒出绿火,大踏步过来,皮靴踩得地板发颤。陈宜禧被他像小鸡般拎起悬在半空,只觉耳边生风,就要被狠狠抛向楼梯。

一只肥硕的灰皮耗子从杰克逊脚边窜过,紧接着又"吱吱"窜过三只小的。船舱内一片躁动。

杰克逊盯着耗子们逃窜的轨迹,又看看抓在手里的陈宜禧,把他丢到一边。"该死的耗子!"他诅咒着,命令身旁水手上楼拿鼠夹。

道叔爷把阿发推到杰克逊面前:"这位腹泻的年轻人已经好了,根本没有得痢疾。"

杰克逊捂紧鼻子后退两步让他们走开。道叔爷坚持着:

"可以派人每天下来查货了,也顺便开舱板通风透气。"

"OK!"杰克逊不耐烦,转身要走。

验货的水手拎着一只空木箱凑过来,指着货仓向杰克逊报告:"姜少了一箱。"

杰克逊刚刚极不情愿憋进肚里的火终于找到爆发的缺口:"谁偷了姜?"他沉着嗓音,更显得舱内一片死寂,舱外海浪拍击的节奏越来越紧。

"谁?再问一次!"杰克逊抬高了声调。

人们面面相觑,不知谁低语:"听说船上规矩,偷货的人至少要挨二十鞭子。"

"好,都不承认。"杰克逊踱着步,暗绿的眼睛从一张脸盯到另一张:"就算你们都活着抵达圣弗朗西斯科(San Francisco),谁也别想下船!"

"他……卖姜。"一个细弱的声音从沉默中如豆芽菜般歪歪扭扭发出来,说话的人指向阿发。阿发全身发抖,抱头蹲下身去。

"你诬陷人!"明叔一步跨到豆芽菜面前,狠狠瞪他。

"明叔,我说的实话啊,晕船实在厉害,从阿发那里买姜吃的不止我一个,你问问……死贵呢,五贯钱一块姜,肉都不是这个价钱。"

"只会讨好洋人的软骨头,还不住嘴!"

"我不想死在船上啊,明叔!"豆芽菜这声感叹引起一片共鸣,有人拉开明叔,另外两人捂着鼻子把阿发提起来,推到人前。

杰克逊抄着手,嘴边挂着冷笑。他身旁的水手吊着眉毛,都乐得看中国佬内讧。

陈宜禧想起曾见阿发在人群里穿梭,不断提到"姜";还有他昏睡醒来后,阿发往陈景明手里塞银票那一幕。明叔不是见义勇为的人,此刻为何冒险替阿发说话?一定是明叔指派阿发翻墙偷姜、卖姜牟利的。阿发欠着明叔的赌债,无事不言听计从。那个狂风暴雨的黑夜里,他在甲板上死死抓紧的使命的绳索似乎又抛到他手中,有刺痛的质感。他撑着身后壁板站起来:"No 阿发,Me,it's me!(不是阿发,我,是我!)"

陈宜禧声音不大,却把从道叔爷那里学来不久的洋字吐得利落干脆。人们愣住了。

"又是你!"杰克逊冷笑,解下裤腰皮带横空一甩,"啪"一声厉响抽打在所有人的神经末梢上。

"不,不是他,是我!"道叔爷上前一步,把陈宜禧挡在身后。

"不不不,是我!"明叔涨红了脸,冲到道叔爷身前。

有人撑腰,阿发也不抖了,两步跨到杰克逊跟前,仰着糊满污物的脸说:"就是我偷的姜,要杀要剐你动手吧!"

平日和明叔一起赌博胡侃的十几个年轻人也纷纷围上来,说是他们偷的姜,和明叔无关。

杰克逊捂着鼻子挤出团团围住他的人群:"你们闹吧,以

45

为偷了东西可以不负责？到港谁也别想下船！"

　　与此同时，陈宜禧在人群后对明叔说："卖姜的钱都交出来吧，不能让红毛鬼和他的水手们真把我们当猪看，是不是？"

　　明叔张口要还嘴，却终究一声不吭，从胸口摸出几张银票塞到他手里。陈宜禧又向道叔爷问明了姜在金山的市价，一歪一拐走到人前，扬起手中银票："Mr. Jackson, we buy, more money!（杰克逊先生，我们买，多给钱！）"

　　道叔爷紧跟着用英文说："是啊，杰克逊先生，我们出金山市价五倍的钱买你这一箱姜，你帮大家缓解了晕船，做了善人又赚钱，皆大欢喜不是？"

　　杰克逊抓过银票审视一通，阴沉的目光又扫过每张黄色脸孔，鼻子喷一股粗气，带着水手上楼去了。

第四章

他闻到了未来的味道

美国旧金山海岸

高康达号经过四十八天颠簸终于停靠进圣弗朗西斯科海湾,天空辽阔无云,海洋深邃沉静,像能接纳包容任何人、任何事的蔚蓝色梦境。

头等舱乘客离开后,陈宜禧和同胞们在顶层甲板上排队等下船。三个穿深蓝制服的洋人攀着陡斜的舷梯走上来,红毛鬼随船长和大副迎上去,递出一摞清单。道叔爷说刚上来的是金山衙门查货、收关税的官。

"红毛鬼会告我偷姜吗?"阿发紧着喉咙问。

道叔爷说不上来。红毛鬼一定怀恨在心,谁也不知道他何时会使坏。

"我不要坐牢啊。"阿发说得大家心里发毛,都各自琢磨将如何应对衙门刁难。

两个税官抱着本子过来,空洞的淡蓝的眼睛审视唐人长队,然后开始数人头,一个报数,一个往本子上记。税官们盯着每个人上下打量,让人原地转身、抬胳膊伸腿,又让所有人打开行李铺盖卷,里里外外查看一通,终于挥手让大家下船。①

陈宜禧不时回头,担心红毛鬼追上来找茬,好在下了船也不见红毛鬼的影,猜是跟税官们去了底舱验货交税。

初踏上码头那一刻,他竟不适应扎实平稳的触感。过去一个多月的跌宕起伏似乎让身体习惯了漂浮的节奏,突然回到陆地上,连呼吸都有点乱。

从海岸延伸到前面街道的木板长桥上,一溜垂钓的男人肩挨肩斜靠在栏杆上,都穿着西式裤子、带圆顶帽、鸭舌帽,鼻梁高高隆起,目光顺着一条条细长的渔竿斜进海水里。陈宜禧不解,他们挤在一起,都能钓到鱼吗?还是,他们钓着别的什么?

"不会是在钓金子吧?"阿发跟上来。

阳光细碎地洒在海面,粼粼波光确实像金子般晃眼。

前面的街区,每一栋楼都比斗山镇的大兴茶楼高,沿着斜坡一列列排上去,就像田里种的芋头,密密麻麻望不到边。宽阔的道路上马拉的轿车、戴礼帽穿燕尾服的男人、细腰阔裙打阳伞的女人、金发孩童、偶尔闪过的自行车……都像西洋画里光鲜明亮的景致,忽然真真切切推到他眼里,再往前

---

①1875年以前,根据1858年清政府与美国签署的《天津条约》和1868年的《伯灵格姆条约》,美国对中国人开放。

走几步就可以伸手触摸。他的心跃动起来,呼吸终于自如,迈开脚步,孩子般蹦蹦跳跳,肩上挑的被盖卷在空中甩来甩去。

陈宜禧在新宁虽不以捕鱼为生,也跟乡邻出过海,见识过上下川岛细白的沙滩和贵妇裙裾般翩跹的潮汐。金山的海岸,沙粒不如新宁的细致,浪花不如新宁的晶莹,突兀的礁石甚至显得凌厉,轮廓却大气,蕴蓄着无限可能,就连海风的清冽也鼓动着生机、飘荡的水腥也带着新奇。他浑身的脉络瞬间被冲开,通透爽快。他闻到了未来的味道,陌生却激动人心;他也似乎看得到自己的前程了,虽然抽象,却是他从未经历过的崭新与闪亮。

"看,中国佬!"有顽童喊。

钓鱼的人们转移了注意力,回过头来"哇里哇啦"喊。陈宜禧听不懂,但能感觉到他们言语中的挑衅。

"快走!"他推阿发一把。一群洋人男孩和青年已经围过来。

"他像猪一样臭!"一个十多岁的男孩指着阿发说。围观的人狂笑。

"他需要好好洗个澡!"两个洋人大个子冷不防从身后抄上来,提起阿发荡向空中。阿发尖叫一声,被抛下长桥,手脚在起伏的白浪里扑腾。

肇事者随即转向陈宜禧,居高临下,虎视眈眈。他卸下扁担左挑右突,伺机要冲出包围去搭救阿发。

49

道叔爷、明叔和四邑同乡们追上来。"请问他们做错了什么?"道叔爷问。

"他们冒犯了我们的鼻子。"洋人们哄笑。

同船下来更多唐人聚集到一边,另一边聚集了更多洋人,红毛鬼和他的水手们也凑了过来。"又是你?"他对被围在中心的陈宜禧嗤鼻,"早就该抽你一顿!"

人群围起的圈子逐渐向内缩紧,洋人怪异的体味、烟草味、酒气和乡里们航行多日周身的浑浊被海风随意搅在一起,而陈宜禧从四面八方袭来的气味中闻到了血腥。他的心跳到耳根,眉毛连同浑身汗毛竖了起来,皮肉绷得死紧,骨骼"咔咔"响。

身体这种不由自主的反应他四年前在家乡有过。深更半夜,客家人来铲村,邻近几个村子的青壮男人联手拼死抵御。他那时刚满十三,也参加了械斗。人家要堵你活路,夺你立锥之地,怎可束手待毙?再贫瘠的家园也是家。莫非这码头上的鬼佬们也以为他们是来洗劫?道叔爷怎没提前告诫大家上岸就立刻要争夺地盘?

四年前家乡的械斗惨烈无比,血流成渠,他从不愿回首,可他们现在已经踏上金山地界,回也回不去了,只能背水一战。陈宜禧把扁担抡了起来。

"阿禧,不能打啊!"道叔爷疾呼,"各位先生,我们借道过一过,无意打扰大家钓鱼的兴致,如有得罪,请多包涵。"他说着英语走到中间,让陈宜禧放下扁担。

为首的两个洋人对视，似乎在考虑道叔爷的话。红毛鬼推开他们："猪的话你们也听？太天真了！"说着他解下腰间皮带"呼呼"挥来。

陈宜禧连忙为道叔爷遮挡，额头被皮带的生铁扣狠狠击中，瞬间眼前金星四溅，鲜血流淌。海面的皱褶开出了金红的花朵，在长桥投下暗紫的阴影，一绺缠一绺……他完全没意识到自己的腿像面条一样拧着软了下去。

有人把他拖到一边，他努力撑着耷拉的眼皮。在逐渐模糊的视线里，同胞们抄起扁担、铁锹冲向前，在海上憋了近两个月的呐喊震荡耳膜。鬼佬们似乎没料到刚上岸这批中国佬如此彪悍，有点措手不及，乱了阵脚。但红毛鬼喝令水手们拉住开始退散的洋人，骂他们白长那么些块头，连中国佬都不敢对付。等着看热闹的顽童把手里预备好的沙石乱撒一气，哭爹喊妈飞奔逃离。

男孩中声响最大的是先前大喊阿发像猪那个，裤脚吊到小腿，开始长个的样子，年龄应该和陈宜禧四年前不相上下，胆量却比他那时差得远，逃窜中扯破了裈子，鞋也跑掉一只。

那天晚上，他也喊叫，可那是等火光燃起之后造的声势。喊着喊着，先前黑暗中伏在壕沟里的恐惧似乎消失了，握着铁耙的手虽然还在抖，却听他使唤。他没按养父嘱咐躲在暗处，而是跟着大人们四处出击。喊声为他撑开了保护伞，好像只要一直喊着，刀枪都触不到他。他藏在自己的嘶喊中又戳又捅，藏得那样好，在胳膊腿的忙乱拼杀中几乎找不到自

51

己,直到手臂开始酸软,才意识到耙子的另一端,软的是皮肉、硬的是骨头,脚下黏乎滑溜让他迈步越来越费劲的都是血。他嗓子完全喊哑,后来几天说不出话,手也很久都不能再摸铁耙。

"阿禧,快醒醒!鬼佬把差人(警察)喊来了!"陈宜禧被阿发猛力摇醒。阿发何时从海里爬了上来?浑身水淋淋却毫发无损。四周满地是丢弃的鞋帽、被折断的渔竿,踢翻的鱼桶里有鱼蹦跶出来,翻滚挣扎,闪着绝望的鳞光——大海近在咫尺,却再回不去。

双方受伤的人,或捂着脸瘫坐在地上呻吟,或跛脚斜靠着栏杆喘息。长桥靠海的一端,红毛鬼和两个水手在挥拳围攻明叔和另一个同乡。长桥另一端,阿发说的差人总共有四个,穿着蓝制服,正扬鞭驱马横过大街要上桥。

"差人来了,都快散吧,谁也吃不起官司。"道叔爷被打倒在地上,强撑起半截身子,喊得声嘶力竭。桥头马匹的嘶鸣立刻淹没了他的苦口婆心。

那几个差人的坐骑不知为何就是不肯上桥,任差人们吆喝鞭挞、连踢带踹,就是踯躅不前。大家望过去的瞬间,四匹马同时狂躁起来,前蹄高高抬起,仰天长啸,随即转身往后面街上狂奔,全然不听背上差人指挥。

天色突然暗下来,人们抬头,发现蓝天上突如其来的灰黑云朵原来是成百上千只海鸟,"扑扑"羽翅如风,"啾啾"狂鸣如雨,铺天盖地。仿佛是应和天空巨大的骚动,海面上同时腾空跃起无数大鱼小鱼,前赴后继,银光迷离。飞溅的水花落到陈宜禧脸上。

金山如此神奇而不可思议!他看得发呆,扶着栏杆慢慢站起,一阵眩晕,脚下晃荡起来,好像又站在刚离开不久的甲板上。可是船在那边,他在这边——杰克逊给他的那一鞭子着实不轻,他伸手摸摸额头干涸的血包。

海浪可是比先前大了许多,山丘一样推过来,山脊翻腾着白雾,仿佛可以吞没停靠港湾的高康达号。不,不是仿佛,巨浪推翻了三桅大帆船,冲上长桥、冲散了红毛鬼和水手们,吞没了明叔。长桥扭曲起来,而街道这边,那些高耸的大楼也在颤抖、扭曲。

阿发拉起他往前跑,长桥在他们身后断裂,大楼在他们眼前坍塌,砖瓦纷飞,"噼啪"砸在身上、落在脚边,翻滚的尘土瞬间如大雾弥漫,挡住了视线。大地震荡,像海一样起伏、轰鸣。他们不知道发生了什么,只觉天塌地陷、无处落脚,必须不停地奔跑、逃离,却不知道往哪里逃。

当地面终于停止震动,尘埃渐次落定,陈宜禧和阿发满面尘土、衣衫褴褛,跌坐在一堆碎砖断瓦上。还好,除了身上这里那里被砸瘀划破,他们都没受重伤。他们离海岸已经很远,上了一个大陡坡。一路过来的楼房歪歪斜斜塌了大半,没倒的楼,墙壁裂口、门窗破残,掀翻的马车轮子还在旋转。

环顾四周,不见一个同胞。不时有洋人从楼房的废墟里爬出来,跌跌撞撞寻找着什么,哭喊着谁的名字。他们听见附近瓦砾堆下传来呼叫,便抱着希望跑过去挖碎砖、刨碎瓦,抬开断梁。第一次刨出个洋人少年来,蓝眼睛惊惶地盯着他们,什么也说不出。第二次,他们刨着刨着,又轰然塌陷了一片,下面的呼叫就停止了。

"道叔爷他们可能还在海边?我们下坡去找吧。"阿发刚说完,他们脚下又是一阵战栗。心狂跳,血涌上脑门,他们抬脚就跑。地面的震颤却很快平息了。

"先等等……"陈宜禧经历过洪水、饥荒、兵乱,却一时搞不清楚刚才的灾难源自何方。如果摇撼大地的是一群怪兽,它们很可能来自大海,先前海鸟和鱼群不是都惊恐逃离?差人的马也不肯往海边去。他眼前再次闪过海浪卷上长桥吞没明叔那一幕,不能确定他看到了道叔爷的去向。

天色已暗,海上刮来的风阴湿冰凉,浸透骨髓。他们找了个挡风的墙角暂且坐下。

"阿禧,我们是不是触犯了天神?"阿发歪着方脑袋问,又把眼睛眉毛皱成一堆:"我不该偷姜,不该吃发霉的萝卜干,不该抢辉仔的新背篓,不该偷看阿花冲凉……"阿发把自己从小到大做过的亏心事抖落一遍。

陈宜禧无言以对。的确,金山迎接他们的不是传说的遍地黄金,而是遍地瓦砾、断壁残垣。刚踏上金山码头那一瞬的崭新灿烂,是稍纵即逝的幻象。船上的磨难让他见识了洋人的蛮横无理,可刚发生的天翻地覆,他想了又想,除了茫然还是茫然。也许真像阿发说的,哪位神仙派天兵天将把金山狠狠"铲"了一回。是道叔爷说的"上帝"吗?

客家人够猛了,四年前那次,要不是朗美村提早得了密报,和邻近两个村子做好准备,反过来打了客家人的埋伏,也一定像前面几个村子一样,被他们"铲"得片瓦不留。而正是因为前面"铲村"畅通无阻,客家人掉以轻心,才被重创退去。吃够了客家人的苦头,后来四邑各村都练兵,还请了清军教头,甚至试过火枪。

但今天把金山"铲"个底朝天的神仙,无论客家人还是广府人,就算洋人威猛无比的枪炮,也都抵挡不过。难怪道叔爷在金山住久了也跟洋人一样要拜上帝。

坐在斜坡高处,瓦砾废墟前方一片黑暗,他知道那片黑暗就是大海,再远一些,海的对岸,有熟悉的家乡和亲人,他闭上眼就能看见村头的榕树和水井,夕阳里聚在井边扑扇闲话的叔伯婶娘,晚归的牧童骑在牛背上……他执意漂泊千万里来金山闯世界,一上岸却遇到洋人神仙发威,落得头破血流,连行李担子都丢了。一床御寒的被子都没有,还谈何挣钱买田、养家盖房?

四周沉寂下来,潮湿的海风把身上的尘土和血迹粘成一张硬壳,让他想起幼年经历的那场水灾和饥荒,山林里笼罩一切的无形的蜘蛛网仿佛又紧贴在身上,他不禁打了个寒战。

抱头长叹间,他猛然记起道叔爷说过金山有个宁阳会馆在唐人街,初来乍到的新宁人都要去那里知会一声,就像在乡下去祠堂拜会族人。"出发前在广州、香港办文书、取船票的时候,好像有宁阳会馆的乡亲帮忙?"他问。

"对呀,我就是和宁阳会馆签的契约,本来说到码头就有人接。"阿发把全身上下拍一遍,原本揣怀里的合同却大概早沉没海底了。

"不知道唐人街在哪个方向?天亮以后,我们要想办法找去那里。"或许道叔爷和明叔会在那里等着他?倘若他们没被巨浪卷走的话,他不敢再往下想。

他的胳膊肘被贴身褂子的衣角硌了一下。对了,临行前一晚,秋兰就着暗黄的油灯,在他贴身褂子的两个衣角各缝了一块碎银,说是防身用。她偏头斜肩,耷拉着长刘海,那是她多年养成的特有姿态,如果不知道她是为遮掩脸上的青记,倒显得娇羞。也许因临行前千头万绪,他焦灼上火,那一刻忽然对秋兰的缺陷以致整个人失去了耐心。新婚不到一个月,他倒暗自庆幸就快离开,所谓的新婚燕尔,他体会更多的却是各种不得已。

他独自走到门外,仰头靠着榕树发呆。田里已经灌水插了秧苗,有早熟的青蛙偶尔鼓噪;远处山林传来的猿啸悠长飘渺,像遥远的传说。对门章叔家的灯还亮着,也许沐芳会忽然推门出来,喊一声"阿禧哥"?她知道他第二天就要离开。他无法排解这样的期盼。章叔家的灯却最终黯淡、熄灭了。

夜深他才进屋,秋兰已替他收拾好行李,吹灭了灯。

"被面是新缝的,棉絮趁天晴都晒过了,新郎官的黑褂子也带去,虽说笨重点,多件换洗衣服也好,洋人的褂子毕竟穿不惯的。一袋米、一袋烤番薯……"她低声细气交代给他,一颗一颗解他的纽扣。

除了秋兰嫁过来的头一晚,他不记得正面看过她,她也尽量躲开他的目光。他现在记忆里只有她偏头斜肩的侧影,还有,暗夜里,她的触摸。一开始生涩、小心,指尖轻轻滑过,风一样无意的试探,他的童男之身却不禁如树叶般战栗回应。先前的陌生、迟疑和不情愿,还有看见她脸上青记时一刹那的惊诧抵触,在她指尖带起的微风里簌簌飘落。他闭上眼顺着那阵风俯下身,随即便落进了夏天午后的鱼塘,被荡漾的热汤浸没。

秋兰出嫁前大概没干过什么粗活,手指柔软灵巧,手掌丰满有弹性,似乎专为暗夜里的爱抚而生。那双手逐渐熟悉了他的身体,把握拿捏越发从容自如。临行前,它们更是格外殷勤,有些急迫、近乎贪婪,仿佛要带着它们的主人一起深深陷进他的身体。他体内却充满远航前的焦虑与凌乱,整个人船帆似的飘摇在半空,哪有心思应对离别带给她的迷惘和不甘?他尽着最后一次义务,她结实的胸在他身体的冲撞下滚动跳跃……

可此时想到这些,他的身体倒开始发热。他捏了捏衣角,两块碎银都在。也许够去唐人街的路费?他对秋兰的细致体贴由衷地感激。

他又摸摸贴身褂子的内兜,沐芳的吉祥结也还在。沐芳从小到大的样子他都记得清晰,她的眉眼、一颦一笑随时可以呼唤到眼前。但此刻他不敢闭眼唤她,一想到她,心里就空落得紧,眼前的境况就显得更窘迫、更无奈。

清晨的海边,浓稠的云雾掩盖了头一天灾难的迹象,混淆着海、天与地表的界限。然而灾难的记忆还新鲜着,陈宜禧和阿发走下斜坡,满目充耳都是异样的情形。街上行人寥寥,形影飘忽而稀薄,仿佛都是内心飘摇不定的投射。浪涛拍击岩礁的节奏似乎被重新启动,仍不甚合拍。偶尔的鸥鸣尖锐刺耳,像是变了腔调,从半空栽着跟斗落进海里。

根本见不到道叔爷、明叔和其他同胞的身影。陈宜禧盘算着只好先找个面相和善的人问路,正搜肠刮肚思量怎样用洋文说"唐人街",一辆马车在他们身旁停下。

驾车的唐人大约二十出头,一身白布唐装,整洁干爽,显然来自昨日的灾难之外。他洒脱地跳下车:"可找到你们了!"地道的新宁话。

"宁阳会馆的吗?"阿发迫不及待问道。

"是啊。"年轻人脸圆而白净,个子不小,比章叔还高,看人的目光从外眼角小心斜下来,有点躲闪,倒缓和了大个头的咄咄逼人。

"道叔爷和明叔他们可安好?"初到异乡,一筹莫展之际,忽然听到乡音,陈宜禧也几乎热泪盈眶。

"都好,都好。"

"请问仁兄贵姓?"陈宜禧作揖。

"这可是三藩市唐人街大名鼎鼎的财哥,你们怎没听说过?"车厢里下来一个腰圆膀粗的中年男子,也是一口流畅的新宁话。

"强叔莫怪两位小兄弟,他们初来乍到,大概唐人街在哪个方向还没搞清楚,是吧?"财哥笑。

"拜见财哥!小弟们昨天刚到金山就遇到天神发威、地动山摇。"阿发诉苦。

"哈哈哈,么嘢天神发威?地动山摇,那叫地震,三藩市不时就震一回,习惯了就不怕了。"财哥宽慰着,一边示意强叔领他们上车,"走吧,道叔爷还等着呢。"

车厢是全封闭式的,关上门一片昏暗,还有浓烈的动物臊气,平时大概牛马拉得更多。陈宜禧和阿发全然不介意,甚至有种到家似的温暖和释然。车厢底板垫的草屑黏乎乎混杂排泄物,他们满不在乎一屁股坐了下去。

强叔摸黑递给他们面饼和水罐:"几天没吃喝了?"

陈宜禧和阿发都忽觉饥肠辘辘,嗓子干得冒烟,接过水罐面饼猛灌狠吃。

一有食物落肚,海上长途颠簸的疲乏艰辛、初次经历地震的仓惶惊吓,很快都融汇成一床沉重的棉被,蒙头覆盖下来。他们不久就睡着了,昏黑的沉眠里连梦都没有。

路途比陈宜禧想象的遥远,一觉醒来,车厢门缝透进的天光已经黯淡,太阳似乎已经落山了,马车却还在摇晃前行。应该快到唐人街了吧?.他迷糊着眼睛想撑手坐起来,却发现双手被牢牢绑在背后。他猛一激灵,惊醒。车厢里,阿发仍在昏睡,双手也被反绑,强叔却不在了。

财哥和强叔不是来接他们去宁阳会馆和道叔爷会合的吗?干吗绑他们?他冲车头喊:"财哥?强叔?"无人应答,只有"哒哒"的马蹄声。

"强叔?财哥?"他又放大音量唤两声,依然没回应。莫非马车被歹人劫持了?财哥和强叔被害?他挣扎着坐起,扭着屁股挪到车厢门口,用脚蹬门,发现门外套着拳头般粗硕的铁链,铁链上挂着碗口大的铁锁。

他和阿发被人绑了!他完全清醒,心猛跳,一身冷汗。他"咚咚"踹车门,又用头撞车厢车顶,都牢不可破。强叔的声音从车头飘来:"妈的,怎么这么早醒了?"马车随即加速狂奔起来。

他跌坐下来,明白他们现在根本就不是去唐人街宁阳会馆。怎么中的圈套?回想起来,财哥自称是宁阳会馆的人,只说了道叔爷在等他们,根本没说要去哪里。而且,是阿发先说宁阳会馆、他先问及道叔爷的,财哥和强叔或许根本就不是宁阳会馆的人,也根本没见过道叔爷!在异国听到乡音的惊喜,走投无路时对财哥雪中送炭的感激,令他和阿发都大意了。

一道阳光透过门缝射到他脸上,他虚起眼睛,意识到初醒时以为是黄昏的黯淡原来是黎明前的黑暗,太阳正在升起。他们已经昏睡一天一夜?还是更久?上车时强叔给的吃食里一定下了药,否则他和阿发怎会一路颠簸都没醒?在新宁听说的各种拐卖猪仔的事涌进他脑海,在家乡没被卖猪仔,莫非到了金山码头还被拐卖不成?他哪甘心接受这样的厄运。

他用脚推醒阿发。阿发发现自己被绑着双手,又听他说了被财哥拐骗的推断,先是发蒙,等明白过来随即拿头撞车厢:"这可怎么办?阿爸阿妈替我买船票借了一身债,我要是被卖猪仔,连人身自由都没了,怎么替他们还债?"说完又要用头去撞车顶,被他拉住。

阿发又蹬腿去踹车门,也被陈宜禧阻止:"马车跑得飞快,就算你能把铁链踹断,现在跳出去也会摔个半死。"

"被卖猪仔还不如去死!"阿发哭。

"嘘,先想办法把绑手的麻绳弄掉。"

他和阿发背靠背,试着解开对方手腕上的绳结。解不开,又互相拉扯挣脱,手腕皮磨破了,绳子却似乎被扯得更紧。他们在车厢里找能割断绳子的利器,除了木板草屑连一颗锈铁钉都没找到。"只能用牙齿试试了。"

阿发说:"我先咬你的。"

他感觉手腕绳索上阿发像老鼠一样勤奋地啃嚼起来。啃了一阵,阿发停下了。他回头看,阿发咧嘴倒吸冷气,嘴角和牙龈都被磨破,渗出血迹。

"透口气,我来咬。"他俯身去啃阿发手腕上的绳结,嘴唇立刻被麻绳扎得生疼。刚啃一会儿,马车减速了,从门缝看是进了一个镇子。

陈宜禧脑筋飞转。马车一旦停下,他们就有逃离的机会,但除了跳车狂跑喊救命,他一时也想不出更好的计策来,毕竟人生地不熟,街上都是洋人。怎样用洋文喊救命呢?道叔爷没教过他,可"坏人"应该是"bad guy",对!"跳车就开跑,当街冲财哥、强叔喊 bad guy!"他嘱咐阿发。要是没人搭理他们,他也没有其他办法了。

马车在一片飞扬的烟尘中停下,夹道两层高的洋楼接踵比肩,飘出酒气肉香和喧哗的人声,窗玻璃在正午的阳光下亮得晃眼,看来是个热闹的镇子。

车门上的锁被"咔嚓"打开,铁链被"哗啦"拉下。财哥白圆的脸闪现。陈宜禧刚要张口喊 bad guy,财哥斜着眼对他亮出腰间的手枪,又做了个抹脖子的手势。强叔把陈宜禧拖到车门口。他使劲挣扎,脖子却立刻被卡住,一团烂布塞进他嘴里。

他被强叔拎到地上,财哥立即又把车门锁起来。"先拿这壮的去给他们验货,取订金回来,我再把车里这个小的给他们。"他吩咐强叔,又在陈宜禧腿上踢一脚让他站起来。

他的腿在马车上蜷太久,麻硬肿胀不听使唤。强叔把他像牲口般往路旁一栋洋楼拖,在干燥的沙土上画出曲曲弯弯的长道。洋楼门廊上有个胡子拉碴的洋人醉汉,正与两个艳妆洋女人纠缠。有个女子瞥他一眼,也没什么反应,扭头继续和醉汉调笑,好像他被双手反绑嘴里塞布团的样子是这个镇上司空见惯了的。

强叔终于把他拽上门廊的时候,醉汉歪歪斜斜撞上了强叔,强叔抓着他的手一时松开。陈宜禧撒腿就跑,刚迈步险些跌倒,两条胳膊本能地张开维持平衡,没想到手上麻绳被他一撑就断开了。阿发牙真好!

马路对面的洋楼不时有人进出,往人多的地方跑总有希望。他边跑边扯掉嘴里的布团。"喂!"强叔大喝着追上来,财哥也从马车后向他斜冲,一把抓过来却只扯下他褴褛衣衫的一角。

马路对面木板铺的门廊沿街连成了人行道,他跑上去,脚下越来越灵活,风一样绕过廊上行人。强叔紧追在后,却不如陈宜禧灵巧,不时撞到人,惹起一片咒骂。

"嗵嗵嗵……"急促的脚步撼动人行道上的长条原木,给淘金镇上本来就不甚平静的日子增添了新的悬念。

"Mom, look, Chinaman!(妈妈,看,中国佬!)"一个金发男孩突然跳到陈宜禧面前。为了不撞倒男孩,他猛地向右偏,脚下绊住了,身体整个扑倒,下巴磕到坚硬的廊沿,破口流血。

"查理!"高挑的洋人母亲把男孩拉到一边,俯身察看陈宜禧的伤势。"Are you all right?(你没事吧?)"白皙的手指拈着白底绣花手帕轻轻擦他下巴流淌的鲜血,蓝眼睛透出柔和的光。一时血止不住,女人示意陈宜禧用她的手帕捂着下巴,又扶他靠着廊柱坐起。

强叔追到跟前,喘着粗气,洋人母亲顺着陈宜禧的目光仰头打量。强叔板着脸,抬高眼睛避开女人的视线,东张西望一翻,然后无事人似地背起手,转身走开。

"我叫伊丽莎白。你叫什么?发生了什么事情?"洋人妈妈问。

"Bad guy……"陈宜禧连比带画,用他有限的英语,努力向伊丽莎白说明他被刚才的坏人拐骗到此。还有阿发被锁在坏人马车里。"Friend.(朋友。)"他指向远处的马车,伊丽莎白迷惑地摇头。她听不懂,是他没说对吗?在船上跟道叔爷学"朋友"的时候就费劲,一碰到字母"r"他的舌头就不知怎么摆。他又重复了几遍,伊丽莎白还是摇头。他该怎样表达?还要不要继续努力表达?财哥和强叔躲在满街尘土后观望,等他再投罗网,眼前的洋女人虽高大,毕竟还是女人,怎么斗得过他们?他的手忽然停止了比画,垂到腿上。

就在他犹豫的当口,他听到了马的嘶鸣,看到强叔挥鞭驱马,马蹄扬起的尘烟迷糊了他的眼。他跳起来,向那辆装着阿发的马车横冲过去。伊丽莎白紧跟上来拉住了他,"叽里呱啦"说一串他听不懂的话,看她涨红了脸,大概是责怪他不要命。

"Help! My friend……Bad guy!(帮忙!我的朋友……坏人!)"他急得跳脚。他想说,帮帮我朋友,别让坏人带走他!

却只能在他会的几个洋文词里转圈。

伊丽莎白却好像忽然明白了。她冲加速的马车舞动双手大喊,又拉住一个路过的男人,指着马车焦急地说话。男人从腰间掏出手枪对空开了两枪,马车却跑得更快了,男人对伊丽莎白摇头。她又向另外两个路人求援,大家望着疾去的马车兴叹,已经没人阻挡得住。

陈宜禧追着车轮碾起的尘烟猛跑一段,却终于再也跑不动,瘫坐到地上。

伊丽莎白提着裙摆赶过来,用眼神问:你打算怎么办?她身体散发的香气润泽着他燥涩的鼻孔。

离开新宁以来,除了道叔爷,还没有任何人给过陈宜禧踏实的感觉,眼前的洋人母亲却让他觉得可靠,虽然她的鼻子太尖、眼窝奇怪地深陷,整张脸孔却没有陌生感,像斗山镇陶瓷店里昂贵的白瓷盘那样细腻温暖。

"My friend……help!"他重复了几遍,虽然知道再说也没用,伊丽莎白的蓝眼睛里此刻也只有无可奈何。他想了想又说:"三藩市,uncle(伯父)。"他应该回三藩市去找道叔爷和明叔,然后大家一起想办法救阿发。他扯开衣角,剥出里面的碎银递给伊丽莎白,意思是他可以付路费。

伊丽莎白把银子按回他手心,摇头:"这里是萨克拉门托(Sacramento),坐马车去三藩市至少走两天呢。今天已经过了点,肯定没车去了,下趟车得等好几天。你确定你伯父在三藩市?"

65

陈宜禧似懂非懂，点头又摇头。伊丽莎白端详他片刻，领他走回他先前摔倒的门廊上。

一进门，正靠着柜台喝酒的洋人大汉走过来，把伊丽莎白搂到怀里亲了一口。陈宜禧一惊，却见伊丽莎白并无被非礼的难堪，还笑颜如花，冲壮汉两撇八字胡啄回去。他猜这大概是她丈夫，听说过洋人夫妻亲热不避众人眼目，头一回见识却也看得面红耳赤。

先前挡路的金发男童喊着"妈咪"从左边举着一根木棍冲过来，走在他前面的酒保托着一盘子酒杯，左闪右躲却终于被撞个趔趄，酒杯"哗啦啦"碎了一地。

"查理！"伊丽莎白惊呼。

陈宜禧离男孩最近，两步跨过去挡在男孩面前，以防他冲进玻璃碴里扑倒受伤。"Get out of my way!（给我让开！）"男孩恼火地推他，他稳住不动，直到亲伊丽莎白的大汉过来抱走了男孩。

"谢谢你！"伊丽莎白说。他咧嘴笑，对拿着扫帚跑回来的酒保比画，意思是让他来清扫。酒保嘟囔了一句，他不懂，酒保耸耸肩没好气地把扫帚丢给了他。他只是想帮个忙，酒保不会以为他要抢他的事做吧？像金山海岸边的洋人们以为下船的唐人要抢他们地盘？不过要是一时半会儿去不了三藩市，他还真得在这镇上找份零活干，找个落脚的地方，可他连话都说不清，谁肯雇他呢？

伊丽莎白和亲她的大汉继续亲密地说话，过了一会儿却争执起来。陈宜禧偶尔听懂几个词:"中国佬""金子""家""工作",但从他们不断转向自己的目光猜得出谈话是关于他。

数月后陈宜禧的英语水平渐长,和伊丽莎白聊起,才弄清楚她和丈夫皮特之间此刻的对话大概如下:

伊丽莎白:"亲爱的,这位年轻的中国人是被拐骗到这镇子来的。"

皮特:"蜜糖,你又多管闲事了?"

伊丽莎白:"查理调皮挡人家的路,害他摔破了下巴。下一趟去三藩市的邮车①得好几天之后才有吧?"

酒保插话:"可说不准,正常三天后,但东岸在打仗②,向西发出的邮车这一阵都不准时,有时十多天都不来一趟。"

皮特问酒保:"联邦军(The Union Army)打到哪里了?你有最新消息吗?"

酒保:"邦联军(The Confederate Army)的李将军(General Robert E. Lee)不好对付,联邦军在弗吉尼亚(Virginia)频频受挫。"

皮特:"那群该死的南方奴隶主……"

伊丽莎白打断丈夫:"知道你痛恨奴隶制,这中国男孩刚到美国几天,人生地不熟差点被拐卖为奴,可不能让他再被拐了。"

---

①那时美国邮车也运送乘客。
②美国南北战争。

皮特:"中国佬不一样。"

伊丽莎白睁圆眼睛:"怎么不一样?黄皮肤奴隶和黑皮肤奴隶有什么区别?"

皮特:"呃,你想怎么办?"

伊丽莎白:"可以先带他回北花地(North Bloomfield)吗?等下次我们去三藩市办事的时候再带他过去。"

皮特:"他在北花地能干什么?"

伊丽莎白:"让他去你们金矿做点事?"

皮特:"他?个头比我们查理大不了多少,能干什么?"

伊丽莎白:"听说中国人吃苦耐劳,工钱也要得不多,你给他个机会试试嘛。"

皮特:"金矿现在生意不如从前,你也知道,法国人和德国人都失业,这小中国佬,说不定又是个鸦片烟鬼,有什么竞争力?"

伊丽莎白:"我在北花地见过抽鸦片烟的中国人,都是目光涣散,可你看这男孩,虽然长途跋涉,眼睛却清澈有神。他能从拐骗者手里逃脱,足够机灵;受伤了还拼命去救朋友……"

皮特:"救朋友?"

伊丽莎白:"是啊,他想用身体去拦住拉走他朋友的马车呢,幸亏被我拉住了。这男孩仗义,我看好他。"

皮特:"你看好?那你给他工作好了。"

伊丽莎白:"你说的?正好家里德国保姆嫌北花地偏僻

要辞职,我可就雇他了!"

皮特异样的目光:"你怎么知道他能胜任?"

伊丽莎白扬起下巴指向陈宜禧。他刚把地上的玻璃碴都扫进了酒保给的铁铲里,正埋头四处查看是否还有没扫干净的地方。

皮特不屑:"扫地谁不会?"

伊丽莎白:"扫地谁都会,可像他这样扫得一丝不苟的人可不多,还有刚才他保护查理的直觉反应那么快,你也看到了。"

皮特不说话,伊丽莎白执拗起来:"我一人在家带三个孩子容易吗?我看他能帮我管好家!"

第五章

席卷全身的震撼

美国加州北花地（North Bloomfield）

"你叫什么？"查理圆滚滚的眼睛像两盏小灯笼照到他脸上。

陈宜禧猛地从床上坐起，头却被辫子扯得往后仰——辫梢被查理攥在手里。

"阿禧，我叫AhHee（台山话）。"他指指辫梢，让查理放手。

查理却把辫子攥得更紧，扭头冲厨房门口说："Ah Ham！哈哈，珍妮，你听见了吗？长猪尾巴的中国佬叫火腿（ham）！一会儿早餐吃的火腿，哈哈哈！"

陈宜禧这才看到门口站着个小姑娘，五六岁的样子，蓬松的白裙，金发梳成一绺绺的小卷，绕着蓝丝带，和他在西洋画里见过的洋囡囡一模一样。"他会痛的。"珍妮指着查理手里的辫子细声细气说。陈宜禧拧着脖子对她招手，她腼腆地笑。

"你睡了我的床!"查理用力一拽,陈宜禧从床上跳起来。

昨晚他随伊丽莎白一家坐马车从萨克拉门托到了北花地。伊丽莎白让他把查理睡过的小床从后院柴房搬到厨房,又让他洗了个热水澡,换上皮特的旧衬衣。床有点短,他蜷着腿躺在上面;皮特的衬衫巨大,他穿上像长袍,却睡了离开家乡以来最安稳的一觉。

"查理,快放手!"伊丽莎白进来,怀里抱个两岁左右的男孩,长着一头柔软的金毛卷。"阿海是我请来的管家,你不对他好点,以后他打扫房间的时候,把灰尘都扫到你房间去。"

珍妮咯咯笑。"不许笑,我要他把灰尘都扫到你房间去!"查理瞪妹妹一眼,又对母亲说,"他不叫阿海,叫阿汉,我们吃的火腿!"

"是这样吗?"伊丽莎白问陈宜禧,声音和目光都让他放松。

他并没听懂母子的对话,但猜没什么要紧的事,咧嘴笑着点头。

"噢,那对不起,我一直叫你'阿海''阿黑',拿不准发音,这下好记了,阿汉。查理,还是你耳朵好使。"伊丽莎白揉揉查理的耳朵,查理得意地扬起头。

伊丽莎白让查理带弟妹去客厅玩,叫陈宜禧跟她一起准备早餐:"布朗先生吃完去矿上,通常没时间回家吃午餐,早餐我们得把他喂饱。"

炉子是个生铁造的庞然大物,占了半个厨房。"烧水、煎蛋、煮汤用上面的炉头,熨斗放在旁边铁板上加热,下面的加热箱烘土豆,烤箱做牛排,烟囱要每天清扫,你要留心定时加柴,别让炉子熄火。"伊丽莎白耐心讲解,陈宜禧虽听得糊涂,却悉心揣摩。在新宁都是砖砌泥糊的柴灶,煮饭、炒菜、烧水统统用一口大铁锅,哪有这般分门别类?洋人的机器就是讲究,连做饭的家伙也不马虎。

伊丽莎白又指导他往餐桌上铺红白格子桌布,教他刀放右、叉放左、餐盘摆正中,他意识到洋人的讲究,至少这家洋人的讲究是方方面面的,哪里都马虎不得。最后他小心翼翼把摊鸡蛋、煎火腿和烤土豆分成四份盛进每人餐盘时,已经满头汗珠。

餐桌上伊丽莎白适时对丈夫夸道:"看阿汉帮我切的火腿,又薄又匀,所以今天煎得尤其脆,是不是?"

"是,可做这顿早餐比平时多花半小时,眼看我就要迟到了。"皮特刚刮过的脸棱角分明,下颌有力地嚼着火腿。

"开始总要培训嘛,过两天就好了。"

"土豆没味道,盐,给我盐!"皮特对候在一旁待命的陈宜禧说。

陈宜禧茫然不知所措。

伊丽莎白对他指指厨房,他还是不明白皮特要什么。她只好叫珍妮去厨房拿。

皮特嗤鼻:"你确定要他做佣人?他连人话都听不懂。"

"蜜糖,我爱你,但我真不喜欢听你说这样粗鲁的话。"

皮特不再说话,埋头吃完早餐,拿起外套推门走了。

伊丽莎白指挥陈宜禧收拾厨房的时候,才发现皮特的午餐没带:"查理,你把爹地的午餐送到矿上去。"

"我上学要迟到了,让珍妮去!"

"珍妮还小。"

"你总说珍妮还小。"查理噘嘴跑了。

伊丽莎白叹气,目光转向陈宜禧:"我要准备下午的茶会,你能和珍妮一起去送午餐吗?"

他弄清楚伊丽莎白的意思后,欣然提起装午餐的洋铁盒随珍妮出了门。

珍妮是个爱说话的小丫头,吃了阿汉做的早饭,就把他当家里人了,也不管他听不听得懂,指东指西告诉他小镇上的事情。

"国王沙龙是镇里最热闹的地方,沙龙主人迪克什么都知道,小孩不懂的事都可以去问他,大人也问他。"

陈宜禧顺着珍妮的手指看,左边深红的三层木楼,倾斜的屋檐下有个穿黑礼服的男人走出来,对珍妮挥手。

"门廊上坐的是懒汉亨利,每天都在那里打瞌睡,赶都赶不走……噢,早上好,米勒医生!"珍妮跟沙龙隔壁小楼门口穿白衫带黑领结的中年男人打招呼。

"早,珍妮,这是谁?"米勒医生的灰眼睛透过眼镜片上下打量陈宜禧,飘忽而阴郁。

"我们家的中国佣人。"

他们走过一栋苹果绿的木屋,小巧精致,前院草木修剪得一丝不苟,树上开满粉花白花,新漆过的白栅栏亮得晃眼。"罗斯夫人的房子,她后院养了好多猪,她叫它们'我的孩子',但她不喜欢小孩,我们都躲她。可是树上结果的时候,查理和镇上男孩都会趁天黑来偷,有桃、梨、苹果。"

珍妮又踮起脚尖指向罗斯夫人屋后:"从那条小路往后走,是Chinatown(中国城)。"

陈宜禧听懂了China(中国),眼睛一亮。

"那里有和你一样的中国人。"珍妮指他的辫子。

陈宜禧左右眺望,虽没看见同胞的影子,内心却像忽然通了条渠道,家乡的泉水汩汩流过来。原来在这陌生的地方,他不是一个人。这里的中国人应该知道道叔爷说的唐人街吧?等他安顿好了就去会会他们。

再往前,左边有座灰色的尖塔,查理和一个满脸雀斑的大男孩在拱形门口的木梯上说话。"查理,你为什么不进去上课?"珍妮责问,查理没理她。

珍妮皱起眉头往前走:"那是教堂,也是学校,周日亚当斯牧师在那里布道,平时牧师的姐姐亚当斯小姐给小孩子上课。妈咪说过了夏天我也可以去上学了。"

北花地的主街不长,沙龙、旅店、糕饼铺、药房、马厩、铁匠铺、教堂一路过去,很快他们走出了小镇。森林边缘有栋破旧的木屋,前院杂草丛里,十来只肥瘦不等、毛色各异的猫在阳光里打盹。陈宜禧探头观望,立刻被珍妮拉走:"都是大个里奇的猫。他身上总有怪味,听说他从来不洗澡,还有……他杀过人。"珍妮压低声音,煞有介事的眼神和稚嫩的小脸很不协调。

春风"噗噗"拂动草木,吹开了珍妮眉头的小锁结,她蹦蹦跳跳,咿呀着好听的童谣,捡松果、采野花、追蝴蝶,像一朵从蓝天飘落树林的会唱歌的白云。林子不如新宁山里茂密,大多是挺拔高耸的松树,地面铺满厚厚的松针,踩上去干爽软和。闻不到新宁山里沁人心脾的清幽,却有温暖的松香充盈鼻翼,鸟鸣同样悦耳,溪流同样透明。

沐芳随她阿爸初到朗美村那时,比珍妮还小一些。章叔在村头给人把脉看病,她就安安静静坐在旁边,像一尊小菩萨。陈宜禧第一次看见她的时候,觉得她额头放光,人虽小,眼神却那么沉静,不像凡人。他那时也不过和查理一般的懵懂年纪,只是喜欢看她,每次见她,雨天就晴了,夏天的日头也不毒了,她只要在那里,全世界都亮堂,没有苦。也不止他一个人,全村老少都喜欢她,连平时最调皮的男孩,看见她都会乖起来……

他们沿着林间土径上山又下坡,水声越来越响,前方似乎有巨大的瀑布。最后水声轰鸣,完全淹没了其他声响。他目瞪口呆。

"瀑布"从立在谷底的八门大炮由下往上喷,和山路一样宽大的水槽从后面山脊蜿蜒架设到水炮后面,源源不断输送

"弹药"。大炮喷出水柱冲刷前方山丘,沙石层层解体剥落,一人多高的巨石也被轰然掀下山谷。被高压水龙冲刷的山丘像被五花大绑的巨人,浑身是水刀水剑切割的沟壑,锈红的岩层是巨人胸膛的丝丝血痕。

陈宜禧似乎感受到水炮抨击下巨人每条神经的战栗。万箭穿心、被卸肢解体却无法挣脱,何等无奈痛苦。他想起刚到金山海岸那天的地震,天地发威的时刻人也无可奈何,但人在这里借用机械,竟有了绑架群山、喝令山神的威力。意识深处,似乎有什么也被水炮冲开了,裸露的岩层颤抖着,等待全新的萌发与生长。多年以后,他回想起来,还能清楚地感受到此刻席卷全身的震撼。

水炮终于停止发射,先前不知掩蔽何处的工人纷纷扛着锄镐走上前,开始翻刨矿石。

洋人这样开山挖金啊!陈宜禧恍然大悟。不是像听说那样用筛子一粒粒地淘?这样冲刷金山得用多少水?他们每天能刨出多少金子?他想立刻跑下坡去问,但在高矮不一的矿工里却不见一个唐人。皮特在工人们身后巡视指点,他身穿米色帆布外套,马裤扎在长筒靴里,煞是英武。

"爹地!"珍妮蹦跶着欢呼。

"别乱跑,危险!"皮特跑过来,张开双臂让珍妮跳到怀里。

皮特投向陈宜禧的目光却满是恼火。"你妈妈疯了?怎么让你独自跟中国佬来矿上?"他抱起珍妮,抓过陈宜禧手里的洋铁盒,不耐烦地扬扬下巴让他走。

"珍妮?"陈宜禧问。

"不,珍妮不跟你走,你先走吧。"皮特挥手赶他。珍妮靠在皮特肩上对陈宜禧摆摆手。

他不知说什么,转身往回走。一路琢磨:伊丽莎白解救他于险境中,还给他到金山后的第一份工作,他何等幸运,当知恩图报;可皮特显然不欢迎他,不知以后还会给他什么难题?但早上的难题其实是因为自己听不懂洋话,直觉皮特并非像高康达号的红毛鬼那样蛮不讲理,他得好好学洋文,话都说不通,别人肯定当你傻子……洋人做事确实动脑子,代步的自行车两个轮子连着转就成不倒翁,普通烧饭的炉子也做成分工细致的机器;淘金又借水力,他做梦也想不出用大炮射水开山劈岭,虽然新宁水多成灾。皮特看上去是金矿领班,如果能跟他学学就好了……

他忽然开窍:来金山,靠蛮力打工攒钱最简单,可也是最笨的办法。他没看到传说中的遍地黄金,找金子大概得碰运气,而且洋人那么凶,淘金不一定轮得上他。可学好洋文,再学会洋人事半功倍的本领,钱是不是自然就挣得到?还不必拼死拼活做苦工。

他兴奋起来,想他对沐芳说的"最多五年"或许真不是夸海口。要是沐芳就在身旁听他唠叨今天的见闻该多好。在新宁凡是遇到新鲜好玩的事情他总会最先讲给沐芳听,或者直接拉她去看。他喜欢看她拍手欢跃的样子,从她眼里再看一遍同样的事物,他所经历的一切都平添了光彩和味道。四下无人,他喊了一声"阿芳",草叶窸窣,仿佛是她的回应。

刚进小镇,他满心的澎湃却被一块横飞过来的石头砸了下去,肩膀生疼。

"嘿,哪里来的中国佬!"两个十来岁的男孩从树林里追出来。

"你偷了谁的衣服?"他们指着他身上皮特宽大的旧衬衣喝问。

陈宜禧听不懂,也不想理他们,加快了脚步。不料前面又冲过来一个比他还高的大男孩,叉腰拦住他,脸上细密的雀斑因莫名的兴奋跳动着。他认出这是先前在教堂门口和查理说话的大男孩。

"伊丽莎白,皮特……帮查理、珍妮……"陈宜禧想说明他在伊丽莎白家帮佣。

"他说什么?从查理家偷的?"男孩们围住他,"要告诉查理!"

"不,逮捕他,交给警长!"

三个男孩争相抓他胳膊。他没有对抗,听口气他们似乎都和查理熟识,应该是镇上的街坊,他初来乍到,不能惹事,由他们闹吧。

三个男孩押着他往前走,一个满脸络腮胡的男人靠在路边栅栏上,抚弄怀里毛色混杂的猫:"弗兰克,中国佬干吗了?"

"嘿,里奇,你起床了。中国佬都是贼。"大男孩回答。

"你们打算拿他怎样?"里奇跟上来,一股恶臭袭来。

"送去警长那里。"

"那太便宜他了,把他裤子扒下来,喂猫。"花猫被里奇挤出一声尖叫。

男孩们怪笑,手摸到陈宜禧裤腰。他想挣脱,手却被身后男孩扭紧,他抬腿胡乱踢出去。身旁小男孩被踢中,倒坐在地,磕破了手肘,"哇哇"大哭。

"中国佬打人了!"大男孩狂怒,拳头暴雨般砸来。

他无法遮挡,脸和头迅速肿胀起来,热流涌进咽喉。

"跪下给比尔道歉!"弗兰克指着坐在地上的小男孩,一脚踢到陈宜禧腿弯,另一个男孩顺势放开他的手臂。膝盖撞击地面的瞬间,震荡传到牙关,疼痛慢半拍,从皮肉搓进沙石的手掌开始,钻心。

他还没来得及反应,里奇从侧面猛踢一脚过来。他听见自己右肋发出奇怪的声响,如同瓦罐爆裂,眼前一黑,知觉被摇撼得失去方向。"把他踢沟里去!"里奇的声音仿佛从远处山林传来。弗兰克接着从左侧踢来的一脚彻底关闭了他的意识。

他在海上漂流,身体泡在水里,头卡在高康达号舱舱,憋闷,不能呼吸。明叔拿着沐芳的吉祥结在他眼前晃,他伸手去抓,胸口剧痛,喘不过气。"强叔"卡着他脖子把烂布塞进他嘴里,用拳头一直捅到他胸口,堵住了呼吸……红毛鬼抬起巨大的脚掌狠狠踩中他心窝,他"啊"一声从剧痛中醒来。

他意识到自己被散发恶臭的洋鬼和满脸雀斑的大男孩踢坏了。他半截身子泡在水沟里,想爬出去,一动就痛得倒抽凉气。身体右侧仿佛钻进一把无形的锥子,每次呼吸把疼痛扩散到全身,额头冷汗涌流,瞬间迷糊了眼睛。他在疼痛的漩涡里打转,意识挣扎着不要再次迷失。

天色已晚,一抹暗红迅速变换成紫灰,山脊上的残月忽明忽暗。树林里传来"沙沙"的动响,风里飘来动物的腥臊。不是牛马家禽的气味,可他判断不出是什么动物。在镇子边上的树林里,很可能是山里下来觅食的野兽。他似乎看见几颗萤火般闪烁的眼睛向他投来试探的目光。

小时候在新宁山里放牛迷路,他遇到过野狼,但那时他能跑能藏能爬树,还有同行的伙伴壮胆。现在他是一团孤零零的血肉,除了一动不动装死,只能听天由命。离开新宁前章叔给他算的卦不是说虽然千难万险,他最终会荣归故里吗?他刚到金山,逃过了地震和拐骗,不应该今晚就丧命落进野兽肚里啊。他紧闭双眼,屏住本已经不畅顺的呼吸,心里默念:"降魔消灾的北帝、大慈大悲的观音菩萨、创造世界的上帝……"却忘了洋人神仙的名字。迷乱痛苦中,摇摇欲坠的意识只抓住了一念:荣归故里,荣归故里……

他感觉到动物温热的鼻息,耸立的皮毛刷过植被,厚实的足掌步步踏近,正在伸张的口舌、密集锋利的齿牙……

初夏清风拂动北花地数百棵开花的果树,把缕缕芳香送进布朗家敞开的窗口。

八年前,伊丽莎白和皮特初到北花地的时候,这里不过是十几个金矿探测者聚居的营地。皮特带她住在当时唯一的旅店"法国酒店"里,旅店的屋顶是帆布搭的。这两年水力淘金进入鼎盛期,北花地发展成繁荣的小镇,有两百多户固定人家。每周两次,镇上的太太们轮流做东,聚在一起喝下午茶。虽然北花地的女人远不如伊丽莎白在纽约的女伴们风雅时尚,不清楚巴黎最新流行的服装式样,也不知道纽约戏院最红的歌剧名角是谁,但她们当中任何一位都能随时走进厨房、烤肉排、烘蛋糕、调制杂果喷趣酒。

下午太太们带来的点心里,米勒夫人的奶油泡芙最受欢迎,一大盘很快就被分吃完了。伊丽莎白做的樱桃蛋糕大家说精美绝伦,一看就是纽约大户人家小姐的手艺,层次、色彩和奶油花边都那么讲究,可是这么漂亮,真让人不忍心动刀叉。"瞧这白色亚麻桌布,多么细致,"罗斯夫人肥厚的手掌抚过桌布边缘绣的紫红玫瑰,"和桌上细瓷茶具的图案配套呢。"迪克夫人赞叹了伊丽莎白蓝白相间的条纹衣裙,又拍拍她坐的红丝绒躺椅说,每次到你这里来,都像是到了曼哈顿,离开纽约的精致生活到粗糙的淘金小镇来,你没后悔过?

伊丽莎白笑着,翘着手指为大家切蛋糕。她总是情不自禁要坚持那么一点点仪式感,她的富贵出身和严格教养就算西部前沿的粗糙也不能磨灭。她曾以为,只要和皮特在一起,这些细枝末节以及她的原生家庭,都可以彻底摒弃。十年过去,她已经和皮特生了三个孩子,却发现有些与生俱来的印记是无法抹去的。

十八岁那年,爱情如一架不羁的马车,不期而至。有时她想,假如没遇见皮特,或者没堕入爱河,她会在哪里、做着什么?或许在费城念完女子大学,然后回纽约嫁人,也会有两三个美丽的孩子吧,可她是否会一样深爱他们?亲手喂养、日夜守护?还是像她自己的母亲,周旋于纽约社交圈的茶会晚宴、闲言碎语间,少女时代研习的文学美术音乐不过是谈资和地位的标识,偶尔光临育婴室,坐一旁用探究的目光观看保姆带女儿蹒跚学步,兴致不及她看歌剧或者马戏的时候高?

不羁的爱情马车带伊丽莎白远离了纽约出门香车、入户华灯的日子,她深知那样的生活看似风光却可能内里虚空,纽约的父母亲朋根本无法想象她所经历的西部蛮荒和艰险。她和皮特从东岸长途跋涉一路过来,学会自己洗衣做饭搭帐篷,逃过印第安人的围追,躲过劫匪的枪战,从霍乱的梦魇中生还……她从最基底的层面开始,扎扎实实地体验着人生,就像做面包从和面做起,她为自己和皮特烘焙了喷香的生活的面包,日子过得茁壮真实。

她没后悔过。若让她再次选择,她仍会毫不犹豫地选择爱情和冒险。

"你不是雇了个中国佣人吗?怎么一下午都是你在忙?"

迪克夫人问。国王沙龙也是北花地的邮车站,昨天她看见阿汉随伊丽莎白下了车。

对啊,阿汉呢?他和珍妮去了大半天,莫非被皮特留在矿上帮忙了?

傍晚皮特抱着珍妮回家,伊丽莎白不见阿汉跟随,心里浮起不祥的预感。

皮特说:"我上午就让他自己走啦。他没回家?看你非要弄个不知哪里来的中国佬做佣人,还不快看看家里丢东西没有?"

"你怎么这样说?"伊丽莎白看着窗外由紫转黑的暮色担忧,"你怎么让他自己回来?他大概走丢了,咱们得出去找找。"

"天都黑了,去哪里找?他那么大一个人,想回来怎么也回得来。你不是说他机灵吗?"皮特从身后拥住她,"总不能为个小中国佬让你丈夫和孩子吃不上晚餐吧?"

"我要吃阿汉做的晚餐。"珍妮凑过来。

"别闹,帮你妈咪准备晚餐去。"

第二天清早,伊丽莎白一起床就去厨房。屋角小床空着,早起的红顶啄木鸟已经在后院树丛里敲鼓,却仍不见阿汉影踪。伊丽莎白换好衣裙往外走,皮特跟上问发生什么事了,她说:"去找阿汉,今天你给孩子们做早餐。"

皮特愕然的目光落在她后颈窝,她没回头。皮特上一次做早餐大概是十年前,在他们从纽约西行而来的路途中,她染了霍乱,性命垂危。皮特不屈不挠地看护她,洗衣做饭求医,没马没车的时候就背着她,一天走七八英里……她第一次见他,他还只是她父亲的助理,他们对视那一刻,她看到了他刚毅外表下的柔软内心。虽然他并不赞同她那些人人平等的观点,称那是她透过玫瑰色眼镜看到的人生,但她有信心,皮特的善良宽厚最终可以跨越种族,尽管他对阿汉很有偏见。

有人沉重地拍门,是"中国花园"种菜的老王:"布朗太太,你家中国佣人……"

伊丽莎白随老王疾走进晨雾中的菜园,阿汉躺在卷心菜地边上,双眼紧闭,脸像菜叶般青灰。老王说他一大早出门挑水浇菜,在镇子边的树林里看见了奄奄一息的阿汉:"他身体附近绕着山狮的掌印,连野兽都不愿意吃,不知还活不活得过来。"

她伸手去探他的鼻息,微弱混乱,但还算持续:"快去请米勒医生。"

伊丽莎白难以置信地看着阿汉残破的样子,他的身体被充满恶意的暴力损坏了形状,模糊的雾气环绕在他失去意识的头部,好像是他的魂魄再不堪承受身体的痛苦,逃逸出体外,冷却成形。十年前,霍乱让她形容枯槁、连呼吸的力气都快消失的时候,她也见过类似的雾气飘浮在自己头顶。那时疾病在西迁的开拓者队伍里蔓延,他们缺医少药,走过的路边每天都有新起的土坟。她不清楚头顶的雾气是自己即将离去的魂魄,还是那些坟头飘来的不甘离世的灵魂,而她被那毫无重量的雾团压迫得完全不能动弹,就像阿汉此刻。他还能从迷雾中醒过来吗?

米勒医生往阿汉嘴里灌了口药酒,呛得他咳嗽起来,睁大眼睛。大概伤口震荡,他本能地蜷作一团抵挡剧痛,显然更难受,四肢瞬间又摊开,他放弃了挣扎,两眼望天,茫然无光。

米勒医生摇头:"右边有条肋骨断了,体内器官发炎肿胀,找人把他抬去中国城吧。"

"那怎么行?"扔到中国城,他也无亲无故,岂不只能等死?她满心焦愁。

米勒医生耸耸肩:"我也无能为力,只能看他的运气了。再说镇上百来号中国佬有他们的团伙章法,生死有自己人管,白人没有照管中国佬的义务和先例。"

穿黑裙的亚当斯小姐抱着一摞课本路过,在胸前画个十字:"可怜的被上帝抛弃的天朝人[①]。"

"你看不出来他是被毫无慈悲心的恶人所害?打伤他的人才该被上帝抛弃!"伊丽莎白有点失控。

亚当斯小姐的长脸更白了,又在胸前画个十字,把亚当斯牧师拉过来。瘦高的牧师垂下头,开始为阿汉祷告。牧师念诵的是安抚垂死者的经文,伊丽莎白更加不安。

"这样吧,"皮特不知何时走进菜园,递给老王两张钞票,

[①]celestials,美国白人当时对华人的另一种蔑称。

"借你的棚子给他养伤。"皮特说的棚子,是老王搭在菜园边上歇脚躲太阳用的,几根木棍支着一张帆布。

"正是暴雨季节,这棚子怎么避风遮雨?更别说虫蛇野兽了。"伊丽莎白摇头。

"蜜糖……"皮特恳请的口气让她安静下来。

就算她让人把阿汉抬回家,她怎能兼顾家务孩子和阿汉的伤呢?老王倒是诚实人,他卖的青菜比别家都便宜新鲜,一毛钱一大篮子,她是主顾,中国花园离得也不远,她可以抽空探望:"但这棚子怎能住人?"

"过夜确实不行,况且伤成这样。"老王为难地摊开双手。

皮特低声牢骚:"非要雇中国佬,话不会说、事不会做,现在好了,受了伤还得你伺候他?"

她看着老王满手老茧,想到个权宜之计:"让阿汉在我们后院的柴房养伤,日常挑水、劈柴的重活先请老王来帮忙做一段时间,好吗?"阿汉显然是被人打伤的,我们能弃之不顾?我们是那样的人吗?伊丽莎白用眼神恳求皮特,无言中和他心中的柔软对接,他会懂,他懂。

阿汉忽然呻吟着要爬起来,嘟囔着中国话。老王劝他别动,他还是挣扎,脸憋得忽青忽红。"他说他不能躺着等人抬,要自己走,能走就能干活,他不能头一天就丢了工作。"老王翻译。

"可怜的阿汉!"她再也抑制不住,哭出声来。

皮特叹气不再坚持:"快回家吧,小汤姆醒来不见妈咪哭得上气不接下气。"

阿汉被安置在后院柴房,珍妮欣然当起小护士,不停望墙上挂钟,问是不是该给阿汉端水送面包了,并随时向伊丽莎白报告阿汉的情况:"他抬头喝水都好费劲呢。""他的手好烫。""他闭着眼睛不说话。""阿汉不会死吧?"

"有你认真照看,当然不会。"

"保证吗?"

"保证。"她拍拍珍妮的小脸,担心对女儿的承诺不能兑现。

下午老王来做杂活,把中国城杂货铺的店主阿金也叫来了。在伊丽莎白的印象中,阿金似乎一年四季都穿着那套白绸中式衣裤,纤尘不染,应该是北花地最讲究卫生的中国人了吧。

阿金查看了阿汉肋间的伤情,抓起他的手腕摸了一阵,随即让老王在后院用几块石头架起两口锅,把他拎来的一大包干草叶摊开,分拣成两堆倒进锅里,又掺了水,生火煮汤。

阿金杂货铺里卖的那些非茶非汤的液汁,莫非就是这样用草叶熬出来的?伊丽莎白有时会到阿金那间巴掌大的店面买冬瓜条、金橘蜜饯和南瓜子等等让查理和珍妮嘴馋的中国零食。店门口时常聚着从镇子边的哈姆巴格河淘金回来的中国人,他们的辫子盘在头上,挽着袖子裤腿,端着黑陶碗"咕嘟咕嘟"大口地喝那些褐色的液汁。阿金曾跟她解释过,那些液汁能"除湿、祛风",她根本没弄明白,斗胆尝了一口,像泥巴泡水,赶紧吐了。

汤熬好了,老王按阿金吩咐,把一口锅里的汤盛给阿汉喝,另一口锅里泥土般的汤渣被捞起来捣碎,敷到阿汉受伤的肋骨上,再用布条包扎起来。老王腿粗手大,没想到照料病人却很细致。伊丽莎白在一旁观察,没有阻止,却也没抱希望。米勒医生都没办法,开杂货铺的阿金和种菜的老王能创造奇迹?

阿金的草叶汤似乎让阿汉的呼吸平稳了一些,虽然他的身体因为疼痛还不时抽搐,他却渐渐睡熟了。傍晚伊丽莎白再来查看的时候,阿汉依然沉睡,额上一层汗珠,嘴里时而喃喃。"阿妈""阿爸",她猜大概是他用中国话在呼唤父母,远离家乡又不知被谁打成这样,自然渴望父母在身旁。她猜测阿汉的年龄,十六七岁吧,应该比她离开家的时候还小,一定还不太懂得如何保护自己,她是否有责任查清殴打阿汉的凶手?可查清了又能怎样?法律对欺负这些中国人的恶棍通常睁一只眼闭一只眼,现在当务之急是保住阿汉的性命。

她拿毛巾擦他额头的汗。阿汉忽然抓住她的手,反复喊"阿芳、阿芳",门牙不时紧扣住下唇,眼皮随着呼吸急促跳动,却始终没睁开。"阿芳"又是什么意思呢?是什么让他躁动起来?她把他的手平放到他身体一侧,查看他的伤口,没有流血化脓;又唤他几声,他也没反应,早上飘绕他头顶的不祥雾气却似乎消散了。

阿汉昏睡的五天里,老王每天来煮汤敷药。第六天老王再来的时候,阿汉爬了起来,要自己熬汤。他佝偻着腰,脚下却好强地站得很稳当。老王没和他争,转身去劈柴挑水。

阿汉的恢复快得有点像魔术师翻牌,伊丽莎白想这个中国男孩的生命力或许比她想的要顽强许多,而阿金那些草叶一定也帮了大忙:"是什么灵丹妙药?"

阿汉比画:中国草药,老王的中国花园里就种了一些。

她的确在老王菜地的边角上看到过一些说不出名目的植物,以为那只是在老王疏忽间任性生长的奇花异草。

"中国人都用草药治病吗?"

阿汉摇头又点头,似乎说他家乡有位很会用草药治病的邻居。他断断续续的语句中反复提到"章叔""阿芳",而"阿芳"是他在昏睡中一再重复的那个词。她不懂这两个中文词的意思,但阿汉的口气和神情告诉她,它们代表的人或事对他很重要。

伊丽莎白是北花地第一个雇中国人帮佣的主妇,完全反潮流,镇上的邻居或咋舌或冷眼旁观,私下议论:不知她哪天就会换掉那个连话都说不清楚的小中国佬呢。她却喜欢这样的挑战,多年后她回想起那个为她工作了五年叫阿汉的中国男佣时,仍然感叹他的聪明勤快,当然也会说起他闹的笑话。

阿汉重伤初愈,在厨房给伊丽莎白打下手,切菜、和面、刨土豆皮,对她讲究的很多习惯一开始都莫名其妙。每次摆

89

餐具,他似乎觉得刀叉分别放在盘子两边就很好,不懂为何一定要分清左右;至于她为什么早餐午餐要铺格子桌布、晚餐又换白桌布,就更不理解:"白桌布很容易脏,不是吗?"

"慢慢来,阿汉,你会习惯的。"

某个早晨阿汉忽然问:"我今天能烤面包吗?"

伊丽莎白才意识到,不知哪天开始,阿汉已经不需要提醒就知道怎样准备餐桌了,铺什么桌布、用哪套盘碟、刀叉摆放的位置都准确无误。

"好,我教你。"她系起围裙准备示范,阿汉却把发酵好的面团摆到她面前:"这个OK?"

她捏捏,软硬干湿都合适。阿汉随即把面团分切成小块,捏成她喜欢的椭圆形,在每个面团表面刷上预先化好的黄油,齐整地排列到烤盘里。烤盘送进烤箱前,他还仔细调整炉门,确认了火候,最后他抬头看墙上挂钟:"二十分钟,我记得。"

她惊喜。他伤愈才两周,虽然每次做饭他都在厨房帮忙,但她从没教过他,他得多用心多聪明才能做得这样好?她那天在萨克拉门托真没看错他!

当酸面团餐包温暖的香味充盈厨房,她迫不及待取出烤盘,面包金黄的成色、外脆内松又有嚼头的口感都让她十分满意。"你还会做什么?"她欣然问道。

当天晚上,阿汉为布朗全家做了他"偷师"的煎牛排、烤土豆和蛋黄酱拌色拉。伊丽莎白赞不绝口,查理和珍妮吃得无比欢快。皮特没按习惯先吃色拉,而是先切了块牛肉放嘴里细嚼。"不如你做的好吃。"他最后无关痛痒地说,她松口气。

皮特吃了两口色拉,突然停下:"查理,帮个忙,去厨房把我的罗克福干酪拿来。"

看来皮特对阿汉做的牛排是真无话可说,为了避免与阿汉在语言上产生误会引起不快,他直接指使儿子了。

查理跑去厨房,却空手回来,说找不到爹地最爱的罗克福干酪。

"前天刚买的,放在橱柜上层。"她亲自去厨房,查看了所有可能存放奶酪的地方,却不见罗克福的踪影。

"是不是带去矿上午餐吃完了?"她问皮特。

皮特认真想想,模糊地摇头。查理看看正用大勺往珍妮盘里添土豆的阿汉,似乎想说什么,又没说。

过了两天,查理把她拉到厨房后门,耳语:"中国佬偷吃爹地的罗克福!"

"查理,乱指责别人可不是绅士。"

"我刚看见他从橱柜拿罗克福出去了。"查理愤然指向阿汉的背影。

布朗家的后院通向一片小树林,树林后有条小溪,阿汉早晚都去挑水。

伊丽莎白查看橱柜,昨天才买的干酪的确不翼而飞。阿汉有他固执的一面,英语也不好,可他伤得爬不起来的时候都不想丢了工作,应该不会为一时的口腹之欲做不诚实的事。

她等他挑水回来安置好水桶,问:"你每天三餐都吃够了吗?"

"当然,谢谢夫人。"阿汉抹掉额头汗水。

"如果给你的食物不够,一定要告诉我。"

阿汉对她咧嘴憨笑,不知听懂她的话没有,她只好直接发问:"橱柜里的罗克福干酪,你知道在哪里吗?"

"罗克福?"阿汉皱眉。

她指橱柜,又比画干酪的形状。

"噢,bad food(坏掉的食物),bad smell(难闻),dirty(脏),belly hurt(肚子痛)。"阿汉吐舌头做恶心状,又指着小溪方向,"I throw it(我扔了)。"

她明白过来,笑出了眼泪,原来让罗克福干酪成为美味的蓝色霉斑和特殊气味,在阿汉看来,全是食物变质的表现。刀叉、桌布、罗克福……阿汉聪明勤快,但要学的实在还太多。

让伊丽莎白记忆深刻的另一件事却不是笑话。

北花地盛夏炎热难当,小汤姆大半夜不断啼哭,她得不时起床为他扇凉擦汗,折腾到清晨,好不容易合眼睡着了,立刻被厨房传来的叫喊惊醒。

阿汉捂着脑袋,失魂落魄坐在厨房地板上,嘟囔着她听不懂的中国话。她拉开他捂着脑袋的手,阿汉看上去和平日不太一样,除了满脸惊惶,被汗水湿透的头发参差不齐贴在耳根。

伊丽莎白眨眨干涩的眼睛:"你的辫子呢?"

"昨晚睡觉的时候还在,魔鬼……"窗外树影飘摇,阿汉的脸丧气如世界末日。

她推开厨房后门,让清晨新鲜的阳光空气透进来,半开玩笑:"第一次听说还有偷人辫子的魔鬼。你来美国三个月,也许是该换发型的时候了。"

"不,你不懂,中国人没辫子要被衙门判罪杀头的。"

她是不懂他的中国话,却是第一次见淡定的阿汉如此惊恐,他肋骨断掉的时候好像都没有这样慌乱的眼神,中国人丢了辫子一定是件严肃的大事。她仔细看,阿汉的发尾齐整,辫子不像是被老鼠或者什么动物啃了,而是被人用剪刀齐根剪断的。会是谁干的呢?

"我不能出门了,被人看见没辫子要砍头的。"阿汉横着手掌切自己脖子。

她明白了他的恐惧,那个古老的东方帝国居然有这样不可思议的法令?她读过的书报里提到中国男人蓄辫女人缠足的怪异习俗,她却不知道中国男人的辫子还性命攸关,难怪阿汉被吓成这样。她抚慰道:"可你在美国,你们天朝皇帝管得到这么远的地方?"

"美国皇帝不管中国人的辫子?"

93

"不管,美国'皇帝'现在正忙着对付南部叛军呢。"她莞尔。更何况在这狂野的西部前沿,人们的注意力都在争夺金矿和土地上,中国人的辫子不过是茶余饭后的谈资而已。

但很快伊丽莎白意识到她想得太简单。

北花地午后的宁静通常在三点左右被放学孩童的嬉闹打破,那天下午孩子们格外闹腾,主妇们不由得探身门外看个究竟。

走在前列的大男孩弗兰克用绳子牵着一头大白猪,猪耳朵间挂一条乌黑粗壮的辫子。弗兰克的弟弟约翰胸前倒挂一个装过泡菜的木桶,用两根木棍"咚咚"擂着桶底。查理举着应该是从中国城弄来的竹制烟枪,仰头假装吹着喇叭。还有几个男孩提着洋铁桶"哐啷"乱敲。他们在模仿镇上中国人的新年游行,见吸引了女人们出门观看,闹得更欢。

大白猪极不情愿被弗兰克拽着,在炙得人脊梁出油的烈日里哼着冤屈。头顶辫子挂得不稳,不时被抛到尘土里,查理立刻捡起来往猪耳朵上套。

罗斯夫人终于追了上来:"你们这些该死的小流氓,快把猪还我!"罗斯夫人又高又胖,跑几步就得停下喘气。

"放心,我们游行完就还你。"弗兰克拉紧猪脖上的绳索,头也不回。

"你这样不把猪勒死也得热死!"把猪当孩子养的罗斯夫人心疼不已,汗水顺着脸颊深刻的沟壑滴答。

"罗斯夫人,你这头猪是中国佬变的吧?"男孩们围住她,

"看,它有中国佬一样的黑尾巴,哈哈哈……"

"没事,它要是死了,我们立刻去中国城帮你再捉一头中国猪。"弗兰克煞有介事。

"你,你们这样和做贼的中国佬有什么区别!"罗斯夫人的脸被气成她身上长裙一样的紫红色。

伊丽莎白在里屋哄小汤姆午睡,被珍妮叫到大门口。镇上针对"天朝人"的恶作剧她见过不少,每次都竭力为被困的"天朝人"解围。今天街上的景象,虽然需要被解围的只是一只猪,却有种阴冷的恶意让她在酷暑里不寒而栗,尤其当她意识到自己的长子在这出闹剧里扮演的角色时。她板脸喝令:"查理,把你手里的东西扔了,立刻!"

查理被母亲的威严怔住,扔掉烟枪,呆立原地。

"进屋!"她又喝道,冷峻的目光转向弗兰克,"我相信你母亲和我一样,对你今天的行为非常失望。"

罗斯夫人趁弗兰克眨巴眼睛准备还嘴的功夫,夺过他手里的绳子,摘下猪耳朵上的辫子抛进路旁灌木丛,又狠狠瞪着弗兰克说:"我保证今天让你爸好好揍你一顿。"

罗斯夫人牵着猪走了,一路宽慰她饱受委屈的宝贝。伊丽莎白审视已经兴致索然的男孩们,默默捡起灌木丛中的辫子,进屋关上门。身后有人喊:"Chinaman lover!(中国佬偏好者!)"

"这对阿汉很重要你知道吗?"在查理的房间里,她摊开沾满尘土的辫子问,"用伤害别人的方式来取乐非常可耻,不是绅士行为。"

"对中国佬也需要绅士吗?"查理第一次在大庭广众中被母亲呵斥,受挫的自尊激起反叛心理。

"需要。"

"你为什么要雇中国佬作佣人?为什么不像别人家继续请德国人和爱尔兰人?"

"你对阿汉的工作不满意吗?"

"同学都笑我,说我的衣服是中国猪洗的,有臊味。"

"我闻闻,唔,明明是肥皂的香味,哪来的猪臊?"

"弗兰克说有。"眼泪从查理眼眶滚出来。

"所以他让你剪阿汉的辫子?"她看到儿子幼小柔弱的心,很想揽他入怀,却不动声色,还不到时候。

"不是,我以为剪掉阿汉的辫子,他们就不笑我了。"

"什么时候剪的?"

"昨天半夜,阿汉睡熟的时候。"

"给猪挂辫子游街是谁的主意?"

"弗兰克的。"

"这样做既荒唐还丢人,懂吗?"

世风如此,人性如此,糟践弱势群体——"天朝人"、印第安人、女人都一样。十三岁的弗兰克已经能够一手"创作"深刻羞辱"天朝人"的"大戏",她极力撑开的母亲的保护伞能庇护查理不受偏见污染吗?能使他免于被仇恨和恶意充满以致丧失同情的能力吗?也许她能做的仅仅是给孩子一个不同的视角罢了。"你必须向阿汉道歉。"她最后说。

"为什么？不！"

伊丽莎白把查理反锁在房间里，要他好好反省，什么时候想明白了才可以出来。爱有时候需要严格的表达方式。

晚餐的时候皮特不见查理，问为什么。

"他犯了严重的错误。"

珍妮向父亲汇报了大概。皮特看看阿汉脑后的散发说："小题大做。"

"你真认为这是个小问题？"

皮特见伊丽莎白满脸肃穆，忍住不语，闷头吃饭。

阿汉见夫妻俩因他不愉快，分菜的时候斗胆插话，说小孩调皮不懂事，饿坏肚子可不好。伊丽莎白正色道："请不要干涉我教育孩子！"

夜深，伊丽莎白吹灭卧室的油灯，听到走廊有窸窸窣窣的动响，透过门缝，见阿汉蹲在查理房门口，从门下往里塞东西，低声说："花生酱烤面包。"

第二天早饭前，查理喊妈咪开门。当着全家的面，他垂着长睫毛，把抖去尘土的辫子放到阿汉手里："我不知道怎样才可以把辫子给你接回去，你要是不喜欢你现在头发的样子，也许可以先戴这个。"说完怯生生瞄着阿汉，把他喜欢的海军蓝报童帽递了过去。

97

第六章

肋骨下连着一条线

加州北花地

秋日清凉的雨洗去累积了一夏天的黏稠,罗斯夫人院里的苹果青色欲滴,红色如霞,都沉甸甸坠向秋风里开始燥黄的草地。

陈宜禧在布朗家已经领了三个月工钱,吃住都包,每月领的十五美元绝大部分都积攒起来。周日他找了个空去中国城,花一毛钱找理发的阿贵替他剪个洋人的偏分头。阿贵笑:"我只会剃大清的阴阳头,哪会洋人的花样?"

"总见过吧,像布朗家男孩查理那样的,拿我试试刀。"

阿贵揭下陈宜禧头上的报童帽。他脑门顶上新长的头发半寸多,支棱着如雨后破土的竹笋,后面被人剪去辫子剩下的头发绑成一撮,因已触肩,像鸭尾巴翘起。"偏分头?煲一锅笋干鸭尾算了。"阿贵戏谑,操起剪刀又停手问:"说实话,辫子被鬼仔剪去挂猪耳朵上游街,你不觉得丢尽了脸面?"

顽童们牵猪游街的时候,陈宜禧在后院洗衣,并没看见,但晚上听珍妮说起当时情形,气愤得抓紧了拳头。受之于父母的发辫,被人如此戏耍,在新宁是必须彻底洗雪的奇耻大辱。可珍妮的小手轻轻搭上他的手背,仰望他的眼里是纯净的同情,像一道清凌凌的泉水洗过他心中屈辱;伊丽莎白又严罚查理,他遇到肯为自己做主的女主人,对布朗家实在没什么怨尤。

至于恶作剧的小魔头弗兰克,还有那踢断他肋骨的流氓里奇,他也决定暂时不出手教训他们,虽然他现在熟识了老王、阿贵一帮弟兄,不再孤单,但大家毕竟同在洋人的地盘讨生活,就算一时痛快打得里奇和弗兰克求爷爷告奶奶,洋人照样会继续找碴欺负唐人,惹出是非大家都麻烦。道叔爷说过,在金山有一份工做就活得下去,要像保命一样保住自己的工作。他现在最要紧的是把布朗家这份工做好,其他的能忍先忍、能躲先躲。

而且他还慢慢想清楚了一件事:人脑瓜里的千思万想原来相当受习惯限制。新宁的各种习惯,被他有意无意地带到金山,他到金山好几个月了,每天吃金山饭喝金山水,绕着舌头跟洋人说洋话,想法却还被从前的习惯关在笼子里,还惧怕剪辫子被判罪杀头。辫子真那么重要?这些天没辫子,也不觉少什么,头上倒松快,脑子似乎也换了换。没有大清衙门管着,辫子也就是从前的一个习惯,他决定远渡重洋来金山的那一刻,其实已决意远离那些无用的习惯了不是?只是他那时还不明白而已。

可他这些想法,如何对阿贵说得清楚?他一笑了之:"怎么,不敢下手?"

"我可以帮你把前面的短毛剃干净,后面头发你再留几个月,又是条好辫。"

"不留了。"

"不留?祖宗王法不要了?唐人不做了?"

"唐人做不做没得选,但辫子本来就不是唐人的王法。"

最后一句吓得阿贵捂住陈宜禧的嘴:"你有种,我可动剪子了。"

回布朗家的路上,陈宜禧摸着被阿贵剪得刺拉拉的寸头想,倒是要多谢小查理的恶作剧,否则自己哪会想到剪辫子,在萨克拉门托遇到伊丽莎白也是因为这小子调皮捣蛋。

他把报童帽洗干净还给查理,还替他做了个抓鸟的大号夹子。

查理莫名其妙,却喜欢得不得了,每天放学后拿着鸟夹呼朋唤友去树林里捕鸟,整个秋天乐此不疲,一直到山林里飘起片片雪花。某天查理捕鸟回家,倒头就睡,怎么也叫不醒。半夜开始浑身滚烫,腹泻不止。

伊丽莎白守在查理床边心急火燎。皮特不等天明就去敲米勒医生的家门。陈宜禧烧水、换毛巾、倒便盆,陪着忙碌一夜。

米勒医生不能确诊是不是痢疾,开了金鸡纳霜退烧止泻。查理吃了,烧退泻止,却天翻地覆地吐起来。米勒医生再来,给查理喝罂粟糖浆,说能让他好受点,别给他吃东西,呕吐或许会自行消停。米勒医生的灰眼睛总飘着悲观的雨雾,他指天说看运气的感叹,陈宜禧虽在自己受伤时就领教过,却没想到查理也会受同等待遇。

查理吐个不停,三天没吃东西,呕出来的都是水,就像海上晕船的人。从没挨过饿的孩子哪经得起折腾,本来瓷一样白的脸蒙上了灰,平时滴溜溜转的淘气眼睛黯然无光,眼下一圈黑。

伊丽莎白来回踱步叹息,终于宣布不管米勒医生怎么说,她必须喂查理点有营养的东西。她亲自下厨剁肉烧水做了一锅牛肉茶,扶起瘫软无力的儿子,一勺一勺喂进他嘴里。可查理不久又全部呕出来。

陈宜禧埋头清理地板,不忍心看查理,更不忍心看无计可施的伊丽莎白。

阿妈离世前,手上的皮米纸一样薄,他看得见竹节似的骨头,嘴唇因为滴水不进干瘪了,只剩两道紫黑的线。他躺在阿妈身边,怕得发抖,不知是怕她随时像灰一样被风吹走,还是害怕那越来越不像阿妈的躯壳本身。

后来章叔带着沐芳来朗美村,吐泻致命的事好像没再听说过。冬天里章叔止泻止吐通常用两味常见中药,白术和茯苓。不知伊丽莎白肯不肯给查理试试?他抽空跑去中国城阿金的杂货铺，跟阿金确认了药方，买来白术茯苓，告诉伊丽莎白在中国，查理这样的病，家乡的医生章叔用这些熬汤来治。

伊丽莎白听到"章叔"，停顿一下，似乎想问他什么，但看见他手里仿佛还沾着泥土的木片，疲惫地摇头："查理连牛肉汤都承受不住，怎么咽得下泥汤？"

陈宜禧无奈走进厨房，见伊丽莎白为查理熬的牛肉茶大半还在锅里，灵机一动。征得伊丽莎白同意后，他洗净白术茯苓放进大碗，再添半碗牛肉茶架到锅里炖。洋人的牛肉茶就是碎牛肉煮水去沫，和茶一点不相干，他觉得现在加了草药才能算名副其实的茶。汤炖好后，他撒点盐和糖，尝尝没有苦味怪味才端去喂查理。

查理当晚干呕了两次，沉沉睡到第二天下午，醒来叫肚子饿，要吃花生酱烤面包。

查理病愈，皮特对陈宜禧刮目相看。"当年我们西迁的时候，伊丽莎白得霍乱差点送命，这次我提心吊胆，怕查理挺不过来，他还这么年幼……谢谢你救了查理。"皮特说得眼眶潮湿起来。

半年多来，皮特没正眼瞧过陈宜禧，他习惯了被皮特挑剌、忽略。现在和他近距离面对面，被他高大的身影完全罩住，陈宜禧下意识地收紧了呼吸，一双手扯紧褂子下摆。皮特的眼睛是树林深处发暗发灰那种绿色，现在有雾气环绕。

"我要认真感谢你，你提个要求吧，我能做到的都会满足你。"

"不……我应该做的,是我的工作。"他嗫嚅。

"提吧,涨薪水?"皮特坚持。

"薪水自然要涨,此外还应该有奖励。"伊丽莎白插话。

陈宜禧每月十五美金的薪水,阿金、阿贵和老王都曾告诉他很不错,他很幸运,伊丽莎白对唐人好是北花地出了名的,付他的工钱比去哈姆巴格河下游淘金沙的同胞们赚的实在。况且伊丽莎白救他于危难之时,又留他养伤,是他的恩人,他想自己用草药炖牛肉汤给查理止吐完全是分内的事,趁机要主人加工钱不厚道。

"每月十八块如何?好像中国佬都喜欢八这个数。"皮特侧身和伊丽莎白商量。

"你什么时候开始了解中国人习俗了?"伊丽莎白笑。

陈宜禧忽然意识到,自己听懂皮特和伊丽莎白的洋话已经毫不费劲。他松下提紧的喉结:"夫人先生对我好,我感激不尽,查理好了是他幸运,请别给我加工钱。夫人如果愿意,有时间教我读写英文好吗?"

皮特和伊丽莎白诧异对视,似乎不相信他们听到的答案。"阿汉和常人不一样,而且,他说的英文什么时候已经不那么结巴了?"皮特对伊丽莎白说。

"我当然可以教你读写英文,但薪水也要涨。"伊丽莎白回过神来。

"不,不……"陈宜禧摆手,"我还有个请求,如果先生同意的话,我可以每周给你们做一次中国饭吗?"家里有如此讲究的炉子烤箱,按洋人习惯做出来的菜却不那么好吃,他们太不讲究调味了,要么甜要么咸要么白水煮,味道比不上新宁的粗茶淡饭。当然他不能把这些想法说出口,也有点太复杂,他现在的洋话水平还不能表达清楚。

于是布朗家的厨房每周日飘起了中国菜的香味。葱爆牛肉、豆豉鱼、蒜香回锅肉是皮特的最爱。查理喜欢酿茄子,偶尔会要求:"阿汉再炖一碗我生病时候喝的牛肉茶好吗?记得加那些中国草药,味道才会好。"珍妮喜欢银芽(豆芽)炒鸡蛋,说是一道有魔力的菜,豆芽是魔法师的胡须,还有粉丝焖葫芦瓜,要"吃落在葫芦瓜上的雨丝"。

伊丽莎白做东和镇上主妇们喝下午茶的时候,特别请陈宜禧做了春卷和饺子,配上他调的番茄汁。主妇们惊艳,跟伊丽莎白讨教配方做法。伊丽莎白把陈宜禧推到众人面前,说是她的"秘密武器",她很幸运雇了个中国厨师。

主人请客,陈宜禧换上米白色细布对襟褂子,清爽干净,讨人喜欢。主妇们啧啧夸伊丽莎白有眼光,把他打量得面红耳赤。镇上的中国人除了阿汉都只想淘金发财,肯做饭做家务的不知去哪里找。迪克夫人感叹,是不是需要为此专跑一趟三藩市?

陈宜禧做的其实都是些家常菜。布朗家不缺肉不少油,食材齐全,做饭的家伙也好使,唐餐用的调料如酱油豆瓣之类,阿金店里都能买到。他凭着记忆和悟性做饭,洋人们如此赞赏，自然备受鼓舞，越发精益求精，对菜式的色香味都更加留心起来。

皮特在北花地的重要社交逐渐也从"法国酒店"和"国王沙龙"转移到家里的客厅。从三藩市来的金矿投资人、纽约来的地产商、周边大小城镇的政商要人、内华达城的法官都来吃过布朗家的美味中餐。陈宜禧做菜精心，服务礼貌周到，给布朗家挣足了面子。

皮特在家有间工作室，平时除了伊丽莎白谁都不让进。陈宜禧打扫房间，扫帚尖拂过门缝，总不禁猜想门后不知藏着皮特的什么宝贝。

某个周日下午，陈宜禧听到皮特在工作室喊"阿汉"。推门进去，几乎找不到落脚的地方，地板、平板桌、墙上架子，到处都摆满了工具仪器和图纸书本。皮特要他帮忙找一个叫圆规的东西，叉着中指和食指冲他比画。"通常伊丽莎白帮我找东西，今天迪克夫人生孩子，她得去帮忙。"

他们在一卷图纸下找到了圆规。大概见他满眼好奇，皮特找了张白纸，把圆规轻松一拧，画出个完美的圈，又拿起桌上形状不一的尺子画了几个三角、四方图形："这都是我常用的工具。"

细小的尘埃在午后斜进窗棂的阳光里飘浮。陈宜禧接过皮特递来的圆规，手心有金属的凉意，他触摸圆规精巧的脚尖，稍用力，指头有轻微的针刺感。一瞬间，刚来北花地目睹水炮开矿的震撼再次涌来，他终于得以窥视的这个空间、这里的一切,图纸、工具、书本,应该和水炮的威力有密切关联,具有改变环境和际遇的神奇力量。皮特站在房间中央,虽然趿着拖鞋披着睡袍,完全没有身着马靴工装的威严,可在他得心应手的工具图纸环绕中,仍不乏主宰一切的气势。

脚边有个规整的空纸盒,陈宜禧捡起来用袖子拂去灰尘,把圆规和尺子都放进去:"先生如果信得过我,让我定期帮你整理一下工作室吧。"

"呵呵,这房间是乱得让人无法忍受了。"

当天下午他把皮特的工作室认真整理打扫了一遍,整个房间明朗了许多。

此后他每次去清扫房间,皮特都会跟他聊几句,教他使用制图和测量的工具。有一次复制开山水炮的设计图,皮特赶时间就叫陈宜禧帮忙绘制。在皮特指点下,他制作的图纸相当像样。

伊丽莎白先是赞叹,随即抱怨:"我请的厨师,怎么被你拉去做绘图员?"

"阿汉这样年轻,学点技术活不好吗?你真指望他一辈子都帮你做家务?"

伊丽莎白沉默了。陈宜禧看得出来,她自认没理由和皮特辩驳,但对他总有离开的一天颇为感伤。

"我过五年才会回家乡。"他安慰道。

伊丽莎白被他逗乐了:"为什么是五年不是三年,或者六年?"

"五年才能攒够回家买田修屋的钱……"不过,那是他来金山前对沐芳许诺、在三桅帆船的颠簸中大致估摸的归期,那时他根本还不清楚他能在金山干什么、每月能挣多少钱。

他脑子里重新核算了一下:每月十五元薪水,他省吃俭用一年能攒一百五十元,还掉道叔爷替他垫付的一百元路费船票钱,再刨去回乡的盘缠,其实应该不用五年,他攒的钱就能给家里买十几亩肥田。阿爸阿妈雇人种上稻子,不用再顶着烈日风雨劳累身子骨。他要替他们盖一栋新房子,让他们好好享清福。房子也不用多高多大,冬暖夏凉不漏雨就好。要是沐芳还等着他,他就摆几十桌酒席热热闹闹地把她娶进新房子里。在如此美好的憧憬里,他几乎忘了自己已经有个叫秋兰的妻子。

阿金是最早到北花地的中国人。他早先为探测金矿的法国人喂马做脚夫,法国人没让他跟进山开矿,他就到流过矿山的哈姆巴格河下游用摇滚箱(rocker box)淘金沙。"那时候这里的金子随便捡,淘一上午够吃一个月。"开始大家听他这样说,羡慕得眼珠子都要瞪掉了,毕竟啊,现在去哈姆巴格河边淘一个月也攒不下什么钱。

但大家把眼珠子收回来,再转一转,就疑惑了。既然阿金捡了那么多金子,为什么还要待在北花地这样偏僻的小镇开杂货铺呢?就算他不想衣锦还乡,也要住在三藩市好好享乐嘛。

有人说阿金发财后回过一趟家,娶妻生子,在乡下待腻味了,又回了北花地。但这种说法对长年累月碰不到女人的生猛单身汉完全没有说服力。阿金三十出头的年纪,被金山的阳光照出了闪亮的肤色,一副风流倜傥的模样,怎会腻味老婆孩子热炕头?

"哎呀,他犯了大清王法逃出来的,哪敢回去?朝庭在三藩市的耳目也好多呢。"阿贵有时会停下理发剪子,冲剪子旁的耳朵嘀咕。阿贵来的时间不短,倒有些发言权。听他说这话的人,不由得对阿金起了肃然敬意,觉得他飘飘荡荡的绸衫绸裤下胳膊腿脚应该如秤砣般瓷实。

镇上似乎还没有谁真正试过阿金的拳脚,没理由试。不管是早来还是新来、四邑老乡或者北方佬,阿金都招呼得殷勤妥帖。镇上一百多号唐人,难免有互相瞧不顺眼的时候,但都服阿金,争斗摆不平就请阿金裁夺;和洋人有了过节,也通常由阿金出面调解平息。阿金每月至少要去一趟三藩市进货,运来家乡的食材作料,比如笋干鱼干、蚝油虾酱,还有茶叶和大烟,大家要带回家乡的银信包裹也都托他传递。

久而久之,阿金的杂货铺成了镇上唐人有事没事聚集的"会馆"。阿金把铺子后面的货仓隔出一间,供大家闲时赌钱、闲聊、抽大烟。阿金"会馆"没窗户,冬天阴冷夏天闷热,人们却似乎并不在意。在偏远的淘金小镇有个地方可以看见家乡的面孔、嗅到家乡的味道就很不错了。

陈宜禧倒并不热衷去阿金"会馆"凑热闹,那个黑屋子里混浊的空气总让他想起在海上颠簸的日子,他一进去就觉得喘不过气。所以他通常是去买菜的时候,转到阿金的店铺逗留一会,喝口凉茶,听听同胞们的传闻轶事,最重要的是跟阿金打听道叔爷和明叔的消息。

终于,到北花地大半年后,陈宜禧收到了道叔爷从三藩市宁阳会馆辗转送来的一封信。他迫不及待拆开信封,靠着店铺门板读起来。

明叔在刚到金山海岸那场打斗中被红毛鬼打晕落进海里,道叔爷和几个乡亲好不容易把他捞上来。随后他们几乎搜遍了海边所有被震塌的楼房废墟,找他和阿发。

"得知贤侄孙幸存,又遇善人,在北花地有份好差,叔爷甚慰,甚慰。"道叔爷写了两遍"甚慰",还在旁边画了圈强调。陈宜禧捧着绵软的信笺仿佛捧着叔爷温暖的手,眼眶热了,鼻腔堵起来。忽然身后有人推他一把,说"好狗不挡道"。他差点跌倒,稳住脚跟,头也不抬继续读信。

道叔爷说他回新宁前在三藩市找好的工作因为雇主变故没了着落,三藩市工作不好找,他和明叔做了些零工,不久搭船去了西雅图。西雅图建埠才十年,环境混乱艰苦,还要提防红肤土人侵扰。明叔在一个洋人船长家帮佣,道叔爷在锯木厂给工人烧饭。既然"贤侄孙在北花地受主人厚待,不妨专心经营,待叔爷事务安定,再迎贤侄孙来西雅图"。

"凭什么不卖给我?"先前推他的人在店里抬高嗓门质问阿金。

陈宜禧读完信,腾出功夫打量他,眼神被火燎到似的立刻跳开,转身就跑。跑出去没多久,又停下。店里那人像极了企图拐骗他的财哥,虽然好像发了福,块头更大,剪了辫子穿了一身细呢洋服。可就算那人是财哥,他敢在光天化日下再度拐人?况且自己早已熟悉了北花地,旁边阿金、阿贵他们都是熟人。陈宜禧定下心神折了回去,至少得打听清楚阿发的下落。大半年来,那辆锁着阿发疾驰而去的马车不时碾过他的记忆,好几次在梦里他飞奔着去追赶,虽然醒来只有满目尘烟,他却怀着再见阿发的希望。他还要好好感谢阿发替他啃断了绑手的麻绳呢。

"财哥,久违了!"他冲还在和阿金叫板的浑厚背影高喊。

那人回头,白净的圆脸,目光从外眼角斜下来,同时有躲闪与度量。陈宜禧确认是财哥无疑,可那人立刻否认:"小弟,你我素昧平生,你认错人了。"

"阿禧,你来作证,我这里的烟土是不是向来现买现烧?弟兄们都在后面'会馆'现用,没有带回家的先例。"阿金这样说,显然和财哥没什么干系。

"岂有此理,我花钱买烟土,还管我在哪里烧?"

阿金熬制的鸦片据说有自己独特的方法,味道比别处的更香醇。但陈宜禧不抽大烟,对阿金的规矩其实不清楚,也没细想为什么阿金要坚守这规矩,只知道财哥不可信,他和阿金作对,自己肯定要站在阿金这边:"是啊,北花地的人都知道。财哥来我们这偏僻小镇有何贵干啊?"

陈宜禧接着叫"财哥",财哥显然恼火,眼神强硬起来,却又瞬间和颜悦色作揖道:"这位小弟误会了,我不是你财哥,我叫詹姆士。初到北花地,还请多关照。"

早些天陈宜禧听说镇上来了个阔气的唐人詹姆士,买了流氓里奇的破房子整修得宫殿般豪华,还带来个如花似玉的中国女人,时常在家设宴请客。不仅请唐人,还请过迪克、皮特和另外几位镇上有名望的洋人。原来是他。

"我多付你钱就是。多付一成,两成?"财哥把一叠钞票拍到柜台上。

"你在这里抽多少买多少,多的不卖,就算你是皇亲国戚也不卖!"阿金不让步。

陈宜禧头一回见阿金对顾客板起面孔,莫非他也知此人非善类?哼,换了洋名字,就以为没人知道他底细?来北花地招摇过市。看他的架势,还想坏了阿金的生意?

"财哥,阿发呢?你把他拉到哪里卖了猪仔?"陈宜禧豁出去了。

财哥愣一下,阿金睁圆双眼正要追问,店里又进来两位顾客。

"你先忙,改天再来打扰。"财哥趁机抓回钞票溜了。

陈宜禧紧跟出去,财哥加快脚步。陈宜禧小跑追上,扯住他衣袖:"你也是新宁人,怎可昧着良心拐卖乡亲?阿发的老父老母还等着他寄钱回家!"

财哥甩开他的手继续大步向前。

看来晓之以理不会有结果,动武他大概不是财哥的对手,怎样才能打听出阿发的下落呢?陈宜禧边追边着急。

走到僻静处,财哥突然停步,转身盯着陈宜禧:"小弟,你认错人不说,怎么还胡言乱语诬陷好人?看你面皮白嫩,不像淘金的也不像种地的,在洋人家帮佣吧?马汀家的佣人我见过,恩平人;托马斯家的长得没你机灵;听说布朗家的中国男佣阿禧又聪明又会做菜,咦,你不是叫阿禧吗?"

财哥来北花地没多久,似乎已熟知各家内情,陈宜禧一时无语。

"呵呵,查理和珍妮长得漂亮呢,每天上学经过我家门口。"财哥四平八稳的语调和他眼中的凶狠似乎出自两个不同的人,但陈宜禧知道那目光后的人是真的。要是逼得太急,财哥拐走了查理和珍妮,可就闯大祸了。

他呆立原地,眼睁睁看财哥背着手哼着曲走远。

晚上,陈宜禧干完厨房的活,到后院寝室——不久前皮特带领他和老王把柴房改建成了佣人寝室——换了一套干净的衣裤,抱着石板粉笔又走回主屋。每周二、四晚,伊丽莎白教他读写一小时英文。珍妮图画书里的文字,他已经认识很多了。

走到起居室门口,他诧异地停下脚步。伊丽莎白靠在双人沙发一侧,用手绢捂着鼻子在啜泣。难道是查理或皮特惹她不高兴了?陈宜禧侧耳静听,查理的房间隐约传来皮特和孩子们玩闹的声响,不像刚发生过争吵。他记得自己受伤的时候,见伊丽莎白掉过眼泪,可那是唯一一次。女主人健康开朗,有什么不幸的事让她独自落泪?

伊丽莎白抬头,闪着泪光的眼睛里却没有哀伤:"啊,没事。是这本书里的故事。"她招手让他进屋,把摊开在膝上的书递给他。

他小心翻阅。扉页里描着像女主人一样穿窄腰蓬裙的西洋女人侧影。

"她是谁?"

"她叫简·爱,是富翁罗切斯特的家庭教师。"

"她被富翁欺负了?"一定是简·爱的不幸触动了女主人的菩萨心肠。

伊丽莎白笑,示意他坐下:"简和罗切斯特先生是灵魂伴侣,他们在精神上是平等的。"见他似懂非懂,她问:"在中国,你的家乡,女人可以选择自己的丈夫吗?"

"不可以,父母请……"他不知道媒人怎样说,"我结婚前连妻子的面都没见过。"

"你结婚了?"伊丽莎白惊讶,"你来美国,你妻子独自在中国生活?"

"不,她和我父母一起。"

"你不想她吗?"

前几天,陈宜禧把自己来金山后攒下的五十元美金请阿金带到三藩市,给往返于新宁和金山的水客带回家,他还给父母写了封信,末尾添了一句"但愿吾妻不负爹娘厚望已经有喜"。他当然想家,家乡景象时常浮现脑海,但从村头巷尾拈花向他走来的、牵扯他心思的女子是沐芳,虽然他在信中提及她的名字都不应该了。妻子秋兰是家的一部分,就像朗美村的池塘和榕树。

"Do you love your wife?(你爱你的妻子吗?)"

"Love?"他常听伊丽莎白对皮特和孩子们说"I love you",他们也回答同样的一句,猜那是家庭成员间的亲密问候。现在具体问到他,他却不明白是什么意思。

见他迷茫,伊丽莎白翻开书页念了一段,并逐字讲解:

> I sometimes have a queer feeling with regard to you – especially when you are near me, as now: it is as if I had a string somewhere under my left ribs, tightly and inextricably knotted to a similar string situated in the corresponding quarter of your little frame. And if that boisterous Channel, and two hundred miles or so of land come broad between us, I am afraid that cord of communion will be snapt; and then I've a nervous notion I should take to bleeding inwardly. (有时我对你有种奇怪的感觉,特别是现在当你离我这么近的时候。好像我左肋骨下某处有根线,紧密连接着你小小身躯中同样部位上一根类似的线。如果我们被

那道波涛汹涌的海峡和两百多英里的陆地分开，我怕那条交心的线会突然绷断；那我大概会随之心中血流不止。）

最后她问："你和你妻子的肋骨下连着这样一条线吗？"

原来这牵肠挂肚的感觉叫做Love。他按到曾经受伤的右肋，虽然早已伤愈，当时钻心的痛苦却还记得清晰。而沐芳，他感觉是比骨肉伤还要深得多的一种牵扯，尤其想到他娶了秋兰，今生不知能否和沐芳共度，心中的确像淌血不止。远渡重洋、远离家乡，他可以放弃从前的各种习惯，却放不下每天在心里呼唤她的习惯；辫子可以剪，却剪不断对她的念想。

"抱歉，也许我不该问。"伊丽莎白眼中柔和的蓝光凝聚起来，似乎可以穿透他说不出口的心事。

"你呢，如果我可以问的话，你和先生有这样的线吗？"他从失落中回过神来。

伊丽莎白愣一下，似乎没料到他不仅听懂了她的话，还反问一句，但她随即微笑："就是这样的线把我拽到了北花地。"

"那先生付给你父亲多少钱才娶到你？"

伊丽莎白大笑起来。皮特正巧进来，对莫名其妙的陈宜禧说："我当年一无所有，哪里付得起这位千金小姐的聘礼？"

"那？"

115

"他中了彩票。"伊丽莎白眨眼。

"是的,我很幸运。"皮特在妻子脸上印一个吻。

"一百万?"陈宜禧不懂伊丽莎白说的彩票是怎么回事。

"我跟他跑了,皮特像中彩一样高兴,但我父亲很生气,一分钱也没给我。"

私奔?"在新宁被抓住要浸猪笼。"陈宜禧费劲地解释了家乡这项严酷的惩罚。

"家长怎能这样对待自家的女儿?"皮特摇头。

"看来在东方,女性的名誉比性命重要得多……可我照样会跟你走。"伊丽莎白仰望丈夫,目光里有什么让陈宜禧脸热起来。虽然他们不忌讳,他应该回避。他起身要走。

伊丽莎白叫住他,说英语课还没上完。

"对了,阿汉,你刚才说你的家乡是新宁,镇上新来那个中国大亨詹姆士带来的女人据说也是新宁人,她做的菜和你做的口味有点像呢,你认识她吗?"皮特问。

大亨詹姆士?陈宜禧白天与财哥对质被他抵赖后,一直琢磨该怎么办,他想过也许要告诉女主人,但又担心事态闹大危及查理和珍妮的安全。詹姆士宴请过皮特等镇上人物,听皮特口气,镇上洋人当他有头有脸呢,他此刻要是揭发财哥,别人会相信吗?伊丽莎白在萨克拉门托救他那天,只是远远看到财哥的影子,即使面对面也不会认得。

"新宁不是个小地方吧?哪会谁都认识?"伊丽莎白见他沉默,把皮特推出起居室,"我们要继续上课了。"

"噢,蜜糖,詹姆士说要带他的女人来拜访你,你安排个日子?"皮特回头叮嘱。

"这么大面子?"

"据说詹姆士老爸是天朝人的大官,送他来学习西方工业,包括水力开矿。"

从詹姆士的"宫殿"到布朗家走路不到二十分钟,詹姆士却雇了驾马车。他的女人小玉缠足,等她碎步颠颠地挪过来,"太阳都下山了",詹姆士打趣,扶着小玉下车,从车上拎来大大小小的礼盒。

小玉穿着桃红夹袄、翠绿长裙,一双凤眼描得向两鬓飞起,口红点在两瓣嘴唇中央,好像噘嘴嗑着一粒樱桃。小玉的脂粉香气瞬间填满布朗家的门廊。珍妮躲在伊丽莎白身后问:"她是中国仙女吗?"

小玉垂着头,眼角微微带笑。伊丽莎白以为她不会说英语,她却拿过詹姆士手里一个大红扁圆木盒,用尖尖的红指甲撬开盖子,对珍妮招手:"来,糖,拿去吃。"她说话像唱歌,词高高低低一个一个吐,不成句,却清晰。

大家到客厅落座,小玉把带来的礼物一件件打开给伊丽莎白看:给她的绣花坎肩、丝帕,给皮特的雕花烟斗,给珍妮的鎏金梳子,给查理的景泰蓝小刀,给汤姆的虎头绒线帽,还有各种吃食,摆开来一桌子。

珍妮和查理往嘴里塞满糖冬瓜糖莲子,又盯着小玉的裙摆目不转睛。裙摆下,包裹三寸金莲的尖尖绣花鞋头随着小玉身体转动时隐时现。

伊丽莎白发现了,拍拍孩子们的屁股:"快去叫阿汉送茶和点心来。"

詹姆士随即问皮特:"可否让我见识一下开山水炮的种类型号?"皮特点头带他去工作室看图书图纸。

陈宜禧来回几趟送茶点到客厅都不见詹姆士,张罗完毕垂手在一旁待命,心里嘀咕:主人平时精明能干,竟也吃无耻小人的哄骗,给他如此礼遇;不过詹姆士带来的女子倒面善,或许可以先跟她打听阿发的下落。

汤姆的哭声从隔壁传来,伊丽莎白对小玉抱歉,说小儿子午睡醒来,她去照应一下就回来。

伊丽莎白的背影刚转出门,陈宜禧立刻问小玉:"阿姐认识新宁来的阿发吗?只有这么高。"他比着自己的肩头。

小玉下巴一扬,本来就要高飞的一双眼睛几乎跳到细长的眉毛上面,唇间嚅着的"樱桃"裂成悬空的两半。她瞟他一眼,又立刻把目光垂到自己叠合的两只手上。

"我和阿发坐同一条船来金山,第二天遇到了财哥,噢,就是詹姆士。"

小玉从夹袄斜襟抽出一条翠绿丝帕,假咳两声,头转到一边。

陈宜禧注视着她的表情举动,虽然她一言未发,却显然知道"阿发"和"财哥"这两个名字。他继续试探:"财哥用马车把我们拉到萨克拉门托,后来我跟女主人来了北花地,阿发跟财哥到了什么地方我就不知道了。"他省略了财哥拐骗他们的细节,他关心的是阿发的下落,不能立刻吓跑这女子。

"阿发爸妈老来得子,现在都上年纪,种田也种不动了,就盼着阿发寄钱回家,可没一个乡亲知道阿发的下落。"

或许是他的长叹打动了小玉,她把脸转回来,粉红的眼皮闪两下,用丝帕沾去眼角两点泪水。陈宜禧耐着性子等她开口,墙上挂钟"滴答、滴答"。

皮特领詹姆士回到客厅,小玉匆忙垂下头。詹姆士眼角余光扫过他们两人,同时作揖对皮特说:"感谢先生今天让我眼界大开,实在受益匪浅,希望改日能到矿上实地观摩。"

"我可以安排。"皮特说,又转向小玉,"阿汉也是新宁人,他做的发酵黑豆(豆豉)鱼和你做的很像呢,新宁人都这么会做菜吗?"

小玉欠身含糊地笑一声算是作答。

"啊,终于见到布朗家大名鼎鼎的唐人厨师了。"詹姆士假装第一次见他。

陈宜禧绷着脸一言不发。查理举着刚收到的景泰蓝小刀跑进来,左右比画说他是亚瑟王的骑士。詹姆士拦住他:"我教你怎么舞剑。"说完拿过小刀摆开马步,煞有介事地舞了几下,查理鼓掌欢呼。詹姆士摸着查理头顶,趁皮特转身的瞬间,冲陈宜禧做了个抹脖子的动作。

第七章

身不由己的人生

同治元年（1862年）　广东新宁县朗美村

　　祠堂石板地的凉意透过赭色裙摆钻进沐芳的膝盖，蛇一样蹿到脊梁、胸口。她打个寒战，感觉兴婶替她梳头的手在头顶也犹疑了片刻。

　　阿爸的黑布鞋在前方不远处。沐芳抬起头，阿爸含笑看着她。阿爸精心挑选的亲事怎会错？她还有什么选择？沐芳收回目光又垂下了头。

　　兴婶精心为她盘好发髻，担任司仪的同村婶娘把摆好笄钗的红漆盘托过来，兴婶拿起镂花木笄宣告："沐芳姑娘许配了新宁县令张秉承家大公子，今日在父亲陈含章和众位叔伯婶娘膝下拜行笄礼，此后闺中待嫁三月，来年元宵吉日与张公子拜堂成亲。"兴婶把笄钗逐个插进沐芳的发髻，轻微的酥痒后，她头上感觉沉了。

　　她随司仪的号令拜谢了阿爸和在场乡亲，辉仔便在祠堂门口点响鞭炮。鞭炮声在祠堂高旷的空间回荡,乡亲们祝贺的话与阿爸的道谢声被"噼啪"淹没。沐芳心里空空落落。

沐芳一过十四,方圆几十里的媒人们就接二连三来登门。陈含章说小女尚幼,出嫁还早,全部拒之门外。他们就在沐芳家门口排队扎营,嗑瓜子、闲话八卦,有时一言不合斗起嘴来,互相谩骂揭短,殃及祖宗八代、亲娘贞操,不堪入耳。

父女俩不得安宁,兴伯家也饱受干扰。兴婶自然更无法像往日一样带沐芳和秋兰在榕树下做针线、拉家常。秋兰显然喜欢沐芳小妹的乖巧和知书达理,对她似乎比对嫁来同村的亲妹妹还亲。沐芳把对阿禧哥的想念用细密的针脚缝在心底最深的夹层里,生怕秋兰姐有丝毫觉察。

禧哥走了大半年,水客终于送来银信。兴伯兴婶喜滋滋拿信来找阿爸念,秋兰挺着日渐凸显的肚子跟在一旁,沐芳只好退到里屋,竖起耳朵听。他在金山遇到好雇主、安顿妥当,给父母请安、给章叔请安,最后还问秋兰是否有喜,唯独没问到她。沐芳靠在门后独自伤心。兴伯一家走了,阿爸何时进来的她都没注意到,泪眼愁眉被阿爸看得一清二楚。

第二天陈含章对媒人们敞开了房门,收了一摞男方庚帖,接连两天在家仔细研读男方八字,最后相中了新宁县令张秉承的儿子。媒人带着张公子提两箱聘礼来拜见未来丈人,沐芳奉命给客人端茶,进屋前瞥见张公子侧面,倒是清秀,鼻梁挺拔,嘴唇薄,读书人的样子,一身灰蓝细布衫谦逊含蓄,头上瓜皮帽讲究些,脑门中间镶了块翠玉。

沐芳低头端茶进去,感觉张公子的眼珠从她头顶溜到脚尖,又从前胸绕到后背,眼神锐利,似乎能划破她一层皮。她忽然不能呼吸,搁下茶盘匆匆逃离。

然后她听见张公子费劲地说了什么,话没听清楚,声音哑得像喉咙里堵了沙子,和他干净的样子不相称。

阿爸对张公子似乎满意,说他嗓子虽哑但谈吐不俗,明年参加乡试,中个举人应该不在话下。阿爸算好来年元宵吉日适宜婚嫁,沐芳央求:"女儿不舍得阿爸,等我过了十五岁再嫁可好?"

"哎,我也不舍得,但女儿总要嫁人。嫁过去生个儿子,我把接骨膏、还魂散,所有祖上的秘方都传给他。"

"为什么不可以传给我?"

"……女人家还是相夫教子为重。"

沐芳心里纵然疑虑重重,但阿爸做的选择,她向来都顺从。

笄礼之后,沐芳在家绣嫁衣,偶尔到兴婶那里求教针线,几乎不出门,更不便再跟阿爸去圩市卖菜。

辉仔有时带领两个同伴从朗美书斋偷跑出来,隔着窗户跟伏在绣架边挥针舞线的阿芳姐搭话,有时递给她一把藤酸果,或者一个装着蟋蟀的小篾笼。沐芳看着辉仔稚气未脱的圆脸,想她很快要和从小玩到大的伙伴们久别,忽然就没了说话的兴致。

有一次辉仔独自绕过来,把沐芳叫到窗边,低声告诉她,听说张家大少爷时常在县城摆花酒,最近还摆到斗山圩了。

"听谁说?人家可是读书人。"

辉仔答不上来。沐芳立刻把这个谣传挥之脑后。阿爸精挑细选的人,理当靠得住。

一晃眼快过年了,年末最后一趟圩市,她终于忍不住,用芭蕉叶包好一棵"幸运菜",央求阿爸让她去帮最后一次忙。

沐芳说到"最后一次",鼻子酸起来。看得出阿爸也有些情不自禁,两手紧紧握住她的肩头,凝视着她不能言语。

从小到大,她不记得曾离开过阿爸一天。再过半月就要出嫁,她怎么舍得丢下阿爸,让他独守长夜?阿妈刚走那几年,她虽然还小,阿爸深夜的叹息,她却听得到。开始她不知该做什么,只能装作睡着了,但再大一点,她就会起身披上外衣,陪阿爸坐到天明。他们什么也不说,只是紧挨着坐在那里。两个人的体温和呼吸融合在一起,世界就逐渐安详。

"许配了人家就不好像小女孩一样抛头露面了。"阿爸有点为难,但瞬即点头,"走,快过年了,管他呢。最后一次。"

阿爸穿上她缝的青布长衫,父女俩揣着跟整车生菜般沉甸甸的心到了圩市,打起精神跟熟客们拜年。婶伯们都说沐芳姑娘这几个月在家养得更白更靓,眼眉间已经有县令家媳妇的华贵了。

不久,阿爸被人叫走去出诊。沐芳坐在竹凳上,任由客人们挑拣大年初一做斋的生菜。大兴茶楼的点心飘香,照旧暖烘烘地绕着她。有人搭话,她含糊应两声,心思全溜到了一年前。就在这里,明叔耍赖逞强,阿禧哥与他理论,禧哥的货担被踢翻,禧哥沉稳应对,道叔爷看上阿禧哥的好性情要带他出洋……

　　她一幕一幕回放给自己看,无奈哀伤和当时一样:她眼睁睁看着一切发生、看着禧哥娶了秋兰然后远渡重洋,什么也不能做。而现在,她还是只能看着自己即将出嫁、即将与阿爸分离去张县令家和陌生人一起度日。"鸡公仔,尾弯弯,做人媳妇好艰难,早早起身都话晏(晚),眼泪未干入下间(厨房)。"和自梳了的淑芬姐一起念过的顺口溜冒到嘴边,什么时候她能为自己做个主呢?

　　"咦,这不是我老婆吗?"身后沙哑的声音她只听过一次却很难忘记。

　　张家公子搂着一位妖艳女子从大兴茶楼走出来,歪歪斜斜,显然喝了不少酒。

　　"几解不在家好好准备嫁妆,跑来圩市丢人现眼?"张公子的手指几乎戳到她鼻尖。

　　"这不是张县令的儿子吗?"有人认出他。众人很快围过来。

　　"是啊,许配了人家还来圩市凑么嘢热闹?"

　　"看来张家这媳妇不好管呀。"好事的人七嘴八舌。

虽然去她家下聘礼的张公子有令她不甚喜欢的锐利目光和沙哑嗓音,但整体印象还是斯文有礼的,沐芳一时难以把面前轻浮的醉汉和那读书人的模样对接起来,脑子里一片混乱,不知如何应对。她站起来左右眺望,盼阿爸赶快回来。

张公子把她的沉默当成对抗,又有众人围观,更要显出大丈夫管教媳妇的威严:"女不教,父之过,大家看吧,不给女儿缠足的老爸惯养出个野闺女,哼,就是这副德行!"张公子使劲撑着哑嗓子喊,声音不够威力,就动手来拉沐芳的腿,要给大家展示她的大脚。

沐芳躲开:"你又不是不知道我没缠足!"眼泪不争气地冒出来。

"嘿,还不服管。"张公子恼了,推开怀里风尘女子,抓住沐芳胳膊,"你过来!"借着酒力,他把她扯到胸前,酒气熏得她窒息。她挣扎。人群哄笑,也有人慨叹,但无人替她说话。毕竟都知道,她就要嫁给他。

"给我,亲一个!"他低声恐吓,湿漉漉的嘴贴到她脸上,黏滑腥秽,脏到她心底。她一挥手,手背甩到他鼻子上,他疼得松开手。她推开人群冲出去。

"装么嘢羞涩,再过半月你就是我的人,还不是想怎样就怎样?"沙哑的嘲衷追捕她。

沐芳突然清醒:这就是她将嫁的人,她怎么可以嫁给这样的人,在污浊中度过余生?这是她前世种的什么瓜什么豆?委屈羞辱塞满胸怀,不甘在脑子里旋转,她飞快向前跑,不辨方向,跑得快一点再快一点。头发被风吹散,脚下踏起的尘土迷糊了视线,她撞歪周家阿伯的鸡笼,踢倒了李家阿婶的菜篮……一直跑下去,也许她就能逃过这个人,逃脱嫁给他的厄运。

不知不觉她跑到了斗山河边,河水清亮,细碎的光芒让她眯起眼睛。来吧,这里干净清凉。有个细渺的声音唤她。她不能为自己的生做主,至少可以决定何时终结这段身不由己的人生吧?投河的瞬间,她看见阿妈浮在河面,隐约在水雾中,脸还是米汤那样白,唇还是纸片那样薄,跟去世时一样,但阿妈睁眼望着她,满目疼爱,向她张开双臂。

人们回过神:沐芳往河边跑啊,快追,别闹出人命来。追赶沐芳的人群中,辉仔跑得最快。"阿芳不会水!"他喊着一头扎进冰凉的河水。

阿妈牵着她的手,带她到了一汪清泉边,向泉里撒下黄皮树叶、柏枝还有白兰花,然后把她的头发解散,在芬芳的泉水中漂洗。点点滴滴,她刚受的惊吓和屈辱随着潺潺泉水流走。阿妈用纤巧的十指替她梳理长发,她等着阿妈帮她扎辫子,阿妈却站到她面前,示意她自己盘起发髻。她随即领悟,跪在阿妈的飘飘裙裾下,毫不犹豫也毫不费力地,盘起了云髻。

阿妈又带她到了阿爸的书斋,拉她绕过阿爸的讲台,径直往后走进平时她不能进的药房。阿爸调制膏散的药钵、烧火的红泥小炉、铜秤、铁壶、银勺都清清楚楚排列在黄木案几上。阿妈一句话不说,只是含笑带她游走。她累了,阿妈就让她躺进怀里,像她小时候那样轻轻拍打她的肩膀,哄她入睡。

辉仔把她拖上岸的时候,沐芳还在阿妈清凉的怀里熟睡。阿妈洁净深幽的气息流遍她全身,涤洗她内心的无奈与不甘,涤洗尘世的万千种不如意。她的身体逐渐轻盈,神智逐渐透亮。

睁开眼,怎么是大兴茶楼三楼洋人传教士的尖下巴和高鼻子?耳朵薄得透明,蓝眼睛安静地观察她。辉仔在一旁说:"是教士把你抱来教堂的。他在河边按你的胸口,还对你的嘴吹气好几次,你才把喝进去的河水吐出来。"

窗外天瓦蓝,飞过的水鸟是几点黑墨,屋顶吊的烛灯晃悠成一团晕圈。沐芳的视线终于清晰,落在洋教士透明耳朵后面一幅"观音"画像上。她从没来过洋教士的家,以前都是在楼下见到他,但这幅画像却怎么有点熟悉?画中的"观音"虽然穿的是蓝袍,也有洋教士一样尖尖的鼻子,但她像阿妈一样张开双臂,眼里也满含疼爱。

沐芳记起阿妈先前在芬芳泉边给她的示意,立刻翻身爬起,拖着湿透的散发和衣衫跑到"观音"像前跪下:"小女子陈沐芳,今日在洋观音大士前发誓,从此梳起发髻,永不婚嫁,自立自强。"说完磕了三个响头。

洋教士没听明白她在圣母像前的铿锵誓言,但一位刚投河的女孩必有其悲苦要诉说,必有其愿望要祈求。他在胸前画着十字,低声用拉丁语诵了一段祈祷词。

辉仔却忽然醒悟,挡住她开始盘髻的手:"阿芳姐你做么嘢?你怎么可以自梳?"

沐芳甩开辉仔的手:"怎么不可以?别拦我!"

辉仔被她决绝的神情征住,不敢阻拦,向洋教士求援:"冇等她自梳,她不能自梳!"

"自梳?"洋教士却不懂这个词,转身去里面房间捧出来毛巾和一件干爽的黑布袍给沐芳换。

沐芳听说过自梳女必须穿着素净,不是黑就是白,也见过淑芬姐自梳后的样子,洋教士送来的黑袍正及时。她接过黑袍给洋教士鞠躬致谢。教士推着辉仔回避到里间,不管辉仔乌哩哇啦的抗议。

阿爸赶到教堂的时候,沐芳已盘好发髻换好黑袍。阿爸却一时没看出异样,只知道把她紧紧搂进怀里:"阿爸糊涂,算准许多大事小事,怎么偏偏把女儿的终身大事算歪了?"

沐芳苦笑:"不怪阿爸,一定是我前世种下的因果。"

阿爸愣一下,似乎不信她能说出这样的话,又捧着她的脸说:"别胡思乱想,张家公子品行不端,我们退婚,再寻好人家。"

"阿爸,我不嫁了,陪你一辈子。"

"那怎么行?女儿总要出嫁嘛。"

"不嫁,我已经自梳了。"她语气平静得令自己诧异。

"啊?几时?"

"刚才,在洋观音和洋教士面前。"她指蓝衣"观音"像给阿爸看。

"那不算数!"

"怎么不算?大家都说,洋教士不说谎,可信。"

"什么可信!"阿爸冲洋教士吼,"你怎么能让我女儿在这里自梳呢?你知道这是她的终身大事吗?"

大概是阿爸被沉痛和愤懑绷紧的脸,终于令洋教士意识到他做错了什么,他嗫嚅:"对不起。"

"阿爸,洋教士没做错什么,是我的主意,不,是阿妈叫我自梳的。"

"阿妈?"阿爸摸摸她的额头,也许觉得她受寒发烧说胡话。

沐芳把自己投河遇见阿妈的情景描述给阿爸听,阿爸将信将疑。她又数出他药房里的各种器具,都摆在黄木案几上什么位置。阿爸凝视她,沉默了。

"阿妈要我自梳,跟你学医,陪你一辈子。阿爸,你收我做徒弟,把接骨膏、还魂散的秘方传给我吧。"她跪到阿爸膝下。

阿爸叹气:"终身大事,你阿妈怎不和我商量?"

"阿妈走后你也见过她?"

阿爸不答,继续劝诫:"你可想过自梳的后果?以后假如遇到心仪的男子,也不能反悔,否则按族规要浸猪笼。这在浮石村是发生过的。"

她记得,好几年前的事了,浮石村离朗美村五里地,辉仔和村里几个男孩走了大半天去看。回来说那个自梳女被装进猪笼沉河之前,在祠堂挨了一顿鞭子,体无完肤,他们赶到的时候已经看不出她原来长么嘢样了。

沐芳此刻又想到张公子贴到她脸上那张湿漉漉的嘴,呼吸凝固,全身肌肤再次收紧,恨不得每个毛孔都关起来,把那腥腥的感觉彻底挤出身外。之前还没有年轻男子如此贴近过她的身体……

小时候一起玩耍,禧哥抱过她背过她,可长大后,他们唯一一次肌肤之亲,是去年她在村外芭蕉林送他远行的时候。她把为他编的吉祥结塞给他,他连她的手一同握住,紧紧一攥。那短促的一攥瞬间就从她的手印刻到心里,还有他向她伸出又收回的手臂,她隔空投向他怀抱的每一寸身体的渴望,从鼻尖、颈窝、心口、肺腑到脚趾、手指、发梢,都无限向他延伸。沉重的遗憾阻隔在他们中间,深切的依恋又默默把他们拉近。后来每次回想那一刻,她都觉得他们是抱在一起了,她甚至能触摸到他的体温、心跳和呼吸。这一世除了禧哥,她难以想象自己还能和哪个男子亲近。禧哥说,最多五年他就回来。她若是能等到他回来……

"别人家女子自梳,或穷困或不中看,多是不得已。女儿你这样的容貌、品行才德,哎……"阿爸扶起她,声音越来越低,微微发颤,已不能承载满心痛惜。

沐芳想,她也是不得已啊:她不可能再等到禧哥回来了,她现在如果不自梳,就得嫁给她无法亲近的陌生人。

傍晚父女俩回到家,兴婶过来,说她中午看见一个女人的阴魂领着沐芳的魂魄飘进了书斋。后来那女魂单独飘到她面前,自称是沐芳的母亲,拜谢她这些年一直照应沐芳父女。"是我见过最清晰最靓的阴魂,不,应该不是阴魂,简直是仙女下凡。"兴婶称道,"可我还是提心吊胆,看到阿芳她阿妈不出奇,怎么突然会看到阿芳的魂魄呢?"

兴婶平日带沐芳在老榕树下穿针走线,手指飞舞,嘴也不闲着:榕树精、水妖、蛇女、山里的神仙、庙里的菩萨……还说她能看见死去的族人在村里走,尤其过年过节,各家拜祭祖先的时候,去世的祖辈都回家受拜,还争先恐后、推来搡去的,像活人般热闹。沐芳时信时疑,此刻却知道兴婶不是在编神话传说。

阿爸哀叹,告诉了兴婶白天发生的事:"真退了婚,不知道张县令家会怎样找碴。"

兴婶拉起沐芳的手,用热烘烘的掌心搓她冰凉的十指,沐芳的眼泪哗哗往下流。

兴婶啊,你是我半个阿妈,你知道我的心思。

哎,我知道,阿禧去金山前,我也试探过你阿爸的口风,但我们家太穷,阿禧没福气娶你啊。

我不在乎,和喜欢的人在一起,粗茶淡饭、忍饥挨饿我都不在乎。

可你阿爸在乎,他怎么舍得掌上明珠受苦受累受寂寞?

131

去年阿禧哥迎娶的人应该是我啊。

对不起,我和你兴伯悄悄给阿禧娶妻也是没办法。山长水远,谁知阿禧几时才回得来?还回不回得来?

兴婶陪着沐芳落泪。两个人四目相对,无声地诉说,无奈地叹息。

第八章

梦想被烧为乌有

1862—1863年　加州北花地

小玉把阿发的两块银元交给陈宜禧,是在她跟詹姆士到布朗家露面的三天后。

小玉没走前门,从小溪边绕到布朗家后院。陈宜禧刚洗完两大盆床单,在两棵橡树上拴好麻绳,正一条条往上晾。午后的太阳躲进灰色云层,不知会不会下雨?

小玉显然走了老半天的路过来,娇喘吁吁,发髻松了,一缕散发贴在嘴角,脸上脂粉也有点晕花了。

"这位小哥,借你一管烟的功夫说几句话行不?"她不是新宁人,说的是北方话,和老王口音相像,当然声音比老王的柔细好听许多。

陈宜禧放下手中床单,指了指劈柴用的木墩让她坐,小玉却扶着木墩冲他软软地跪了下去。

"阿婶,唔,你……"眼前女子看起来不比自己年长,叫阿婶实在勉强,但又不知该如何称呼。陈宜禧猜她是来说那天没机会说出口的话,可不懂她为何下跪:"快请起,有话好说。"

小玉不起:"除非小哥答应放我们一马。"

"请叫我阿禧。我不过是布朗家的佣人,无权无势,放什么马?"他猜她大概是来为财哥说情的。

"阿禧小哥,我叫小玉,我知道阿发的下落,但在你答应放过我们之前,我不能告诉你。"

陈宜禧想,找到阿发比什么都重要,再说财哥在北花地有头有脸,他现在也奈何不了他,便点头。

小玉起身坐到木墩上:"我十五岁那年从家乡被拐到金山,在三藩市的妓院遇到阿洪。阿洪是包工头,带唐人工修路、挖矿。他花钱买下我,带我到犹他州盐湖城。我是镇上第一个唐人女人。阿洪不把我当人,唐人工们却给我面子,喊我老板娘。我伺候阿洪,偶尔空下来也帮工人们缝缝补补,逢年过节做点年糕饺子给他们打牙祭。

"跟阿洪打工的唐人有两类:自由人,挑活儿,不想干卷起被盖就走;契约工,签约三五年不等,阿洪从洋人那里拿到啥活就干啥,吃住都挤在阿洪的劳工房里。阿洪的两百多个工人里,契约工占大多数。日子久了,我才发现,还有一类工人,他们是被'猪仔头'卖给阿洪的,没薪水、没合约,干最苦最危险的活儿,一辈子都是阿洪的奴才,和我一样。

"我一直不知道阿发是谁卖给阿洪的,直到那天你问我认不认识阿发,我才猜到是……"

小玉停下来看陈宜禧的反应。他让自己沉住气,打听出阿发的下落比立刻发泄愤懑重要。

"我留意到阿发,是他企图逃跑被抓回来那天。他们把他绑在劳工房门前拴马的木桩上,扒光了衣服暴晒。盐湖城三伏天的日头能把人烤焦,我坐在屋里都燥得鼻孔冒烟,他被赤天露地地晒一天,滴水沾不到,不到天黑就蔫成地瓜干,身上皮一抹就掉。我偷偷喂他点米汤,他才醒过来。

"我问他跑个啥,四周围都是戈壁荒山,即使躲过了猪仔头,还没找到下个镇子就得渴死饿死,或者被红肤土人割去脑袋盖儿。

"他说,家中父母都老了,借钱买船票送他到金山是指望他挣钱寄银信回家度日的,他被人拐卖了猪仔,攒不下一个铜板寄回家,活着还不如去死。"

小玉掏出手帕擦眼泪。陈宜禧捶着脑门责怪自己那天没能拦住财哥拉走阿发的马车,假如财哥先拉阿发去"验货",那被卖苦力的应该是自己,而被伊丽莎白解救的应该是阿发。

"小哥莫怪自己,你那会儿刚到金山,不辨东西,话都说不清楚。哎,都是命啊。在家乡我家虽不富贵,可也有名有姓有父母爱护,谁会想到我去河边洗趟衣服就被塞进麻袋卖到金山呢?

"阿发后来又跑了一回,被抓回来打得半死,终于听我劝不再整天琢磨逃跑了。放工之余,大家不是累瘫下就是赌钱抽大烟,他却不闲着,想方儿在劳工房低三下四地伺候其他人挣点零钱。

"有天我买菜路过劳工房,他在角落小声喊我过去,摊开手掌给我看他攒的两块银元。我吓一跳,让他赶紧收好,千万别让人知道他有积蓄,怕他的血汗钱被偷被抢或者被阿洪收走。他傻笑,要我凑近细看。他在两块银元上面都刻了'发'字,说银元有名字就没人敢动,等他攒够五块就寄回家给父母,'到时请小玉姐帮我找个可靠的水客。'"

陈宜禧记起从新宁渡海来金山的船上,大多数人晕船,昏睡呕吐,阿发身板小却精神好,顶着他的方脑袋瓜在人堆里挤来挤去,替明叔兜售偷来的姜。阿发能在夹缝里生存还攒下银元,他信。盐湖城离北花地有多远?他得想办法把阿发救出来,等小玉讲完再问。

"后来没多久,阿发和另外十几个猪仔工去修铁路,点炮开山,引发了雪崩……"小玉的声音突然低下去,越来越细,几乎听不清,"都被埋了,尸体都找不到……我帮他们收拾遗物,在阿发的被子里摸到他缝进去的两块银元。一直收着,想何时碰到认识阿发的人帮他捎回去给他爸妈。"

她起身从长衣内兜摸出两块银元,双手捧着等陈宜禧接,不敢抬头看他。

那个活蹦乱跳、被金山海岸的洋人扔进海里照样生还的阿发怎会没了?他还要感谢阿发吭哧吭哧帮他啃断了麻绳呢,和他相关的一切怎么只剩下眼前这两块冰冷的银元?陈宜禧蒙了。头顶树叶被隆冬的寒风吹得簌簌作响,身旁牵着绳子的树干晃得厉害,怎么脚下也在抖?不,是他全身在抖,不可抑制。心里说不清是难过内疚还是愤怒,交织成火球燎着胸口。

他一巴掌挥向小玉的手,两块银元亮晃晃飞进院子边上他先前扫起的落叶堆里,甚至没激起什么特别的声响。小玉惊惶了一会,默默跑过去,扒拉褐黄的落叶找银元。她跪在地上,长衣贴紧了后背,湖蓝色缎面下瘦小的骨架突显出来。

他咬着嘴唇,捏紧拳头,意识到他不能冲这个也是苦命的弱女子泄愤,便一拳砸到木墩上。手背立刻破了皮,流出鲜血,骨节也肿起来,却减轻不了内心的灼痛。

阿爸阿妈走的时候,他还小,无能为力。可阿发,他对阿发的消失有责任。他还记得自己当时犹豫的瞬间,四肢乏力说不清话,可即使没办法用语言表达,他要是早一点爬起来往马车那边跑,伊丽莎白应该就会明白。而即使伊丽莎白对财哥、强叔也无可奈何,或许她拉住的路人还来得及帮忙。他那一刻的犹豫是因为害怕自己再被财哥捉去!他要是像在海船上救明叔那样,再勇猛一点、顽强一点,也许阿发就不会被拐走、不会死?他蹲下抱头哭起来,感觉被什么无形捆绑,他还是像小时候那样无能为力。

小玉捡回银元,递手帕给他,又从滚边阔袖里掏出个磨得出丝的锦囊:"我没钱,但攒了点儿首饰。阿洪那老鬼喜怒无常,高兴的时候赏我玉石戒指、珍珠耳环,不高兴就拿我撒气,刀割烟烫。"

"所以你跟财哥跑了?"陈宜禧用手背抹去眼泪。

"阿财每月到盐湖城两趟,运来米糖烟酒、瓷器、丝绸棉布……"

"还有拐来的猪仔!"

"小哥莫恼,我实在不知道是他拐了阿发。他对我好,每次特意带些女人用的东西给我,人长得也经看,比阿洪年轻许多。你看我经历这么多事儿吧,还不到二十。我也想嫁人生子啊,哪能在阿洪那儿受一辈子气?"

"他是真娶你?他能拐我和阿发,哪天也能把你卖了!"陈宜禧冷冷顶一句。

"那……也就是我的命。"小玉叹息,重新坐回木墩上,在寒风中紧了紧衣领,望向河边树林。

刚才陈宜禧抱头痛哭的时候,反复想过要怎样惩治财哥才能为阿发报仇,他甚至瞄了一眼搁在木墩旁劈柴的斧头。他可以不顾一切去把财哥砍了,但那样阿发也不能生还,眼前这苦命女子还要守寡。他在心底许了个愿,求阿发在天之灵原谅他无能没帮到他,求阿发作证,以后要是再遇到不平事,他一定尽最大力气去摆平。

风突然狂吹起来,晾在绳子上的床单扑打到他脸上、肩上,他想这是阿发在抽他耳光吗?还是要他替他先好好活着?

"这锦囊里的首饰请小哥换了钱和阿发的银元一并寄给他爸妈吧,就当我替阿财赔罪,我知道这也换不回阿发的命。"小玉又跪下:"只求你发个善心,看在阿发生前叫过我'小玉姐'的分上,别告诉其他人我和阿财躲在这里。"

查理拿着景泰蓝小刀冲进后院,珍妮欢叫着追在后面,他们刚放学回家。两个孩子看见跪在陈宜禧脚边的"中国仙女"都愣住不动了。

"深山小镇里以为能隐姓埋名,没想遇到你,真是冤有头债有主。我们要是被阿洪抓住,会被他剁成肉酱。"小玉急哭了。

陈宜禧记起财哥那天按着查理的头做的威胁手势,看看两个孩子天真的模样,接过小玉手中的锦囊和银元,算是默认了。

随后一年多,陈宜禧在镇上远远看见詹姆士就绕道走开,怕自己忍不住失控。好在大部分时间他都在布朗家忙碌,出门并不多。

某天买菜路过阿金店门口,阿金忽然问他:"有次你在我店里叫詹姆士'财哥',说他卖猪仔,是怎么回事?"

他拐卖同乡,是个该死的骗子……陈宜禧牙关紧起来,心里咒着,可想到查理和珍妮还有小玉,怕生事端殃及无辜,强忍着没说话,摇头表示他已经不记得了。财哥害阿发客死异乡尸骨无存,他不会忘;君子报仇十年未晚,他等着时机。

139

最近镇上传言詹姆士和阿金有了过节,说詹姆士企图买空阿金的烟土,再廉价出售,与阿金争抢人心和市场。阿金当然不卖。詹姆士后来不知从哪里找到货源,是熬制好的熟鸦片。虽然抽过的人都说不如阿金现熬的好,但因为价钱便宜不少,口味上的差别逐渐就被忽略了。被抢了风头和生意的阿金也不好惹,和詹姆士血拼鸦片价格不说,前两天詹姆士的货车被劫,据说是阿金派人串通附近红肤土人干的。詹姆士四处扬言不会轻易饶了阿金。

陈宜禧记起他在阿金店里目睹过财哥和阿金争执,恍然大悟那天阿金为何问他财哥卖猪仔的事。什么隐姓埋名,看来财哥霸道成性,即使躲到小镇上也藏不住。哼,说不定哪天就惹出是非来。

春节将至,阿金再次鼓动陈宜禧参加八音游行,说他弄了一面货真价实的铜锣,"敲起来可比你去年春节敲的洋铁桶盖爽多了,哈哈哈!"

陈宜禧欣然答应。八音游行是镇上唐人过年的传统节目,大年初一乐队在主街上来回游走一上午。平时喜欢捉弄中国佬的白人顽童那天都兴奋非凡,跟在乐队后面手舞足蹈。"乐手"们通常提前十来天开始排练,每晚凑到阿金"会馆"吹奏鼓捣一番。

除夕最后一次排练,陈宜禧向伊丽莎白请了半天假,下午就端着他煎好的萝卜糕到了"会馆",练完八音晚上大家一起吃年夜饭。北花地的冬天比新宁冷,有时下雪,地上能踩出一串雪白的脚印。寒冬腊月和同胞围坐火盆边,吃年夜饭说家乡话,舒心温暖。

老王的二胡拉得越来越熟了,闭着眼,脑袋跟着手里的弓晃得有滋有味。阿贵气足,唢呐吹得明亮饱满,大家让他省点劲,否则八音只听得见一音。

"本来也不够八音。"阿贵掰着指头数,"老王哥的二胡、阿禧的锣、'蒜头'的鼓、虾仔的竹板、阿金的洞箫、我的唢呐,才凑够六音嘛。"

"可惜阿正叔过世了,他的琵琶弹得才叫绝。"阿金稍作停顿,又把箫管抵到唇下吹起来,大家各自抄起乐器应和。

阿金的洞箫是他自己做的,吹了好多年,竹子颜色深沉,像洋人的威士忌酒,调调也浓醇得醉人。

练了一会大家都停下来听阿金吹箫。他先吹了段喜气的《步步高》,然后曲调忽然慢下来,幽幽的,忽远忽近。昏暗的屋子里,只有火盆中柴火细碎爆裂的声响应和他。阿金熬制鸦片熏得黢黑的手指顺着箫管抬起落下,吹出的每一口气便有了神韵,凭空描出一幅接一幅的水墨画来。

陈宜禧看见了新宁的潺潺溪流,跃出水面的鱼闪着银光,芭蕉林、稻田、环抱村庄的青山;一弯新月挂在逐渐浓稠起来的夜空,养母坐在榕树下给他和沐芳还有辉仔淑芬一群孩子说故事;章叔的书斋传来琅琅读书声,水鸟盘旋在高远的天际……

沐芳给他的吉祥结平时他舍不得戴,收在包袱里,快过年了才拿出来挂在脖子上,贴着心窝。吉祥结左边,棉衣内袋里揣着他攒了大半年的一百块美金和给父母的信,八音游行后他要请阿金带去三藩市让水客捎回家。他让父母拿这些钱去买十亩良田,说他再攒些钱或许不用五年就可以回家探望他们了。给父母的信里他没提到沐芳,却期望他们把他可能提前回乡的消息传给她。沐芳此刻正在做什么?今年的"幸运菜"卖给了谁家?还是,她已经出嫁了?想到这里,他的心紧一下,喉咙眼又干又涩。他咽唾沫,深吸一口气。

也许吸气太猛,他咳嗽起来,眼睛被什么熏得有点睁不开?他揉着眼下意识瞥向斜躺在屋角抽大烟的两个人。为了保证八音排练不受干扰,阿金提早赶走无关的人闭了店门,只留了两个瘾大的烟客在"会馆"继续抽烟。是烟灯倒了烧着什么冒烟了吗?烟灯立着,火苗猫眼般在昏暗中跳闪,并不见烟雾。抽大烟的人也咳嗽起来,屋里原本甜腻的鸦片气味怎么忽然呛人了?

老王阿金他们也咳起来。陈宜禧透不过气,眼睛也睁不开,伸手摸去门口。他一直不喜欢"会馆"闷人的空气,得开门通风;冷就冷点吧,有火盆烤着,拉琴的手也不会冻僵:"门怎么打不开?"

阿金虚着眼摸过来,使劲晃两下门把:"奇怪,谁把门反锁上了?"

屋里咳嗽此起彼伏,大家被呛得睁不开眼,揉鼻涕抹眼泪,越揉越呛,越抹越迷糊。

"好像谁在火盆里撒了辣椒?"阿贵这句话让一屋子的咳嗽更加撕心裂肺。

"咳咳咳……肯定是辣椒。"陈宜禧鼻子喉咙都烧起来。

"谁这么缺德?咳咳咳……"

"肯定是先前进来看热闹的几个鬼仔!"

"得赶快把门撞开!"老王最壮实,自告奋勇,迈开健步却踢翻了火盆。

暗红的火星如流萤飞散到为烟客们铺设的草席棉枕上,触到成年累月积攒的汗水头油,火苗"噗噗"蹿起。阿金脱下棉袍冲过来扑火,大家效仿也脱褂子袍子四处扑打,一边咳得声嘶力竭,喘气的空都没有。火苗却像长了翅膀,这里刚扑下去,那边又蹿出一团,每团新起的火焰都比刚扑灭的跳得更高更远。

转眼间火焰连成了串,有一溜顺着柱子爬上了屋梁……

咳嗽声渐渐稀落,被各种燃烧的声音代替,"噼啪""轰轰""噗噗"混合交杂,此起彼伏。还在扑火的老王和陈宜禧动作越来越慢,两个烟客早已扑在地上,阿贵也倒下了。阿金呢?满屋浓烟,无处可藏,不管他把头转到哪个方向,烟雾都不由分说灌进鼻孔嘴巴。"耶稣、北……"陈宜禧张大口再也不能呼吸,终于被热浪轰倒。

他被救火的凉水泼醒。纷沓的脚步,惊惶的呼叫。人们忙着从溪边运水灭火,一桶接一桶,无人顾及他。他鼻子眼睛和喉咙里塞满灰烬,脑袋里像灌满滚烫的灰浆,胀痛欲裂。

他爬到人腿踩不到的地方。

阿金"会馆"和杂货铺已被烧塌,大火对残余的墙垣断梁失去兴致,顺风烧上了邻近的房屋。"快把开矿的水炮推来!"他听见皮特喊。"那么远,来不及了!""备用那个,快!"

冲天狂欢的火焰照亮了北花地的除夕夜。他瘫在泥地上,脉搏沉重地撞击太阳穴。有什么硌着胸口?伸手一摸,是沐芳给的吉祥结,沾满灰土,湿了水又被烤干,结成硬块。他还活着,也许多亏了沐芳的吉祥结?可棉衣被烧满窟窿,袖子都扯断了,装着银信的内袋不知去向。大半年的积蓄都烧成灰了?他狂乱在地上摸索,跌跌撞撞爬向火光中的"会馆"废墟,双手刨进滚烫的灰堆。

天空不见一颗星辰,火光放大的重重人影四处摇晃。他大声哭喊"阿芳",哭喊化成灰烬的十亩良田,哭他提前回乡的梦想被烧为乌有……可他却听不见自己的声音。他想沐芳也听不见。

第二天下午,北花地警长约瑟夫逮捕了阿贵、老王、陈宜禧、"蒜头"跟虾仔。阿金和两个烟客被烧死了,唐人街大部分被烧毁,附近三家白人的房子,包括罗斯夫人的苹果绿木屋和十头猪也被烧掉了。

"中国佬抽鸦片自甘堕落也罢了,还差点烧掉整个镇子,罪不可赦!"居民们聚集在警长办公室门外,群情激奋。罗斯夫人被烟火熏黑的脸上挂着几条白道道,她为烧死的十头猪没少流眼泪。"他们烧死了我的宝贝,应该偿命!"她的抽噎此刻十分煽情。"对,偿命!偿命!偿命……"众人齐声喊起来。

五个唐人被关在警长办公室内唯一的拘留室里。所谓拘留室,其实是个铁笼子,正对着办公室门口,背面靠墙,墙上有个被木条钉死的小窗。门小墙薄,外面的动静,五个人听得清清楚楚。

"海上憋几十天没病死,挖矿塌方没砸死,现在为烧死几头猪要被砍头?真是倒了八辈子大霉!"阿贵蜷在角落里叹气。他和"蒜头"、虾仔都花着脸,衣服上全是烧破的洞。他们平时住的唐人街"宿舍"被烧没了,连洗脸更衣的机会都没有就被抓了进来。

"美国也有王法吧?火不是我们故意放的,误伤了罗斯夫人的猪可以赔,怎么就要偿命呢?"陈宜禧不服。

"哎,人家洋人的镇子,没死猪、没烧房子都处处难为唐人,闯下大祸还有活路?"老王双手摇晃铁笼,又伸长胳膊去掰钉死窗口的木条,显然在探寻逃生的可能。

"你要是不踢翻火盆,我们现在八音游行都走完了,阿金也不会死。"阿贵口气里惋惜比责怪多。

大家一时沉默了。烧死三位同胞,大年初一被关在异乡牢房里,生死未卜,今年这春节过得!各人蜷腿坐到地上,稍微伸腿就碰到别人。

"镇子小,这铁笼以前最多也就关两个人,五个人挤在这里,晚上只能蜷着睡了。"阿贵说。

"还能活过今晚吗？""蒜头"叹道。

"是谁把'会馆'门反锁上的呢？"陈宜禧自言自语，也想让大家沉住气想想办法。

"是啊，如果门没被反锁，大概也不至于起火。"

"对了，谁说过看热闹的鬼仔往火盆里撒了辣椒？"

"我说的。"虾仔应道。

"你看见他们撒的吗？"陈宜禧问。

"没有，但昨天下午除了我们和两个烟客，只有那几个鬼仔进过'会馆'。"

陈宜禧仿佛有印象，但他当时背对门口，而且可能是在他闭上眼睛听阿金吹箫的时候："几个鬼仔？认得吗？"

"两个，不，三个，认得弗兰克。"

弗兰克是镇上捉弄中国佬的小魔头，唐人几乎都认得他。

警长推门把伊丽莎白让进办公室，高涨的人声冲进来又立刻被关回门外。先前警长从布朗家带走陈宜禧的时候，伊丽莎白抗议说为什么不抓放火的人却来抓差点被烧死的阿汉？警长说火是从鸦片烟馆里烧出来的，阿汉有纵火嫌疑。

"外面的人胡乱喊什么偿命？要再回到十年前无法无天的日子？"伊丽莎白说着，把装面包和水壶的篮子放到铁笼边，"阿汉别急，先吃饱肚子。"

"我们可能是被弗兰克反锁在阿金'会馆'的。"陈宜禧抓住时机把起火的过程告诉了女主人。

"你都听见了吧？他们是被人害的。"伊丽莎白对站在一旁的警长说，又问陈宜禧，"你确定是弗兰克？"

"虾仔看见他进过烟馆。"

"我也看见了。"老王说。

警长约瑟夫肩宽腰直、眉眼肃穆，作为镇上的法律代言人，形象是很称职的。"这不是个简单的案子，希望你仔细调查，公平处理，别冤枉无辜。"伊丽莎白只说了这么多。

警长点头答应找弗兰克问话的时候，嘴上浓密的胡子也显出了庄严。

伊丽莎白走后，"蒜头"吃了陈宜禧分给他的面包，对能否活过今晚不再疑虑，甚至还冒出个帮大家洗白冤情的点子："听说你家主人很有声望，方圆十里有头脸的洋人都到你家做过客，下次女主人来送饭的时候，为何不好好求她跟警长说情？"

"对呀，有次我送菜去你家，你忙得团团转，说哪里的大法官要来吃饭，还让我帮忙劈柴。法官比警长大吧？求伊丽莎白跟法官说说情。"老王说。

为伊丽莎白工作近两年，陈宜禧很了解女主人的热心肠和正义感："如果能说情她早就说了。"但她刚才对警长也只是寄予了希望，看来事情没那么简单。

第二天清早，陈宜禧被约瑟夫掏钥匙开铁笼的声音惊醒。在笼子里蜷缩一整夜，腰硬脖子酸，跨出铁笼的瞬间，他尽情地伸了个懒腰。

其余四人也打着呵欠揉着肩颈依次走出来。

"查到反锁烟馆的坏蛋了？"陈宜禧问警长。

"可以回家了？"老王问。

警长板着脸，低头扯起地上一条锈迹斑斑的铁链。陈宜禧这才完全醒来，看清跟约瑟夫一起进来的大汉端枪对着他们。

警长喝令他们站好别动，铁链逐个圈到每人腰上，把他们像蚂蚱一样串了起来，然后推着陈宜禧往办公室门口走。

"蒜头"也醒了，哭喊起来："怎么不明不白就上刑场啊？"警长没回应，他便一屁股坐到地上，铁链一扯，前面四人七倒八歪。

"起来！"警长冲"蒜头"屁股踢一脚。

"蒜头"哭喊更大声："我不能死啊，家中老小……"

"还没到你死的时候。"警长说。

五个人拖着铁链歪歪扭扭走出警长办公室，天蒙蒙亮，浓厚的晨雾里停着一辆大马车。拉车的两匹黑马似乎也刚睡醒，懒懒地喷着鼻息。

"该死的中国佬！"有人冲他们吐一口唾沫，把马车晃荡出了声响。

流氓里奇被反铐在马车后轮上，另一个镇上大汉捂着鼻子在旁边看守。里奇瞪眼认出陈宜禧又吼："当初就该再来一脚踢爆你的猪头！"

陈宜禧被里奇身上的臭味熏得皱起鼻子，不再容忍他：

"你才臭得跟猪一样!"

警长冷眼瞪他,并没发作,赶五个中国人爬上马车。

"你要把我们带哪里去?"陈宜禧问。

警长不回答,摸出手枪对准里奇脑袋:"该你上车了。"看守大汉解开镣铐拧着里奇胳膊推他。

里奇不动:"你因为这群中国猪要逮捕一个美国公民?什么狗屁警长!"

"大火烧毁了镇上许多财产,包括三位美国公民的财产,你和这五个中国人都要接受审判。"

"还烧死了阿金,三个唐人的命呢!"阿贵嘀咕一句中文。

"大火和我没关系,我说过!"里奇理直气壮。

"有人看见你大火前反锁了烟馆的门,我也告诉你了。"警长言简意赅。

"谁?你没说是谁诬陷我?"里奇依旧理直气壮。

"这流氓才罪该万死!"老王也说一句中文。

"你们说什么!"里奇一脸凶狠,又冲警长叫,"人话都不说的猪有什么权利接受审判?和他们一起受审,你还不如现在一枪把我毙了。"

"我没这个权利,我会把你们交给内华达县法庭。你要是被冤枉了,到时跟法官和陪审团申诉吧。"警长和看守大汉费半天劲把里奇弄上马车,把他铐在够不着中国佬的一角。

内华达县法庭?陈宜禧眼前闪过那位胖法官的样子,肚子有三袋面粉那么大,摞在胸前,下巴像鸡蛋卷那样叠三层还爬满络腮胡,脖子完全看不见。人倒是随和,喜欢他做的糖醋鱼,吃了两大盘。也许老王说得对,应该请伊丽莎白替他们跟法官求个情,否则跟洋人怎么说得清?伊丽莎白知道他们要被送到内华达城去吗?这么早,她和孩子们还没起床呢。他望向车外,晨雾淡了,街上空无一人。

马车"哒哒"启动,里奇突然叫起来:"还少拉了一个人!是中国佬詹姆士让我干的,他给了我一百块钱!"

第九章

金山法律到底为谁定

美国加州内华达城(Nevada City)

伊丽莎白第二天坐了半天马车赶到内华达县城探监。

陈宜禧隔着铁栏抱歉:"我又不能干活了,老王也被抓进来,夫人找谁帮忙做家务呢?"

"我一点不担心家务,倒是你们……"她环视监狱阴暗的空间,皱皱鼻子,"气味太糟糕了。"

"还好,比约瑟夫警长的铁笼宽敞多了,我们五个人都能躺直了睡。"他打起精神想宽慰女主人,嘴角却提不起笑意,"路这么远,这里又脏,夫人以后别再来了。"

"恐怕以后他们也不让我进来了,但我觉得你们也不会在这里待太久。"女主人的安慰总是及时。

"你跟大法官求情了?"他的脸挤到两条铁栏中间,本来靠墙歪着倒着的老王他们也凑了过来。

"哪个法官?求什么情?"伊丽莎白却不知道他在说

什么。

"内华达县的大法官啊,到家里吃过饭那个。"他比画胖法官的大肚子,"我们是被冤枉的,你告诉他了吧?"

伊丽莎白眼里的蓝光聚起来,盯得他心慌,难道他说错话了?

"法律是不讲情面的。"她的口气不留余地,陈宜禧心凉了半截。菩萨心肠的女主人都不肯替他说话,这官司他们怎么赢得了?

"等着在牢里发霉发臭吧。"阿贵拖着腔调又倒回墙角。

"我相信你们是无辜的,但法律的程序大家都要遵守。"伊丽莎白接下来说的案子调查、律师辩护、法庭听证、陪审团等等,大家都听不太懂,觉得都是洋人走的过场。

"布朗夫人,你家吃我老王种的菜有五年多了吧?我的菜是不是最新鲜最实惠?你说的法律程序我搞不懂,"老王终于忍不住插话,"可我知道法官是布朗家的熟人,求你替我们说说情,只要我活着出去,你就是我的救命恩人,你家以后吃的菜我一分钱不收。"

虾仔也急忙表态:"听说大法官爱吃鱼,夫人你也爱吃吧?我要是活着出去,每天钓大鱼孝敬你和大法官。"

"谢谢你们,可即使我很想以后免费吃你们的菜和鱼,法官也不会听我求情,美国的法律不允许。"

阿贵对"蒜头"使了个眼色,两人都拉开裤腰带,各自从腰间掏出个小本子。阿贵打开本子递到伊丽莎白面前:"这是我在三藩市唐人街银号里的存款凭证,来金山十年的积蓄都在这里了,请夫人拿去给大法官,求他替我们做主。"

"蒜头"也把他的存折递过去,还发毒誓:"求你了夫人,要是这些钱不够,你帮我们添到够,我出去做猪仔也要加倍还你。"

伊丽莎白拼命摆手摇头:"你们都弄错了,法官不会收钱的,快把存折收好。"

"你不想救我们也罢,但请至少看在阿禧尽心尽力伺候你们全家的分上……"

"如果那天起火的屋里是一群德国人或者法国人,他们也会像我们一样被抓起来吗?"陈宜禧打断了众人的七嘴八舌。

"会,这场火带来的损失太大了。"

"法庭上,法官会听中国人说话吗?"既然女主人坚持遵守法律程序,他想弄清楚那套程序对唐人是不是也管用。

伊丽莎白迟疑了一下:"我相信会的。"她的目光柔软下来:"阿汉,我明白你的担心。这个国家、这个地方的确有很多不公平的事情,尤其像你们这样的中国人,忍受了太多偏见、欺侮,但……我相信法律是公正的,也只有法律能救你们。"

"你会为我们作证吗?"伊丽莎白刚才讲的法律程序,他能够具体联想到的只有证人那一条,他在斗山镇看过包青天断案的戏,白衣女人扬着水袖吊嗓子喊"冤枉啊"扑倒在黑脸包公脚下。女主人不能跟法官求情,总可以证明他不是坏人吧?

"当然,只要法律允许,我一定为你作证人。相信法律。"伊丽莎白临走前拍拍他的肩,好像要拍出他对洋人法律的信心来。

二十二年后,在另一座比内华达县城大得多的叫西雅图的城市里,也有个洋人拍着他的肩要他相信法律,那时他对美国法律的理解将比此时深刻许多。

当天晚上,詹姆士被狱卒推进牢房,五个人的目光立刻盯得他不能移步。狱卒一转身,五人就围了上去。

"各位仁兄,嘿,真是不幸……误……""会"字还没出口,阿贵当胸一拳打得他踉跄半步,"蒜头"立刻又从后面一脚踢到他腿弯,詹姆士扑倒在地。

原来财哥的壮不过徒有其表。陈宜禧心里大喝一声,阿发,为你报仇的时候到了!也加入到教训詹姆士的拳脚风暴里去。

"这是为死去的阿金!""为黄宗!""为阿庆!""为烧塌的'会馆'!""为整条唐人街!"为没过成的春节,为夭折的八音游行,为困在洋人大牢里的憋屈,还有他被烧掉的大半年积蓄,他提前回乡的梦想化为乌有!大家出手都有名目,黄宗、阿庆是被烧死的两个烟客。

"我没亏待过大家。阿贵、'蒜头',卖你们的烟我都赔本……哎哟!"詹姆士开始还左右躲闪,试图爬起来为自己辩白,但逐渐只能缩在角落惨叫、呻吟了。

"走什么法律程序、洋过场?老天有眼,这是上天的安排,阿发,我们送财哥去地下给你处置!""为阿发!"陈宜禧吼着,飞腿要踢向詹姆士五颜六色已看不清面貌的脸,却被什么绊住似的。迟疑间,他全身重量都落到了詹姆士大腿上。他感觉脚下有什么"咔嚓"破裂了。

"阿发是谁?"离他最近的虾仔问,腿没停,狠狠踹到詹姆士腰上。

"你们还想罪加一等?"狱卒闻声跑来,乱棒挥舞,打散了他们。

詹姆士被狱卒拖到隔壁房间。里奇的酣睡被搅醒,大骂"该死的中国猪"。

接下来的两个月,日子虽没有海上的风浪颠簸,却同样污浊憋闷,里奇的高声谩骂每天定时从隔壁传来,不堪入耳。虾仔年纪最轻,刚开始里奇骂一句,他就冲隔墙板捶一拳、踢一脚,被狱卒看见了,揪出去乱棒打一顿后,也只好安静了。

来金山的船上,对未来的憧憬虽然模糊,却像甲板缝透进的天光给人些许希望。可在异乡大牢的铁窗下,未知的噩运如窗外乌云悬挂头顶。晴天丽日更不堪,诱惑他往窗外想,从北花地的果树花香到三藩市海岸的碧蓝水波,到新宁的青山绿田、朗美村的青石小径……小径通往撑天老榕树、麻黄的沙砾土屋,沐芳的身影总会闪现其中,不管他怎样换角度、转方向。可窗外的美好不属于窗内的人,随时可能被剥夺,随时可能再也见不着。每回他意识到这点就胸闷得难受。

时间像铁板一样密不透风,每分每秒都要耗尽心力才推得走。一、二、三……他每天下意识地数着,像儿时饥荒里数着阿爸渐远的脚步,渴望阿妈清明的目光再次消解他内心的惶恐。

詹姆士被扔到隔壁后好几天没动静,陈宜禧和老王他们猜测不知是否里奇把他彻底干掉了。"可能是掐死的,本来已经被我们打得半死,里奇那能捏碎石头的大手,还不是轻而易举,屁都不用放一声。"老王说。

"谁让他和洋人勾结暗算阿金?以为花钱就能买通洋人?"阿贵啐一口。

"镇上传说詹姆士被红肤土人劫走的那车货,真是阿金派人干的?"老王低声问。

阿贵看看"蒜头","蒜头"仰头望天花板,把大圆鼻头和两瓣黑蒜似的鼻孔给大家瞩目。五人当中,"蒜头"和阿金最熟。"蒜头"淘金三天打鱼两天晒网,也不像阿贵还有剃头的副业,但他人却长得结实,阿金店里有事通常最先找他帮忙。

大家看半天"蒜头"的鼻子,以为他不打算说话了,便转开话题,说起各自留在家乡的老婆孩子、亲娘老子。

"蒜头"突然开口:"詹姆士的挑衅是真的,不然前两周阿金为何带我去二埠(萨克拉门托)买了五支来福枪?大概过完春节就得和詹姆士真枪真刀干一仗。"

阿金却死在自己的"会馆"里,死在他们几个弟兄身边。陈宜禧想,如此阴损的招,大概也只有财哥能谋划出来。

"原本好好的一条唐人街……"老王替大家长叹一声。

又过了几天,隔壁突然传来詹姆士和里奇模糊的对话,墙板这边听不清楚,里奇偶尔音量加大蹦出的词,好像都是数字。

老王说可能詹姆士为活命,又许诺里奇重金了,一百块,不,恐怕要涨价到一千了。

牢房里的话如隆冬残悬枯枝的树叶,随风飘零,逐渐稀疏,最后在无望的土里沉寂、枯竭。

大家疲困抑郁,身心都仿佛霉烂得再无盼头的时候,内华达县的起诉官和辩护律师来了。他们被逐个叫去单独问话,里奇和詹姆士也被问话。詹姆士是被两个狱卒架出牢门的,腿显然还不能走路。

起诉官和辩护律师都问陈宜禧是否认识里奇和詹姆士,他说曾被里奇无故毒打,断了肋骨,但詹姆士,他只在唐人街和布朗家见过。两个洋人一个是要告他的,他自然不能多说;另一个自称是保护他的,白头发白胡须似乎都是让人信赖的依据,但他刚来金山就吃过陌生人的亏,还是自己同胞,对洋人就更不敢轻信了。

开庭那天早上,狱卒吆喝他们每人提两桶凉水,冲掉满身跳蚤污垢,换上还能见人的蓝布狱衣,随后把他们押送到大法官的高台下。

曾在布朗家吃过两盘糖醋鱼的法官披着黑袍,山一样耸立在那里,威严的目光扫过陈宜禧的脸,没有停留,好像从没见过他这个人。他们右手边分两排坐了十个洋人男子,无论年轻还是年长都留着肃穆的胡子,而且好像都不是北花地的居民,他一个也不认识。北花地的人坐在他们身后,伊丽莎白、皮特、迪克、懒汉亨利、弗兰克、米勒医生……还有小玉。

约瑟夫警长首先出庭作证,法官请他用手摸着一本厚书发誓,保证他说的将全是真话。警长讲述了他直接经历和间接调查到的大火情况,烧毁的房屋财产价值三万多美金,噢,还烧死了三个中国佬,他最后补充。

然后罗斯夫人被起诉官叫上了证人席,黑色大蓬裙差点挤不进法官高台边的座位。

"罗斯夫人,请告诉陪审团,北花地的大火给你造成了什么损失?"起诉官的瞳仁是水洗过的淡得几乎透明的蓝,那天陈宜禧被他问话的时候,只隔着一张桌子都捕捉不到他的眼神,像是和一团空气在对话。

"我丢了家,家里所有的东西,我的首饰、衣服都烧光了,还丢了十个猪宝贝,都是因为坐在那边的堕落的中国佬。"罗斯夫人对那十个肃穆的胡子哭诉。

那些胡子就是伊丽莎白说过、辩护律师一再强调的陪审团啊,十个素昧平生的洋人将裁决自己的命运?陈宜禧觉得自己和几个弟兄是在被洋人当猴耍。

"你能指认出引起大火的人吗?"起诉官问。

罗斯夫人伸出一根白手指依次点向陈宜禧他们,也指了詹姆士,到里奇那里,手指垂下片刻,又立即狠狠指了过去。

"你看见他们放火了吗?"白发的辩护律师拄着拐杖慢吞吞上前提问。

罗斯夫人摇头:"火烧起来的时候我正在午睡,被烟呛醒了。"

"那你怎么知道是坐在那边的七个人引起了大火?"

罗斯夫人被问住了,又立刻满脸蔑视:"谁都知道,中国佬总是聚在我院子后面那间黑屋里抽鸦片,鸦片的味道时常飘进我家,火肯定是他们的烟灯烧着的!"

"Objection!"辩护律师高声对法官说了句什么,陈宜禧没听懂。

"陪审团请忽略罗斯夫人的最后一句话。"法官说。

"大火是从屋里烧起来的,刚才约瑟夫警长也说了。"起诉官应道,随即叫小魔头弗兰克作证:"对,我看见他们抽鸦片了。"

"具体都有谁在那里抽鸦片?"辩护律师问。

"呃,中国佬的屋子太黑,我看不清他们的脸,反正有人抽鸦片。"

"没抽鸦片的人……"辩护律师刚开口,立刻被起诉官打断,"Objection! 误导证人。"

"我允许,辩护律师请注意措辞。"法官说。

"除了抽鸦片的,还有其他人在场吗?他们在做什么?"辩护律师换了一句话问。

"还有一群中国佬在玩他们奇怪的乐器。"

"里奇也在里面抽烟?"

"没有。"

"能告诉大家你去那里做什么吗?"

"呃……"弗兰克脸上的雀斑因不安而胀大。

"Objection！问题与本案无关。"起诉官插话。

"一定有关我才问,而且我必须提醒证人,你发过誓要说真话。"辩护律师说。

法官说弗兰克必须回答。

"我……我去看中国佬敲锣打鼓。"

"仅此而已?"辩护律师逼近一步,拐杖也不拄了,挂到了胳膊上。

起诉官再次说:"Objection！"辩护律师再次提醒证人说真话,法官再次敦促弗兰克回答。

"里奇让我去往他们的火盆里撒辣椒粉。"

听众哗然,陈宜禧不相信自己的耳朵,和里奇一起虐待过他的小魔头在法庭上竟然没敢帮里奇撒谎?那本厚书有什么魔力吗?洋人走的这些过场难道并不是他所以为的装模作样?

法官敲榔头让大家肃静。

弗兰克继续:"里奇说,我们去帮中国佬过个热闹的新年,北花地的人都知道第二天有中国佬的新年游行。"

"然后你看见里奇做了什么?"起诉官此刻的发问让陈宜禧糊涂了,他以为起诉官一定会说"Objection"——听他说了数次,陈宜禧明白这个词的意思是"反对"。他以为起诉官一定会保全里奇,因为里奇是白人,尽管是很多人都讨厌的白人。

"他把那间屋子的门反锁上了。"

懒汉亨利也跟着上来作证说他看见里奇反锁了烟馆的门。

全场再次哗然。法官把榔头敲得"梆梆"响。

起诉官叫的下一个人是老王,他要老王叙述当天屋里起火的过程。老王老实巴交,说到他想去把门撞开却一脚踢翻火盆的时候,陈宜禧叹口气:老王这不是自投罗网吗?他被起诉官和律师问话的时候,都说是在混乱中不知谁踢翻了火盆。老王大概是不想连累大家。

起诉官问老王,詹姆士和被烧死的阿金是不是生意上的竞争对手?陈宜禧忽然意识到起诉官也许是在顺藤摸瓜,从里奇、老王追究到詹姆士那里去。如果他被叫上证人席,要不要把詹姆士过去拐骗他和阿发的底细抖出来?这是不是他一直等着的为阿发彻底雪恨的时机?

里奇被叫上去的时候,陪审团的胡子们有的捂鼻子,有的把头侧向一边。狱卒多给的一桶水也没冲掉他身上的奇臭。

里奇不否认他反锁了"阿金会馆"的门,甚至很得意:"透过门缝看见一群中国猪被呛得憋红脸团团转,逗死了,哈哈哈,是吧,弗兰克?"

弗兰克绷着脸坐在听众席前排,没敢作声。

"不过话说回来,我虽然讨厌中国佬,恨不得他们都滚蛋死绝,却犯不着放火烧他们,不是我的风格,不过瘾,我宁愿亲手打死……"

起诉官打断里奇,让他别跑题。

"两个中国佬老板内讧,詹姆士给我一百块钱,要我教训阿金和去阿金烟馆抽鸦片的人。"

"他要你谋杀阿金吗?"起诉官问,语气和他眼神一样不可捉摸。

里奇转转眼珠子,向被告席看过来,混浊的目光逗留在詹姆士脸上。

"反对!起诉方臆测!"有位斗志旺盛的壮年人从辩护律师的白须白发中跳了出来。

可是他怎么也帮詹姆士说话呢?陈宜禧莫名其妙,洋人的法律繁琐复杂,他竖起耳朵听、睁大眼睛看,还是弄不太明白。辩护律师跟他单独问话的时候,他没提财哥拐人的过去是对的,瞧这老头现在脚踏两只船,就是不可信。

"你能出示一下詹姆士给你的一百块钱吗?"辩护律师问里奇。

"我都花光了。"

"在哪里花光了？"起诉官追问。

"迪克的酒廊啊，还有法国酒店。"里奇打呵欠。

庭下一片哄笑。

起诉官拿出一个账本给法官和陪审团过目，是迪克酒廊的账本，里奇最近的确没怎么欠酒账了。

詹姆士拖着左腿费劲地攀上了证人席，说他的确给过里奇一百块美金："但那是雇他干活、帮我打杂运货的报酬。我和阿金是公平竞争，竞争对生意有好处啊，而且我明明占着上风，如果真有谁起了杀心，应该是阿金谋杀我才对，是不是？"詹姆士额上斜挂着一道伤疤，脸色灰白，说话有气无力，显得低调诚恳。

"你是否曾说'不会轻饶过阿金'？因为他派人劫了你的货。"起诉官唇枪舌剑。

"谁编的故事啊？我没丢货，肯定也没说过那样没面子的话。"

起诉官立刻叫了"蒜头"上去。"蒜头"说他也是听别人说的。谁？被烧死的烟客黄宗。

有那么一瞬间陈宜禧仿佛看到起诉官的眼神动荡起来，却立刻恢复了空茫："你说过，跟阿金去萨克拉门托买枪，是因为听见了詹姆士的挑衅。"

"是，可我是听黄宗说的。""蒜头"坚持。莫非"蒜头"也被财哥买通了？陈宜禧诧异，早上冲澡的时候"蒜头"落在最后，难道那几分钟他就被詹姆士搞定了？

辩护律师召迪克为詹姆士作证。迪克说他虽是中国佬,但是位有身份有诚信的君子,和国王沙龙做生意没欺瞒过谁。大火那天,詹姆士在沙龙请客喝酒,根本不在唐人街现场;救火的时候他送水抬人没少出力气,怎么都不像谋杀犯。

迪克描绘的是詹姆士在北花地洋人眼里苦心经营的形象,陈宜禧想即使他讲出财哥拐人的真相,即使女主人伊丽莎白此刻履行诺言走上了证人席,为他和老王的人品作证,会有人信吗?辩护律师会帮他说话还是帮詹姆士说话呢?

伊丽莎白像法庭内多数人那样穿一身黑,钩花白衣领衬托她眼明肤亮:"他们那天下午的确是去为第二天的新年游行排练音乐,阿汉从来不抽鸦片,老王卖菜童叟无欺,我可以用信誉担保。"

陈宜禧终于被起诉官叫上去的时候,瞥见坐在听众席最后一排的小玉。她比一年前似乎更瘦了,弱不禁风的样子,春末夏初,还围一件厚重的黑丝绒披风。见他望过去,好像他的目光是一股劲风,吹得她的削肩颤两下,她用手紧了紧披风领子。

起诉官让陈宜禧讲述他在阿金店里看见詹姆士和阿金争执的情形,他如实说了一遍。

"关于詹姆士你还有什么要说的吗?"

他愣着,听见自己喘的粗气,最终摇摇头。

小玉坐得那么远,法庭内光线不足,他其实看不清她的神情,但他能感觉到她幽幽的哀求的目光,像她手里的丝帕,轻轻捂到他嘴上。如果告倒了财哥,小玉却因为他说的话被阿洪抓回犹他州去剁成肉酱或者继续做奴隶,那跟让阿发被财哥的马车拉走有什么两样?他还是会抱恨终身。至少他替阿发狠狠揍了财哥一顿,小玉首饰换的钱他也托阿金找水客捎给阿发的父母了,虽然这些都不足以换回阿发的性命……他欠阿发的还是只好先欠着,失去这次机会也许就要欠一辈子?

他被法庭上众人的轮番问答搅昏了脑子,辩护律师的立场又含混不清,他无法判断他的话将产生什么后果,此刻他只知道自己不能再欠另一条无辜的性命。他的头是为小玉摇的。

没错,他刚才摸着那本有魔力的厚书发誓说真话了,那本书和伊丽莎白每周日抱着去教堂拜洋人神仙、听亚当斯牧师布道那本很像,封面印的字一样,"Holly Bible(《圣经》)"。可他没发誓什么都说啊,替小玉保密不算撒谎吧?被称作"上帝"的洋人神仙不会怪罪他吧?

判决是在一周后宣布的:里奇被判监禁劳教一年,因为他恶作剧反锁房门造成室内众人慌乱而引发了大火,烧毁了北花地居民财产;至于被烧死的三个中国人,他们太不幸了,但里奇没有直接伤害他们的生命,只能算误伤;詹姆士作为里奇的雇主,管理不善,被罚款两万美元,赔偿北花地居民损失,而对他唆使里奇谋杀的指控,因为罪证不足,不了了之;火起之时,陈宜禧等五个中国人没有尽力控制火势,以致大火殃及邻近房屋,罚他们出劳力半年,帮北花地居民修房子。

伊丽莎白觉得对阿汉五人的判决不公平:"他们明明是恶作剧——如果仅仅是恶作剧的话——的受害者,为什么还要罚劳役?我们应该上诉!"

"很难。"皮特说,"仅仅把里奇关起来、让詹姆士赔钱都不足以让镇上的人满意,半年的劳役也不算太重。"

陈宜禧却惊诧于他们五人被释放,重获自由感觉牢外的空气洁净甜美无比。他虽在大火中丢了积蓄,但他还有完整年轻的身体,加倍努力地工作,迟早能攒够重返新宁的钱。劳役对他来说不算惩罚,在新宁,官府隔三差五就拉人去修这修那,再说即使没罚他们,他和老王也会去帮邻居修房子的:"谢谢夫人替我们向法官说情!"

女主人再次不买账:"我没替你们说情,不是告诉过你法律不允许?"

他笑:"假如夫人没说情,大法官会信中国人说的话?况且我们也不像詹姆士有钱可以买通证人和陪审团。"

"我不知道在中国法律怎样行使,但在美国,贿赂证人和陪审团都是犯法的,会受到更严厉的惩罚。"伊丽莎白正色,眼里又聚起晶亮的蓝光。

在中国?他好在还没吃过官司,道听途说县官判案,都要托人说情送钱,没关系没钱的只能认命:"即使夫人没跟法官说情,也要感谢你找人替我在法庭上说话。"

"你是说辩护律师鲍尔?"

"是,白发律师,不过我不明白他为什么既为我说话,也为詹姆士和里奇说话?"

"鲍尔是法庭委派的辩护律师,也是内华达县唯一愿意为中国人辩护的律师;里奇没钱请律师,也包给他了。我本来是想为你们找个律师的,但找不到。鲍尔为七个被告人辩护不容易,也算尽力了。"

不花钱就有人替你打官司?而且是为多数洋人不齿的唐人打官司。金山法律到底是为谁定的?陈宜禧想再问,学步的小汤姆扑倒在走廊里大哭,伊丽莎白提起裙摆跑去安抚。

第十章

他想要的和他应该要的

同治五年（1866年）　广东新宁县朗美村

秋兰候在村口大榕树下，坐在牛车上的陈宜禧远远就看见她瘦长的身影，头还是习惯性地斜低着，听到牛车的声响抬了起来，脸上的青记似乎比他记忆中的更大更深。

"村里人早习惯了。"养父似乎觉察到他心中诧异。自从两个月前收到他说要还乡的信后，陈景兴就估摸着日子，早三天到了斗山镇码头等候。今天上午儿子终于到岸，雇好牛车保镖一路颠簸过来，进村的时候太阳已经偏西。

"喏，秋兰腿边的囡囡，你女儿秀欣，四岁了。"养父指给他看。不知是否因为自己吃了五年金山饭长高养壮了，养父比他记忆中的样子还要瘦小。

陈宜禧没等牛车停稳就跳了下去，小女孩立刻把脸埋到秋兰腿上，秋兰怎么扒拉她也不肯回头看他。

"是你阿爸，快叫呀。"秋兰尴尬地笑。

他急了,使劲把女儿的脸掰了过来,小脸粉嫩无瑕,他长舒一口气。女儿被掰疼了,张嘴大哭,露出细白的糯米牙,他却呵呵笑着抱起女儿,任她小腿乱蹬、恼火的小手在他脸上抓出红道道。父母书信里提到的女儿,在纸上就是两个字,可怀里这肉乎乎活生生的小家伙真是自己的骨血,他也有孩子了!他握住女儿乱抓的手,把她紧紧贴到胸口。

秋兰见他笑,也舒了一口气:"可惜不是儿子。"

凑热闹的叔伯阿婶们摸着牛车拉回来的四个金山箱赞道:"黑漆铁皮真结实,这么远的路都没磕破,连个显眼的坑都没碰出来!"

"黄铜铆钉、锁扣做工多细致啊,亮得晃眼。"

"这么沉,一个箱子真得四人抬!"

斗山码头雇来的四个壮汉保镖抱着胳膊立在牛车两旁不动声色,满脸都是见过的世面。

他招呼着每一位乡亲,把早准备在手提包里的糖果散发给大家。他由衷地笑着,眼前每张脸都是他期待已久的重逢,每个肩膀都让他有像洋人那样扑上前抱紧的冲动。在香港下了从三藩市越洋过来的蒸汽船,风就柔软了许多,路上飘过的话音都顺耳。上了去江门的帆船,两岸山水也越来越眼熟亲切。在江门换去斗山的乌篷船的间歇,他俯身触摸脚下的泥土,掬一捧溪水吮进口,泥土的潮湿、溪水的清凉瞬间冲散了长途跋涉的困乏,再拔一条翠绿的雷公根在嘴里嚼出沁人心脾的清香,他的眼眶湿了。要不是得时刻看护他的金山箱,他恨不得抱着路旁的榕树狠狠地哭一场,他真的是活着回到家乡了!

"禧哥发达啦,拉回来的金山箱和明叔一样多。"辉仔长得和他一样高了,嗓子哑着还没变完声。他于是才知道陈景明早两个月也回乡了。

"阿妈呢?"他问秋兰。

"在家忙着做饭呢,三天前就开始张罗了,宰鸡买鹅。今天一大早搭棚升烟熏肉,只让我打下手,怕我做的不合你口味。"

兴婶闻声从灶间迎出家门口的时候,额上还有道来不及擦掉的烟灰。陈宜禧伸出拇指替她抹灰,她扯起袖口抹眼角泪花:"好几次梦见儿子回来,不是缺膊头(胳膊)就是断了腿,现在这完完整整的大活人到了眼前,我不是在做梦吧?"她捏捏他的手掌又拍拍他腰板。

"我真回来了,阿妈!"他把她搂进怀里。记得他走的时候,养母的头发黑多白少,现在几乎全白了。

按习俗乡邻们第二天下午来瞄银窑,但陈宜禧一进家门却等不及,把他给家人带的东西都一一抖落出来:给养父的黄铜怀表、剃须刀,给养母的花旗参、洋发夹,秋兰的洋花布,囡囡的洋娃娃……

箱底给沐芳带的阳伞露了出来,他问:"阿芳嫁到谁家了?"

"阿芳没嫁。快和你阿爸先吃上。"兴婶和秋兰摆开一大桌他喜欢的吃食:五味鹅、豆豉鲳、鳝鱼饭、沙白贝炖冬瓜、莲藕炒豆角……久违的家乡味道牵动鼻子和肠胃,他兴冲冲坐下和养父对酌。

"家里屋顶新修过,看得出来吧? 早不漏雨了。门窗也换过,北面的墙壁整个重起了,趁机还加了一间睡房;你让打听的水田也看好了,等你歇息过来我们去买。"养父数着他出洋给家里带来的福利。他点头,手指惬意地抚摸新置的酸枝饭桌。

"阿芳今年该十八了,还没出嫁?"两盅米酒落肚,他忽觉蹊跷,虽然心底有米酒般服帖却说不出口的慰藉。

养母端一盘咸鸡上来,脸上不知从何说起的神情让他猜到有什么事发生了。

"阿芳自梳了。"养父说。

"本来四年前许配给张县令的长子,哎,阿芳也是倔强,富贵人家的儿子哪有不花心的? 如今张县令升官到广州去了,阿芳本该跟着去省城享福的。"兴婶讲到沐芳投河的时候,他胸口堵得紧,起身离开饭桌出了房门。

阿芳出事的时候他在哪里? 当时做着什么? 是伊丽莎白告诉他《简·爱》的故事那个夜晚吗? 他在肋间感到比骨肉还深的牵扯,是不是沐芳在向他呼救? 可万水千山之外,他却不知道发生了什么,即使知道也什么都做不了。胸口的堵升到喉咙,他想大喊"阿芳"。

在金山前两年,对她的想念有时如海潮高涨,他感觉快被淹没的时候,就跑到无人的地方大喊"阿芳",似乎多喊几次、喊得声嘶力竭,大洋那边的沐芳就能听见、就会真等着他。可他知道那不公平,他即使拼命做工攒够了回家买田盖房娶亲的钱,沐芳那样才貌出众的女仔,怎可委屈做他的二房?他渐渐学会用这些想法把一波又一波思念的浪潮平息下去,后来只要有朵思念的浪花迸出来,他就会对自己说,阿芳已经出嫁了。

他最后一次呼喊她的名字,是在三年前北花地那场大火的夜晚,他积攒大半年的一百元美金被烧没了。随后的监禁和劳役又耽搁大半年,他原以为可以提早的归期一拖再拖。虽然后来他每年挣钱更多、花钱更少,赶上了他许诺的五年归期,可他心里越来越清楚,她听不见他的呼喊,也不可能等他那么久。回乡乘坐越洋蒸汽邮轮,他还戴着她给的吉祥结,那只是为了平安。毕竟,五年来他大难不死,沐芳悉心编织的祝福挺管用。

然而一进村,不知是田野飘来久违而熟悉的气息,芭蕉林欲滴的青翠,还是鱼塘里鱼儿跃起落下"噗通"的声响,走向家门的每一步,都让那思念的潮汐再次翻涌。他好像是摸着时间的走廊往回走,沐芳的身影、回眸、一颦一笑又清晰起来,他甚至闻得到她说话时口中清甜的味道。

透过老榕树气须的垂帘,章叔家一点如豆灯光在暮春晚风里飘摇,好像是沐芳在轻声叹息。他朝那边迈出几步,又停下。沐芳自梳后,按习俗是要到姑婆屋去和其他自梳女同住的。村里不记得有姑婆屋,他也不清楚离朗美村最近的姑婆屋在哪里。可他怎么分明感觉她就在近旁?

他大喊一声"阿芳",声音在深蓝夜空荡漾;又喊一声,忽然明白:身旁的老榕树、脚下的石径、对面沙砾屋舍曾经住着的女子,就是他五年来朝思暮想的家。异乡长久的漂泊,把家乡的一切浓缩简化了。归乡的旅程——二十七天太平洋邮轮远航、八天大小帆船陆路轮换,都是为了通向"这里"和"她"。榕树还在,石径沙屋依旧,可她却不是从前的她了。

他还想喊,喊自梳前那个女仔阿芳,被尾随出来的兴婶捂住嘴:"阿芳是在洋人教堂里自梳的,没按习俗在观音庙或者祠堂自梳。她也没去住姑婆屋、没去缫丝,而是留在家里跟她阿爸学医做药。刚开始很多人都说她不是真的自梳,流言满天飞,还不断有人提亲。被退亲的张公子时不时派人去圩市砸章叔的摊子,阿芳不敢再去圩市帮她爸卖菜。好在阿芳清白自重,没人拿得到把柄,闲言碎语才慢慢消停,提亲的也丢了兴致。张家搬去了广州,圩日里章叔才总算能安心卖菜行医了。"

沐芳果然如他感觉那样就在近旁。他迈步向前,被兴婶拉住:"你先进屋吃饭,我一会儿去叫他们。阿芳现在是自梳女……"要为她的名誉着想,养母没说完的话他懂,懂得喉咙眼又堵起来。他想再次大喊,却不能。

章叔唤着"阿禧"进屋来,额上多了两道皱纹,背也弯了,看来这几年可真是愁坏了他。"哎哟,好像长高了,壮了,肯定是壮了!"章叔抱着他的双肩端详,又转到他身后,"辫子剪了!"

陈宜禧在香港下船后,买了顶带假辫子的瓜皮帽一路戴回了家。刚吃完饭热气冒上头顶,不自觉地揭了帽子。

"梳个洋人的头,成何体统!"养父再次数落他。

章叔摸摸他的寸头笑:"倒也清爽。"

沐芳迟两步进来,青衣素颜,发髻梳得光滑顺服,无丝毫乱发;眉眼脸庞一目了然如炭笔勾画,美得冷艳,摄人心魂。他有点不敢直视。五年前他离家时,她还是春日枝头待放的花蕾,明媚娇嫩。而眼前的沐芳,朴素的发髻似乎更突显她容颜的韵致,简洁的黑衣黑裤遮挡不住青春芳华,是一枝傲立霜雪中的腊梅,散发幽幽暗香。

他想自己给她带回来的粉红阳伞显得幼稚俗气,完全衬不上她的素净冷艳了,金山糖也不知道她还喜欢不喜欢吃。

沐芳好像听到他心里的动静,轻轻笑着把洋伞和金山糖都转送给了囡囡。

陈宜禧到家后第三天去了趟下水村,找到阿发家。阿发的父亲已经去世,剩下老母亲、阿发媳妇和一个与秀欣同年的幼儿。阿发母亲和媳妇因为收到过他替阿发寄回的银信,都以为阿发还活着,他带来的不幸消息让老母亲号啕至晕厥。阿发媳妇惊惶之余扯散头发只知道重复一句话:"这日子可怎么过?"

他唤醒阿发母亲,请两位遗孀先一起到下水村前的墓地为阿发立了个衣冠冢,买来鸡鸭米酒祭祀一番。随后他不顾兴婶、秋兰反对,把秀欣许配给了阿发的儿子青松。"以后我寄回家的银信,未来的女婿也有一份。"他对阿发媳妇说,又把阿发刻字的两块银元,一块给青松,一块留给自己,以做凭证。

安置好阿发的后事,他关在家里绘制设计图,要在自家沙砾小屋边的空地上建一栋两层高的青砖洋楼,把他在北花地跟皮特学的测绘技能派上了用场。

兴婶逢人便赞叹不已,说儿子去金山五年出息啦,会自己画房子图样了。"回家来盖屋买田,自然还要娶亲。"她又低声对他耳语,"秋兰大你八岁,不知还能不能生养?你下半年就要回金山,得给家里留个儿子。"他一言不发,养母就当他默许了。

兴婶这次真提了一只下蛋母鸡去找媒人,媒人的脸笑成一朵菊花,说阿禧如今有家产了,四个金山箱啊,和他明叔扛回来的一个等级。他们一定都是给道叔爷留脸面,后生哥在金山混出了头,扛八个金山箱回来估计也是没问题的。哈哈哈,现在阿禧是该娶个漂亮脸蛋,多生几个儿子了。

兴婶精挑细选看好了人,问陈宜禧哪天迎进门。他假装没听见,抓顶草帽出门去测量青砖楼的地基位置。动土开工那天,他在门前摆两桌酒请村里青壮年来帮手,烧完一串炮仗的空当间,兴婶拉他到一边:"二房的花轿到村口了,何不现在就迎进来？好事成双，一起热闹热闹？"

"你怎么不先和我商量！"他抬高声调甩掉养母的手，又立刻对自己的不恭愧疚得垂下头。他当年饿得奄奄一息的时候，是阿妈那双骨节肿胀的手一勺一勺地喂他米浆，温润的米浆唤醒了他的肠胃，最终唤醒了他。

"我费多少功夫才相中个品貌都衬得上你的女仔，你就这么不懂阿妈的苦心？"兴婶委屈得哭起来。

他慌忙把她搀进屋："儿子不孝，阿妈息怒。今天动土，土地爷看不得眼泪，阿妈千万别哭。"

兴婶坐到凳子上，瞳孔鼻孔同时冲他张开，气不打一处来："你去金山出息了，在全村人面前也能驳阿妈的面子了！"

"阿禧岂敢？阿禧该死！"他跪下去给养母磕头。

兴伯进屋来："你们母子在折腾哪样呢？大家都在外面干等着，烧完炮仗就该动土了！"

"都到村口了，莫非让人家再倒转回去？好不吉利！"兴婶见他仍不做声，顺势催促。

他无奈道："阿爸阿妈看这样是否妥当？今天一早我为修楼拜了关公、土地爷，我们先开工。动土完毕，我再拜一回神，迎娶……"这本该是个喜庆的词，怎么每回到他这里，"迎娶"都如此身不由己？他想要的和他应该要的为什么总是不一致？可他此时还得照顾好爸妈的情绪："好事也分个先后，凑一起神仙可能也手忙脚乱，是不是？花轿天黑后再进村，就别声张了？"

青砖楼一天天增高,漂亮的二房阿娇也过了门,兴婶又操心该派哪个媳妇去金山伺候儿子:"秋兰理所应当跟老公去金山享福,可她脸上的青记恐怕上不得厅堂,儿子现在会说洋话、会做洋事,也是有脸面的人了。"

"听说洋人多好色,带个漂亮老婆过去,不怕惹是生非?"养父说。

他一个也不想带:"金山不是跟女人过日子的地方,还是留他们在家伺候阿爸阿妈好。"

"怎么金山就不是跟女人过日子的地方呢?你不是说那边地大人少,马路宽楼房高,不冷也不热,雇主待你也好好吗?"兴婶问。

他回来当然是报喜不报忧,就算他如实告诉阿爸阿妈:他差点被拐卖,被人打断肋骨,差点没被火烧死,还在大牢里蹲了两个多月,那也不能改变什么,只会给他们平添忧愁。他不可能跟他们直接说,唐人男子在金山自己都过不安心,哪有余力跟女人生孩子?他用道叔爷和明叔做幌子:"他们也没带老婆嘛。"

"谁说的?秋兰的妹妹说,阿明这次要带她去呢。"兴婶不肯作罢。

明叔前几天转给他一封道叔爷的信。道叔爷说他在西雅图开了间杂货店,准备扩大;下月明叔坐船回去的时候要运一批重要货物,问"贤侄孙是否愿意帮忙运送、一道前往?"

在北花地的最后一年,陈宜禧虽仍住在伊丽莎白家,实际上已成为皮特的助理,全职帮皮特做测绘、管理账目,伊丽莎白另外请了人做饭做家务。离开北花地时,夫妻俩都说欢迎他再回去,虽然水力淘金因为在下游平原造成水灾淤堵,让下游的农场主们怨声载道,不知哪天他们游说政府立法成功,就会被禁止。如果水力开矿不能做了,皮特说可以介绍陈宜禧去修铁路的公司做管工助理。

下月回金山,他该去西雅图帮道叔爷开杂货店呢,还是回北花地继续跟皮特学工程技能?他一时还没琢磨清楚。他对养父养母解释自己的犹豫,缓和道:"明叔已经在西雅图安好家了,或者等我跟他过去看看情形,安顿好了,再买船票请阿爸阿妈帮我挑个老婆送过去可好?"

只有他心里明白,他不想带女人去金山,另一层原因是他还放不下沐芳;他宁愿在金山孤独地思念她,不要任何人打扰。在家乡他要尽孝,要顺从父母、生儿育女;而沐芳自梳了,他连娶她做二房的机会都没有,但至少他还有在金山任性想她的选择吧?

回乡头一天见过后,他很久没再遇到沐芳。她很少出门,大概不是在章叔药房里捣药制散,就是在书斋里读书写字。他有时绕道经过书斋,只为看她一眼,却总不见她身影,好像她有意回避着他。

只有一次,他去探望阿发母亲回来,见她在村头地塘上晒草药,用竹耙来回扒开地上的药材,又蹲下翻拣,脸埋在草帽的阴影里,心无旁骛。他不好上前搭讪,就远远地看她干活。正午太阳当顶,她的头发全部藏在草帽里,只有耳旁一缕散发被汗水贴在尖尖的下巴颏上。他担心她露在帽檐外的脖子根很快就要被晒红,又不由自主地想,要是她摘下帽子,头上跳下来一条姑娘家梳的辫子该多好。

陈景明不知从哪条巷子里晃了出来:"阿芳,怎么不叫明叔啊?"

沐芳抬头,提起篮子竹耙转身就走。明叔拦住她:"自梳怎么啦?连明叔都不能叫了?"

沐芳低头绕到一边,明叔紧跟过去觍着脸又说了什么,看沐芳躲闪的样子一定不是尊重的话。陈宜禧跑过去,听见明叔继续说:"⋯⋯你自梳做么嘢?不如给我做老二,带你去金山,那边没人管。"

"明叔,请爱惜阿芳妹妹的名誉!"

"呵,又是你禧哥来解围。可你投河的时候他在哪里?张家人砸你阿爸摊子的时候他在哪里?听说他被关过牢,下回你家再有么嘢事发生,恐怕他已经生死不明,更管不了啦,哈哈。"

明叔说到牢狱之灾,沐芳抬头立住了,眼睛瞪着前方。陈宜禧看见她眸子里灌满痛惜哀伤。

"还是嫁我去金山吧,啊?"明叔以为沐芳是为他抬头。

一团浓厚的灰云压过来,洒下豆大的雨点,明叔拔腿跑了。他急忙帮她把药材都收进篮子里,一手提着竹耙一手捂着头顶随她往家跑,像小时候一样。雨水激荡起尘土中深埋的某种特别的味道,突变即将来临的味道。

陈宜禧设计的青砖洋楼落成了。笔直的砖墙、雪白的洋灰接缝;朱红方砖铺的地板平整防潮;屋顶晒台宽敞,晾衣服、菜干有女儿墙挡风不会轻易被吹跑。

章叔过来道贺,踩着剪彩时烧了满地的鞭炮红屑绕楼一圈,陈宜禧又陪他楼上楼下细细看过。"别人去金山揾食(赚钱),你去金山还长本事。不简单,我没看错你阿禧!"章叔最后摸着朱漆窗棂间镶嵌的透明玻璃,对他竖起拇指。那些玻璃是他专门找水客从香港运来的。

"托章叔的福。"听到从小景仰的神医高人扎扎实实地称赞他,在金山受的罪似乎都值了。他红着脸咧嘴笑,露出两排白牙。倘若五年前他盖了眼前的洋楼,章叔是否就把沐芳嫁给他了?现在楼盖好了,却似乎没了意义。

"跟章叔说说你是怎样学会修洋楼的?"

陈宜禧于是说起了北花地的伊丽莎白和皮特,说起了水炮开矿,说起在萨克拉门托坐过的火车,从福尔桑(Folsom)小镇到萨克拉门托的路比从朗美村到斗山镇远几十里地,坐火车半个时辰就到了,可牛车要磨蹭大半天。返乡的水路曲折缓慢,大船换小船,水路断掉的地方旱路狭窄陡险,还要雇保镖防劫匪。他坐美国太平洋邮政的蒸汽船,从三藩市横跨大洋到香港二十七天,从香港到斗山却走了八天,其中一半多的时间是花在江门到斗山的路上。"要是从江门到新宁有火车,大概只要一个时辰。"他估算道。

"对了,阿禧,记得你去金山前我给你算的卦吗?说你会坐着车荣归故里。"

"呵呵,章叔神算,这回不是坐着牛车回来了嘛。"

"谦虚固然是美德,也不可妄自菲薄。不知你在金山是否听闻,现在两宫皇太后垂帘听政,和恭亲王奕䜣都支持李鸿章、左宗棠、曾国藩几位大臣倡导的'洋务运动'。你在金山好好修习洋人器数之学,学成回来给新宁也修个火车——火车能在新宁的土路上跑吗?"

"不能,要修铁路,路基木枕上铺两条铁轨,火车轮子在铁轨上跑。"

"这就对了,阿禧你将来给新宁修条铁路,以后返乡都坐火车。"章叔一拍巴掌,总算把五年前的"坐车"之卦说圆满了。

"那样当然好,章叔。洋人的机械的确进步飞快,我去的时候坐三桅帆船靠老天爷给的顺风顺水还在海上漂了两个月,五年后人家有了越洋蒸汽船,乘风破浪二十七天横渡太平洋。我现在只学了点皮毛,离修铁路开火车还早着呢,要学的太多了。"

两个人说着已走到书斋门口,章叔索性邀他进门坐下。他环视一圈,不见沐芳。

"阿辉他妈咳得厉害,阿芳大概帮她煎药去了。"章叔把自己的茶杯递给他,茶水还有点烫,不知是否沐芳刚斟过水,

"你这趟回金山,有么嘢打算?"

"本想回北花地去继续学习洋人的工程技术,有机会找这方面的事情做。"他以为章叔问的是生计,便趁机和他商量,"可道叔爷让我和明叔一起运货去西雅图,帮他开杂货店,章叔以为我该去哪边?"

"按常理自然是和族人一道做生意可靠,道叔爷提携你去金山,你去帮他也是知恩图报。但听你讲北花地的雇主对你很不错,而且洋人的器械之学值得深究,机会难得。呵呵,都是好事,如今章叔的见识不如你了,阿禧你要自己拿主意。"

"章叔此话折煞阿禧了,什么事章叔不能预见?道叔爷说西雅图建埠不久,虽然还比较杂乱,但挣钱机会也多。"他暗自期盼章叔能为他再算一卦。

章叔却话锋一转:"打算带秋兰一起去金山吗?"

他摇头。

"我有个想法,不知是否妥当。"章叔起身关上书斋的门,放低了声音。

"请讲。"

"我想请你带阿芳去金山。"

他眨巴眼睛,以为自己听错了。

"你能带阿芳去金山吗?"章叔又说,他听到了恳请。

当然,他当然愿意!每天能见到沐芳,即便做不了夫妻,兄妹一样朝夕相处他也愿意。他曾不止一次独自登上快完工的青砖楼顶,仰望漫天星斗,不止一次地妄想偷偷带沐芳远走高飞,做他五年前想都不敢想的事;他甚至想到了让她女扮男装,在船上跟他称兄道弟掩人耳目的细节。但每回一觉醒来他又清醒无比,他决不能坏了她的名声。可现在,是章叔请求他带她远走高飞!

他点头,但立刻摇头:"金山的环境实在是不适合唐人女子生活。"他不得不把洋人对唐人的种种欺侮实话告诉了章叔,讲述自己在金山海岸和北花地经历的种种险境:"章叔刚才问我怎样学会了修洋楼,我没敢说。实际上,在北花地那场大火后,我和另外四个弟兄坐了两个月牢,后来被判服劳役在北花地修房子。每天我们得比其他工人早到、晚归,重活脏活都扔给我们干,吃喝都得等在洋人后面……"

章叔叹:"你们被人暗算还坐牢、服劳役。哎!我给你算的卦说你要经历千难万险,果然应验。阿禧你这几年在金山真是不容易。"

"金山虽然有好人,像我雇主一家,但很多人坏起来就想置唐人于死地。不过那半年我倒是学会不少东西,伐木烧砖、混洋灰、刨门板、钉窗框、装玻璃……皮特后来还提携我,教我绘制洋楼的设计图,洋人做事对程序和细节一点不马虎。"

章叔沉默良久,又说:"我这一阵仔细思量过,我年岁日增,不能看护沐芳一辈子。你也知道,除了我,她最亲的人就是你。我前思后想,只能把阿芳托付给你。她今后独自一人留在新宁也不好过，难得平安啊。阿芳知书达理，这几年跟我学医也算得了些真传，去金山帮你持家应该不成问题，小病小痛都能对付。"

"章叔吉人天相，一定寿比南山。再说，章叔既然相信我，把芳妹妹托付给我，与其让她一个弱女子漂洋过海去受罪，不如我就留在新宁看护她。"

"万万不可，贤侄在金山已经闯出新天地，今后必定大有作为，怎可因为小女滞留穷乡僻壤、耽误锦绣前程？我请你带阿芳去金山，也着实出于无奈，希望她能多少帮到你，而不是拖累你。"

阿禧哥，女仔可不可以去金山？女仔是不是嫁给金山伯才能去金山——他记起在初去金山的船上做过一个离奇的梦，梦中沐芳的询问现在仿佛是借章叔的口又说了出来。

"可以。"他好像同时回答了他们父女俩，"但阿芳肯定舍不得离开章叔啊，她自梳是要陪你百年呢。"

"阿芳自梳可不仅仅是为了陪我百年。阿禧，我对不起你们，你和阿芳青梅竹马，章叔本该成全。可事到如今，我也不瞒你了。你去金山前我给你算的那一卦，其实提到了姻缘——'困难重重，破象已现'，你说我看到这个卦象，怎么舍得、怎么敢……哎，她妈走后，阿芳和我相依为命……她就是我的眼珠子、心头肉啊！"章叔眼里雾气蒸腾，急转过头抹一把泪。

他惶恐不安："章叔此话从何说起，哪有什么对不起的？

我也知道我配不上阿芳。"

"不是配不上,可我怕天妒良人呐,阿芳她阿妈和我也曾是两小无猜……章叔这辈子见过的天谴实在是太多了。五年前给你算那一卦,我怕用六爻起卦有误,后来又换梅花易数重新起卦再算,结果一模一样。哎,但阿芳倔啊,认准了人就一条道走到底,非你不嫁。她自梳也是为你守护自己的贞操呢。"

章叔语调平坦,陈宜禧却听得字字扎心,对沐芳的渴望思念憋了五年终于决堤,热泪奔涌。章叔看得透世事,算得通天道玄机,却毕竟也是个疼女儿近人情的父亲,五年前他没把沐芳许配给他,原来不是因为他那时穷!刹那间他允许自己把内心长久的渴望表露成了眼中的切切期待。

章叔拉起他的手,抹去他脸上的泪:"我自有办法说服阿芳跟你去金山,但你必须答应我一件事。"

只要能和沐芳在一起,他什么都答应。他毫不犹豫地点着头。

章叔深深看进他眼里,似乎洞悉了他的五脏六腑:"我听说西洋风俗开放,尤其是男女之间的事情,没唐人这么多规矩,自梳女的禁忌在金山恐怕也不会有人在意。可是阿禧请你记住,为了保全你和阿芳的身家性命,无论如何你都不能和她结婚。"

窗户上"噗"地撞来一只鸟,差点冲破了米白的窗户纸,他走过去推开窗门,见那只被撞晕的小鸟扑腾着蓝灰的翅膀在草丛里转圈,忽而停下仰头,透明的眼珠里有天空的倒影。他长叹一声,小鸟却忽然展翅飞走了。

就算他和沐芳之间永远隔着那道诅咒般的卦象,他也要带她远走高飞。他转身再次对章叔郑重地点头。

老榕树上的蝉鸣逐渐消停,长垂的气须在干爽的风里飘荡。秋收忙完了,陈宜禧举家在新盖的青砖楼里安顿停当,再过一个月他就该启程返金山了。

他起了个大早,坐在门前石阶上削竹条、裁绢纸,给囡囡扎了只大红风筝。囡囡醒来找阿爸,爬到他背上。他抬起胳膊把她拉到胸前抱起,一手提着风筝,往村后的草坡走去。天高云远,透明的蓝,囡囡"咿呀"比画,问阿爸扎的"火蝴蝶"能不能飞到最高最高的天顶?

"阿禧哥!"沐芳在身后喊,久违的呼唤,震荡脊梁。他停下脚步,让那声清越的呼喊和朝阳的光辉一同拥抱他的肩膀。"阿禧哥!"第二声直追到他后颈窝,凄厉而惊惶。他急忙转身。

"阿爸出诊一天一夜,还没回家。"沐芳喘着气,大概跑得急,发髻散乱,丝丝缕缕挂在额前、落在肩头。她慌忙无措的神情仿佛又变回从前那个崴脚要他背、够不着鸟巢要他抱的小姑娘。

"别急,章叔去哪里出诊了?"他跟沐芳往回走。囡囡不乐意地哭起来。

沐芳不安地看着大哭的囡囡："阿爸没说。昨天一大早就出去了。平常早上出去,太阳下山前必定回家的,回不来傍晚也必定派人送信了。"

"别怕,我陪你回去等,说不定他在你跑来后山坡的时候已经到家了呢。"他宽慰着她,心里却也迷惑。章叔和他的一席长谈是在秋收前,后来他们在村里打过几次照面,章叔没再提沐芳跟他去金山的事,他自然不好再问。眼看他就要走了,他纳闷章叔会怎样说服沐芳,怎样向朗美村的乡邻们说明。

"阿爸他……不会被劫匪害了吧?"沐芳抽噎起来。囡囡好奇地盯着她,一时忘了啼哭抗议。

"别瞎想!章叔医德名扬新宁,山里的劫匪都敬重他,出诊这么多年都没被抢过。"

"可要是碰上外乡流窜来的歹徒呢?世道这么乱。"

他随沐芳走进家门："章叔昨天出去的时候带了什么贵重药材吗?"

"他出门的时候我在灶间收拾,没留意,他也没跟我交代什么……该去药房看看。"

他们去药房之前先进了章叔的睡房,竹床上凉席、被盖整洁如常,沐芳掀开床边的樟木衣箱,里面空无一物。

他心里忽然明白了三分,放下囡囡让她自己回家,随即和沐芳满屋搜寻章叔可能留下的任何线索。

"阿爸为何、为何……"沐芳也一定意识到章叔这次出诊跟平常不同,乱了主意。

药房里,除了章叔常用的药箱,其余药材器皿都齐整地摆在原处。走进书斋,平时上课用的书籍经典也都照旧排放在讲台上。

沐芳习惯性拿起摞在最上面的《诗经》,书页间掉下来一个白皮信封。陈宜禧捡起来,信封中央夺目的红框里,章叔用端秀的小楷写着"吾女沐芳共贤侄宜禧同启":

含章自幼钟情黄老,习易学道,早有脱凡离尘专心求道之意。然尘缘未了,束发之年遇穗城周家娴淑闺秀,情投意合,后结成良伴,夫唱妇随琴瑟相和,亦神仙眷属也。无奈天不遂人愿,吾女尚习步之年,吾妻撒手人寰。吾十六余年悉心护养吾女,如今吾女落落成人,端庄聪慧,擅医药能自立。兹俯首恳请贤侄,此次返回金山之时,带携吾女前往,自谋生路,使含章终得脱离尘缘,云游四海访仙求道……

这就是章叔说服沐芳的办法啊,读到这里,陈宜禧心里一沉,把目光转向沐芳。沐芳脸色煞白,拈着信笺的手指抖起来。他接过信继续念:"愿吾女勿悲,亦勿虚耗时日人力寻吾……"

沐芳哀恸,双膝"扑通"着地。他连忙俯身去拉她,手中信笺飘落。沐芳辗着膝盖伸手去接,没抓住,扑倒在地。信笺落到额前,她的头顺势对着信笺猛磕了下去:"阿爸、爸……"她泣不成声。他跪到旁边抱住了她,不让她继续拿头撞石砖地。她的前额已经破皮渗血。

沐芳在他怀里默默挣扎,终于哭喊出声:"阿爸呀,为何狠心抛下女儿?""阿爸,你怎么舍得离开我?""怎么要女儿漂洋过海……"

沐芳哭一句,他就应一声:"还有我呢。"臂弯里,她虚虚柔柔像团气;她每喊一声,他就觉得她有一部分腾空飞升了。他用力抱紧她、再抱紧一些,生怕她随着她恸哭阿爸的声音瞬间飘走。

她渐渐安静下来,茫然望向窗外的天,忽然推开他起身往外跑,一头撞上闻声赶来的兴伯兴婶。兴婶拖住沐芳,沐芳扑到她肩上只是哭。

听陈宜禧讲完事情大概,兴婶对沐芳说:"急得一宿没睡吧?先睡一觉,让你兴伯去村里喊人帮忙寻你阿爸,你去不去金山也等睡醒再说。你现在六神无主,再有个三长两短,我们怎么跟你阿爸交代?他毕竟把你托付给我们阿禧了。"

兴婶推着沐芳进屋躺下,用陈宜禧打来的水给她清洗额头和手掌的伤口,说着宽慰的话,一直陪她睡着了才掩门离开。

兴伯去村里张罗完回来,叹:"他章叔怎么说走就走?这么大的事也不跟我们商量。"

兴婶低声道:"就是,不过这倒帮阿禧解决个难题。依阿芳的能耐,去金山操持家务和生意都绰绰有余,带过去确实比秋兰和阿娇都合适。"

陈宜禧在一旁听见摆手:"阿妈你想哪里去了？章叔是让我带阿芳去金山谋生,和邻村自梳的梁家阿姐下南洋做工没差别。"

"是,自梳女出洋打工,和男人出洋打工没差别,阿妈懂。"兴婶多层褶皱的眼皮一磕,忍不住又多说一句,"不过阿芳跟你走,你们在金山不好好互相照应着,天理不容。"

第十一章

最好的选择

1867年　朗美村—美国西雅图（Seattle）

阿爸走了！沐芳惊醒，胸口有个看不见的大窟窿，生生地疼。不是像五年前禧哥去金山时那样被蚕虫丝丝缕缕啃出来的空洞，而是像被谁简单粗暴地剐掉一块肉。她跌撞着摸出睡房。

堂屋里斜着一抹夕阳，落在屋角空着的酸枝椅上，把暗红的椅背照得玛瑙般透亮。椅子是阿爸带她回朗美村那年从广州一路拉过来的，说是爷爷留下的，有一对，另一把搁在书斋的讲台边。一起拉回来的还有阿爸睡房里那口樟木箱，现在也空得令人心慌。

往常每天一早起来，阿爸都会坐在那把酸枝椅里喝茶。她小的时候，他一边喝茶一边教她念诗；她大了，他们就说几句闲话。

阿爸教她念的第一首诗不是《诗经》里的《关雎》，也不是

《乐府》里的《江南》，而是楚辞《九歌》里的《云中君》：

  浴兰汤兮沐芳，华采衣兮若英
  灵连蜷兮既留，烂昭昭兮未央
  ……

  "阿爸，我的名字怎么写在诗里？"
  "呵呵，因为你是太上老君送给我的小仙女。"
  后来她大一些，猜到这应该是阿妈曾经喜欢的诗篇。"思夫君兮太息，极劳心兮忡忡……"她顺口背了出来，意识到或许再不能和阿爸面对面说话了，喉咙一哽，泪水涌上脸颊，正想放声恸哭，被门外囡囡稚嫩的笑声打了岔。她稳住自己，仿佛看见阿爸从酸枝椅里抬头望过来，眼神清亮地对她说：女儿，你应该懂得阿爸的苦心。她推门走了出去。
  暮色中，禧哥在门外陪囡囡玩抓猫猫，他坐在门前石墩上，双手捂着自己的眼睛慢慢地数："一、二、三……"囡囡"咯咯"笑着跑进左边草丛，立刻又改主意藏到右边玉兰树后面，父女俩玩得专心，都没觉察到她站在门边观望。
  她小的时候阿爸也和她玩抓猫猫。阿爸找她总是很快，可她通常找遍家里最隐秘的角落也找不到他。有时一着急咧嘴哭起来，阿爸就忽然闪现在她面前，她便猜想阿爸或许会隐身术呢。阿爸昨天不辞而别，一定是铁了心让她找不着的；她哭得再伤心，他却没闪现，在她梦里都没晃个影子。她

192

应该告诉兴伯不要烦劳村里人去找阿爸了。

阿爸的苦心她自然懂,她执意自梳不嫁人,也只有宠她的阿爸能容忍。有阿爸护着还躲不掉漫天流言,她要是独自一人在新宁确实很难过下去,而跟禧哥去金山虽然苦,却或许还有生路。只是她生命里至今最重要的人离开了,她胸口被生生掏开的窟窿,今后还有何人何事可以弥补?沐芳长叹。

禧哥似乎听见了她的叹息,停下数数回头望过来,他眼里的关爱交织着曾经的种种可能,一瞬间渔网般罩住了她。她要是放任自己,他的网立刻就能把她拉到他身旁,但她脚下却被如今的种种现实拽得死死的。她攀扶着门框,曾经的思念,一抓还是一大把,但她却不能让任何人看出来。

她与他今生的缘分只能是兄妹,她自梳后就认命了。禧哥娶秋兰、娶阿娇都悄无声息,没烧炮仗没摆酒,仿佛是有意地回避着她、不想打扰她,可她的每条神经末梢都曾经延伸向他、倾听着他,他再轻手轻脚,她也能觉察。不过,那些曾让她流泪心痛的时刻现在与她也不相干了。

接下来十多天,沐芳清理了家中杂物器具。阿爸除了他自己的衣物和手提药箱什么也没带走,家里稍微值钱的东西都留给了她。她请兴伯和禧哥把一对酸枝椅搬到他们新起的青砖楼里留作纪念,其他家具物件和贵重药材都卖了,凑了一部分买船票的钱,余下的禧哥说他付。她坚持说是借,等她去金山挣了钱还他。禧哥不说话,看神情仿佛他不相信她也能在金山挣到钱。

她带去金山的行李都装在阿爸留下的那口樟木箱里,诗文药典占据一半空间,加上简单的衣物和必备的行医器材。搭乘蒸汽船的时候,她也没有女扮男装,她的身份纸上写着"陈沐芳,中药医师,华裔商人陈宜禧之胞妹"。明叔的妻子、秋兰的妹妹秋菊一路与她做伴。船上唯一的两个中国女人,一个清雅、一个温婉,是大洋上颠簸沉闷的旅程中独特的风景线。

沐芳和秋菊的舱位在夹层女宾房,两张狭窄的上下铺占满了空间,出入都要抽着气侧着身子,但有两个长方形小窗口,看得见日出日落、大海的变幻汹涌。禧哥和明叔照旧闷在底层统舱,他们得盯着运送的杂货:三十袋大米、十袋红糖、五箱茶叶,还有蚝干、笋干、虾米、粉丝各两箱⋯⋯

启航不久,明叔就又被海浪荡晕了,吐得昏天黑地。沐芳往他合谷、神门、太阳穴和足三里各扎一针,止住了呕吐,又用有备而来的生姜橘皮煎茶给他喝。缓过劲来的明叔顿时对她另眼相看:"阿芳你好叻(真行)啊,明叔我坐船还从没这样神清气爽过。"

此后二十多天的航程里,明叔没对她说什么造次的话,只是一有机会就影子般跟在她和秋菊身后,见到有人多瞄她俩一眼便立刻狠狠瞪着人家,不管是唐人还是洋人,直到那人心虚扭头走开。

统舱的唐人听说沐芳会治晕船,都想找她。明叔说:"我堂侄女不能白给你们治呀。"头晕呕吐得想跳船的人自然不惜重金相求,明叔把收的钱给沐芳,说看你能耐的,下船就把船票钱赚到了。

她不要:"乘人之危的诊费我不收,这是我阿爸立的规矩。"

"你现在不是单立门户自己做主了吗?你阿爸又不在。"

一说到阿爸不在,沐芳眼里就忍不住泪珠翻涌。秋菊把明叔推到一边:"求你别惹阿芳了,每晚想她阿爸都哭湿枕头。"

禧哥每天会上夹层来看她,有时跟她和秋菊一起吃顿饭,话都不多,劝解她两句,她不答,他便走开。她其实很想好好跟他说说话,但又不知说什么合适。每次离开前,他抱着臂膀,默默站在夹层一溜窗孔前,窗外浪花翻卷,海鸥贴着浪尖盘旋。她的目光划过他饱满的额头,挺直的鼻梁,敦厚的唇,结实的肩……她曾在记忆里一遍遍温习的细节,上前两步就能触摸到。但咫尺天涯大概就是这样,她想。

太平洋上凛冽执拗的劲风却逐渐吹开了她的愁眉。在旧金山换上去西雅图的蒸汽船时,沐芳忽觉轻盈了。她曾在朗美村等着禧哥回去给她描述的金山,她亲自抵达了,禧哥眼里的高楼大厦也印进了她的眼眸,禧哥呼吸到的无限生机也充盈了她的肺腑,她耳边飘过的陌生语言和未来编织在一起,在这个新奇鲜亮的地方她要凭自己的本事开始新的生活,而且是和禧哥一起。这应该是在所有她无力改变的既成现实中最好的选择了,她从心底感激阿爸的苦心安排。

踏上西雅图码头的时候,虽然天空灰暗低沉,飘着毛毛雨,见到来迎接他们的道叔爷,沐芳脸上露出了浅浅的笑意。

陈宜禧却没笑。西雅图看上去就是个依山傍海的渔村,稀稀落落的木屋东一座西两座,三五成群却都不成行。山顶的松树被砍伐得七零八落,虽然余下的几棵笔直伟岸,尖挺的树颠肃穆地插入云雾中,看着却有些滑稽,像一头威严的老虎张开口,只剩几颗稀落的门牙。别说和繁华的三藩市比了,就连萨克拉门托的热闹都比不上,街道还没有北花地的齐整。还有这里的气味,除了海水的腥,还充满人畜排泄物的污秽,整个镇子都需要好好冲个澡。

道叔爷拖了架平板车来接人拉货,见到沐芳颇为诧异。陈宜禧猜道叔爷大概没收到他出发前寄的信,怕误会赶紧解释是章叔托付他带沐芳来的。

"沐芳姑娘不简单啊,"道叔爷赞许道,"把章叔的医术带来金山,以后镇上人生病可都有倚靠了。"

"要给道叔爷添麻烦了。"沐芳垂首道万福。

道叔爷随即又夸陈宜禧吃了五年金山饭长出了美国人的块头。道叔爷推他肩膀的手指节红肿,看来明叔说的没错,西雅图多半时间阴雨绵绵,道叔爷时常犯风湿痛。

他们刚装完一车货,"轰隆隆"的闷响从山上滚下来,混着杂乱的人声,脚下微微颤动。他想不会这么不凑巧又遇上地震吧？沐芳也紧张起来，蹙眉靠到他身旁。"雷鸣"越来越近，颤动越来越明显，他拉起沐芳跑下码头，却不见四周其他人慌乱。

一群人聚在岸边最大的两层楼门前，望着斜上山坡的泥泞土路：十几头黄牛正往山下拖着一根根壮硕的原木，"闷雷"是木头滑动碰撞的声响。坡陡路滑，牛站不稳，颤巍巍走走停停，赶牛的工人挥鞭吆喝，浑身溅满泥浆。

明叔帮道叔爷推着板车跟上来，笑他们慌张如大乡里（土包子）："这是西雅图最有名的 skid road（伐木滑送道）。喏，这栋大房子是西雅图的大老板亨利·雅斯勒（Henry Yesler）的锯木厂，他有架蒸汽机，加工木材卖到三藩市。前面码头下面的地都是锯木灰倒海里填出来的……雅斯勒先生！"明叔和楼里出来的洋人打招呼。

乍一看雅斯勒盛年已过，中等个头，花白的头发和胡子都硬生生支棱着，像顶着一头刺猬，眼皮有点耷拉，似乎没睡够，但一开口，眼皮提起来，眼神里有股狂奔的劲头，声音里蹦出个不服老的壮汉："明，你回来了？以为你在中国乐不思蜀了。"他和明叔似乎很熟。

"嘿嘿，我把老婆带来了。"

"一次带来两个老婆？你这淫荡的中国佬。"雅斯勒溜眼珠打量沐芳和秋菊。

"我倒是想，一个老婆，另一个是我侄女。"

"你那鬼样子，有这么漂亮的侄女？介绍给我吧。"

197

"她不嫁人,你有病她可以治,她是医生。"陈宜禧正色打断他们。

"这中国佬是谁?脾气还不小。"

"我侄子,初来乍到,请原谅他的无礼。"明叔道歉,又用中文责怪他,"人家大老板,我和道叔都给他打过工,你客气点。"

"那也不能让他乱打阿芳的主意!"陈宜禧推着板车让沐芳紧跟上。

"说正经的,"雅斯勒招手让明叔上前说话,"杜瓦米希人又要闹事,今晚来我饭堂开会,商量对策。"

"今晚?"明叔挠脑袋,瞄向陈宜禧,"我侄子会说话也会打仗,让他代表我参加吧。"

陈宜禧问:"杜瓦米希是谁?"

"你今晚去开会就知道了。"明叔说。

"最好你们两个都来,今晚八点,记住。"雅斯勒大声嘱咐。

道叔爷的杂货店开在雅斯勒锯木厂的斜前方,一栋原木小楼,像镇上大多数建筑没有油漆。推开两扇木板门,仰头可见店堂横梁正中挂着"华道"二字的烫金匾额。道叔爷说他开店的准则都包含在这两个字里了:守中华道义,走中华正道。

绕墙一圈高至天花板的木板货架上,瓶瓶罐罐、大包小包是酱油、麻油、茶叶、云耳、清补凉之类的佐料食材,以及蜡烛、洋火、针线包等日用品;收银柜台后的玻璃橱柜里陈列着两套青花茶具;店堂中心圆桌上摆一圈透明玻璃罐,装满黄的姜糖、红的辣橄榄、紫的咸梅干等五颜六色的干果。楼下店面后有厨房兼饭厅和两间卧房,一间是道叔爷的寝室,一间给明叔和秋菊住,楼上阁楼本来给陈宜禧,现在安置了沐芳,陈宜禧只能和道叔爷先挤挤。

吃晚饭的时候说起雅斯勒召集的会,陈宜禧才弄清杜瓦米希(Duwamish)人是西雅图印第安土著的一个主要部落,六年前他们的首领西雅图协同各部落与美国联邦政府签了条约,把世代游猎捕鱼的土地大部分让给了白人,但总有不甘心的印第安人扬言要把他们祖辈的领地从白人手里夺回去。

"也就是说说而已,估计这次也不是真的。"明叔剔着牙,"据说十年前,我们来西雅图之前,白人和土著打了一仗,联邦海军的军舰停在艾略特海湾(Elliott Bay),就是我们今天靠港的海湾,炮轰从山上冲来围攻西雅图的土著。我们大清国都打不过白人的洋枪洋炮,这些蛮夷哪有还手之力?打不过就得让地盘,自古如此。"

"为啥白人打赢了仗,这镇子还叫了土著首领的名字?"陈宜禧问,他在北花地见过到镇上做零工的印第安人,明明都比唐人还黑,不知为什么被称作红肤人。他只听说他们是土著,喜欢住在山里,并不了解他们和白人之间的纠葛。

"西雅图酋长和最早来这里拓荒开埠的梅纳德医生(Doc. Maynard)是好朋友,也是因为他们的交情,这里白人和土著的纠纷大多都议和了。"道叔爷说,"但因为十年前那一仗,一有风吹草动,镇上人都紧张,各家各户都要参加防卫,就像新宁村里人一起提防客家人。你代表陈家去开个会也好,认识一下镇上的人。雅斯勒虽然喜怒无常,但还算公道。"

既然道叔爷也让他去开会,陈宜禧吃完饭便踏着泥泞赶到雅斯勒锯木厂。长方形的大饭堂里点着火把,火光里三十来个人都沉着脸,有些脸上还抹了泥巴道道,比四周熏满烟灰的墙还黑,只剩一双双丛林中闪烁的豹眼。他们都操着枪,长短不一。雅斯勒拿给陈宜禧一杆长枪,问他会不会用,他摇头。

"该死的明,他不是说你会打仗吗?"

他说他在家乡新宁是打过仗,但用的是钉耙,后来村里请清军教头来教用枪的时候,又说他小,没让他学。

雅斯勒没耐心听他解释,指着墙角一把伐木的斧头:"这个总会用吧?"

"今晚就要打?不是说开会商量对策吗?"他问。

"商量好了,今晚突袭,包围杜瓦米希营地,把他们都赶到西北角的印第安保留地(Reservation)去。"

他有点蒙,又似乎在意料中,北花地的洋人什么时候让唐人跟他们平起平坐商量过镇上的大事?西雅图虽说是开埠不久的新镇,大概也不会例外。要是今晚就打,他得回去跟道叔爷他们说一声……可一屋子洋人都瞪着他,他立刻改了主意,不能像刚到北花地那样,第一天就让人觉得他怯弱好欺负。他满不在乎地拎起那把半人高的斧头说:"OK."

有人过来拍他肩膀说中国佬有种,新来的吧?印第安人凶起来可不好对付,十年前要是没有联邦舰队及时赶到炮轰他们,镇上死的可不止两个人,估计现在这个镇子根本就不存在了。

他没开腔,心想,凶得过"铲村"的客家人?

一群人登上了三条独木舟,顺着海湾轻手轻脚往南划。隆冬黑夜,风虽不大却如有万支冰针穿透棉衣刺上身,他咬紧牙关不让上下牙碰撞出声响。借着星光和岸上几点黯淡灯光,他们划了约大半个时辰,进了杜瓦米希河道。两岸浓密的森林挡住了寒风也屏蔽了海潮声,有人低声咳嗽,打破俱寂万籁。雅斯勒压着嗓子命令大家靠岸登陆:"别出声,连咳嗽都不能有!"

大家摸上河岸,猫着腰往杜瓦米希人的营地前行,好像在潮湿深厚的黑暗里憋着气潜游。带路的人似乎知道方向,但大家摸着黑难免撞上红雪松粗大的树干,时而一声闷响,有人紧张地低呼,雅斯勒烦躁地喝令,白人的大皮靴踩上没湿透的枯枝"卡嚓嚓"响。陈宜禧的心一次次跳到喉咙口:这也算偷袭啊?别自投罗网就好。他握紧了斧头,但愿雅斯勒知道他在干什么。

"咕……咕……"两声鸟叫划破森林的沉寂,大家驻足。雅斯勒说别停,是猫头鹰。他话音刚落,前面林子里亮起一点火光，左边一点、右边又一点，随即"嗷嗷呜呜"的叫声响成一片，火把亮起一圈把他们围住了。

两个白人举枪正要放，扣扳机的手被"嗖嗖"飞来的箭射中，惨叫跌倒。其他人惊惶地看着雅斯勒，但雅斯勒左右环视似乎也无计可施，终于在"嗷呜"的间歇中大声说了两句什么。陈宜禧没听懂，估计他说的是杜瓦米希人的话。

雅斯勒打手势让大家把武器都放地上，林子里随即扑出来三只大头怪兽，龇牙咧嘴围着他们转，把鼻子凑到人脸上低声咆哮。每个人都吓得闭眼发抖，年轻一点的趴到地上抱头哭起来。陈宜禧也低头咬唇抖着，心里念叨耶稣、北帝、观音……斜眼却瞥见伸到他脚边捡斧头的人手。他斗胆抬头，看见怪兽的大头其实是个头盔，就像新宁过年舞狮时在前后逗狮子的笑面大头娃戴的那种，只是眼前的头盔刻着豺狼虎豹的灯笼鼓眼和锋利大牙。

戴头盔的土著发现他抬头打量，冲他虎虎吼两声，他赶紧把脸埋到胸前。这可不是在新宁看舞狮，看错一眼就可能丢了性命。

怪兽们抱着武器跳回林子里，似乎很长一片沉寂后，出来一只撑着翅膀的巨鸟，头顶立着血红的鸟冠，至少两尺长的尖喙也血红，仿佛刚吞了只怪兽。巨鸟张开长喙发出洪亮的长鸣，穿透森林的黑夜，和森林外的海潮声连成一片，鼓荡所有人的耳膜。它在宣告他们死定了吗？陈宜禧想这声通天接海的宣告大概在西雅图的人都听见了。

雅斯勒似乎丢了魂，不由自主向大鸟靠近，大鸟说了句什么，雅斯勒摇头，大鸟一挥翅膀，又响亮地说了一句。雅斯勒哆嗦着走到陈宜禧面前："他要跟你说话。"

"我？为什么？我刚来，又不会说他们的话。"他在新宁就听说过美洲土著有杀活人献祭的习俗，想自己与众不同的唐人长相还不轻易就成了被牺牲的目标？明叔这回算是真把他坑了。

"我也不知道。他先说要找梅纳德医生，可是梅纳德去三藩市了。"雅斯勒把他拉到大鸟面前。

"我，查达普斯，杜瓦米希人的酋长，刚去世不久的西雅图酋长的儿子，皮欧吉特海峡（Puget Sound）天空的守护者……"大鸟忽然说起了英语，他名字后的一长串头衔陈宜禧没听完整，好像最后还说是什么歌的守护者。

雅斯勒推陈宜禧一把，意思他得答话。"我……"他深吸一口气沉下去，"我，陈宜禧，大清帝国广东省新宁县陈景兴的儿子，呃，朗美酱油的守护者。"他尽量在自己名字前后多加些词，迎合了杜瓦米希人的习俗，或许还能免于一死？

大鸟举着翅膀缓慢地绕着他和雅斯勒踱步，羽翅的阴影越来越近，他止住呼吸，等着被那血盆大喙吞没。

鸟喙尖子戳到他脊柱，他僵成一块木头，耳边传来低沉的话音："陈？西雅图有个店老板，道叔，也姓陈。"

"他……是我叔爷。"大鸟的话让陈宜禧稍微放松，即使那鸟头下的酋长是鸟兽鬼神，他认得道叔爷就好说话。

203

大鸟垂下翅膀，林子里跑出来两个手持标枪涂画了脸谱的杜瓦米希斗士。他们利索地卸下酋长宽大的翅膀，又帮他摘下头盔。查达普斯酋长是个高颧骨、高鼻梁、披发齐肩的英俊汉子，取了头盔矮一截，却仍比他和雅斯勒都高一头。

"你想知道我为什么要和你说话？"查达普斯披着一张毛茸茸的兽皮，在斗士们抬过来的椅子里坐下，高耸的椅背上雕刻着和他先前戴的头盔相似的鸟头。一个斗士又端来个木桩，查达普斯示意陈宜禧坐下："因为，你是这群人里唯一没拿枪的人，像杜瓦米希战士一样拿的是短兵相接的武器，不是躲在树丛后放冷枪的胆小鬼。"

雅斯勒对陈宜禧嗤鼻，却没敢说什么，但发现大鸟其实是个大活人后，也不抖了，还问："我坐哪里？"

查达普斯对雅斯勒指指地下，打开洪亮的嗓音："杜瓦米希人不喜欢战争，十五年前，第一批白人到来的时候，我们招手欢迎你们，帮你们搭木屋，和你们分享我们的鱼、山果，帮你们度过寒冷的冬天。十年前那场战争，我父亲也禁止部落的人参与，还在你们被围困的时候冒险送去食物。后来你们要地，我父亲劝说周边部落共同和你们签协议，可你们却连一块杜瓦米希人专属的保留地都没分给我们。

"现在我们脚下这片土地，虽不是联邦政府划分的杜瓦米希人保留地，但我们世世代代都住在这里。我父亲生前托梅纳德医生跟华盛顿地区（Washington Territory）[①]政府说好，

[①]华盛顿地区西部1889年才成为美国第42个州。

同意我们继续在这里生活,可他一去世,你们,西雅图的白人,包括自称是我父亲好朋友的梅纳德医生,都迫不及待联名上书,否决我们使用这块土地的权利。

"政府逼我们搬去西北几个部落混居的保留地,可那里住着我们的世仇,斯诺和米希人,搬过去难免终日冲突流血。请你告诉我,雅斯勒先生,我们该怎么办?"

雅斯勒自然不肯席地而坐低他们几个头,顶着一头刺猬般的硬发立定原地:"我的锯木厂雇了不少杜瓦米希人,你父亲生前都说我公平。"

"对,你还算公平,可为什么现在要赶我们走?"

"我?不是政府要赶你们吗?"雅斯勒的推诿,陈宜禧听得清清楚楚。

"对,但他们说这片地方是你的。"

"我的?"雅斯勒的惊讶倒是真的。他刚来西雅图的时候,梅纳德医生和另一位早来的拓荒者为繁荣小镇工业,把现在锯木厂所在那块地让给了他。后来生意做起来,欠债的人还不起钱,就拿地还他。所以他拥有的土地东一块西一块,连他自己都不清楚有多少、在哪里。

"我们接纳了你们,与你们共享我们的资源,你们却容不下我们。我们改拜你们的神,上你们传教士的学校,学你们的语言,你们还把我们往山里赶、海里赶。"查达普斯音量放大了两倍,话音在森林里回旋,他的斗士们"吼吼"回应。被包围的白人中有人哭着喊饶命。

205

"请等等，如果真是我的就好说。"雅斯勒让陈宜禧去把帮他管账的约翰叫过来。

约翰抖着嘴皮说："是你的，雅斯勒先生，这块地里有煤矿。"

雅斯勒沉默了，似乎在平衡三十几个人的性命和在三藩市一吨能卖二十八块美金的煤的分量。

查达普斯的脸色被火光映得通红，虽然肃穆，却看不到凶相杀机。但陈宜禧心里明白，如果他们拿不出让查达普斯满意的办法，走投无路的杜瓦米希人是不会放走他们的。"雅斯勒先生，你拥有这块土地多久了？"他问。

雅斯勒看约翰，约翰说三年。

"我有个建议，雅斯勒先生，既然你拥有这块土地三年了还不知道它是你的，何不把它长期租给杜瓦米希人？"

"租？我们住在祖辈的领地上为什么还要交租？以为你不是白人会做个公允的中间人。"查达普斯终于说出他挑陈宜禧过来的真正原因。

"酋长先生别急，请容我讲完。杜瓦米希人象征性交一美元租金，租期……"他看看查达普斯，又看看雅斯勒，等他们开口。

"一百年。"查达普斯说。

"十年。"雅斯勒说。

"九十年。"查达普斯又说。

"十五年。"雅斯勒说。

"雅斯勒先生,我们是在杜瓦米希人祖辈的土地上。"陈宜禧碰碰雅斯勒的手肘,企图提醒他目前的处境。

"胡说八道什么,中国佬,这是我的土地!"雅斯勒大概一谈生意就锱铢必较,抬头见火光熊熊才醒悟过来:"唔,这样吧,租期以你的寿期为限,你活多久就租多久,一美金。"

"可我要是被谋杀了呢?"查达普斯也不含糊。

"以你自然的寿命期限为准,如果有人胆敢谋杀酋长先生,就以五十年为租期,如何?"陈宜禧说。查达普斯和雅斯勒都瞪着他,他说错什么了吗?不管,索性豁出去把话说完:"这片土地久未开发,雅斯勒先生显然人手不够,就雇佣杜瓦米希人吧,种地也好,开矿也好,付他们公平的薪水。酋长先生,这样杜瓦米希人既能在这里继续居住,还有工作可以做、薪水可以领,岂不两全其美。"

沉默,长久的死寂的沉默。

"五十年,或者我的自然寿命,以这两段时间中最长的为准。我们帮你干活,你付工钱。"查达普斯终于开口。

"行,但我有个条件。"雅斯勒说。

查达普斯挑起眉毛,陈宜禧心里怪雅斯勒不知趣,讨价还价也要看什么场合嘛。

"我在西雅图是数一数二的名人,他们还要选我当市长。这次带人过来突袭,不,来……拜访杜瓦米希酋长,却做了个赔本买卖,回去抬不起头。请二位想个办法,给我留点面子。"

查达普斯捏着下巴打量雅斯勒,大概在看他是否有诈。雅斯勒被看得不自在,耷拉下眼皮。"哈哈,雅斯勒先生,这好办。"查达普斯忽然冲他右手边击掌三声。

树叶窸窣,三位土著女子相继从树林里袅娜走来,带起一阵暖风。她们上身裹着彩色绒毯,下身穿着长及脚背的树皮裙,浓黑的长发披在胸前,被火把照亮的眼眸透着贵族的傲气。

"这是我三个待嫁的女儿,你挑一个娶回去好了。大家都知道杜瓦米希人的传统是打了败仗才嫁女儿的。"查达普斯对雅斯勒说。

"这倒是好事呀,雅斯勒先生,娶个杜瓦米希公主回家多荣耀,恭喜!你这桩慷慨的交易就当是给公主下的聘礼啦。"陈宜禧暗叹查达普斯酋长智勇双全,和雅斯勒结了亲家,别说五十年,杜瓦米希人在这里住多久都没问题了。

雅斯勒提起眼皮,眼珠在三位芳华正茂的公主身上溜几圈,狂奔的眼神却立刻黯淡了:"感谢酋长美意,可惜我早结婚了,又不像他们中国佬可以娶好几房老婆。"雅斯勒转向陈宜禧:"不过你倒是可以娶,反正是嫁给我们西雅图的人嘛。"

陈宜禧措手不及,尴尬笑道:"可惜我也早结婚了。"

大家看约翰,约翰摇头:"我也结婚了啊。"

陈宜禧起身想去问其他白人,却见查达普斯的脸已经拉得很长了。人家要下嫁公主还没人要,他们是真不想活了!他来不及多想,脱口而出:"明,嫁给我们家明叔吧,道叔爷的侄子。"

"你的叔叔?"查达普斯皱起眉头,脸色更阴。

"他不老,和我一样年纪……"他慌了神。

"有钱,能干,英俊!"雅斯勒帮腔。

"华道公司的合伙……守护者!"陈宜禧及时送了个杜瓦米希式头衔给明叔。

第十二章

不折不扣的中国巫术

1867—1868年　西雅图

　　然而华道公司的"合伙守护者"明叔却不买账:"深更半夜黑茫茫的林子里,长么嘢样都没看清楚。你是想给我也讨个阴阳脸老婆回来吧?"

　　"火把照得比白天还亮,三个公主都美如天仙。"明叔那点小心思陈宜禧都明白:他把一件很不讨好的差事稀里糊涂地推给了他,料定他也必定会坑他。他一笑了之。

　　"还有啊,听说印第安女人用尿洗头,难闻得要死……"明叔正在分装刚运到的红糖。柜台的座秤盘子里垫着一沓裁得四四方方的《每周情报者》(Weekly Intelligencer)[①],他把一大勺红糖扣到报纸里。

　　"洋人还说我们唐人每天吃老鼠呢。"在一旁往货架上放虾酱罐子、鱼干篓子的道叔爷打断明叔,"这次回新宁你不就

---

①当时西雅图的英文报纸。

想讨二房？听说是秋菊寻死觅活地拦着没讨成？现在为了西雅图的和平，阿禧担着风险帮你讨个公主回来，你是义不容辞。秋菊多少读过几天书，这个道理还是该懂的。"

道叔爷的话提醒了陈宜禧，也不知杜瓦米希人的习俗是否允许公主嫁来做二房？约好迎亲的日子在春天，离现在还有段时间，他得尽早弄清楚。

"要是美如天仙，你自己怎么不讨一个？"明叔皱起鼻子，还觉得有诈。

"我在新宁已经有两个老婆啦，怎好意思再抢明叔的先？"陈宜禧拈起秤盘最上层的报纸对角，把明叔称好的红糖挪到柜台上包好。

"哼，帮我讨个公主回来也甭想不出钱就做华道的股东。"

哎，明叔怎么就是不信任他呢？他成人之美，却被明叔理解成是有所企图。陈宜禧无奈地摇头。来西雅图的途中，明叔就旁敲侧击地告诉过他：华道店小，除非出钱入股扩大生意，否则撑不起三家人的生计。他在北花地攒的钱这次回乡买田盖屋、安顿阿发的家人花得七七八八。养母又自作主张替他娶二房，虽没摆酒，聘礼却省不掉。又因为没摆酒，天黑才抬花轿悄悄进村，养母怕阿娇觉得委屈不好好跟他生儿子，后来又加倍给阿娇娘家送了一份大礼，在她娘家村子里热闹了一番。他目前的确没钱入股。

明叔现在把话摆到桌面上来讲也好，说清楚了他也好筹划下一步:"道叔爷、明叔,你们辛苦多年才攒足了开店的本钱,我怎会不懂得?我来西雅图不是为了白沾你们的光。现在我虽然财力不足,只要你们需要,我一定用尽浑身力气帮华道把生意做稳做大。道叔爷提携我来金山,是我的恩人,我理当涌泉相报。但如果我反给华道增加负担,也绝不要勉强。"

"贤侄孙多虑了,华道当然需要你帮手,出钱入股的事不急。阿明,对自家侄子说话怎么这样不客气?"道叔爷夹在中间,为难得眉毛都打结了。

"我刚来的时候在任顿船长(Captain Renton)家倒屎盆,给雅斯勒洗地板、扫饭堂,他凭么嘢一来就体体面面做生意?有钱参股,休想!"明叔寸步不让。

继续坚持也无益,陈宜禧想,即使明叔给道叔爷面子容忍他到华道做事,以后也难免矛盾重重、各种不顺心。不如去找雅斯勒,锯木厂有什么活他都愿意干。

雅斯勒说你会做饭吧?他说还不错,加州的前雇主很满意,可以请他们写推荐信。雅斯勒说那你来给我和工人们烧饭,现在的厨子做饭太难吃,我们得换个口味。道叔爷无奈地说暂时这样也好,他刚来的时候就是在雅斯勒饭堂(Yesler's Cook House)烧饭,薪水还过得去。

陈宜禧把自己的行李打包,从华道扛到斜对门的锯木厂宿舍去。沐芳跟在身后轻声抱歉:"要不是因为我,你怎会来西雅图烧饭?我听阿爸和兴婶说过,你从前的雇主对你很好,还教你画洋房图样、用洋人的机器。"

他停下脚步,心里暖暖的,被沐芳的善解人意融化。他最后决定来西雅图的确是为了她,毕竟他带着她孤男寡女奔赴北花地,跟村里人说不过去。他也担心自己一人在北花地忙起来照应不好她,而在西雅图,他不在的时候,还有道叔爷、明叔和秋菊。当然他没料到明叔对自己如此不近人情。放弃去加州做管工助理的机会,沦落到西雅图小镇烧饭确实憋屈。可为了她,他留在新宁种田、卖酱油都心甘,来西雅图烧饭也没什么大不了的。只要她懂得他对她的好,重新来过又何妨?但他什么都没说,回头露出白牙冲她笑笑。

沐芳轻叹一声低下了头。

到西雅图的第三天早上,沐芳帮秋菊做好早饭,便借了道叔爷用红雪松树皮编的背篓,装上自己的一份米糕要独自出门。

"沐芳姑娘要去哪里?等我和明叔晚点空了带你去吧。"道叔爷不放心。

"我就在附近山坡上走走,看看这里长的草和树,或许能找到有用的药材呢。"她心里也不那么踏实,但既然是来行医谋生,凡事还得靠自己。熟悉环境是第一步,怎能依赖别人?禧哥因为她重新做了打工仔,来西雅图第一晚就莫名其妙去冒风险,异乡陌生冰冷的黑夜像怪兽吞噬了她整晚的睡意,直到他踏着晨雾走进店门,她才允许自己最终被长途跋涉的困乏席卷……她可再不能给禧哥添麻烦了。

"你需要什么药材,开个单子,我下趟去三藩市运货帮你买回来。楼后面的空地里也可以种一些。"

"那太好了,谢谢道叔爷。可我还是得出去看看。"

她穿着黑袄黑裤黑布鞋,稳重踏实。道叔爷打量一番,又拿来一顶男人戴的平顶黑毡帽让她戴上:"别走远了,找不到路就往海边走,沿着海边就能找回来。"

沐芳沿着门前土路往山上走。靠近镇子的树被砍伐得稀稀落落了,但顺着左边往前走,树木逐渐稠密,脚下的草叶松针也逐渐深厚。天空时而灰白,时而又透出明亮的蓝,阴晴不定。

在新宁的时候,阿爸时常带她去山里采药,教她辨认各种植物鸟虫。她喜欢山林清空的味道,喜欢树叶拂过发梢、小兔松鼠擦着脚边跑过,山里的溪水更清更甜,山里的星空更辽远神秘。她曾经问阿爸:"我们为什么不能住在山林里?"阿爸说,我们是人不是飞鸟走兽,也不是神仙。

西雅图的山林也像新宁饱含水汽,海上吹来的冷风再凛冽,进到林子里也被软化了,落到脸上绵绵乎乎甚至有点讨好的意思。放眼望去,层层叠叠的草木虽一时辨不清名目,呈现的色调却友善温厚,安静地等待她探寻。要是阿爸就在身旁,他会带她从哪一棵树哪一株草开始察看呢?

仿佛是回答她心底的询问,沐芳听到"沙沙"的咀嚼声。前方枫树爬满青苔的根茎旁,一只母鹿守着两头专心吃草的鹿仔,忽地抬起头,透亮的眼珠一动不动地瞄准了她。她歉意地低头倒退,鹿妈妈才放心舔了舔鹿仔的脖子。小鹿们嚼得津津有味的草吸引着她低斜的视线。

细长的叶柄串起两边逐渐纤小的扁叶片,而每条叶片又是整片草叶一再缩小的翻版。"风里翩跹的小世界。"阿爸教她认骨碎补①的时候这样说,她似乎看得见那些摇曳细碎的绿在经络血脉中弥漫。类似的草长在大洋这边是否也能治风湿痛?她想起道叔爷红肿的指关节,打算采些回去试试。

采摘像骨碎补的蕨草途中,她又看到各种鲜艳的莓果豆实,紫色的像越橘,金黄的像桑椹,红豆没有新宁的圆却宝石般透明……她兴奋地采集着样本,放着胆子品尝,凭着果实的酸甜苦辣判断它们的属性用途,像只不知疲倦的蜜蜂。等她摘完所有吸引视线的果实、枝叶,天空的云厚了许多,昏沉沉压下来。

她挎上背篓往回走,却发现回去的路似乎长了许多,雨点"啪啪"落到毡帽上了还没走出林子。莫非是迷路了?她仰头眺望,看到了灰蓝的海,便按道叔爷的嘱咐往海边跑。跑下山却发现眼前是被雨点击出一圈圈涟漪的湖水,对岸森林浓密,不像三天前靠岸的海湾放眼望不到边。

她沮丧地靠到一棵大雪松下,翻出还没来得及吃的米糕,却发现米糕已经被雨水泡成了稀糊,和包裹的报纸混成一团。她撮嘴吸米糊,却难免把碎纸也吸进嘴。她吐掉纸

---

①槲蕨。

糊,仰头望着雨滴敲打松枝流淌成线,心里生起一丝悲苦,寒气从湿透的棉袄钻进脊梁骨。

朱莉·琼斯(Julie Jones)在家门口的屋檐下发现有个年轻女子蜷成一团,浑身滚烫。

下午朱莉在格林裁缝家带领镇上的太太们学习了《圣经》,没等雨停就往联合湖(Lake Union)边疾走五里地。她得赶回家给丈夫琼斯牧师做晚饭。晚饭后有个布道会。琼斯牧师在皮欧吉特海峡的声望越来越高,今年的布道会都座无虚席。

朱莉抬起门前女子的下巴,她的东方面孔和眼中的茫然让她立刻猜测,这大概是一名从海边狂欢楼里①逃出来的卖身女子。朱莉对这样的眼神一点不陌生,她随琼斯牧师搬来西雅图联合湖边的木屋之前,在三藩市的循道宗(Methodist)教堂收容过三名亚裔妓女,帮助他们逃脱了被奴役的命运。不过,据说在西雅图那片锯木灰填出来的海滩上卖身的"锯木灰女子"大多是印第安人,前不久才从三藩市来了几个白人女子,莫非现在狂欢楼里又有了亚裔?她和琼斯牧师真的需要更努力地工作,这个镇上有太多需要被拯救的灵魂。

朱莉打开门锁,扶起女子:"你迷路了?快进来暖和暖和。"琼斯牧师一大早去了印第安保留地传教还没回来。

女子跟她走进门,含糊地说了个词,好像是"Home(家)"。

---

① Illahee家园,俗称Mad House,西雅图早期的色情场所。

朱莉点燃蜡烛打量女子。她的装束极其简朴,如果戴上她手里拿的平顶帽就像镇上打工的小个子中国男人。女子的黑发在脑后挽成髻,脸上很干净,眉目间无一丝铅华,虽然也是面带病容、神情忐忑,与她救过的三藩市妓女整体感觉却不太一样,具体哪里不同她一时还说不出来。"对,这就是家。"她倒杯水递给她。

女子接过水杯,摇头。

朱莉想她没听懂她的话,又打手势说:"如果你愿意,你可以住在这里,直到你有了立足的地方,我会帮你的。"

女子取下挎在肩上的背篓,指着上面红漆画的两个方形符号说:"家。"

那两个符号似曾相识,是镇上某个商家的招牌?"中国字?"朱莉问。

女子望着她的眼神此时十分笃定,不像三藩市的妓女不敢直视生人眼睛。

"华——道——"女子有意地拖长了每个音节。

那两个音朱莉肯定是听过的。她刚来西雅图的时候,发现这里冬天的湿和冷比三藩市更严重,一不留神就头疼,后悔她没在三藩市唐人街多买几瓶止疼药酒带来。有人告诉她可以去雅斯勒锯木厂对面的中国店看看,或许那里有她要的药酒。对了,那家中国店是叫"华道"!他们没有和三藩市一模一样的药酒,但送她试用的另一种也管用,她前两天还惦记着要再去买一瓶。店老板道叔是个基督徒,还来听过布道会,怎么也做起逼良为娼的堕落事情来?

"Home(家)。"女子又指着背篓上的符号说,好像她只会一个英文词。不过,朱莉留意到,女子十分聪明,她的意思她似乎都明白,而她用眼神和手势传达回来的意思也很清晰:她要去华道。

"可那不是你的家。"朱莉痛心道,"你好不容易逃出来,怎么能再回去?"

"Yes,my……home(是,我的……家)。"女子发音吃力,仿佛用尽了全身力气,说完垂下眼帘,捧起杯子喝了一大口水。

女子声音虽细微,话却答得不犹豫。朱莉意识到,她虽然迷路了,又发着烧,却不像她救过的妓女那样,因为长期受欺压虐待,意志磨损得几乎不能被觉察了。眼前这位女子的内心独立而坚韧,即使困倦的外表也遮挡不住她灵魂的灼灼火苗。

朱莉烧起壁炉里的柴火,让沐芳坐到近旁烤烤湿透的衣裤。这是朱莉在西雅图遇见的第一位亚裔女子,她忽然对自己先前的判断不太确定了。她在三藩市遇到的亚裔女子——主要是中国女子,不是妓女就是商人的妻子,从没见过穿着如此简朴、背着背篓出门打工的中国女人。要是华道的店主晚上来参加布道会,她得先问清楚女子的来历再决定是否让她回华道。

华道的店主道叔却没等布道会开场就来敲门了。

"阿芳！"跟道叔同来的年轻中国男人没等朱莉做完"请进"的手势就大步跨进门，跑到闻声过来的女子身边，叽里呱啦说了一通中国话。

道叔对朱莉鞠躬又作揖："太感谢了，琼斯太太！我们漫山遍野地找她，总算找到了。"

朱莉皱着眉头站到那位年轻人和女子中间："你是谁？"

"我叫陈宜禧，她是我妹妹阿芳。"年轻人的英语很流利，浑圆深黑的眼睛上下左右不停地看女子，像在检查一件失而复得的宝物。

"对，对，他是我侄孙，她是我侄孙女。我们急坏了，都没顾上介绍，真失礼。"道叔抱歉。

"他们真是你的家人？"朱莉问女子，来回审视三个人的神情，又握紧女子的手，"你不用怕，他们不能强迫你跟他们走。"虽这样说着，朱莉还是盼望琼斯牧师赶快出现在家门口。她和这个叫阿芳的女子都瘦小，要是争夺起来，肯定抵挡不过眼前牛犊般壮实的年轻人。

"Yes（是）。"阿芳热切地点头，看不出被逼迫的不甘。

"那她为什么独自走这么远的路，迷失在湖边？"朱莉责问。

"阿芳是中药医师，刚来西雅图，想熟悉环境。还望琼斯太太多关照。"

"医师？"朱莉好奇地看阿芳，白人女性做医师的都不多，这位中国女子果然特别。

"我对耶稣发誓,道叔爷说的都是真话。"叫陈宜禧的年轻人着急地咬住自己宽厚的下唇。

"你也是基督徒?"琼斯牧师披着雪松树皮编织的斗篷推门进来,水珠从斗篷上成串滚落,"基督徒不对主发誓也该说真话。"

"呃,我以前在加州听雇主的儿子这样发誓,以为……"陈宜禧摸摸脑袋,咧开嘴笑了,焦急与防卫都瞬间卸掉。

琼斯牧师就有这样的本领,简单一句话,他说出来就有安定人心的效果。朱莉跟随丈夫传道多年,也说不清到底是他和蔼的面容举止、满头智慧的银发,还是好听的声音更有说服力,或许都有作用吧,都是神赐予的天赋。

"他还不是基督徒呢,请琼斯牧师和太太多包涵。"道叔言语间对两个年轻人的爱护显而易见。

这样一位送过她药酒而且也是基督徒的慈祥长者,她怎么会怀疑他做堕落的事情?看来魔鬼的迷魂伎俩无时不出现啊。朱莉在内心迅速反省后,觉得卸下了防卫的年轻男人看起来也没什么疑点了,她拍拍他的手臂:"你听过主耶稣的名字?那就有做基督徒的种子了。"又对阿芳说:"我每周都去雅斯勒锯木厂附近带镇上的太太们学《圣经》,你可以来参加,还能学英语。"

沐芳把采来的草药洗净捣烂,配上生姜末,用阿爸传授的秘法调制成药膏,一边在心中默念:愿此药解除道叔爷和所有人的关节病痛。

道叔爷用了一段时间,指关节消肿灵活了。明叔正琢磨要在《每周情报者》上替华道发个广告,主打卖点是中国茶叶,看到草药膏的疗效,说阿芳应该多调一些,西雅图得风湿的人不少,我们广告上还可以加个卖点。

"得给阿芳的药膏取个好名字。"道叔爷点头。

"Fern Balm(蕨草膏),风恩膏如何?"明叔说,"对风湿病人的恩惠。"

禧哥在锯木厂做完晚饭,拎着个烟熏猪头过来,说厂里的白人不吃,雅斯勒让他"带给华道的中国佬享用"。听到明叔的命名,禧哥竖起拇指:"明叔在广州的大学堂深造过,果真了得,中英文通吃。"

"中文名不错,可英文好像有点直白,满山都是的蕨草,洋人会不会觉得不值钱?"道叔爷思量。

见大家都肯定她的药膏,沐芳欣然,在厨房门口用围裙抹着手,听叔爷定夺。

禧哥插话:"我没读过几天书,只晓得货品名字越通俗越好记,Phoenix Balm,凤凰的恩惠,凤恩膏,怎样?"

禧哥只是飞快地扫了她一眼,沐芳却听出他对她的赞许,脸一热低下头。

"好,这个名字洋人应该喜欢,东方的龙啊凤的对他们有神秘的吸引力。"道叔爷立刻拍板。

明叔在她和禧哥之间来回瞄两眼,"哼"一声拂袖走进厨房,吆喝秋菊上菜。

晚饭后,朱莉抱着两本厚书来店里找沐芳:"相信你的感冒已痊愈了,跟我一起去学《圣经》吧。"

沐芳对这位身材娇小、脸颊泛红潮的洋阿婶印象不错,虽然语言不通,却能从她明亮而富有弹性的声音里听到满满的热情和善意。但跟她去和陌生的洋人太太们一起读洋文书,沐芳觉得自己还没准备好。

禧哥见她犹豫,鼓励道:"琼斯太太手里的厚书,我在内华达法庭上摸过,是本有魔力的好书,去见识一下也好,学完我去接你。"

《圣经》学习照常在格林裁缝家,离华道三个街口。格林裁缝的妻子玛丽把丈夫裁剪衣料时用的长方桌清空摆上茶水,太太们排开各自带来的曲奇饼和蛋糕。十几个女人"叽叽喳喳"落座,抬头看见朱莉带来个东方女子,忽然安静了。

"噢,这是沐芳,华道店新来的中药医师,她来跟我们一起学习上帝的话。"朱莉举重若轻。

一阵窃窃私语后,还是沉默。沐芳嘴角谦逊的笑被十几双愕然的眼睛盯得僵硬起来。

最后还是漂亮的玛丽·格林(Mary Green)打破了僵局,喊格林裁缝端来木凳放在她的座位旁边:"来,坐这里。"

玛丽瘦高,穿一条绿色长裙,立领白衬衣束在细窄的裙腰里。她的漂亮,更确切地说是英俊,眼眉轮廓有男子的英气。格林裁缝看上去比玛丽年长不少,矮小黑瘦,却很谦和。

格林夫妇没有儿女,玛丽因此比其他太太们更有时间社交,热心于一切市政活动。当时她最投入的话题是妇女选举权,作为镇上活动中心的雅斯勒会堂(Yesler's Hall)里,时常可见她活跃的身影。

当然这些沐芳后来才听说,此刻她只猜到玛丽是今晚的女主人。朱莉坐在她另一边,替她打开书页,指着一段洋文带头读起来。

太太们轮流读诵,每读完一段便有人提问,朱莉细心解答,有时玛丽也答。沐芳听不懂,只反复听到"God(上帝)""Lord(主)""Jesus(耶稣)",禧哥跟她说过那是洋人信奉的神仙。

对面墙上挂的两幅画似曾相识,一幅是个裸露上身的男人挂在十字架上,痛苦地垂着头,眼中流露无限悲悯。沐芳在新宁大兴茶楼上洋人传教士的厅堂里看到这个男人时,很有些害怕,瞟一眼就跳走了视线。这回多看了两眼,发现那人头上套着荆棘编的头箍,脑后还有圈光环。另一幅画里是她拜过的蓝衣观音,不过现在那观音怀里抱个白白胖胖的蓝眼睛婴儿,像送子观音。

朱莉再次跟太太们讲解讨论的时候,玛丽把沐芳叫到那幅十字架画像前,指着那悲悯的男人说:"耶稣。"又指指天:"Heaven(天堂)。"指指地:"Hell(地狱)。"玛丽又叫来两个太太,三人手舞足蹈,拖长声调即兴给沐芳演了一台五分钟的洋戏。沐芳有点明白了,这位耶稣神仙是为了救人上天堂才被钉在十字架上受苦的。"真是位大慈大悲的菩萨。"她叹道。

玛丽被一句她听不懂的话打了岔,有点不耐烦,扬起食指让沐芳好好听讲:"耶——稣——Chinese(中国人),don't love(不爱),hell(地狱);you(你),must love Jesus(必须爱耶稣),heaven(天堂)。"玛丽加重语气一个字一个字地吐,两位太太配上表情和手势,一位眉飞色舞喜气洋洋指天,一位龇牙咧嘴痛苦万状指地。

他们要她立刻做选择吗?上天还是入地?沐芳正在左右为难,朱莉过来说今天学习结束了:"你哥哥在门口等着接你回家。"

沐芳如释重负,对朱莉、玛丽和太太们鞠躬告退。

学习《圣经》也不是每回都这样被动难堪。沐芳努力学英语,跟道叔爷请教造句,跟禧哥、明叔背洋词。店里的顾客华洋皆有,但即使唐人也都比她在金山待的时间久,沐芳有机会便和他们说两句英语。再跟朱莉去格林家时,沐芳听得懂的词已经能串成一些句子了。

太太们似乎渐渐习惯了她的存在,不再瞪着她打量或者背着她窃窃私语。玛丽带领两位太太给沐芳又演了几出天堂地狱的即兴剧,但大概见她每回都没什么反应,断定她不可教化,便当她木头板凳般不闻不问了。

脱离了众目睽睽的焦点,沐芳自在许多,一次还学太太们带去了自己蒸的白糖水晶糕,排在桌子边上。朱莉高声赞扬了她,却没碰水晶糕,只拿吃惯了的曲奇和蛋糕。有位像玛丽一样瘦高个、穿紫色长裙的太太斗胆尝了一口:"口感不错,要是多放两勺糖会更迷人。"说着还拿一块她做的胡桃派给沐芳。沐芳咬一口,牙齿被腻得发软。

沐芳会的英语再多一点,才知道这位肯尝水晶糕的洋人女子叫丽兹(Lizzie),还没有嫁人。"大概以后也没时间嫁,太多事情要做。"丽兹说。她是镇上公立学堂目前唯一的教师,要教几十个大小孩子念书做算术,还要筹款扩建教室、招募教师。

像阿爸一样的教书先生啊,沐芳自然对她生起亲近感。丽兹一头毛茸茸的橘红卷发圈起柔和的圆脸,灰绿的眼睛闪着诙谐的光,似乎一切她都能笑纳。沐芳英语再结巴,对丽兹说话也不觉拘束。

丽兹赞叹沐芳穿的滚边阔腿长裤:"你知道吗,在美国,法律禁止女人穿裤子,真是太落后了。服装应该方便美观,而不是女人的枷锁。倡导女性选举权的领袖苏珊·安东尼(Susan B. Anthony)也提倡裤装呢。可你为什么总穿黑色?我喜欢紫色,明天就请格林裁缝照你这样子做条裤子。"

丽兹说一堆,沐芳只听明白她要做一条裤子穿。

再碰面时,丽兹果然穿了一条紫红阔腿长裤,腰线和裤脚滚一圈黑边,配上雪白的立领灯笼袖衬衫,西式的时尚中透出东方的飘逸来。

太太们说:"丽兹也什么都敢穿,也是时尚先锋。"

"也是?"丽兹才知道玛丽已抢先一步给太太们展示了她

的裤装。

玛丽的长裤是墨绿色滚亮黄边,配一件亮黄的衬衣,更显得英气逼人。

"一定是她看到格林裁缝为我做长裤,也要他做了一条。"丽兹对沐芳小声嘀咕。

"我喜欢你的裤子。"沐芳笑,并不了解玛丽和丽兹都是镇上女权运动的积极推动者,而玛丽事事都要领先。

丽兹告诉沐芳,一屋子里的太太们,玛丽在西雅图呆得最久,五年前就跟格林裁缝从美国中部坐大篷车跋涉而来:"她总跟人说,刚来的时候,镇子里满地的树桩比人还多。"

"我也听道叔爷和明叔说过,那时镇上才两百来个人。"

"他们和玛丽都是先驱。朱莉是三年前跟琼斯牧师从三藩市过来的。其余的,包括我自己,都是去年阿萨·摩塞尔先生(Asa Mercer)从东部马萨诸塞州招募过来的。摩塞尔先生六年前做了华盛顿地区大学①第一任校长,发现这里男女比例严重失衡,十比一,就自告奋勇去东部招募女教师,哈哈,其实是帮西雅图的单身汉们找太太。我们从东边坐船绕合恩角(Cape Horn)过来,三个多月的航行,比你从中国坐船来还辛苦。"

大学堂的校长是个什么官呢?沐芳想,和翰林差不多吗?衙门大官长途跋涉去帮单身汉招亲?这些单身汉怎么也都得是秀才举人吧?"这么辛苦过来了,你怎么没嫁个当官

---

① Territorial University of Washington,华盛顿大学前身。

的丈夫呢?"

"还没遇到。"丽兹笑得一头茸毛卷乱颤。

"是她看不上西雅图的伐木工和渔夫,哈哈。"太太们打趣。

看不上就不嫁?也不用自梳?虽然女人穿个裤子他们也大惊小怪,但洋人的婚嫁风俗却如此宽容?沐芳开了眼,羡慕丽兹有为自己做主的自由。

玛丽发现沐芳能听懂英语了,又拉来两个太太给她演即兴剧。

沐芳忍不住说:"中国人天上归玉皇大帝管,阴曹地府归阎王爷管。坏人去了阴间阎王爷跟他算账,天上……"要升天好像不是爱某个神仙就能办到的,否则牛郎为什么不能跟七仙女去西天呢?阿爸走访仙山不知遇到哪位神仙没有?沐芳走了神,也表达不清中国人上天入地那套规矩。

玛丽显然被沐芳辞不达意的异端邪说惹恼了,指着她鼻子:"你就是个顽固不化的杏仁眼天朝人,白来我家这么多次!"

丽兹笑:"骂人也没用。其实一颗本来纯净的灵魂,不一定要用宗教的条条框框来束缚。"

玛丽和旁边两位太太看丽兹的眼神里分明写着"大逆不道"几个字。

朱莉到华道店来买治头疼的药酒,沐芳帮她把脉,脉象迟缓沉结,显然风寒瘀积、气血阻滞,药酒只能缓解头疼而不能根治,便开了个药方。朱莉听说要熬药汤,不解且为难。沐芳说我帮你熬,你隔天来取就好。可朱莉尝过一口药汤后,坚持说她用药酒就可以了。

"洋人喝不惯苦药的。"道叔爷劝。

"可琼斯太太的经络堵塞很严重,还不疏通,恐怕会四肢麻痹。如果不喝药,就得针灸。"

"那更得把人吓跑。"明叔说。

沐芳无奈,调制了一盒疏风散寒的药膏给朱莉,说应该比药酒更有效。朱莉用后效果很好,在下一次太太们聚会时,她说这得感谢神回应了她的祷告,把沐芳送到西雅图,为她特制止疼药,否则她当天真没法赶来带大家学习。

"阿门,是你的虔诚让病症不治而愈。"玛丽说。

"没错,神是最好的医生。"有人大声回应。

在座有几个太太也时常犯头疼,便私下里向沐芳讨药膏用。逐渐地,太太们有其他病痛也来找她,甚至孩子感冒、丈夫腰伤也带来请沐芳看。

华道店里越来越热闹,道叔爷和明叔开始扩建店面。除了沐芳制的膏药,华道新增的另两种热门货品是肥皂和猪。涨潮的时候,西雅图的下水道时常回流,沐芳和禧哥一下码头就闻到的臭气来源于此,肥皂的热销不知是否与那笼罩全镇的气味有关?明叔在俄勒冈州找到了可靠实惠的供应商,每月定时送到的十箱肥皂不到月底就卖光。禧哥替雅斯勒饭堂买菜烧饭,发现猪肉供不应求,便建议道叔爷租块地圈起来养猪,养肥了批发给饭堂和镇上周边的餐馆。

但明叔在《每周情报者》上为华道登的广告,还是凤恩膏占的版面最多:"Famous Chinese Doctor Makes Liberal Offer to The Sick and Suffering of America.(著名中国医师慷慨救治美国病痛者。)"广告词响亮,还配了幅长袍马褂戴瓜皮帽的中国医师画像。"反正他们也不知道做药膏的是男是女。"明叔说。

朱莉偏头痛严重发作那天,沐芳事先好像有预感。冬春交替之际,阴雨连绵,气温无常,是痹症易发的时节。她出门时,顺手把放在《圣经》旁边装毫针的蓝布包揣进夹袄口袋。

"神也拣选了世上出身低微的、被人藐视的,就是那些不是什么的,为了要废除那些是个什么的……"朱莉照常带头读经,忽然捂住耳朵"啊"一声,脸皱成一团白纸,仿佛听到什么不堪忍受的声响。

"琼斯太太怎么了?""头疼犯了?"大家拖着裙裾窸窣围过来。

朱莉满脸痛苦却答不出话,只能"啊……啊"地呻吟。

"快拿嗅盐[①]!"玛丽指挥。有人迅速把一个小玻璃瓶凑到朱莉鼻孔下。朱莉鼻头抽搐,眉头展开,呻吟声渐弱。可大家刚松口气,她却猛地垂下手臂,头一歪晕了过去。

沐芳扒开人群,握住朱莉的手,冰凉无力。她心里一惊,

[①]Smelling salts,维多利亚时代广泛用于减轻头痛,唤醒昏迷。

如果不立刻用针,痹阻再不打通,朱莉的手恐怕会完全失去知觉。她掏出布包,抽一根银针迅速扎进朱莉脑后的风池穴。屋里一片死寂,似乎其他人都不存在了,她听见蓝布包里银针相互碰撞出的细碎声音。

她又抽出一根针,准备刺向朱莉头顶的百会穴,却被玛丽一声厉喝拦住:"你在干什么?"

"我,救琼斯太太啊。"沐芳着急地拨开玛丽的手。

"你手里拿的什么?"玛丽抓住沐芳的手。

"银针……"沐芳才意识到她救护朱莉的方式可能吓到大家了,"这是,中国人治病的办法。"可她没时间解释那么多。

"用针戳人能治病?神话还是巫术?"玛丽冷笑,寸步不让。

再不给朱莉扎第二针恐怕就来不及了!沐芳却不知如何解释,便一针扎到自己头顶:"看,没问题、没问题,请让我给朱莉治病!"她急得流出了眼泪。

"请让她试试。"丽兹终于开口。找沐芳看过病的太太们也随声请求。

玛丽丢开沐芳的手:"你们疯了?还是存心要在我家闹出人命?"又盼咐一位赞同她的太太赶紧去叫医生。

沐芳深吸一口气静下心,稳住手,往百会、率谷等主穴位依次下完针。再拿针要刺到朱莉左手列缺穴的时候,朱莉睁开了眼睛。女人们集体长舒一口气。朱莉看见扎过来的长针却惊叫一声抽走了手,针尖在她手背上划出一道细长的血痕。

"我的上帝,血!这不是巫术是什么?"玛丽目光的刀锋扫过来。

"快放松,沐芳正用中国的针法给你治病呢。"丽兹扶紧了头晕目眩的朱莉,用后背把玛丽挡在一边。其他几位太太也劝说玛丽暂时安静一会。

"喔,针……在三藩市,我见过,叫针……"朱莉迷糊中闪现清醒。

"哼,不折不扣的中国巫术!"玛丽歇斯底里,却没敢直接顶撞朱莉。

沐芳不作声,接过丽兹递来的白手帕轻轻擦去朱莉手背的血痕,专注地察看着朱莉的脉象。只要能让扎在朱莉头上和臂膀上的针停留足够的时间,打通了痹阻,玛丽骂什么喊什么都无所谓。

沐芳拔针的时候,朱莉完全清醒过来,拉起沐芳的手说:"我不知道你们中国人这针灸是什么神秘医术,呵呵,第一次尝试还是有点怕,不过我现在感觉好多了。感谢主把你送到我身边。"

"她用的是巫术,你也被她迷惑了,琼斯太太。"玛丽痛心摇头,"你们来我家学习耶稣的教导,却不辨邪正黑白。对不起,以后我不欢迎这个天朝巫女再进我家的门。"

玛丽是教会的中流砥柱,如此义正词严,朱莉很尴尬,只能含糊引用《圣经》里慈悲为怀的教导。

丽兹满不在乎,嘻嘻笑道:"学校的新教室马上修好了,以后我们不如都去那里学习,离联合湖还近点,琼斯太太也不必每次走远路。"

玛丽被丽兹的没心没肺气得跺脚:"好,你们以后谁也别来!"

玛丽眼中射出的火花落到沐芳脸上,她好像真被烫到了,不由得后退一步。而那火花的破坏力,沐芳十八年后才将充分体验到。

第十三章
有头脑的建设者

1867—1870年　西雅图

春暖花开,红肚皮的北美知更鸟飞回西雅图,落在林间高枝上整日唱歌的时候,明叔按约该去迎娶杜瓦米希公主了。道叔爷指挥明叔和陈宜禧把肥皂、猪肉干、白糖、绒毯等等紧俏货品装满八个大木箱,用牛车拉到码头。雅斯勒抱一块盾形铜牌候在岸边:"你们那几箱玩意在那帮红鬼眼里都不如这块铜牌值钱。"

明叔不服气:"何以见得?就凭那东西?"明叔指铜牌上黑漆涂描的鸟头。

"别问我为什么,梅纳德医生让我必须搞一块,那老鬼熟悉印第安人的古怪规矩,今天本该一起去,可他偏染了流感,躺床上起不来。"

迎亲的喜船是两条漆得鲜红的独木舟,中间钉了木板连成一艘双体船。陈宜禧和明叔把彩礼抬上木板;明叔套上黑缎马褂，披戴好大红花。四人乘着春风向杜瓦米希领地划去。

"他们真不介意公主嫁给我做二房？"明叔再次跟陈宜禧确认。

"真不介意，是梅纳德医生亲口告诉我的。"临出门前，陈宜禧听见明叔对挺着大肚子的秋菊许诺：她是老大，就算娶了皇亲国戚都归她管，二房生了儿子也只能叫她作妈。秋菊的肚子尖得像只粽子，大家都说她这胎应该又是个儿子。森林里的土著公主就算真美如天仙，也不比就快给明叔生第二个儿子的原配实在。

临近曾经四面楚歌的那片森林，密密麻麻的冷杉和雪松后，似乎随时还会跳出怪兽来，陈宜禧说他还能听见查达普斯酋长超人般的声音回旋空中。明叔说他夸张，从船头站起，整了整胸前的绸花，双手气派地叉到腰上。

就在那个瞬间，一块泥土从天而降"啪"地甩到明叔脸上，他一惊失去平衡跌落河里。其他人立刻也受到同等待遇，被密集的泥块砸进水中。开春不久的河水还带着冰寒，四人上下扑腾，终于爬上岸，抖作一团，眼睁睁看着树上跳下来十几个裸露上身的杜瓦米希人，"噢呜噢呜"叫着，划走了装满彩礼的喜船。

"该死的印第安人！说好来迎亲，怎么他妈的又袭击又抢劫？"雅斯勒诅咒。

"真他妈蛮夷！"明叔冲陈宜禧翻白眼，"你给我说的哪门子好亲事?这鬼老婆我不要了。"

四人正琢磨怎样过河回西雅图,林子里响起查达普斯酋长的笑声:"就差几步路了,我恭候着女婿呢。"林子边上两个涂了脸谱的杜瓦米希人在招手。

他们走进森林,不久看到一栋雪松木搭的斜顶大厅,门前高耸的木桩顶端雕刻着展翅的大鸟,查达普斯酋长站在木桩旁,红绒披风上闪亮的纽扣钉出方圆图案,好像挂满勋章。

酋长先把道叔爷迎进门:"我父亲西雅图酋长在世时,带我去你店里买过米,还记得吗?你还送过茶叶给我们。"

"记得,西雅图酋长高大,他带来的儿子更顶天立地。"

"既然是老交情,怎么还把人打落水?"明叔牢骚。

"哈哈,这是杜瓦米希人嫁女儿的传统,女婿见谅。"

众人在大厅正中的火塘边落座,查达普斯背后的墙上挂着他那天夜里戴过的大鸟面具。室内空间高旷,阳光从窗孔透进来,正好落在大鸟面具上,凸显出鲜红的鸟冠和乌黑的眼珠,仿佛是只活物,炯炯有神地注视屋里一切。

"我们的祖先,传说是从天外飞来的神鸟。"查达普斯说,"从远古到现在,到未来,守护部落,无所不见。"

明叔东张西望,像是在找他要娶的公主。

谈笑间,族人把喜船上的八个木箱和铜牌都抬进门,又捧来酋长回赠新郎的礼物:四个狼形木雕喜钵。查达普斯指着挂在明叔身后的狼头面具说:"如果你接受这份回赠,以后戴那个面具跳舞、打仗的特权就传给我女婿,还有你跟我女儿未来的孩子了。"

"跳舞？打仗？"明叔蒙了。

陈宜禧想象他戴面具跳大神的样子，忍着笑："简直是天大的荣幸。"

道叔爷起身替明叔接过喜钵。一位闪亮亮的姑娘袅娜走来。立领灯笼袖白衫，红黑格细腰长裙，乍一看仿佛是西雅图镇上的洋人淑女。但她浓密的黑发随性荡漾在丰腴的胸前，并无洋人女子梳髻的拘谨。姑娘如春风里旋转的花朵，轻巧落在明叔身旁。

陈宜禧醒悟这就是明叔的公主新娘。那晚他没功夫看仔细，却记得三位公主黑亮的长发。明叔一双眯缝眼瞪成两颗蚕豆，嘴角弯到耳边，露出镶金大牙。

"天上掉馅饼啦。"道叔爷捅捅明叔的腰说了句新宁话。

酋长对明叔说："凯瑞公主受的是天主教教育，出嫁前，她还有个要求。"

"我知道中国男人可以娶好多妻子，但我的天主教信仰不接受一夫多妻，你如果不遣散以前的妻子，我不能跟你回家。还有，我们得在教堂正式举办一场婚礼。"

公主开口，迷人的气息飘散空中。是林间的花还是河边的草？水中游鱼还是山里走兽？没人说得清，只觉被那温热浓郁的气息绕着裹着真好。明叔看上去就快融化在公主的石榴裙下，一味点头，哪有还嘴的份。

明叔一点头，大厅里便陆续涌来杜瓦米希部落的男女老少,唱着跳着,在四个屋角点燃火堆,烤鱼、烤野味。查达普斯酋长邀请的各部落头领到齐后,凯瑞公主的婚礼波特拉奇①开场了。

两只虎豹模样的大头"怪兽"跳出来,在鼓声和"呜啦啦"的吆喝中绕场转圈,在每位贵客身边摇头摆尾、张牙舞爪献殷勤。查达普斯宣布明叔为"雷厉风行"狼面具的继承人,族人从墙上取下面具抬过来。凯瑞公主欢叫着往火塘里撒一把蘑菇,一团白雾带着火星砰地盛开,异香扑鼻。公主又端给明叔一杯莓果酿制的酒,明叔饮尽,族人们帮他戴上面具,披上兽皮缝制的披风。

鼓点渐密,酋长起立,拉开了歌喉。歌声低沉,像贴着地表奔涌的暗泉。

陈宜禧喝着族人送来的洋酒、土酒,嚼着烤山鸡腿,忽觉酋长的歌涌进自己血脉,身体随之浮动。墙上大鸟乌黑的眼珠透过烟雾盯过来,他眼神一接上,整个人被卷进黑色漩涡。浓稠的黑,睁眼闭眼都一样。旋转、沉浮,快得来不及呼吸……他以为自己就快窒息,就快堕入无底深渊,却忽然摆脱了身体的恐惧,轻盈地悬浮在空中。

明叔在大厅里手舞足蹈,如木头玩偶般大小,手脚听令于鼓点,要快就快,要停便停。"哈哈哈……"他和道叔爷也如两具玩偶,在火塘边不能自已地指着明叔大笑。

他怎么能同时悬在空中又坐在火塘边?哪一个才是真

---

①Potlatch,北美西北部印第安人的"千金散尽"宴。

正的自己？传说的中邪？灵魂出窍？陈宜禧一惊，又落进黑漩涡里……再度从旋转的黑洞中浮出时，他仿佛是凯瑞公主再次燃放的"蘑菇烟花"中的一粒火星，滚烫、亢奋，充满上升的力量，并且被赋予了大鸟无所不见的眼睛。

大厅中央，查达普斯酋长正拿一把刻了兽纹的斧头，把雅斯勒送的铜牌劈成数块，慷慨转赠给在场的各部落首领。然后彩礼箱被逐个打开，大家都分到了肥皂、肉干、白糖、绒毯。每个人眼中欢喜的亮点，陈宜禧一颗颗都数得清，他就是那些亮点……公主拉着明叔往外走，他一闪念就跟随出去。

公主的黑发随风飘散，弥漫无边无际的夜空……公主的背影幻化成沐芳的背影……沐芳的发髻随风飘散，他任凭她夜空般柔软醇黑的发丝将自己卷裹，飞起、落下，放开了所有负重与羁绊……

族人们何时散去？他何时倒头昏睡在火塘边？第二天上午，陈宜禧被明叔摇醒，什么都记不清，一抹脸上都是烟灰。

"你和道叔爷先回西雅图跟秋菊说说吧，安排好，我再带凯瑞回去。"明叔央求。

"你自己和秋菊商量才好，我们说没用。"

"公主不让我单独先走呢……"明叔一提到公主，整个人散了魂似的痴笑。

"是你舍不得公主吧？准备倒插门了？"

道叔爷被吵醒:"看他魂不守舍的样子,让他变条狗守着公主都愿意。"

"你们要我娶,好人做到底嘛,帮我劝劝秋菊,让她先到楼上跟沐芳住。"

陈宜禧和道叔爷面面相觑,可这烫手山芋又不得不接。

两人一到秋菊跟前,望着她隆到胸前的肚子,却都不知如何开口,只说是杜瓦米希人的传统,新郎官得在那边逗留一段时间。"不好违背他们的意思,得罪了酋长又得打仗。"道叔爷转身和陈宜禧商量,赶紧多找几个人帮忙,趁扩展店铺的时机,在边上修个单门独户的小楼给明叔和公主住。秋菊带孩子在这边住大屋,好歹不能委屈了她。

明叔带着凯瑞回西雅图举行教堂婚礼那天,秋菊正好临盆。胎位倒置,生产缓慢艰难。陈宜禧请来洋人医生,沐芳协同照料,折腾到晚上,女婴终于降生,脆生生的长啼在一屋提心吊胆的人听来,如天籁般悦耳。

陈宜禧跑到隔壁,向坐在门廊上陪岳父喝酒的明叔通报母女平安。明叔略微点个头,什么也没说,继续和查达普斯对酌。

酋长正跟明叔说着他送女儿女婿的新婚大礼:"听说华道养猪直销,生意不错,不过花钱租地不划算,我分你们一块杜瓦米希领地,随便你们养猪养牛。"

丽兹的学校离华道有两里地,《圣经》学习的地点从格林裁缝家换过去之后,禧哥每次送完沐芳,再来回就有点费事,索性坐在门口,拿张英文报纸边看边查字典学新词。天逐渐凉了,丽兹看不过去,说你干脆进来和我们一起学习好了,我们都知道你不是坏人。

禧哥憨笑说,那我就进来帮女士们生火烧茶吧。

"不过,"丽兹有天把沐芳拉到一边私语,"我从没见过像你们这样情投意合的兄妹,他真是你哥哥?"

沐芳愣一下,点头;被丽兹闪烁的目光照得心神不定,又摇头。

"噢,还有,你穿的衣服怎么不是黑就是白?中国医师都得这样穿吗?像古希腊神庙里的祭司。"

"古希腊?"

"遥远的时空,不重要。我想知道你怎么老穿黑和白。"

"我……自己梳头了。"

丽兹笑:"一屋子的女人谁不是自己梳头啊?"

"在中国,我的家乡新宁,一种仪式……自己梳起头发,就不嫁人了。"沐芳第一次跟另一个女人谈自梳,用的还是洋文,磕磕绊绊,说出来心里却舒畅许多,丽兹又那样满眼关爱地鼓励她,她便接着说了个大概。

"天啊,你深爱着他!"丽兹脱口而出。沐芳连忙摆手。

旁边女人们听见问:"谁爱着谁?"

"上帝,沐芳深爱着上帝。"丽兹笑。

"赞美主!"大家说。

守在屋子对角火炉边的禧哥望过来,眨巴深黑的圆眼睛,莫名其妙。

"他对你也不错,你们应该结婚啊。"后来丽兹逮空又对沐芳说,"朱莉和她丈夫宣誓服侍上帝,她都可以结婚,你服侍的是哪个神不能结婚?"

沐芳指着墙上贴的圣母玛利亚画像:"我对这位菩萨发了誓。"

"天主教?你又不是修女。"丽兹摇头不理解。

沐芳也不明白丽兹说的天主教修女和琼斯夫人有什么区别,但被丽兹捅破了窗户纸,回去的路上,她心里不像来时那样安稳了。虽然禧哥和平时一样,寒暄两句就默默走在她身旁,她却仿佛更能感觉到他的一呼一吸,他健康鲜活的身体散发的热量。

的确,来西雅图快两年了,虽然每天各自做着自己的事情,禧哥有空都会来华道打个照面,哪天见不到他,她心里会觉得少点什么。他的关怀陪伴给她深深的安慰和喜悦,她却一直不允许自己承认。她以为和他并肩走在大洋同一边的路上,听着彼此的呼吸,已经是她能奢望的终极了。丽兹却把结婚这样大逆不道的奇想放进她脑子里,就像突然拨开树林边际线上墨黑的云层,挂起一轮灿黄的月亮。

沐芳瞥一眼禧哥。深秋清寒的风里,他的脚步迈得轻快均匀,有弹力,像踏着无声的歌;额头饱满明亮,嘴角带着只有她能看见的笑意,仿佛没任何事情能难倒他。她把自己禁闭在自梳女的樊篱中,他却已长成铮铮铁骨的男子汉,浑身都是力气,随时可以拽她出去似的,只要她愿意。她的心忽然"怦怦"乱撞胸口,撞得她脸热气急。她加快脚步,担心禧哥觉察到她胡思乱想。琼斯太太说得对,丽兹太大胆、太前卫,不能什么都听她的。

禧哥跟上来,她小跑。他在身后喊阿芳你跑么嘢?她没回头。月亮当空照,脚下明晃晃一片,如水似冰。

又到《圣经》学习的时候,沐芳说有点不舒服,不去了。再下一次,她又说要赶制凤恩膏,没空去。道叔爷问阿芳怎么了,玛丽·格林找你碴?沐芳不语,转身去厨房清洗山上采来的蕨草,提起洋铁桶"哗哗"往木盆里倒水。那晚照透云层的灿黄月亮不过是瞬间幻象,她留不住,更不该留。就算在异乡,她又怎可违背自梳女的誓言?无论对洋菩萨还是土菩萨发的誓,都是庄严承诺。更不能让禧哥为她担上伤风败俗的骂名,无颜面对海内外新宁父老。

禧哥在店门口逗着秋菊怀里的女儿,小女孩指柜台上装咸梅干的玻璃罐闹着要吃,他揭开盖子拿梅干给她舔。女孩被浓烈的咸酸味惊诧得放声大哭。禧哥抱歉:"哎呀,明叔在隔壁听见该心疼了。"又跑进厨房倒凉开水去给女孩漱口。沐芳埋头干活,不闻不问。

秋菊说:"呸,他成天围着蛮夷公主转,就算我和女儿哭死了也不会理。早知他如此没良心,还不如像阿芳那样自梳了。"最后一句秋菊提高了调门,故意给沐芳听见。

沐芳却一直没吭声，禧哥最终叹口气走了。

玛丽·格林确实一直在等机会找"巫女"沐芳的碴。一个身体没长开、脑筋未开化的天朝小女人，刚来才几天？连话都说不清楚，如果不是用巫术迷惑了琼斯太太和镇上的女人们，凭什么拆散了她玛丽精心给自己搭建的舞台，让满头红毛卷的丽兹又占了上风？

她自认没丽兹命好，人家家里有钱供女儿上大学，来西部充分发展自我。其实凭她的智商，本来也可以像丽兹那样念完中学上大学，然后做受人尊重的西部小镇教师，可她的酒鬼父亲早早就丢了性命。她嫁给比自己父亲还年长的格林裁缝，因为他做西服的手艺好，有可靠的收入，不仅可以让她和她母亲过上安稳的日子，还能帮念职校的弟弟缴学费。

一开始玛丽很投入地做格林太太，不仅持家有方还帮丈夫招揽生意。她很知道自己长得不错，逐渐又发现人们喜欢听她说话，不知是她生动的表情，还是抑扬得当的语调或者别的什么天分，再平常的话题经她说出口，总能引起注意，而且时常扣人心弦，激发起意想不到的情绪。她喜欢看听众的反应，尤其被他们认同赞叹的时候，平淡的日子闪烁出光芒，有时甚至超越她能想象的最美妙的感觉。

她成了格林裁缝店的模特、促销和财务经理。结婚一年后他们生了个儿子。儿子明亮的肤色和英俊的额头都是她的投影，只要儿子最终也能继承她出众的高度而不是丈夫侏儒般的身材,她想她也没什么好抱怨的。那十年里她觉得上帝对她还算眷顾,虽然生活不尽如人意,比起卖身街头的命运,嫁给格林裁缝并不是那么糟。

可她却没有机会验证儿子成人后的身高。儿子十岁那年,已经高过了格林裁缝的耳朵,却被一场流感剥夺了在母亲厚望的土壤里继续长个的机会。玛丽的母亲也相继去世,她生无可恋,在报上偶然看到皮欧吉特海峡蛮荒却充满想象力的曲线,便一心要去西部前沿开辟新生活。

格林裁缝正不知如何安慰痛失爱子的妻子和自己,觉得去西部换个环境值得尝试。他们的生意和小镇同步成长,建设裁缝店和建设街区木板人行道都有方方面面需要玛丽引人入胜的宣讲。她抛头露脸在人群里奔波,体会到没孩子的方便自在,虽知丈夫一直想再要孩子,却已心不在焉。

大多数太太去了丽兹那边学《圣经》,玛丽这边剩下的几个肥胖乏味。开头共同声讨丽兹和天朝巫女的异端行径时还比较热闹,可后来读不到几页书她们就打瞌睡,扯无聊的家常。琼斯太太有时还来她这里领读讲解,大多数时间却在丽兹那边。

丽兹每天穿着漂亮的长裙(还是长裤?)被学生成群结队瞩目还不够,还要拐走她五年来热心加耐心聚拢的听众?她是镇上时髦有趣又会持家的太太典范啊,只会啃三明治的单身女人丽兹哪有她会招呼大家?可为何却是她要在家寂寞面对越来越老丑的格林裁缝?他的背驼了,比以前更矮小,缩成颗干核桃,而她身体里还有股源源不断的力量鼓动着生命的帆。玛丽拿丽兹没办法,只能把她受的冷落都归罪到那个天朝巫女沐芳头上。

当玛丽发现格林裁缝背着她去找沐芳治他因常年站立裁衣落下的腰病时,心里憋了一年多的火冒起三丈高:"连你也背叛我!"

"腰疼得干不了活,梅纳德医生说我这是成年痼疾他治不了。我是没办法才去找那中国女子试试,都说她会治病。"格林裁缝撩起内衣后摆,给玛丽看拔火罐留下的几块紫红印记,"她说印痕过几天就消,我的确感觉腰轻松了许多。"

玛丽瞪大眼睛,嘴唇发抖:"你,你还给她看赤身裸体?"

"不看怎么治?只看了腰。"

"她摸了你?"

"呃……"

"她不仅会巫术,还是个荡妇!"玛丽也不知自己为何流泪,"她还对你做了什么?"

年轻的妻子原来如此在乎自己?老裁缝受宠若惊,连忙捧起一个纸包:"她还给我一包草药,说熬汤吃了能帮助咱们生孩子,也有一包给你。"他指桌上的另一个纸包。

"什么?你竟然跟她说我们的隐私?"玛丽忍无可忍,抓过纸包扯得粉碎,飞扬的草药齑粉呛得她连打两个喷嚏。她捂嘴呜咽着跑出了家门。

玛丽一气跑到墨菲(Murphy)警长的办公室兼住宅门口:

"这事你不得不管了……"说了半句她就接不上气来,蛮腰一闪倒进警长坚实的臂弯。

墨菲警长扶她进屋坐下,又掏出嗅盐玻璃瓶递过去:"别急格林太太,能管的我一定管。"

墨菲警长有点像玛丽出嫁前邻居家一个男孩,方脸盘厚肩膀,眉粗眼亮。有次放学她追弟弟掉了书本,男孩替她捡起来还小心吹掉尘土,她不记得跟那男孩说过话,却从此对方脸盘的男性有了好印象。墨菲警长出现在雅斯勒会堂听她为镇上增设煤油路灯筹款演讲的时候,她就留意到他;逐渐她发现每次有人反对她,声援她的人众中总会闪现墨菲警长正义的脸庞,尤其当她斥责世风日下、为白人社会的道德准则和纯洁度担忧时。而每当此刻,她总会毫不含糊地投给他欣赏的一瞥。不过,这是她第一次直接来找他。

玛丽翘起食指推开警长的嗅盐瓶:"警长先生,你知道在加州、三藩市,政府一再立法驱逐天朝妓女,禁止天朝女人上岸是为什么吗?"

"听说他们尤其邪淫,而且传染病菌。"

"不仅邪淫,还会巫术,我亲眼所见。我们这原本纯洁的镇子也不能幸免,就要被一个天朝巫女毁了,连对我长久忠实的格林裁缝也抵挡不住诱惑。"玛丽抽出手帕抹泪。

"如此危险的情况怎么我才听说?简直严重失职。"警长惭愧得不停搓手掌。

"不是你失职,墨菲先生,是此巫女太善于魅惑。她用银针刺穿人的皮肤,同时也刺透他们的灵魂、控制他们的思想,被扎的人不仅不告发,还反而对她感恩戴德。"

"如此邪恶!这镇上的天朝人越来越多,再不好好整治,他们得翻了天。"警长拧紧下颌,脸盘棱角更显分明。

玛丽想她真没看错墨菲警长,他的价值观和她很一致,她向他投去欣赏的一瞥。

"巫女现在哪里?"

"就在锯木厂斜对面那家中国店里。"

"请放心,玛丽——我可以叫你玛丽吗?"

"当然,警长先生。"

"威尔,请叫我威尔。我一定把这个险恶的天朝女巫绳之以法。"警长温热的手掌顺着椅背扶上了玛丽的小腰,制服上的烟草味充满了她鼻孔。

她真有点眩晕,但立刻稳住自己站起来:"那拜托了,墨菲警长,我先告辞了。"

陈宜禧成为雅斯勒锯木厂实质上的华裔管工,应该是从阿正出事那天开始的。那是一八六九年冬天,雅斯勒刚当上了西雅图市长。

锯木厂里每天最早上班的两个人是陈宜禧和阿正,一个要烧饭喂人,一个要烧锅炉喂机器,都得天不亮就起床忙活。陈宜禧烧饭的炉灶边有个开得很低的窗口,方便递送饭菜。送饭窗正对着锯木车间,庞然大物般的蒸汽机和它驱动的两片与洋人大汉等高的齿轮钢锯,以及嵌在钢轨中的传送带都一目了然。

蒸汽机的威力,陈宜禧在萨克拉门托头一回坐火车时就见识过。一个冒黑烟的锅炉能拉成串装满人和货的大铁箱飞奔,给他的震撼不亚于在北花地首次看见水炮开山。皮特给他讲解过蒸汽机的运作原理,他当时想,自己每天做饭守着蒸汽冲得锅盖"砰砰"响,却从没想过还可以用它来开车开船,洋人发明家的脑子是怎么转的?怎么能如此异想天开呢?三年前回新宁,他和海船上烧锅炉的黑人混熟了,还跟他到机房看过一圈,把皮特画给他的汽缸、活塞、连杆、滑阀等等部件都和实物真切地挂上了钩。

每天,就在他对面,蒸汽机舞动钢锯像切豆腐一样切割两人都抱不拢的红雪松。他渐渐有种预感,将来某天他会驾着自己的庞然大物回新宁,让它在那里的山川田野上也做点什么,犁田、载物,替换掉慢吞吞的黄牛,蒸汽机一天能耕多少亩田?或者真像章叔预言的那样,开着火车回去,把香港、广州的繁荣热闹载到新宁……不过他得先踏实干活学习,积攒知识、经验和本钱。

黎明,煤油灯飘着黑烟,陈宜禧生火熬粥、揉面团;阿正清扫车间,主要是清扫传送带,把一切可能阻塞机器运转的木块、树叶等等杂物清除干净。通常陈宜禧把早餐面包团捏好塞进烤箱那一刻,阿正也打扫完车间,把一车锯木灰往锅炉边推,路过窗前跟他点头道声早。阿正打开水阀往锅炉肚子里灌满水,然后往炉门里铲木灰,最后划根火柴扔进去,一团橘红的火光砰地跃起。此时陈宜禧这边的早餐包也差不多出炉了。

阿正烧开了锅炉,车间总管"大块头"尼克(Big Nick)便出现在陈宜禧的窗口,比面团还厚实的脖子肩膀塞满他的视野。他赶紧给尼克递面包、盛燕麦粥。尼克喜欢端着热气腾腾的饭盒去开蒸汽机,嚼着早餐包、摇摆着庞大的腰身,和他庞大的"野兽"同步醒来。传送带"咯吱咯吱"滑动,齿轮锯"轰隆隆"开始旋转,准备传送原木和后续打磨木板的工人们便拖着大皮靴各就各位开工。要是锅炉在尼克到达之前没烧开,或者传送带卡住爬不动,尼克便扯开嗓门大骂,让全厂人知道阿正是只"无能的懒猪"。

阿正在唐人里算是"巨人",比尼克只矮半个头,脖子膀子也像洋人那般鼓胀。他的块头应该可以立在传送带边抬捡、翻转木头,做蒸汽"野兽"的助手,或者做最后打磨的工序,都比烧锅炉拿的工钱多。"先把锅炉烧好。"雅斯勒训道。阿正理解只要不再给尼克任何骂他"懒猪"的机会,他就有望晋升。

那天陈宜禧把早餐面包团塞进烤箱,抬头却没有阿正推车路过。翘首半天,才见阿正慌忙从宿舍那边跑到锅炉前点火烧水。

"睡过头啦?"他招呼。

阿正不知支吾了句什么,锅炉烧起来连忙跑到车间里打扫。那天的木屑杂碎似乎特别多,尼克呵欠连连走来窗前打饭了,阿正还在清扫传送带。

"哈罗,尼克,你今天真早。"陈宜禧大声说给阿正听。阿正却不抬头,两只手在传送带和钢轨间抠着什么。

"又下雨,西雅图这鬼天!"他给尼克舀粥,又大声咒天气。阿正好像也没听见,整个人爬上传送带去,似乎有什么卡在那里,还挺难掏出来。

尼克的绿眼睛斜一下陈宜禧:"你今天他妈的鬼话连篇。快给我面包,耽误了开工扣你的工钱。"

尼克端着饭盒往蒸汽机那边走。陈宜禧把装满面包的烤盘往窗台上一搁,冲出了厨房。排在尼克后面的工人抱怨:"嘿,你跑什么?谁分粥啊?"有人说他憋不住了。哄笑。

陈宜禧不管不顾大喊:"尼克,等等!"

尼克跟人们一起取笑他:"你憋为什么要我等?你跑错地方了,尿桶在那边。"

"阿正还在清扫……"他指着车间,声音却被阴阳怪气的调笑遮盖。

尼克歪嘴笑着瞄一眼压力表,肥厚的手掌"啪"地拍到开蒸汽机的红色把手上。"咯吱咯吱……轰隆隆……"

陈宜禧咬着下唇,绕开人堆往传送带飞奔。

阿正蹲在滑动的传送带上惊呆了,张嘴瞪着齿轮钢锯电光闪闪冲他脑门飞旋而来。就在他灵魂出窍前一秒,陈宜禧把他的身体拽到传送带外。可阿正一只手还插在皮带下抽不出来，传送带立刻把他的身体从陈宜禧手中扯回去一半，眼看就要碰到锯齿。一个白人工反应过来，抄着斧头冲上前朝阿正手腕砍下去，锯齿瞬间让他丢开的斧子头柄分家，"咔嚓嚓"锉着钢斧头转了半圈，火星飞溅，终于戛然停止。

陈宜禧和阿正跌倒在地。阿正举着鲜血直喷的手腕，眼皮一翻晕了过去。陈宜禧跳起来扯下褂子前襟，紧紧扎起阿正的手腕。

尼克从蒸汽机后面跑过来，挥舞拳头歇斯底里诅咒："该死的中国佬！"

雅斯勒多给了阿正一个月工钱让他走路。阿正端着被沐芳用纱布包得像棒槌般的手臂桩子在锯木厂门前晃，纱布上干涸的血迹和他的大个子同样显眼。"狗日的洋鬼砍了我的手，断了我的生路。"他有节奏地哀号着，女人和儿童被吓得绕道而行。尼克带两个大汉出来把他轰跑。可尼克一走，阿正又晃回来哀号。

道叔爷劝阿正先养好伤再说，天无绝人之路。阿正捶头哭："怎么也再养不出一只手来了啊。"

雅斯勒锯木厂的饭堂曾是西雅图市政活动中心，这几年镇上人多起来，常住人口有一千多了，雅斯勒又在锯木厂对面修了栋斜顶两层楼，称其为雅斯勒会堂。楼下租给一个皮革匠开店，楼上租给市政府开会议事。最近二楼会堂还搭了个戏台，给不定期到访的流动戏班子演戏。戏班子的空档期里，华盛顿地区当地法庭也借用戏台开庭审案。

雅斯勒做市长后，每天在雅斯勒会堂二楼坐镇接见市民，厂里的事也一并在那边处理。陈宜禧攀上陡窄的木梯，向坐在戏台中央的雅斯勒恳求："等阿正养好伤来烧饭吧，少一只手烧锅炉不行，烧饭该没问题。"

雅斯勒两条腿跷在办公桌上，漫不经心地问："那你干吗？"

"我去烧锅炉。"

"烧锅炉可没你烧饭钱多，"雅斯勒说，"你想清楚。"

陈宜禧说只要能维护老板你慈人善心的名声，我少拿点工钱没关系。他更担心的是阿正那样闹，过不了几天会出事。

雅斯勒从桌子后面站起来，提起惺忪的眼皮，抹两下向后梳去的大背头——做市长以来他刻意驯服了从前刺猬般支棱的头发，但显然还没习惯滑腻的发油，狂奔的眼神差点没把陈宜禧钉到大厅对面墙上的粉绿壁纸里去。他最后点点头："行，按你说的试试。"

阿正事故以后，雅斯勒虽没给陈宜禧任何头衔，却把厂里新老唐人工都推给他调教："他们说话我不懂，我说话他们都他妈的装不懂。"

陈宜禧透过厨房的送饭窗早熟悉了厂里各种运作流程。他把规章制度用中文仔细写下来，总结注意事项，还画了示意图，定期带唐人工们学习操练，又用阿正的手来现身说法："先清理车间后烧锅炉，所有顺序不能乱，就算迟到被骂被罚,也不能丢了谋生的手。"

"死洋鬼!"阿正每回便应一声。

"死洋鬼那一斧头救了你的命。"陈宜禧不含糊。

"还不如让我去死!"阿正潸然泪下。

"父母养育大恩未报,岂能轻易言死?"陈宜禧拍拍阿正光秃秃的手腕陪他叹口气。

"人家能做出力大无穷的蒸汽机,修成横贯美洲的中太平洋铁路①,除了科技发达,办事严谨也是必不可少的因素。我们既然来到洋人的国家,就该学习他们的长处。"他每次不厌其烦地教导唐人工们,直到他们都能跟着背诵,"规章制度不是繁文缛节,严格遵守工作流程才能保证安全和效率。"

唐人工事故率减退至零,工作效率提高,雅斯勒也不说什么,不过此后和东方面孔的人谈生意的时候都叫上陈宜禧,咒着"什么日本人、菲律宾人,都他妈的长一副中国佬的鬼样"。陈宜禧的工资不仅没减,雅斯勒还给他翻了一倍,最近又以市长的身份写了一封推荐信,催他去找地区移民官办美国国籍。雅斯勒在信里列举了陈宜禧协助他摆平杜瓦米希部落冲突和妥善处理雇员事故的例子,说这中国佬与众不同,西雅图需要这样有头脑的建设者。

初春的一个清晨,西雅图建设者陈宜禧被雅斯勒派去甘波港(Port Gamble)的伐木场运木头,甘波港离西雅图有半日

---

①The Central Pacific Railroad,1869年5月通车。

253

水路，一切顺利的话他当晚还能赶回来去华道吃晚饭。

沐芳不再去丽兹学校学《圣经》，他也不再有机会单独和她相处，在华道也难得和她单独搭上话。她越来越瘦，下巴搁到桌面估计能锥个坑，脸白得像刷了灰。只有他们和道叔爷、秋菊一起吃饭的时候，她比较放松，脸上泛起血色，话也多些，他还能看到一点她从前的样子，所以他有时间都会过去跟他们一起吃晚饭。有什么正从她身上一点点流逝，他着急，觉得该做点什么，可除了尽可能接近她，又不知道怎么办。

连日来的蒙蒙春雨像海水和空气挥之不去。他带两个唐人工从锯木厂边的雅斯勒码头上了精灵号蒸汽渡船。"精灵"拖着浓厚的黑烟沿艾略特海湾"突突突"往北开，大约一小时后到了贝尔码头，停靠二十分钟。

陈宜禧走到船尾甲板上透气。码头上渔夫在兜售当天捕获的海鲜，鲜红的大头石斑和两尺多长的国王三文鱼最显眼，红甲银鳞活蹦乱跳地跃出铅灰的雨幕。主妇鲜艳的蓬裙挤在佣人的黑帽堆里，雨伞飘浮在空中，讨价还价的差别不过几分钱。海湾里来往的蒸汽船比前两年添了至少一倍，密密麻麻在白浪里起伏，的确像人们说的"蚊子舰队"（The Mosquito Fleet）。

汽笛长鸣，精灵号起锚离岸，慢慢向西边的贝恩桥岛偏过去，陈宜禧忽见凯瑞公主驾着马车冲上码头，黑发如烟漫舞，像一声随性的召唤。坐在她身旁的丽兹没等马车停稳就跳下来,追到水边冲他挥手大喊。可汽笛声淹没了她的呼声,他只能从她火团般跳跃的红发和焦急的手势猜测有急事发生了。

阿正又闹事?还是道叔爷、明叔出事?所以凯瑞驾车来了。可丽兹为什么也跟来?沐芳,一定是沐芳有事!陈宜禧手心冒出冷汗,就像他们刚到西雅图三天后,沐芳迷路,他和道叔爷漫山满城寻她的时候,他湿着一双手,后颈窝却滚烫,冷雨打在脖子上立刻灼成水汽。

船舷和码头之间的距离越拉越宽,初春的海水泛着青绿的寒意。

"……为你的爱情做点什么!"汽笛的尾巴终于载着丽兹的话飘到他耳边。

第十四章

为你的爱情做点什么

1870年　西雅图

精灵号鸣笛驶离雅斯勒码头之时,墨菲警长和两个彪悍的随从踢开了华道店门。"有人告你们不按时交税,还非法做下流交易。"警长对愕然的道叔爷宣布。

道叔爷立刻掏钥匙开抽屉:"莫须有啊,警长先生,市里有记录,你也可以查我们的账本。"

警长扬着四四方方的下巴撇嘴:"你晚点给法官看,我只是依法来搜查。"他一挥手,两个手下立刻"乒乒乓乓"从店前货架搜到店后厨房碗柜,从楼下搜到楼上。

油盐酱醋流洒一地,银鱼干、青橄榄滚出五颜六色,道叔爷左挡右接没护住几个瓶瓶罐罐。秋菊抱着女儿缩在角落,小女孩哭得撕心裂肺。

眼看悉心经营的店铺瞬间被砸烂,向来温良谦和的道叔爷忍不住抗议:"警长先生,我可是镇上最早的居民之一,雅斯勒市长和梅纳德医生都知道我一贯遵纪守法,你这些指控从何而来?"

警长"哼"一声,指着被推搡下楼来的沐芳,问随从:"搜到了?"

"搜到了!"随从把沐芳装满银针的蓝布包递过去。

警长打开布包,好像被亮晃晃的针刺到了喉咙,声音尖锐起来:"把她绑起来,带去雅斯勒会堂公审!"

"那是她治病的工具,她犯了什么罪?"道叔爷跨到警长和沐芳中间,立刻被推开。

随从警察从沐芳身后抓起她两只手臂,麻绳一圈圈紧紧绕上去。沐芳不言语也不挣扎。

道叔爷心疼得声音发抖:"沐芳姑娘治病救人,镇上多少人用过她做的凤恩膏,你们怎能对一位淑女如此粗暴?"他伸手阻止警察捆绑沐芳。

那警察一甩胳膊,手拐把道叔爷撞倒在一地橄榄、酱油里,碎玻璃划破了道叔爷手掌,鲜血横流。

"秋菊婶,快去叫明叔!"沐芳奔向道叔爷,却被警察手中麻绳拽住。坚硬的麻绳搓破手腕皮肉,火烧般燎痛。"让我先看看道叔爷!"她忍痛扯住麻绳向前迈步。

被扯一趔趄的警察啐道:"这蛮劲,他妈的不像淑女像母牛!"他一把揪住沐芳发髻,一手抵死她后背,把她架出了店门。

沐芳的肩胛骨被锁紧,头被迫仰到极限,冷雨寒风顺着喉管往胸口灌,呛得她只能往外呼气,好似在斗山河溺水的瞬间。不同的是,此刻她极其清醒,知道自己任何一个动作都可能折断筋骨。

"墨菲警长,有话好说!"她听见明叔跑过来,往警长和两个随从手里塞东西,"她小女人一个,能跑到哪里去？实在不该有劳绅士们如此费劲。"

沐芳的发髻被松开,她猛喘两口气。

墨菲警长往裤兜里揣着明叔给的绿钞票:"这女人貌似弱小,使起巫术来恐怕我们三个大汉都控制不住。"

"不至于,不至于。"明叔讨好着警长,同时靠近她低语,"别耍蛮脾气,少受点苦。"

沐芳没耍脾气,发髻被洋差人松开的刹那,她甚至有点遗憾。

昨晚她梦见阿爸了,这是她在西雅图第一次梦见他,虽然她常渴望他来梦中指点迷津。阿爸依旧儒雅魁梧,穿着她为他缝的簇新蓝布衫。

"阿禧哥做了金山伯,我嫁给他不行吗？"

"这么不知羞？"

"嘻嘻,你说嫁给禧哥是我前世修的福气啊。"

"婚姻大事不可如此戏言……"

她好想留住跟阿爸无拘无束谈笑的瞬间,醒来还紧闭双眼在床上多躺了一会儿,似乎那样就能把阿爸的样子留在眼底,让梦境延续。阿爸难得来一回,她却怎么跟他说要嫁禧哥？禧哥初次远行金山前，她确实想问阿爸那样的话，几次话到嘴边却开不了口，那时她还是个怯生生的女孩。可七年前她自梳时，已经把那扇门关闭了，事到如今，门早变成了尘封的墙。

沐芳对镜梳洗完毕，听见洋差人的皮靴沉重地踏上楼梯，沉重地踏进她房门口，却没意识到那脚步声与她有什么关系。在斗山圩被张公子欺侮后，阿爸全力护卫她，挡不住流言蜚语，却至少保全她人身不受侵害。

暴力突如其来，满脸胡茬的洋人用粗重的手抓住她肩膀，把她像桌椅板凳般推下楼，她甚至来不及确信这一切正真实地发生着，直到麻绳勒进她手腕的瞬间。终于要结束了，她想，不管什么理由，身与心的煎熬，漫长的期待与瞬间幻灭，可望不可即的幸福，都快如烟消散了。

她的头、肩、背被洋差人拗成了 V 字形，她只要下狠心一偏脖子就可以了结，但那个瞬间她很清楚自己还存着期盼，期盼那个像绵绵雨丝挥之不去的人出现。她不知道她犯了什么重忌，也不知道禧哥是否能解救她，毕竟这是异国他乡，凡事要按洋人的规矩来，但她要他看见她受的痛、遭的灾，只要他看见。

丽兹带她去雅斯勒会堂看过一出洋戏，一对有情人不幸生在两个结仇的世家，怎样深爱也逃不脱命运戏弄，阴差阳错结果了各自的性命。她不想那样莫名其妙地结束。如果可能，在她生命散尽的时候，她要他清楚地看见、明白：她曾经的盛开和现在的凋零,都是因为他。

禧哥却没在她期盼的那一刻出现,明叔的调解像插科打诨。她心里苦笑,还得再坚持一会儿。

雅斯勒会堂二楼的戏台和丽兹带她来看戏的时候一样,两边垂着藏青色丝绒帷幕,倾斜的屋顶上,天窗透进来的光线在台子中央划出黑白分明的格子。台上现在只有一张厚重的办公桌和一把高背椅;台下,玛丽和一众男女冷眼看着三个警察推搡她进来,拎起她扔上半人高的戏台。

木板地坚硬如石,撞得她骨头散架,还好不是头先着地。她抽着气收拾身体的碎片,肩、腰、膝盖、腿一节节把自己硬撑起来。屋顶一束光落在鼻梁上,把她的脸和脚下地板一视同仁地分割成黑白两半。她虚起眼睛,台下一片昏暗,静寂如夜。

"请各位不要被这个天朝女人的外表迷惑。"玛丽提着绿缎长裙从右边木梯走上来,"温顺的脸、娇小的身体,羊羔般单纯的眼神,朴素的衣装,多无辜。"玛丽揶揄的目光把沐芳由头扫到脚,然后她一缕一缕撩开沐芳脸上的散发,尖鼻头几乎触到沐芳脸颊,脂粉香不由分说灌进沐芳鼻孔。玛丽死死盯了沐芳十几秒,猛一扭腰面对观众,食指一挥戳到沐芳额头:"可是,诸位如果愿意上来亲眼见证的话,就能看到,她的灵魂有多黑暗,多邪恶!"

玛丽戳过来的指甲像利刃刺破了沐芳前额,但这刺伤仍不及玛丽先前的眼神令她心惊。沐芳从没见过谁眼里能装下那么多愤恨,玛丽原本栗色的眸子像烙铁般发红发烫。她很久没见玛丽了,几乎忘记她的眼睛会迸火。她为什么这么恨她?沐芳好像知道,又不太明白。

"玛丽,我们相信你!"

"感谢你的警觉!"

"你是守护我们社区的天使!"台下声声呼应。

男男女女争相跑上台来看天朝女巫漆黑的灵魂。粗黑的手掰她的脸、抓她的头发,狐臭口臭堵塞了她的呼吸。她左躲右闪,但手臂被绑难以平衡,最终被按到地上。"阿爸……阿妈……阿禧哥!"她的叫喊混在众人狂乱的咒骂呼号中,像梦呓般微弱无力。

沐芳的身体被翻转朝上的时候,她看见墨菲警长抱着双臂和玛丽并肩站在一边,玛丽眼中跳着幽绿的火。毛糙大手卡上她脖子,另一些手在扯她的衣袖、纽扣、裤腰……她喊不出声,心底企盼斗山河清凉的水流瞬间淹没头顶,冲走她和她正经历的丑恶。警长的宽肩制服和玛丽高耸的云髻在她的泪眼里像山峦般模糊远去。

"什么事啊,一大早就吵吵嚷嚷?"有个闷厚的声音问,喉咙里堵着痰。

"请大家少安毋躁,我已派人去请地区法官,法官一到,我们就开庭审判邪恶的女巫,正义一定要伸张。"墨菲警长忽然开口,指挥警察驱赶众人下台。

"早安,市长先生,你来得正好,我们要公审女巫。"一个

261

警察向雅斯勒通报。

"女巫？先给我说说怎么回事？"雅斯勒背着手踱上戏台，"吱"一声拉开椅子，调试到他习惯的偏右的角度，稳稳坐下，两条腿交叉搭上办公桌。

"呃，市长先生，法官很快……"墨菲警长似乎觉得欠妥。

雅斯勒打断他："这躺地板上的天朝女人是哪来的？"

"从那家叫华道的中国杂货店里抓来的。"

"喔，西雅图的杂货店，你是西雅图警长吧？"

"是。"

"台上台下都是西雅图市民吧？"

"是的，市长先生。"墨菲警长再不情愿，也知道拗不过以强权闻名华盛顿地区的雅斯勒市长。他打手势让手下把沐芳拉起来，推到雅斯勒左边，请玛丽站到右边，又喊一位叫乔治·史密斯（George Smith）的律师上来代玛丽和市民们起诉。

雅斯勒示意警察把沐芳手上的绳子解开："还真怕她骑扫帚飞了？"①

松绑后气血流动，沐芳脸上身上的创伤左右开弓，刺痛、灼痛加满心屈辱轰涌而至，麻袋似的从头蒙到脚，她一阵眩晕。她还能坚持多久？台下别说阿禧哥，连个熟识的面孔都没有。

"我代表西雅图人民指控这个女人，沐芳·陈，非法卖淫，并用巫术侵害西雅图人的身心。"史密斯律师开了场，语气和

---

①西方传说扫帚是巫师的飞行器。

他白纸般的脸一般四平八稳不带情绪。

玛丽抑扬顿挫:"大家有目共睹,西雅图男男女女一个接一个去华道找这个天朝女人,愁眉苦脸进去,舒舒服服地出来。显然,她为他们提供了私密的服务,男人女人的身体灵魂都被她侵蚀了。"

"我,我是替他们治病啊!"她赖以为生、简单自然的事,怎么被他们编派上这么肮脏的罪名?沐芳把各种痛用力推到一边,逼自己抬高下巴站稳脚跟,她还在呼吸,还能说话,不能莫名其妙地结束。腿却不听使唤兀自摇晃,她不得不向右挪两步,靠到市长办公桌边。

雅斯勒瞄她一眼,没赶她走,但警告她:"还没到你说话的时候。"

史密斯律师请约翰逊太太上来作证。一个很胖的中年妇人,爬木梯相当费劲。沐芳记得她膝盖和胯骨痛,给她扎针的时候因为皮肉肥厚,得用长针。

"她用一些这么长的针刺进我身体。"约翰逊太太比画。

"就是我们今天搜到的这些针吗?"警长把沐芳的银针包打开放到雅斯勒桌上。雅斯勒挑起一根针用手指捻着。

约翰逊太太凑到桌面看一眼:"是的。针扎进身体的瞬间,我感觉……"

"感觉什么?"史密斯律师鼓励她说下去。

"感觉有无数细小的手在挠我、挑逗我,很小很小的手指。"

263

"挠在什么地方?"

"很私密的地方……"约翰逊太太涨红了脸。

雅斯勒用胳膊支起下巴,眼皮也提起来:"请具体点。"

"大,大腿根,脚……板心。"

台下女人们集体倒吸一口气。有个男人尖声怪叫。

"那是气脉流动的自然反应。"沐芳不知道"气脉"的英语她是否说对了,又换个说法,"energy flow, natural."

雅斯勒再次挥手让沐芳住嘴:"没人懂你在说什么。"又问约翰逊太太:"她还对你做了什么?"

约翰逊太太扶着双下巴使劲想,最终摇头。

雅斯勒挥手让约翰逊太太先下去,问史密斯和玛丽:"有男证人吗?"

玛丽哽咽:"有,市长先生,我丈夫和我都不幸受害,请你为我们主持公道。"

格林裁缝佝偻着腰一步步挪上台来。他要是再多做两次针灸,也不至于直不起腰,沐芳想。玛丽不高兴她为她丈夫治病?

玛丽接下来的哭诉岂止是不高兴:"她不仅用巫术勾引我丈夫,还骗他说吃这些东西熬的汤能帮我们生孩子。"玛丽从衣兜里掏出个纸包,打开给雅斯勒看里面的草药渣:"我丈夫被她鬼迷心窍,竟然在我拒绝喝汤后,偷偷把这些魔鬼的迷魂药混在我的饭食里,害我上吐下泻,腹痛难忍。也许我以后再不能生养孩子了……"玛丽凄切的呜咽如嗖嗖凉风吹过会堂。

"严惩邪淫的女巫!"台下喊。

"你妻子说的都是真的?"雅斯勒问。格林裁缝垂头不语。

"这个女人给你提供过性服务?"

"她接触了他的裸体,一定还做了更下流的事!"众人的想象力被玛丽的怨泣激发,台下喧哗。

"我是去找她治腰疼。"格林裁缝终于说了句话。

"他瞒着我去找她,现在还执迷不悟,可见这女巫的黑色魔力有多大。"玛丽忍不住放声恸哭。

"还有其他男证人吗?"雅斯勒站起来问台下,无人应答。

"冤枉,市长先生,他们冤枉沐芳!"道叔爷被明叔搀进会堂,双手裹着纱布。不知满手玻璃碴挑干净没有?沐芳的心疼散放全身,膝盖失控带着身体歪下去,她抓着办公桌腿又慢慢站直。

道叔爷加快步子挤到戏台边:"沐芳姑娘守身如玉,怎会做男盗女娼的事?每次她给男人治病,如果是丈夫,妻子都在旁边;如果是单身,我都在旁边。"

"她给格林裁缝看病的时候你在吗?"雅斯勒问。

"我在啊。"

"那她给他这些——木块草渣鬼玩意,去哄老婆生孩子,你也看见了?"

"那是草药,市长先生,中国人吃了几千年的。"

"难怪你们中国佬他妈的像耗子一样多。"雅斯勒不失时机哗众,台下哄笑。

玛丽大概觉得跑题了,"嗵嗵"跺两下地板:"市长先生,那华道店主就是帮女巫拉皮条的,不能轻信他的话。"

"我们为沐芳作证。"朱莉明亮的声音弹上戏台。她身后还有琼斯牧师和几位《圣经》学习班的太太。朱莉等不及上台就开始讲沐芳如何用针灸把她从昏厥中救醒:"这几位女士当时都在,玛丽也在场,沐芳是个好医师。"

"琼斯太太,你的身体和灵魂都被她邪魔的针穿透了。"玛丽蹙眉捂胸,像真的心痛。

琼斯牧师摘下礼帽走上台,银发灼灼:"我没被魔针扎过,可以作证吧?我妻子曾经头疼很厉害,发作时手指会失去知觉。沐芳治疗后的确有好转,犯头疼的次数少了,每次疼痛也减轻了。我和妻子都是上帝忠实的仆人,如果是巫术,怎可能对她生效?"

玛丽在胸前画十字:"感谢主,你和琼斯太太都有坚定的信仰,自然不受巫术侵害。"

琼斯牧师醇厚的笑声涤荡会堂:"也希望神赐予你坚定的信仰,你要相信我们的世界是神赐的,充满光明,魔鬼也不能轻易撼动。"

朱莉潮红着脸为丈夫鼓掌。先前起哄的男女有的沉默,有的不禁画十字念叨"赞美主"。

雅斯勒走到台前,拍拍琼斯牧师的肩:"说得好。塞勒姆审巫案(Salem Witch Trail)①都过去快两百年了,解放黑奴的仗五年前也打完了,西雅图应当成为西北海岸的先进商港,他妈的公审什么女巫?这么没新意的指控就算了吧。"他扭头看墨菲警长,示意他带头走人。

警长站着不动:"市长先生,法官来了。"

穿黑袍的年轻法官匆忙叠着雨伞,小跑上台,雅斯勒却抢先一屁股坐进高背椅,用下巴指自己身边:"没什么大事,我已经处理得差不多了,你站这里,需要的话,我咨询你。"法官两手交叉挂着雨伞一时不知如何应答,脸上憋出两团红晕。

雅斯勒清嗓子总结:"卖淫的把柄抓不到,巫术也不像有证据,以后这个天朝女人不许再用这些针吓唬西雅图市民。就这样,这事解决了。"雅斯勒左手晃晃银针,右手敲下桌子,权作法槌。

史密斯律师上前一步:"可是市长先生,法官大人,这个女人无照行医,严重违法。"

雅斯勒捋捋滑溜的头发:"这倒是个正当理由。"又侧身问法官:"怎么判?"

法官说通常拘留一个月或者罚款两百美金。

道叔爷立刻回应:"我们愿交罚金。"

"交罚金?没那么简单吧?"玛丽"哼"一声,"她不能无照

---

① 1692—1693年在美国马萨诸塞州塞勒姆镇指控巫术使用者的系列冤案。该审判导致二十人被处以死刑,其中十四位是女性。

行医,又没其他正当职业,一个品德可疑的单身女人,对我们白人社区的道德和健康都有极大危害,应该被遣送回国。"

史密斯律师无缝地接过话头:"加州刚通过一个法案,东方女人要被证明其品行正当,才可入境。否则运载不良女人来美国的船长要被拘捕两个月到一年,或者罚款一千到五千美金。这个天朝女人当初是怎么入境的?谁证明过她身份合法、品行正当?"

台上台下哗然:加州有专门管治东方女人的法案?那里有多少天朝妓女啊?五千美金?可以买艘船了吧?

史密斯白着脸继续发难:"来美国的中国女人不是商人妻就是妓女。这位沐芳·陈没结婚,谁能证明,她不是品行不端、危害社会、理当被遣送回国的妓女?"

道叔爷和明叔都反应过来,异口同声:"我们证明,我们是同一个村子来的。她是商人陈宜禧的妹妹。"

"什么妹妹,我亲眼看见他们眉来眼去,教会的其他姐妹也见过,是吧,约翰逊太太?"玛丽高扬声调为史密斯行云流水的指控添加色彩,台下约翰逊太太热切点头附和。

"你是陈宜禧的妹妹吗?"雅斯勒问沐芳。

额头一滴血珠滚落嘴边,沐芳抬起手背轻轻抹去,视线抛向会堂门口,微笑:"玛丽说对了,我不是他妹妹。"

道叔爷和明叔在台下急得摆手顿脚:"阿芳你怎么乱说?"

"市长先生,她受了惊吓,精神错乱了。"

他们哪里知道,她再清醒不过了——禧哥终于来了,她也终于无须再坚持什么。

陈宜禧冲进会堂,只见沐芳在戏台上眼睛一亮、两腿一闪,随后像水一样淌到地板上。

"你们对阿芳做了什么!"他带着先前游水的劲头拨开人群,撑着戏台边沿几次往上跳,都被墨菲警长带马刺的长筒靴拦住。

丽兹在木梯边怒斥:"你们还是不是人?"守梯口的警察不得不侧身为风风火火的女教师让路。丽兹扶起沐芳的头,拿嗅盐瓶在她鼻子下来回晃。陈宜禧咬着嘴唇,屏息凝望沐芳紧闭的眼;雅斯勒胸前挂的怀表替他滴答数着分秒。

"你刚从中国游太平洋过来?浑身湿得像条海狗。"雅斯勒问陈宜禧,眼珠一转又说:"不对啊,我今早上不是让你去甘波港了吗?你来这里干吗?"

"有人谋害我妹妹,雅斯勒市长,我必须赶回来。"陈宜禧烧着一双眼睛向台上的玛丽喷火,恨不能真投一把火过去烧光那道貌岸然的淑女表象。这个洋女人的高挑身材曾让他想起北花地的伊丽莎白,都有希腊女神像一般的丰胸细腰,可两人心地截然不同,脸相也有很大差别。伊丽莎白红润明朗,轮廓柔和,眼里有给与不尽的温暖。玛丽苍白,颧骨突兀眼窝凹陷,眼下一圈阴影,沉暗的眼神让人觉得她总是被亏欠。玛丽被他瞪得发毛,沉着脸背转身去。

"可她刚才说不是你妹妹,你们俩到底怎么回事?"雅斯勒挥手让墨菲警长别挡在他和陈宜禧中间。

"我不是他妹妹。"沐芳在丽兹怀里睁开眼,声音细微却清晰。

"阿芳!"陈宜禧跳上台,沐芳满脸的伤痕血迹一道道刮痛他心口,"对不起,我没能保护你。"他喉结发颤,握紧她的手。

"可你到底来了。"沐芳没把手抽走,由他用掌心的火热释融她浑身的僵冷。他赶到之前,她都经历了什么?他不忍心问。她的眼神比从前多了太多层次,凄怆、委屈、隐忍、无奈交错纵横;受伤的脸如碎裂的青瓷,还顽强地秀美着。他看得抽紧了肩膀,而她默默地都给他看见,但终于不堪疲惫,又闭上眼,嘴角透出一丝他才看得见的笑意。

陈宜禧并没感觉到自己泪流满面,胸口的拥塞都紧紧捏进拳头里,闷头向玛丽大步走去。

"想干什么,中国佬?"墨菲警长横到他面前,摸着腰间手枪眯起眼。

琼斯牧师拉住他要他冷静,雅斯勒也提醒他是在公堂上。好男不和女斗,可此时他真恨不得一拳砸烂那张躲在警长身后的苍白脸孔。那张脸明显带着挑衅:不好意思,我碰了你珍爱的宝贝,可你能把我怎样?

他停步,怒目逐一扫过玛丽、墨菲和史密斯,认清他们的嘴脸。他们欺负他也罢了,可欺负他的女人——对,沐芳就是他的女人,无关婚嫁——是逼他拼命的事,他却不能让这些坏人得逞,他得扎实抵挡在他们与沐芳之间。陈宜禧估量台上台下的情势:临时凑起来的公堂不像他经历的内华达法庭那样正式,穿黑袍的法官嘴上无毛,被雅斯勒取代;台下虽有玛丽召集的一众男女,但为沐芳说话的人也不少;为雅斯勒打了三年工,他了解老板虽出言不逊,处事却通常合情合理,先看他能否主持公道。

"我们这里有加州那样专门针对东方女人的法律吗?"雅斯勒问法官。

"没有,市长先生,西雅图几年前还一片蛮荒,有人肯来扎营开荒就不错了,哪有法律限制人上岸?"年轻的法官再次被咨询,诚惶诚恐。

"有先例可循吗?"

"没有。这是我遇到的第一个东方女人。"

"那他妈的简单,我是市长,我说了算。"

"可是市长先生,我听说为维护美利坚的社会道德和婚姻价值观,联邦政府也开始考虑类似法案了①,西雅图也应该……"史密斯律师据理力争。

雅斯勒被打断很不爽:"随他们考虑去,联邦法出来之前还是我他妈的说了算!这个天朝女人无照行医犯了法,又没嫁人,也没正经事做,应该遣送回国。"

"市长先生!"道叔爷疾呼,"她和我们是一家人,请别拆散我们!"

---

① 1875年,美国国会通过Page Act,禁止中国妇女入境。

"我们愿意多交,一倍,不,两倍罚款!"明叔一狠心拍腿担保。

陈宜禧却清楚他们的呼吁此刻都没用,雅斯勒说沐芳没嫁人……他脑子刚转到这里——

"你们都他妈的听我说完!"雅斯勒恼火他又被打断,抬高了调门,"这个单身的天朝女人待在西雅图无事生非,理当被遣送回国,除非,"雅斯勒清清嗓子,"除非有人娶她,让她丈夫看着点她。有人娶……"

"我娶她!"雅斯勒还没问完,陈宜禧已经站起身大声回答了。他听见自己的宣告冲上会堂梁顶,飞出天窗又荡回来,好像来自很久以前的时空,他终于抛开一切做了他早该做的事。话音落定,四周似乎有什么粉碎,有什么洞开,明亮的日光穿透阴云雨幕,每颗尘埃都落在了它理当在的位置上。一切都对了,他浑身上下的气都顺了。

"你不是她哥吗?"雅斯勒指间还捻着先前拿的银针,似乎看谁不顺眼就要扎过去。

"他不是她哥,他一直想娶她。"明叔在台下叫。

"中国佬都他妈的是骗子。"墨菲警长骂。

雅斯勒不理,继续盯着陈宜禧:"What took you so long?(那你怎么还没娶她?)"

"我,我得从甘波港一路游回来啊,市长先生。"陈宜禧拧一把湿漉漉的裤脚。大庭广众下,这是雅斯勒能给他和沐芳最好的选择了,他暂时不好直接道谢,只能用老板欣赏的冷幽默来传达感激。

先前在贝尔码头,汽笛飘散时,陈宜禧终于听清丽兹最后那句话:"为你的爱情做点什么!"脑袋轰一下空白,立刻爬上船尾栏杆跳进海湾,朝码头奋力游去。随他同行的唐人工从船舱追出来吼:"我们去甘波港找谁啊?你不做这份工了?"他没回头,也全然不觉海水的冰寒。

马车沿海边往雅斯勒会堂飞奔,两个异族女人前一句后一句向他概述了事发经过。秋菊去隔壁拍门向明叔呼救,凯瑞公主听见大怒,可追出门正赶上沐芳被抓,一着急气消了,和秋菊一起帮道叔爷清理包扎伤口。明叔跑去锯木厂找陈宜禧,回来报告阿禧已上了去甘波港的渡船,两个男人急忙赶去雅斯勒会堂。丽兹和朱莉分别闻讯会聚到华道,正碰上凯瑞套马车要去追渡船。朱莉让丽兹随凯瑞去追陈宜禧,她携同琼斯牧师和另外几位太太去会堂与玛丽对质。

"但愿我们及时赶到。"丽兹叹,"我早知道玛丽不快乐,镇上好多事我都不和她争了。可真没想到,她的不快乐会演变成对无辜弱者的恶意攻击。"

他们跑进会堂,陈宜禧虽看到沐芳为他坚持至最后一刻,却觉得他来晚了,晚了整整九年。来金山前那个懵懂的他要是有勇气哪怕说一声"我娶她",阿芳也不至于受这么多苦吧?"以前我们一直不能结婚,是⋯⋯因为迷信,现在我们在上帝的国土里,我不怕迷信了。"他继续对雅斯勒解释,其实也是说给自己听,他正在违背章叔郑重的叮嘱,他需要给自己打气。

丽兹和朱莉齐颂:"阿门!"

"少废话,趁牧师和法官都在,你们立刻结婚,替我省点事。"雅斯勒挥手赶走台上无关人士。

丽兹扶起还有点恍惚的沐芳,取下身上彩花披肩替她裹上。朱莉端来一杯水,蘸湿手帕揩去沐芳脸上血迹,整整她散乱的长发。凯瑞不知何时出去采一把水红的野玫瑰跑进来,捡两朵最鲜嫩的插到沐芳耳边。

琼斯牧师双手合十,领诵经文赞美神的恩赐。诵经声和谐齐整,如艾略特海湾阵阵细浪洗沙,抚慰众人极度凌乱的心。接着他又独诵一段关于爱的经文,雅斯勒催促:"能省就省。"

牧师含笑诵完"爱是永不止息",便直接问陈宜禧:"你愿意娶这个女人为你的法定妻子吗?"陈宜禧说了两遍愿意。

牧师又问沐芳:"你愿意嫁这个男人为你的法定丈夫吗?"

沐芳垂下眼帘,叹息,嘴唇隐隐翕动,说不出话。大家才意识到一通着急热闹,谁也没问过沐芳的意思,都有点担心好戏到这最后一步演砸。

陈宜禧柔和的眼光静静陪着沐芳,等她把心里的苦都理顺,他让她等了九年,他也可以用余生来等她。

沐芳终于抬头,清亮的眼眸与他相迎:"Yes,我愿意。"在场大概只有他懂得,她说出这几个字多么不易,他们渡过多少重苦难的大洋、翻过多少层焦渴的山岭才到达此刻。

琼斯牧师一宣布他们结为夫妻,雅斯勒立刻让法官登记好:"现在这个女人身份合法了。"

年轻法官满脸泛着粉红耸耸肩答应道:"他们都姓陈,她名字都不用改。"

大家释然地笑,环顾四周,已不见玛丽和墨菲的影踪。史密斯律师靠在会堂门口,脸隐没在暗影里,说不准他在想什么。

秋菊背着女儿已把早上警察捣毁的店铺尽可能地收拾干净,残缺的玻璃窗上糊了报纸。陈宜禧搬来店里最宽最沉的雪松木椅,摆在店堂正中"华道"金匾下,请道叔爷落座,与沐芳按新宁习俗给长辈斟茶。两人各端一杯清茶跪到叔爷膝前:"叔爷提携阿禧来金山,接纳阿芳安身华道,对我们时时关怀,处处照顾,今日又鼎力卫护阿芳,对我们恩重如山,请受我们夫妻深深一拜。"

道叔爷缠着纱布的手依次接过新人捧上的青花茶杯,仰头饮尽,又拿秋菊帮他准备的红包送给二人:"我也算是看着二位贤侄孙一路风雨走到今天。好啊,塞翁失马,早上店被砸,却成全了你们患难夫妻,值得! 只是阿芳受了大委屈,哎,还跪在这里做么嘢?"道叔爷扶起沐芳又嘱咐:"你心里也别再顾忌,人在异乡,安身立命为重。破了自梳女的戒,大家都理解,谁要是说闲话我替你们担待。"

沐芳眼泪汪汪又要给道叔爷下跪,被他拦住:"受了半天罪,给叔婶们敬完茶就赶紧和阿禧歇息去吧。过两天等你缓过劲来,我们再张灯结彩摆酒庆贺。"

二人捧茶给明叔,明叔绷脸背着手不接:"以为你们唬唬洋人就算了,还真结婚?"秋菊站旁边也不好意思接茶。凯瑞公主斜睨着四个人的僵局,很快明白过来,往明叔后脑勺扇一巴掌:"怎么也轮不到你打阿芳的主意!"说完同时接过两个茶杯一饮而尽。

在阁楼上,陈宜禧摸出贴胸挂的吉祥结,就着桌上烛光给沐芳看。多年辗转,红丝线已褪成灰白的粉色,红豆只剩两颗还固执地串在缩成一团的丝结上。沐芳说不要了,我再编一个。

他小心翼翼捧起她的脸,还是碰到了颧骨上的伤口。她眉心跳了一下,人却没躲闪。"我只想知道我们是真的在一起,不是在做梦。"他说。

沐芳笑:"碰疼我了,一定是真的。"

他摩挲着吉祥结:"刚来金山的时候我舍不得戴,藏在箱底,想你想得不行了才拿出来看看。北花地那场大火后觉得藏哪里都不妥,每天戴着,磨得越来越小,越来越薄,我真怕哪天磨没影了……就没得戴了。"他一直怕的是,吉祥结没了,沐芳也随之消失;独守异乡的长夜里,这信物是他唯一可以触及的与她的联系。

他没说出口的,她都看懂了,偎到他胸前:"你喜欢,我明天就编个新的给你,戴散了再编,一辈子都有得戴。"

"我要给你办个热闹气派的婚礼。"他搂她的胳膊一紧,她倒抽口气。又碰到她身上的伤了,他一阵心疼:"还是先给你敷药吧。"

沐芳摇头,点根蜡烛并列到桌上,打开樟木箱取出章叔留给他们的信摆在烛前:"我只想和你拜天地父母。"她告诉他昨晚梦中和阿爸的对话:"现在我明白是阿爸提早来贺喜了。"

陈宜禧心里暗叹章叔真有神功。他对章叔的承诺该不该告诉她?怎样告诉她?

沐芳见他犹豫问:"你白天在雅斯勒会堂说的'迷信'指什么?自梳女的誓言?"

"阿芳,你阿爸昨晚是来梦中给我们提个醒。"他决定实话实说,把章叔算的卦告诉了她,"我答应你阿爸,无论如何都不和你结婚。"

沐芳听完独自走去推开木板窗门,对着漫天星光发了会儿呆,又走回桌边拉陈宜禧一同跪下:"阿爸,今天阿禧哥违背对你的承诺,是为了保全我;你把我托付给他,他很尽力。如果你不同意我们结婚,就把桌上的两支蜡烛吹灭吧。"

沐芳推开窗门后,桌上烛光就不停跳动,两个人跪着等,也不知道该等多久。但他知道沐芳既然这样问了,一定是心有灵犀,她有独特的方式与看不见的世界沟通。

"阿爸也有算错卦的时候。"沐芳小声说。一阵风来,撩起她一缕散发,吹灭了一支蜡烛。

他们对视,沐芳笑:"只灭了一支。"依旧跪着,没有起身的意思。

他心疼沐芳伤痕累累的身子一直跪在料峭夜风里,想说要不等两天再问你阿爸吧。窗板却"哐啷"一声被风扣回到窗户框里,桌上剩下的烛火猛烈摇晃,揪着两人的眼和心。猩红的烛火眼看要倒进汪汪烛泪,火苗尖子染了莹蓝,忽然"噼啪"一声烛芯爆花,溅出两点白蜡,火光又通透地立稳了。

"阿爸同意了。"沐芳说着对烛火叩下头去,他连忙也俯首拜谢。

陈宜禧从楼下打来清水给沐芳洗伤口,推门见她已脱下黑袄黑裤,拿了药酒在揉肩膀的瘀青。她背对门口,头发随意挽起,月白衬衣的袖子一边滑在腰间,露出系在颈上的肚兜吊带,阔腿衬裤露一节腿肚子,像她小时候夏天穿的半截裤。

白布衣裤薄软透明,她整个身体轮廓在跳动的烛光里隐现,成熟女人的韵致顺着颈项腰脊的曲线从发端流淌到脚跟。他已是两房妻子的丈夫,此时却脸红气粗起来。

她听见他进来,回头一笑,干净嫣然。他却不敢再上前,把木盆搁在桌上,低头拿纱布浸到水里。再抬头,她已经安静地侧躺在床上,撩起裤腿,左腿一大块搓伤,满是紫红血斑。他心尖一颤,挤掉纱布的水两步跨过去跪在床边,一点一点用纱布蘸着替她清伤口。蘸着蘸着,嘴唇忍不住试探地贴到旁边完好的肌肤上。

他一寸一寸从她的脚吻到肩,从指尖吻到颈窝,他要吻遍她全身,把所有思念和渴望都吻进她的身体,吻进她心间。他的亲吻逐渐密急,她躺平拉他俯身。他迟疑,说等她伤愈。她却不要等,要完整地成为他的女人。

他们的初夜应该完美无缺,他不忍心,怕弄疼她,小心翼翼,比她还紧张。她轻声唤着"阿禧哥",抬起身体和下巴迎向他。她的期待让他不能自禁,终于不管不顾,沉沉地吻到她微启的唇上。

他到底和她连成一体了。他们都不自知地流着泪,在痛与乐的交替中缠绵缱绻,在新奇又熟悉的气息里探寻发现,在身体瞬息万变的感觉中触摸彼此渴求已久的灵魂。而每次他朝她伸展,她都在那里迎着他,不让他落空;他也豁出去把自己全部交给她,每次都毫无保留。

从心到身和一个女人在一起,原来是这样的感觉。应该是这样,心无旁骛,四周的世界都可以消失,只要她在这里,就是家的感觉、对的感觉。这样对的感觉会有错吗?会遭天谴吗?

第一次和秋兰在一起,他懵懂局促、不得已,事后有苦说不出。娶阿娇时,虽然自信了,短暂的欢愉满足,随即是失落,更深的空洞,心里还是牵挂着另一个人。他曾以为,伊丽莎白说的那条肋骨下连的线,隔着大洋才会扯得人心痛流血,但养母为他精心布置的洞房与对门沐芳窗内的油灯只隔一棵榕树、一条石径,他却还是被扯得失魂落魄。

今夜,那条牵在肋骨下的线终于有了着落,打了个实实在在的连心结。

第十五章

与速度和力量融为一体

1873—1874年　西雅图

道叔爷自从华道被砸后身体每况愈下,风湿痛发作起来,沐芳调什么膏都止不住,扎针也只能缓解一两天,半年前一个早上,忽然就下不了床。这天他把明叔和陈宜禧叫到床边,两个年轻人垫枕头抱腰,帮他坐起来。

"我来日不多,有件顶重要的事想拜托二位。"道叔爷抱病卧床这半年,个头抽缩了一半,头发眉毛稀疏无力耷在额上。

亲生父亲步步远离的脚趾头从陈宜禧记忆深处浮现,还有亲生母亲眼中最后一点光亮的渐渐熄灭。他并非头一回目睹生命流逝,道叔爷此刻的样子仍触目惊心。曾带他穿越巨浪闯金山的豪迈盛年,教会他说第一句英语的慈祥长辈,他曾当他山峦般仰仗,也终究被岁月掏空了奕奕神采。

明叔跪到床边:"阿叔千万别说不吉利的话,凯瑞刚生了头胎儿子,我们准备大办一场满月酒给你冲喜呢。"

"贤侄的心我领了。去年阿禧阿芳生了女儿也替我摆酒冲喜,呵呵,我膝下无子,你们跟我这些年都像亲生儿孙一样,我连曾孙女都有了,福气大呢,是不是?"道叔爷开始说得极慢,每个字都耗气费力,但脸上笑意舒缓了皱褶,一时间气脉仿佛流动起来,带走了些许病容。

明叔抹泪,陈宜禧也唏嘘:"叔爷有事请吩咐,我们全力照办。"

"阿明,第一次同来金山的船上,阿禧拼死救你一命,他对你的好自不用说;人家刚来西雅图,你就推件不讨好的差事给他,让他去杜瓦米希领地担风险,他没怨言,还结了善缘,给你讨个公主老婆回来。这几年华道生意做得稳当,他没少出力、出主意。这样的合伙人打着灯笼也找不到啊,我决定把我的华道股份分一些给阿禧,希望你们叔侄能齐心协力把华道经营得更兴隆。"

"万万不可,叔爷对阿禧恩重如山,我怎可再拿华道股份?"陈宜禧连忙跪下磕头。

"哎,你们听我说完,今年流年不利,北太平洋铁路(The Northern Pacific Railway)选了南边的塔科马(Tacoma)做终点站,人和生意都往那边跑,西雅图这边生意越来越不好做。阿禧你聪明能干,雅斯勒市长都赏识你,在锯木厂升你做唐人领班;你辞职,市政施工他还找你监工,你跟他做事迟早会发达。我现在拉你入伙,是出于私心呢,指望你帮阿明维持华道,不容易啊。"

道叔爷说的流年不利发生在一八七三年夏天。北太平洋铁路正从美国中部明尼苏达州向太平洋海岸修筑,终点站将设在华盛顿地区哪个市镇?铁路公司一直卖关子,西北沿海的西雅图、塔科马、奥林匹亚①等城镇划地出力,竞相提供最优惠的条件。

从市镇要员到渔夫伐木工都明白这个决定的重大意义:横跨美洲大陆的铁路修到自家门口,带来的好处不仅是交通便利、人口和生意飞速增长;更重要的是,被选作终点站的镇子无疑将成为皮欧吉特海峡最大的都市,居民们早早圈好的地皮将涨成天价,一夜间暴富不是梦。据一八七三年的《皮欧吉特海峡商业指南》记载,西雅图当时的人口是一千五百人,比四年前翻了三倍,商业贸易与人口三倍于斯的城市相当,是海峡地区当之无愧最大最先进的重镇。人们都以为终点站非西雅图莫属,铁路公司最后却宣告,终点站选址在塔科马。

道叔爷对二侄嘱咐完心事,虚弱地闭上眼。明叔看看陈宜禧,无奈道:"阿叔苦心远虑,你来吧,别推辞了。"

潇潇冬雨中,西雅图几十位唐人为皮欧吉特海峡的先驱陈宏道送行。明叔和陈宜禧举着飘荡的魂幡,披麻戴孝走在出殡队伍前。秋菊和沐芳牵着各自的女儿,凯瑞抱着出生不久的儿子跟随其后,都衣素戴缟。阿正牵一匹黑马拉着灵

---
①华盛顿地区首府。

车,锯木厂的唐人工提着白纸灯笼走在两旁,一路撒纸钱,灵车后的八音队吹奏着惝惶飘零的高音。人心跟着惝惶,天涯阻隔,异乡游魂何处栖息?

到了郊外墓地,八音队停奏,一家人遵从道叔爷嘱托,不烧香不拜佛,唯由琼斯牧师海一般宽厚的布道声接引亡灵,安抚人心:"他来时无知,此时却已走在荣归天国的路上。"

陈宜禧成为华道的四分之一合伙人,但他没有无偿接受道叔爷馈赠的股份,坚持用他和沐芳的资产参股。他们最主要的资产是婚后在华道南边主街(Main Street)上建的欢欢客栈。一栋简朴的雪松木楼,三层高,下两层共有十间客房,他和沐芳带两岁的女儿欢欢住三楼。客栈落成时正好欢欢出生,双重欢喜,就取了这吉庆的名字。

客栈寄宿的主要是唐人工,也时有其他族裔的季节工租住。房价低廉,双人房每人每晚五毛钱,多交一毛还能吃阿正烧的中西结合的三餐——客栈开业后,陈宜禧把阿正从锯木厂"挖"了过来,兼任厨子和沐芳母女的大个头保镖。沐芳出门买东西、去丽兹学校学英语都有阿正守护,阿正随沐芳出行时一脸凶神恶煞,不相干的人多走近一步,他就挥起少了手的那只胳膊赶人。那秃手腕上现在套了个黑乎乎的铁制假拳头,谁也不想被他的铁拳砸中。

沐芳按季节变换给阿正写食谱、配老火汤料,西雅图唐人都知道"禧哥"娶了个神医夫人,不住客栈的也专程来喝汤喝茶。沐芳调制的药膏依旧是华道的热门货,但她只免费给唐人看病,避免没必要的纠纷。

西雅图被北太平洋铁路抛弃后,雅斯勒锯木厂的生意难以维持,大部分员工被解雇,雅斯勒四处找买家接手工厂。被遣散的十几个唐人工聚集到华道,请"禧哥和明叔帮忙找出路"。

明叔抓住商机:"那你们跟华道签个合同,工作包在我们身上。"

明叔做了多年生意,结识的人多;陈宜禧替雅斯勒办事这些年也熟识不少华洋商人和业主,的确可以利用这些关系来安顿失业的弟兄们,可他没立刻回答。阿发刻字的两块银元亮晃晃闪过眼前,还有小玉在北花地寒风中捏紧衣领的侧影。他把明叔拉到后面厨房:"做劳工承包可以,但绝对不能买卖猪仔。"

明叔侧目笑:"外面那堆人个个跟你拍肩膀称兄道弟,你能卖人家猪仔?你被卖还差不多。住欢欢客栈的反正大多是唐人工,就改作华道的工人宿舍好了。"

"我是说,以后,永远,都不买卖猪仔。"陈宜禧一字一句强调,阿发的方脑袋在他眼前晃,这话也是向阿发在天之灵做保证。

明叔还他个"鬼知道你在发么嘢神经"的表情。

两人出去还没开口,领头的新宁同乡阿秋扬起两道短促的浓眉说:"给洋鬼打工不如给华道打,明叔禧哥见多识广,替我们跟洋人打交道,罩着大家不吃亏,弟兄们都求之不得。"

"是啊,禧哥,你在锯木厂就带我们;自己出来开店,雅斯勒老板还找你兼职带我们修路修楼,现在我们直截了当跟你打工,别多想了。"最年长的阿泉也搓着歪鼻头恳求。

"对,跟你们捞世界我们心里安稳。"大家都说。

然而西雅图经济困顿,连雅斯勒都要卖厂,一下子给十几个人安排工作谈何容易。明叔立刻到《每日情报者》①和其他两家报纸去增改华道广告,除原先主打的华洋杂货,添了一句"我们提供家政、农耕、铁路建设等劳务人员"。

明叔增派两人去杜瓦米希领地养猪;陈宜禧送了两个会做饭的去甘波港帮佣,又领阿秋一起去塔科马竞标修铁路,但北太平洋公司一听是西雅图过去的,连竞标都不让他们参加。余下十人没事干,帮华道搬搬货物,就窝在客栈赌牌九、闲聊抽烟。阿正抱怨这些人白吃他做的饭,挥拳要赶人,被陈宜禧拉住。

第二天陈宜禧忙完华道生意,一手抱摞旧报纸,一手提块小黑板回到客栈,让阿正把大家都召集到饭厅。他把黑板挂墙上,用粉笔写下"诚实,勤奋,能干"的汉字和英文问:"谁认得全这几个字?"

十个人加阿正挠首挤眼,连蒙带猜认全了汉字,英文却都摇头。

---

①《每周情报者》改版后的早报。

"我们华道派出去的工人不仅要认得这三个词的中英文,还要明白它们的意思,真正做到诚实、勤奋、能干。暂时没工作不是问题,不学习、不求上进才是自断出路。"在北花地服劳役修房子的时候,他就是不断用最后这句话给自己打气,虽然那半年分文没挣还受气,土木施工的十八般武艺却从此样样来得,不仅给自己家修房子用上了,雅斯勒任市长期间,城里新建的街道楼房大都有他留下的印记。

陈宜禧把旧报纸分给大家裁成方页缝起来当作业本。即日起,每晚他教算术,沐芳教汉字和英语。给每人布置的作业没写完不许吃晚饭,提早写完就去厨房帮厨。阿正很乐意在分晚餐的时候收作业,严格执行这条规矩。

阿秋积极响应,不仅马上缝好自己的作业本,还替其他人缝了几本:"禧哥用心良苦,教我们不仅靠力气挣钱,还要会用脑子,如此提携大家的老板上哪里找去?"

阿泉等人磨皮擦痒,嘀咕:"要是读书的料,早在家乡考了秀才,谁还来金山打工?"可为了每晚不饿肚子,也只好蹩着长满老茧的手在本子上涂抹,翘起舌头"学洋公鸡打鸣"。

下了一冬的雨终于停歇,一八七四年的五月到来那天,亨利·雅斯勒和几个西雅图元老召集市民们到雅斯勒会堂门前,说有重大事情商议。雅斯勒还专程绕进华道,叫陈宜禧把他的中国佬工人都带上。

"大家知道北太平洋铁路为什么没选西雅图做终点站

吗?"雅斯勒站在最高一级台阶上,脖子上难得打了个蝴蝶领结:"因为西雅图人他妈的太有个性了,他们知道我们不好操控,所以选了个无名小渔村,以为西雅图从此就一蹶不振了。"

"眼光短浅的懦夫!"

"就是,以前谁听说过塔科马?"

五月的暖风吹走了人们脸上大半年的晦气,雅斯勒话里的底气让大家眼神透亮,像浸透阳光的蓝天。

"为了彻底证明我们西雅图人有个性,彻底证明北太平洋铁路犯了个天大的错误,西雅图应该修一条自己的铁路,直接接到美洲大陆的铁道干线上去。"雅斯勒的话音被紧实的领结挤得有点扁,他诅咒着扯开领结,当即宣布把他在铁路沿线拥有的地都捐出来。他身边几位元老也立刻声明要捐地捐钱。

市民们看到了城市命运的转机,反应踊跃,铁路沿线的地几乎瞬间征齐,没地皮贡献的也都要出钱出力。男人们的帽子抛向空中,女人三五成群讨论做什么午餐更适合给义务修路的人吃,孩童停止嬉闹追逐,莫名其妙也跟着成人们笑,仿佛都已听到火车"呜呜"驶进了西雅图。

雅斯勒抓起铁锹,如同抓住一把漫天飞舞的激情,说了他那句被史书多次记载的话:"Let's quit fooling and get to work.(咱们别耽误功夫了,开干吧。)"

西雅图—瓦拉瓦拉铁路(Seattle and Walla Walla Railroad)的起点选在艾略特海湾南岸,杜瓦米希河的入海口。西雅图的青壮男人扛起锄镐铁锹跟雅斯勒往南开进,男孩们追在后面像马车带起的落叶草渣翻卷纷飞,五月醉人的花香草香弥漫空中。

陈宜禧边走边哼着欢欢跟丽兹学的英语儿歌:"Rain, rain, go away, come again another day(雨水雨水快走开,过些日子你再来)……"阿秋在一旁问:"你高兴么嘢?一分钱薪水也没有。"

"有活干多好啊。"他停下来跟大家说新宁话,"看远点,西雅图有了火车,载来的活以后干都干不完,只怕你们嫌累。"

他第一次坐火车大约在十年前,那是他跟当时的雇主皮特去萨克拉门托取从纽约运来的金矿设备。那时中太平洋铁路正从萨克拉门托往东修,设备从纽约装船,绕南美洲合恩角开到三藩市要三个月,再运上火车,三小时到萨克拉门托。皮特说,等中太平洋铁路修到犹他州,跟从东面修过来的联合铁路对接上,再从纽约运设备过来就只要三天了;当然三藩市的海产、萨克拉门托的金银铜铁运到纽约、费城也都将是转眼间的易事。

他记得自己把头探出车窗外,劲风带着煤渣扑打在脸上,生疼,他却感受到飞速前行的快感,从未经历过的无所羁绊,瞬间就能到达的魔力。如果在北花地看到水炮开山,水星飞溅到脸上的一阵激灵只是他作为旁观者对机械威力的惊愕,在萨克拉门托疾驰的火车上,他已不自觉地与飞奔的速度和力量融为一体。他的双臂像羽翅般伸展到窗外,犀利的风穿过指间、发隙。他大声呼喊,喊什么不重要,也完全听不见,耳边是火车轰隆隆的呼啸,仿佛从他的喉管发出。呼啸奔驰的是火车,也是他。皮特把他拉回车厢里,盯着他大笑不已。在不甚清晰的窗玻璃上,他看见自己满脸煤灰,黑漆漆一团只剩两只眼睛闪着奇异的光。

华道弟兄里没人坐过火车,囫囵吞枣听他讲完,都说禧哥果真见多识广,我们跟着你干就是。

其实,更让他欣慰的是:"我们这次不为哪个老板打工,而是作为西雅图的市民,来为城市的未来出力。这个城市的未来也是我们的未来。"他期待亲手建造、亲眼见证西雅图的兴旺发达。

苏格兰人提姆·科尔曼(Tim Colman)替华盛顿地区首府奥林匹亚设计过窄轨铁路,大家自然听他分工。他指挥人们伐树、除草、铲土包,按他设计的线路先开辟出一段土路。每个人都很卖力,成人壮汉挥锄落斧,男孩们拔草碎石,人们大声说笑,还有人在飞扬的尘土中唱歌,俨然一场全城投入的欢乐派对。太阳偏西的时候,丽兹和一队主妇驾马车送来了女人们准备的三明治和牛肉茶,大家才意犹未尽停了工,到马车前排队取食。

科尔曼在林子边上铺开设计图,一边啃三明治一边和雅斯勒指指点点。雅斯勒招手让陈宜禧和锯木厂的管工"大块头"尼克都过去。

科尔曼瘦高,轮廓冷峻,尖下巴尖鼻子,头发和山羊胡子都浓黑如炭。"叫中国佬过来干什么?"他瞅陈宜禧一眼,两人从前没打过交道。

"他歪点子多。"雅斯勒随口回答。

科尔曼指着测绘好的线路图:"今天大家情绪高,清了一英里地皮,明天如果再按这速度推进,我们很快就可以开始筑路基铺铁轨。我计划这段南北走向的窄轨铁路总共二十英里,直接连到北太平洋铁路最靠北的线路上。西雅图人自己先修十分之一牵头示范,我们为余下的十八英里融资或许就容易了。"

"现在筹的钱只他妈的够买两三英里的铁轨铆钉。"雅斯勒恼道,但他是相信车到山前必有路的行动派,"先铺上再说。"又像在锯木厂一样习惯性吩咐陈宜禧和尼克:"把你们各自的人带好,尽快整完两英里。"

陈宜禧点着头,蹲下细看摊在草地上的平面图和断面图,称赞:"科尔曼先生勘测的线路真不错,平坦开阔,沿河一路土质均匀透水,还留下沿岸树林稳固土壤,考虑真周全。"

科尔曼显然没想到陈宜禧能看懂测绘图,灰眼睛盯着他茫然无语。

陈宜禧替雅斯勒在市里修路修房子这几年见惯了类似反应,当没看见继续说:"西雅图降雨量大,线路沿途又多落叶树木,比如枫林,请恕我冒昧,虽然开放式排水渠能省工时,我觉得还是封闭的排水管道保险些,不容易堵。"

"我说他歪点子多不是?"雅斯勒挺得意。

科尔曼脸上却不乐意,眉头凑成两条沟:"谁要你给意见?我不过是绘图时忘了。"他从胸前衣袋掏出钢笔,在断面图的排水渠上加了一笔封盖。

"中国佬擅长挖沟、砸石头,我就带人铺铁轨吧。"尼克的建议似乎理所当然,锯木厂缺乏技术含量的脏活重活从来都归中国佬干。

雅斯勒摸着花白胡须:"听说中太平洋铁路完工前,由西往东修的中国佬与由东向西修的爱尔兰人有场修路比赛,各自都以最后冲刺速度完成了任务。呵呵,你们何不也来个比赛?既修路基也铺轨,各修一英里,看谁先完成。"

"有你的,亨利,到底还是你会激励工人。"科尔曼松开眉头,"我带人继续往前清道,两位管工各带十人比赛修路,两英里的路没准一周就修完了。"

陈宜禧想说,雅斯勒老板你才是歪点子多,当然他只咧嘴笑笑,露出两排白牙,欣然接受了挑战。

尼克不好直接反驳两位领头人,冲不及他肩膀高的陈宜禧哼一声:"有什么可比的?赶紧预备酒钱去,输了好请我和我的人喝酒。"

"谁请谁还说不一定呢。"陈宜禧笑。

阿秋听陈宜禧转达后,不平:"洋人都大个头,每边十人,我们吃亏啊。"

"都是第一次修铁路,个头大小有么嘢关系,呵呵,关键是有机会练手了。"陈宜禧开导大家,仔细跟阿秋、阿泉筹划分工。

唐人工按经验体力分成均衡的三人组,轮班干重活:挖排水渠、铺垫道砟、搬运砂石、抬铁轨、放枕木都耗体力多,做一小时就换去敲碎石、开凿松木水管,或者打铆钉。休息的时段,阿正送来炒饭凉茶,大家端海碗拨筷子吃喝,他在一边用残臂上套的铁拳"叮当"锤凿松木水管。

西雅图当时的基建管道都是雪松木做的,一根原木锯成两半,中间凿空再用铜丝箍成管。锯木厂把锯开的雪松木送到工地,竞赛的工人们自行负责凿空实心木头。

陈宜禧拉住阿正:"你的铁拳砸坏了再配可不容易。"

阿正说:"凑热闹的鬼仔都去替洋人碎石砟,我不帮你们谁帮啊?可惜只有一只手了,要是另一只还在,哪轮到那群洋鬼张狂。"

陈宜禧拗不过阿正,解下脖子上的毛巾扎在他铁拳上。

开赛第一天收工时,科尔曼刚检验完道砟厚度、枕木间距等等标准,男孩们就抢了他的皮尺去争相度量。"白人工比中国佬多铺了五码[1]!"他们沿路来回奔跑传布结果。

陈宜禧仰望海天,火球般的太阳往下坠,金边快触到紫红的海面了。但他想即使太阳没入大海后,还有一个多小时余光,于是握紧铁锹继续铺道砟,同时问大家愿不愿意再多

---

[1] yard,1码=91.4厘米。

干一会儿。

弟兄们都说愿意。阿泉脚底磨起了泡,站不住,见大家都不走,嘴上抱怨着,却坐到一边锤石砟。

尼克扛着铁锤路过,抹一把粗脖子上的汗不屑道:"你们多干一晚上也没用。"

第二天收工,男孩们跑着宣布"中国佬"多铺了三码。尼克更不屑,说中国佬昨天多干一小时才超我们三码,就这出息?又对他的工人们说:"都回家睡觉,养好精神我们明天超他们至少二十码。"而多铺了三码路的唐人工们依然跟着陈宜禧工作到最后一线天光被夜色淹没。

第三天的结果是唐人工多铺了十码。尼克依然认为是中国佬侥幸,安慰他的工人说:"等着瞧吧,那些瘦骨嶙峋的蠢驴过两天都得累趴下。"

两天后陈宜禧和他的弟兄们都没趴下,反而把路修得更快了。他熟悉了测量标准,路肩宽度、道床厚度坡度、枕木间距等等已经可以目测,每当尺子标杆量出的数据和他预计的吻合,心里便有喜悦的溪流汇进自信的湖。

熟能生巧,他因而不断有新办法优化工作流程,减少多余的劳作。大家也越干越熟练,严格按他定的流程推进。轮班制保存体力,每天又有阿正送来沐芳专门给大家熬的清补凉,喝完浑身舒爽,疲劳消减。第五天收工时,唐人工们已经多铺了五十码。

尼克红着脖子找雅斯勒和科尔曼理论:"中国佬每天多

干一小时,加时多铺的铁路不能算数。"

雅斯勒问科尔曼:"中国佬铺的路都合格吗?"

科尔曼炭黑的偏分头郑重点两下。

雅斯勒提起眼皮对尼克说:"你也可以带你的人每天多干一小时呀!"

尼克被呛住,但立刻反驳:"你忘了我们他妈的都是在义务修路。"

雅斯勒不管尼克怎么闹,扭头走了。尼克毕竟还是锯木厂的雇员,现在工作那么难找,他闹完还得给老板面子。

白人工也开始加班了,天全黑了还点起火把干活。唐人工们不示弱,点火把就点火把,阿秋说,在新宁乡下谁没摸黑干过活?

科尔曼拍着雅斯勒肩膀,祝贺他出的竞赛妙招有奇效,连擅长磨洋工的人都被鼓动起来。

第七天白人工又领先了,而且一下子领先一百码。

陈宜禧感叹,别看那些红脖子大汉平时不肯加班,人家使起蛮力来也不遑多让、势不可当。阿秋鼓动大家当晚别睡了,追上那一百码再说。陈宜禧却说:"大家尽力而为,输赢不是最要紧,关键是我们都练了本事。"

阿泉一瘸一拐从河边树林走过来,把陈宜禧拉到一边嘀咕:"我刚才在河边撒尿,听见尼克训工人,说怎么把空心和实心的放错了位置,要趁黑赶紧调换。他说的空心实心是么嘢?我们怎么没这问题?是不是他们新出的秘密高招,所以突然修路快成那样？"

阿秋凑过来挤眼弄眉："既然觉得是高招,你怎么没憋住好好听完？"

"憋了半天,怕被察觉又不敢走近,隔好几棵大树,听得有一句没一句。"阿泉揉揉歪鼻头,颇有些委屈。

上弦月钻出云层挂上树梢,草虫在脚下啾鸣。陈宜禧脑子里把所有工序材料过一遍,铁轨、枕木、石砟都无空心实心之分,除非……安装在排水渠里的松木水管是需要先被凿空的,难道尼克为了赶进度让工人偷偷省了那一步？

阿秋也反应过来："洋鬼耍赖,走,阿泉,跟我去翻他们的水渠。"

陈宜禧拦住阿秋："万万不可,一来大家义务修铁路本是善事,闹翻对谁都无益；二来半夜三更去翻他们的排水渠,被人看见反会赖我们搞破坏。"

阿秋立起两道短促的浓眉,满脸不甘,眼珠里转着自己的主意。阿秋在华道弟兄里算顶聪明的,可他脾气暴爱惹事,陈宜禧敦促他和阿泉先收工,他自有办法应付。

白人工在第十天中午铺完了一英里铁路,唐人工的一英里在同一天傍晚完成。

科尔曼在工地宣布比赛结果之前,陈宜禧请他再彻底检验一下双方的工程,包括排水渠道："倒几桶水进去看看是否畅通？"

科尔曼吹起山羊胡嘲讽："我中午就验收了尼克修的铁

路,明摆着你们比人家晚半天,看见落进海里的太阳了吗？你尽管挑战我口袋里的怀表不准,可天上的太阳还会有误？"

围观的人哄笑,男孩们欢呼"尼克,尼克……"

尼克拍拍陈宜禧头顶:"酒钱预备好了？卖鸦片我比不过你们华道,可无论体力活还是技术活,白人显然都比中国佬在行。"

阿秋冲上前:"你他妈的偷工减料,埋的是实心木头!"

尼克涨红了脸和脖子:"中国佬真他妈输不起,可造谣中伤也改变不了白人比你们强的事实!"

"有本事把你身后那段排水渠挖开来看!"阿秋提起手中铁锹怼到尼克眼前。

阿秋那么理直气壮,陈宜禧意识到他到底没听劝,半夜去翻了洋人的水渠。可科尔曼不耐烦,打手势让他管好手下的人。围观的大人小孩也都不耐烦,齐声有节奏地喊:"中国佬输不起,中国佬输不起……"

"现在不是认死理的时候。"他用新宁话阻止阿秋。

"该死的中国佬!"尼克拨开铁锹。

"不敢挖？我帮你挖!"阿秋立着眉毛,提铁锹往尼克身后钻,被尼克一把抓住揉到地上。

"洋鬼心虚,弟兄们走,一起去挖!"阿秋翻身跃起招呼身边唐人工。

白人工立刻手持锹镐围上来,两队人马站成两排怒目相向的墙,阿正举起铁拳头。围观的白人有的站到白人工身旁助威,有的招呼小孩们赶紧躲开,有人撒腿跑开说是去叫雅斯勒来工地制止斗殴。

科尔曼大概没见过如此紧张的对峙,双手惨白抱住炭黑的头,神经质地在两堵人墙间来回小跑:"都给我冷静,冷静!"虽然科尔曼此刻的样子古怪滑稽,像只没头的长脚鸡,却没人笑。

陈宜禧脑后汗毛立起来,皮肉绷紧,骨骼"咔咔"响,十三岁与客家人恶斗夜战存留下来的自卫本能被触发。但他脑子里很清楚,即使尼克耍了花招,如果此时硬要跨过对面冒火的洋人墙去翻土证实,西雅图的男女老少包括科尔曼都不会支持唐人;原本一桩义举会恶化成流血事件,西雅图和华道的名声都不能这样被毁掉。

他伸手把阿正的铁拳拉下来,交代他盯住阿秋,然后对尼克说:"你们的确比我们先修完一英里,走,我请你们喝酒去。"

对面针锋相对的白人工一时难以置信,还举着锹镐不动。他转身让华道弟兄们散开,尼克绛红的脸才舒缓下来:"管醉?"

"一醉方休。"

阿秋被阿正拦在身后,跳着用新宁话嚷:"禧哥你是大度还是怕死?洋鬼都以为唐人好糊弄,真他娘的窝囊!"

是,他有时也真希望哪天能痛痛快快跟欺负唐人的洋鬼干一仗,哪怕头破血流!但不是现在,至少这场比赛的输赢不值得大家用鲜血去换。阿秋还年少,跟他一时说不清楚,陈宜禧默然拍拍阿秋的肩。

众人散去,他把科尔曼叫到一旁:"路基的排水状况直接关系到铁路的寿命,如果需要,我们愿意义务翻修这两英里线路上不合格的排水渠。你考察清楚,可以随时找我。"

科尔曼刚受的惊吓不小,还没缓过来,喘粗气瞪他一眼,什么也没说。

当晚在西雅图海边的艾略特酒馆里,酩酊大醉的人们把尼克像英雄一样举到半空,绕酒馆转圈。玛丽·格林和约翰逊太太带几个女伴用五月盛开的红黄两色玫瑰编了花冠,给每位义务修铁路的白人工戴上。

"白人就是优秀,西雅图为你们骄傲。"玛丽提着森林绿长裙站到酒桌上宣告,还瞪着挑衅的眼睛四处寻找甘拜下风为白人工买酒单的中国佬。

陈宜禧却早已搁下酒钱离开了。

第十六章

需要仰视的高度

1875年　西雅图

明叔靠着华道柜台跟陈宜禧拨算盘:"你入伙大半年,华道杂货生意维持原状,还是我和道叔以前做的水平,劳务这边收入零零碎碎,基本都在亏钱。起初欢欢客栈改为工人宿舍,我也没说不收钱,你倒是大方,让阿秋他们白住白吃。"

陈宜禧摸摸脑袋,露出白牙:"明叔是贸易行家,现在经济低迷,大多商家亏本,华道能持平,全靠你未雨绸缪。"

他这话不完全是奉承,华道主要出售低廉食材和日用品,经济好不好都有人买,萧条时期光顾的客人还更多。贸易方面明叔说了算,毕竟人家是大股东,经验也确实比他丰富。最近明叔忽略道叔爷创店之初立的规矩,开始卖鸦片,说是又不犯法[1],别的店都做,我们不做连杂货生意都会流失。

---

[1] 鸦片生意1902年以前在美国合法。

明叔左侧半人高的玻璃柜里排着一听听装满烟土的锡罐，从温哥华进口的贴着红白标签，比香港进口的红蓝标签便宜，卖得快；烟土罐前还摆设两杆雕刻龙纹的银质烟枪。陈宜禧总觉得那鸦片专柜扎眼，却不好多说，毕竟艰难时期得八仙过海。

劳务一时没大赚的机会，明叔失去兴趣，都扔给他管。他倒不灰心，这个地区在发展，人工需求总有复苏的一天："工人培训好了，拿个大订单，很快就赚。再说阿秋他们也不是什么都不做，农场、伐木场、矿山、家佣，哪里有活都去干。"

"经济不景气要收房费饭钱，谁都懂这个理。"明叔翻账本。

"等我们拿到一单大工程再说吧，弟兄们不容易，家乡有家有口……"

明叔打断他："全华盛顿都知道你修路输给了洋人，谁还会给你大单？该出手的时候你认衰仔（自认无能），弟兄们都不怕，你倒怕死，明明可以做招牌打广告的业绩，你拱手让给洋鬼。"

他可以想象那天在铁路工地如果换了明叔是怎样的情形。明叔早剪了辫子梳了分头，穿着法兰绒衬衫、吊带西裤，看上去洋派干练。明叔和他都刚过而立之年，都已是三个孩子的父亲，他却深知这位同岁族叔仍如在新宁那般年少气盛。时间损坏一些外表迹象——比如明叔的虎背熊腰，这些年因拉货扛包开始弯曲——却把内里的习性刻画得更深刻。

"明叔,你知我不是怕死……"否则怎能把你从太平洋的狂风巨浪里捞回来?但后面半句他没说,替人做过的事他不喜欢总挂嘴边,明叔想必也是借题发挥,生意做不下去谁都不好过。他细翻账本:"阿秋两周前在甘波港伐木场做的五天工钱没到账,上月阿泉去约翰逊家帮佣,还有阿石去威廉姆斯家修屋顶的工钱还欠着。我先收账去。"

"上月欠的工钱,我都重新寄账单去催了,看你有么嘢神通?"

当天陈宜禧带上阿秋阿正坐船去了趟甘波港。伐木场空无一人,到处是被砍了几斧头摇摇欲坠的雪松、冷杉,在寒风中"吱嘎"作响;已被砍倒的横七竖八堆在地上。他们直奔管工的木屋,房门敞开,床铺光秃秃只剩个架子,酒瓶翻倒在木桌上,吃剩的面包已长出绿霉。看来伐木场已被遗弃数日了。

"扛几根木头回去抵账吧,就算卖得出去,草一样的价钱还抵不上运费。"阿秋颓丧地踢一脚地上的原木。

陈宜禧第二天又带阿秋阿正去约翰逊家,敲门敲窗半天没人应。三人拖着步子刚到威廉姆斯家前院,头顶"砰"一声子弹爆开,一群黑鸦惊飞,"啪啪"扑闪翅膀,羽毛七零八落。

"中国佬,再上前一步,我的子弹就不是往天上飞了。"红鼻子老头从门缝挤出半张脸,黑洞洞的来福枪管支在鼻尖旁边。

"赖账还有理,什么世道?"阿正挥铁拳大步向前。

老头举枪拉枪栓,瞄准。

"阿正,回来!"陈宜禧疾呼。他相信威廉姆斯说到做到,中国佬的命在他眼里大概不值他欠的二十块钱。

阿正一拳砸到楼前篱笆上:"不拼命怎么收得到钱?"

他一时也没主意,只知道阿正从齿轮锯下好不容易捡回一条命,不能为二十块美金去冒险。

陈宜禧空手回到客栈,碰上丽兹来看沐芳和欢欢。欢欢三岁了,乖巧伶俐,像沐芳小时候一样水灵;丽兹拿块巧克力饼干逗她唱英语歌。欢欢害羞,沐芳就领她唱:"London Bridge is falling down, falling down(伦敦桥要倒了,要倒了)……"他也跟着一起唱,把欢欢架上脖子让她"骑马马",朗润的男中音托着女儿稚嫩的歌声满屋子转。

沐芳五个月的身孕开始从湖蓝长衫下显现,脸盘依旧细腻白皙,散发瓷一般温润的光。他扛着欢欢立住脚跟看她,好像还不太能相信她是他的女人,虽然她正怀着他们共同的骨血。他期望这次是个儿子。养母哄他娶的二房阿娇七年前已如期生了个至今还未谋面的儿子,取名秀年。可他心目中的长子必须是他和沐芳的儿子。

和沐芳结婚后,他一直没回新宁,华道在香港的进出口生意他都让给明叔去打点。自梳女嫁人在家乡是一大禁忌,道叔爷不在了,没有肯为他俩说话的长辈,他带沐芳回新宁,不是自找麻烦也将是自取其辱。可只要他们在一起,哪里不是家？沐芳把他曾经思念的朗美村带到了金山，她的举手投足里就有村尾那棵老榕树的飘然翩跹，一颦一笑都有村尾石径的清爽蜿蜒，她就是家。虽然是在异乡，也不能有亲手伺候父母的圆满，但两人能够长相厮守，把成年累月相思的煎熬化为每日可以触摸、看得见听得到的甘甜，已是何等幸运，他知足了。

沐芳好像听到他的心思，哼着歌望过来，眼里一汪盈盈的笑。他的眼瞬即像蜜蜂追去吮吸那笑里的蜜，足以解忧，足以消乏。

和深爱的女人生儿育女平安度日，就算种地伐木、替人做饭也无不可，能养活一家人就行。可他现在不再是普通打工仔，要对华道的十几个弟兄负责，他必须找个办法让大家都生存下来。陈宜禧抓起茶桌上的英文报纸逐条读起新闻广告。

南边的任顿煤矿要开发了，采矿虽苦，按目前的市场情况，估计一个矿工职位得有十人抢；有条评论说那里煤的质量好、储存量大，可惜运输不便，大规模开采时机未到。西雅图人夏天义务修的那段铁路向南走，如果雅斯勒他们筹到款修过去倒是可以运煤……东边爱达荷地区（Idaho Territory）的银矿需要工人，虽然远，实在不行他就带队过去……对了，该给伊丽莎白回封信，上月她来信说珍妮长成淑女快嫁人了，查理大学毕业去纽约帮外公打理生意，小汤姆都上中学了；北花地水力开矿萧条，他们要搬去萨克拉门托，需要找新的帮佣。

思索间他听到丽兹跟沐芳八卦,说镇上新来个爱尔兰律师,闪电般赢得了麦哥尔拉(McGilvra)律师家大小姐的芳心:"听说他热心为拿不到工钱的雇工打官司,还不收穷人钱。"

他耳朵立起来:"这律师叫什么名字?"

"托马斯·伯克(Thomas Burke)。"

"他赢过官司吗?"

"岂止赢过?否则怎能和镇上最有名望的麦哥尔拉律师做合伙人?"

"你说他是爱尔兰人?他帮中国人打官司吗?"在加州内华达县,虽说凤毛麟角,还有个白发律师鲍尔肯为落难的唐人说话,西雅图或许也找得到,他该早想到这点。洋人虽凶,却爱拿法律说事,他十几年前见识过,四年前沐芳最终幸免于玛丽的陷害还能嫁给他,也因为雅斯勒利用了法律和法官。欠债还钱法律该管吧?

丽兹耸耸肩:"不妨试试。"

陈宜禧第二天难得穿上了三件套洋装,扣顶黑礼帽,按丽兹给的信息一路打听,在建筑逐渐密集成群的下城中心找到麦哥尔拉-伯克律师事务所。头一回求助于洋人律师,他郑重其事,领结系得过紧,顶在喉头,推门的手有点犹疑。门那边会是怎样的情形,他心里完全没底,虽然曾被动地卷入正式和非正式的法庭。美国法律到底是为谁定的?他曾想请教伊丽莎白而未有机会说出口的问题,此刻似乎就悬挂在门把上,门那边是否有答案呢?

从卷宗的山丘后走过来的鬼佬比他还矮半个头,虽然胡子拉碴,发际线已开始后退,却长个娃娃脸,眼角弧线还沾点稚气。他虽没见过麦哥尔拉大小姐,但听丽兹和沐芳说是个美人,家境又富裕,怎会喜欢上这么个人?反差有点大,他以为自己走错了门,正要转身。

"你一定在想,这小矮个除了满脸胡须有什么特别之处?怎可能帮你打赢官司?"饱满丰润的话音如泉水跳荡在松木墙壁间,屋里成堆的文件似乎瞬间有了生命,随他一起聆听、呼吸。

陈宜禧不由得驻足,再次打量眼前洋人。额头高而宽,映照着窗外树丛滤过的阳光,和他的眼神一样明亮却不逼人,鼻头、耳垂圆厚,向他伸出的手掌也圆满敦厚。"托马斯·伯克。"他自报姓名。

一见面就当他是平等同类、伸手相迎的洋人,陈宜禧还是第一次遇见,他的手试探地伸出,立刻被对方稳稳握住。那是只温暖有力的手。

"打官司需要的头脑、口才,我都有,而且可以很不谦逊地说,都相当不错。不过要是论拳脚枪法,我大概还不及你。"伯克律师请他落座,笑得诚恳自信,两只拇指轻松搭在裤袋口上。

"我们要追的债数目不大,律师费也付不了多少。"他上身前倾,屁股贴着椅子边,随时要撤走的姿态。

"一块钱的债也是债,事关公平,不论数目大小。"伯克律师说话不仅声音悦耳,而且字字落到点子上。他于是挪挪身体坐稳,扯松喉头的黑领结,把华道追不回来的债务逐一列出。

伯克律师说甘波港伐木场拖欠了很多工钱,他早已和住旧金山的场主联系过,对方已宣告破产,请他代为处理这项不良资产。

破产?那就肯定没钱收咯。领结虽然松了,陈宜禧的喉头还是紧邦邦,心想这随和的律师可别光跟他练嘴皮子。

"我和我的合伙人决定收购甘波港伐木场,所以欠你们的工钱我立刻可以付清。"伯克吹着口哨拉开抽屉,"刷刷"写了张支票递过来。

陈宜禧一时反应不过来:他在那人去楼空、一派凄清的伐木场上深刻感受的投诉无门,在这里两分钟就被轻松解决了?他呆板地接过支票,默然盯着隽秀花体写的全额数字,黑墨水被蓝灰纸片点点吸干。"可伐木场现在根本没生意,你们接个烫手山芋做什么?"他回过神,把支票塞进西服内袋。

"是暂时没生意,呵呵。我们到西部前沿来住没有抽水马桶的木屋,不就是为寻找机会吗?你比我早来许多年,一定比我更有西部冒险精神。"

伯克律师幽默谦和的话和他脸上跃动的乐观融化了陈宜禧的疑虑隔阂,他感觉自己脸上的皮肉松弛下来,喉咙也舒畅了:"你为什么不收穷人律师费呢?"

"我十一岁就开始打工了,呵呵,卖过杂货,在铁路线上送过水递过饭。法律就是让像我这样的小个头不受欺负的社会依据,让人区别于兽、文明区别于野蛮的分界线,最终目的是使大多数人都能过上幸福生活。至少我这样理解,我不过是法律的谦卑仆人而已。"

大多数人也包括像他这样黄皮肤黑眼珠的唐人吗?他从伯克律师的神情里看到肯定的答案,但他初次主动触及美国法律,还需要拭目以待。

至于约翰逊和威廉姆斯欠的五十块,伯克律师说:"请给我几天时间。"

一周后伯克律师差人把钱送到华道。陈宜禧问信使:"威廉姆斯老头的来福枪是怎样被摆平的?"

信使说,伯克律师说服了国王县[①]警长,让他带着随从一同去收的款。

西雅图—瓦拉瓦拉铁路,顾名思义,原本是打算往东南边修到距离西雅图二百五十多英里的瓦拉瓦拉市去的,可碰上美国当时没完没了的经济恐慌[②],雅斯勒和城市元老们等不到钱修铁路。除了市民自告奋勇铺建的两英里铁道,余下

[①]King County,西雅图所在的县。
[②]1873年美国Credit Mobilier联合铁路公司融资丑闻牵涉国会和副总统受贿,引起全国经济恐慌。

的路程悄无声息地在提姆·科尔曼设计的蓝图里躺了整整一年,直到他成功游说了南边任顿煤矿的大股东任顿船长。科尔曼自己愿意出十万启动资金,任顿煤矿承诺付费用铁路运煤。元老们和东部的投机商忽然看到了商机,多多少少松开了手里的钱袋。

科尔曼一八七二年才到西雅图,论资排辈远不如雅斯勒一众元老,但这两年他却成为镇上被频繁提及的热门人物。工厂要关门,"找科尔曼去";大楼要易主,"找科尔曼去"。原因很简单,他为三藩市投资人管理皮欧吉特海峡资产起家,镇上元老的钱包被经济恐慌挤扁了,科尔曼身后却似乎总有源源不断的资金涌来。雅斯勒的锯木厂最近就卖给了他。

科尔曼拒绝雇佣工会成员,锯木厂车间总管"大块头"尼克帮雅斯勒交接完善后事宜就失业了,已经五个月,积蓄花得七七八八。家里六个孩子,每天花着脸满屋子找东西吃;六张嗷嗷待哺的小嘴闹得他毛躁不安。最大的本吉十二岁,刚和桌上的空酒瓶一般高;最小的爱德两岁,走路还不太稳。

他当年随父母挤在底舱横渡大西洋到美国来的时候,也就爱德这么点大。父母带他逃过了旧大陆的饥荒,他也绝不能让自己的孩子挨饿。妻子有次小声提出退出工会,被他一巴掌扇到墙角,散乱了发髻:"没见识的婆娘,脱离工会他妈的才会受人欺负!我自己做老板更好!"

的确,被锯木厂遣散的白人工都信誓旦旦要跟他修铁路、开矿山。西雅图—瓦拉瓦拉铁路终于快续建了,去年他赢了修路比赛,在西雅图也住了六年多,地利人和,这座新兴城市的第一条铁路理当由他带人来修。不过,雅斯勒那老鬼贪便宜,城里修路搭棚都找廉价的中国苦力干,有他坐在铁路公司的董事会里,尼克不能掉以轻心。

铁路公司选施工队那天,尼克早起剃干净参差的胡须,换上他的咖啡色"幸运外套",与两个弟兄一早到雅斯勒会堂门口等候。从前锯木厂的伙夫陈宜禧和他的华道合伙人"细眼明"比他们到得更早,两个苦力在门廊里摩拳擦掌的样子让他忍不住嗤笑:"谁都知道中国佬修路比赛输给了我,回家歇着去,还在这耽误什么功夫?"

中国佬伙夫觍着脸跟他道早安;"细眼明"撑眼皮瞪他,可再怎么瞪,眼睛还是两条斜缝。

听说"细眼明"刚到西雅图时在任顿船长家帮佣,任顿是董事会成员之一,"细眼明"今天来露脸,是想让从前的雇主念及他洗地板、倒尿盆的旧情投华道一票吗?可他们显然白费心思了。老皱成一团腌肉的任顿船长拄着拐杖歪歪扭扭挪进会堂,对上蹿下跳招呼他的"细眼明"一脸漠然,像根本不认识他。

董事会五位主要成员,科尔曼、任顿船长、雅斯勒、史密斯律师——代表其投资铁路的客户,伯克律师——代表麦哥尔拉律师事务所的铁路投资客户,在戏台上落座后,大门被关上了。两个中国佬撅屁股贴着门缝往里瞅,尼克不屑与他们为伍,背靠在另一边门板上,耳朵却自然而然伸进了会堂,留意着里面的一举一动。

董事们的确如他所料,大半倾向雇佣白人施工队——体力、经验、沟通各方面都占优势,而且,西雅图本地就有现成的白人工程队。可雅斯勒那老鬼果然只盯着账本说话:"有经验更便宜的中国佬工程队也是现成的啊,他们的头陈宜禧是我一手带出来的,沟通没问题。"

"中国佬要价低不可否认,可他们为什么去年修路比赛输了?明显效率低,如果用中国佬,恐怕最后总共开销会更大。"史密斯说。

"这是个明智的人。"尼克跟他两个弟兄点头。

一直沉默的科尔曼忽然开口,说他必须陈述一个事实:"去年修路比赛,尼克带的白人工是比陈宜禧带的中国人提前修完了一英里铁路,可是……"

尼克的耳朵眼被科尔曼的话提到半空,他立刻转身把目光挤进门缝。

科尔曼推开椅子站起来,捏着浓黑的胡须斟酌措辞。

"可是什么?快说啊。"雅斯勒不耐烦。

"直面事实有时不那么容易。"科尔曼干咳一声,"不过,我得为西雅图负责,实话实说了。白人工安在排水渠里的水管是两头空心、中间实心,不合格,比赛结束后我验证过,需要翻修。"

"你他妈吃了中国佬的贿赂!"怒火蹿上头,尼克"砰"地踢开会堂大门。

311

董事们哗然,任顿船长扼腕说难以置信,史密斯白着脸问科尔曼是否当真确定。

"去年你亲自验收了我们修的铁路,今天关键时刻却来编故事,中国佬给了你多少好处?"尼克任凭怒火烧红自己的脸,逼到台前。他不懂,科尔曼不是白人吗?如果没被龌龊的中国佬收买,为何无端揭同胞的短!

科尔曼却没接招,摇头做惋惜状:"我承认,当时验收铁路,我疏忽大意了。我也不能相信翻开水渠后所看到的。"

科尔曼还真去翻了水渠?可翻了又怎样,难道他尼克堂堂一个白人大汉还能向不及他肩高的中国苦力认输?再说,跟中国佬比赛本来就降格,用点计谋根本不为过。中国佬为多挣一分钱什么花招不耍?低声下气溜须拍马、睁眼说瞎话、贪小便宜、趁人不注意就偷东西……他在锯木厂见多了;他们挣了钱还不在美国花,都攒着寄回中国去,娶一堆老婆……"不就是个即兴比赛吗?修铁路本来就该是白人干的活,合同签给我们,没有我们不能修正的问题!"

科尔曼的身体像街灯杆子般细长,杆子顶上的黑脑袋里一定装满奇怪的想法,他说的话尼克越来越听不懂:"我绝对相信白人工的施工能力,但尼克,为求胜作弊却不是值得骄傲的事……"

陈宜禧在会堂门外长舒一口气。这口气他没白白忍一年,就算有华洋之分,公道的刻度在科尔曼心里到底没有磨灭。他不好直接走进去赞叹科尔曼的良心勇气,便把给他的掌声"啪啪"拍到门廊柱子上。明叔也兴奋地在他肩上拍了一巴掌。

伯克律师站起来为科尔曼鼓掌："西雅图和旧金山一样，处于美国面向远东市场的前沿，我们要为这个城市的未来投票，看远点，想宽点，超越个人甚至种族，这个城市的前景就不至于被局限。"

超越个人甚至种族？那是怎样的境界？被伯克律师的气概迷住的不止陈宜禧一人，会堂内外一时寂然无声，大家似乎都在消化伯克的话。在个人、家庭甚至种族的生存之外，还有些什么值得去做去追求，这大概就是哲人们讲的理想抱负吧。

这一次，陈宜禧心中豁然洞开，没有开山水炮溅出的水花激灵在脸上，也没有火车呼啸飞驰的快感，不过是戏台上那矮墩墩的爱尔兰律师的几句话，掷地有声，引来的震撼却不亚于庞大轰隆的水炮和蒸汽机。

陈宜禧再看立在台上的伯克律师，敦实小个头，拇指随意搭在裤袋口，脸颊弯出两道亲和的圆弧，似乎没什么过人之处，却站在他需要仰视的高度。自己也许永远站不到和他等同的高度上去，但应该能站得比现在高。

"我投华道工程队一票。"伯克律师清越的声音如飞石划开沉寂，超越个人种族，他说到做到。

而那是何等关键的一票。虽然雅斯勒和科尔曼随即投票给了华道，任顿和史密斯却坚持选尼克的工程队。一八七五年,伯克律师超越种族的选择,成全了华道第一份价值一万美元的铁路施工合同,在某种意义上也成全了华道继而在西雅图各项城市基建中获得的成千上万美元的合同,包括修筑派克(Pike)、联合(Union)、华盛顿(Washington)、杰克逊(Jackson)等主要街道的修建,以及挖掘华盛顿湖到联合湖之间的木材运输河道(The Montlake Cut)。劳务从此开始成为华道的重要收入来源,占总收入的六成以上。

伯克律师投票时,尼克痛骂着"唯利是图的败类!"愤然摔门冲出会堂,全身像着了火。陈宜禧被他一把推开的时候,左肩仿佛被烙铁烫到,"哧"地冒出青烟。但陈宜禧太激动了,根本没在意肩上的灼痛,当然也没看到尼克的脸被愤怒扭曲绷硬,有了石头的质地。

尼克冲到海边的艾略特酒馆,与几个失业的白人喝得烂醉,把喝空的酒瓶满地乱砸;又在酒馆门口点燃一堆垃圾,脱下他的咖啡色"幸运外套"扔进火堆:"西雅图的富商们都他妈的疯了,选个中国佬伙夫来修铁路!"

中国佬伙夫陈宜禧与他的合伙人明叔当时只一心顾着向董事会致谢。没给华道投票的任顿船长也一歪一拐地来跟他们握手道贺;史密斯律师抱着胳膊站在会堂一角,没凑热闹,白纸般的脸上似有波纹浮动。

任顿船长对明叔嘟囔:"修铁路不比打扫房间,偷懒可要出大问题。"

陈宜禧对明叔咧嘴笑:"船长原来还是记得你的。"

明叔用新宁话跟陈宜禧申辩："老鬼糊涂了,不记得我当年伺候他多周到。"

伯克律师拍拍陈宜禧手背："这只是开始,中国佬。Think big, think the impossible.(想大事,想不可为之事。)去跟科尔曼上上课,能修不够,还要会设计。"

"来吧,这是美国,机会对每个努力的人开放。"科尔曼说。

一八七五年还有桩值得庆贺的喜事,陈宜禧和沐芳的儿子秀宗出生了。张灯结彩的满月酒席上,华洋亲朋满座,洋人脸孔里除了雅斯勒市长、丽兹、琼斯夫妇等老友,还有伯克律师的满面红光。

十几桌酒席前面的供台上,摆着道叔爷和其他陈氏祖先的牌位,一座白瓷观音像和一座彩陶北帝像分别立在牌位左右;供台上方,一幅基督牧羊的油彩画占据了整面墙。

陈宜禧在供台前点香洒酒拜祭,感谢列祖列宗、各路神仙保佑扶持,尤其感谢恩人道叔爷提携他来金山,教他认得了洋人神仙,感谢主耶稣赐福于陈家和华道。他对诸神的感恩是真心的,他不轻易祈求,但九死一生活到今天,每次发自内心的呼唤应该都被回应了,虽然他没听见过,事实却是,他还活着、活得不错,越来越得心应手。

琼斯夫妇被请到前面,沐芳把红布襁褓中的婴儿递给琼斯夫人,琼斯牧师取圣水洒到秀宗额头,为他洗礼命名。秀宗于是有了英文名,"Christopher",意思是基督的跟随者。

"儿子在洋人地界出生长大,跟着洋人神仙才能安稳。"陈宜禧用新宁话跟沐芳说。沐芳笑而不语。

站在沐芳旁边的丽兹好像听懂了他的话,扫一眼拥挤的供台,冲他眨眼:"什么神都拜?幸亏琼斯牧师宽宏大量。"

陈宜禧咧嘴笑:"我儿子只拜耶稣就好。"

沐芳搭一句:"敬祖先是中国人的习俗,其他的都是摆设。"

伯克律师向欢欢讨教,学会了用筷子,闷头去夹瓦罐里的姜醋蛋。两根细棍在褐红的猪脚花生酱汁中游来划去,好不容易夹起一颗蛋来,转眼又滚到桌上。他一把逮住滑溜的醋蛋塞进嘴,端起一盅米酒仰头饮干。欢欢拍手"咯咯"笑。

三十多年后,两位西雅图先驱共同回忆他们相识的过程,陈宜禧说没想到能与一位爱尔兰绅士深交成为挚友,他们可能是前世的弟兄。伯克律师说他不懂东方的转世哲学,但可以肯定的是他比陈宜禧矮:"你至少动手打起来不会吃亏,呵呵。"

阿秋阿泉带着华道弟兄们不断给陈宜禧敬酒,提到一年前修铁路比赛的事,都说禧哥是卧薪尝胆的越王勾践、深谋远虑的诸葛亮,跟他揾食(谋生)错不了。明叔在一旁插不上嘴,表情很不自在。

陈宜禧圆场说:"这两年全靠明叔开源节流支撑华道,大家多敬敬明叔。"

弟兄们给明叔敬完酒,又闹着把禧哥抬起来去宴席门口转圈,像一年前洋人们抬尼克在艾略特酒馆转圈那样。他笑骂着让他们快放下他,弟兄们又把他举到桌席间绕一圈才罢休。伯克律师对他举起酒杯;明叔的下巴拉到了肚脐那么长。

陈宜禧赶紧给明叔敬酒,请他以后多关照侄孙秀宗。明叔收起下巴说:"你挣了一笔大生意,得了人心,你喜欢的女人又给你生了儿子,还要我关照么嘢?"说完把面前一碗姜醋蛋倒扣在桌上,拂袖离席。

第十七章

仇恨的石头

1885—1886年　西雅图

仇恨能分出多少等级？手足间反目成仇到老死不相往来，异族间水火不容到赶尽杀绝，妒恨的齿牙细细嚼噬，到泄愤的虎口大块撕咬，人心的柔软被点点磨灭，恻隐被不断膨胀的怒火焚烧殆尽，白炽化的瞬间，硬如铁石的心肠碎为齑粉。

一八八六年二月七日黎明，浓雾弥漫，陈宜禧被欢欢客栈楼下的马匹嘶鸣惊醒，推开窗门，火光放大的重重黑影覆盖了整条街。他意识到大半年来自己的思索此刻已失去意义：仇恨虽极度负面极具杀伤力，却大概还属于人的情绪，而对方当你是非人的异类时，人性完全丢开，丧失人性的躯壳便成为肆无忌惮施暴的机器。那些举着火把跳下马车、用大头皮鞋狠狠踹着客栈大门的暴民，连恨都不屑于流露给他们围堵的唐人，麻木生硬如石头阻挡跳蚤蟑螂的去路。

仇恨的石头终于结实地砸下来了。大半年来,遍布空中的石头不断往下压,不给唐人站立的空间,原来就是要把唐人都压扁成爬虫。"仇恨的石头"不过是个说法而已,石头原本无情,石头就是石头。

第一块瞄准华道的石头落在半年前,一八八五年入秋后一个清冷的早上,凯瑞公主惊惶赶到欢欢客栈:"警察把阿明抓走了!快去赎人!"

"别急,一定是误会,我去说清楚。"陈宜禧安抚抹泪的凯瑞,凯瑞把她捏在手里的报纸塞给他。

当天的《后情报者》①,他还没来得及看。凯瑞指向一篇题为"姑息养奸"的文章:"西雅图的宽厚慷慨成就了华道,华道却改不了中国佬的贪婪成性,无视、践踏美利坚法律,从加拿大偷渡贩卖中国来的奴隶牟取暴利……本市放任骄纵中国佬的商人统治阶层何日才能对他们的姑息养奸有所警醒?何时才会对吸干西雅图血液的中国佬下逐客令?"

一八八二年美国联邦政府通过排华法案(Chinese Exclusion Act),明文禁止唐人入境。而对美国境内已有的数万唐人,西雅图的报纸和各地报纸一样,称之为"中国人问题"(The Chinese issue),更不客气的说法是"那些在我们西部泛滥成灾的黄祸"(those yellow rascals who have infested our Western country)。《后情报者》算是西雅图最保守的报纸了。

---

①The Post-Intelligencer,《每日情报者》几易其主后的版本。

其他报纸公然贬损唐人,除了满街叫滥的"苦力""猪尾巴",还不断推出"孔夫子的狡诈子孙""有钱的麻风病人"之类新骂名。《后情报者》却一向高姿态,不参与辱骂。

而"中国来的奴隶",那不就是"猪仔"吗?陈宜禧想他和明叔说好永不买卖"猪仔"啊,是否《后情报者》终于也抵挡不住排华压力,跟风发表这样无中生有的文章?还斥责对唐人友好的"商人统治阶层",就是以雅斯勒市长和伯克法官①为代表的西雅图元老们。这两年如果没有他们坚持依法办事,玛丽和史密斯律师领头、借口为洋人劳动者代言的政治派系大概早闹翻了天。

陈宜禧拿着报纸赶去县警局,国王县警长麦格若(County Sheriff McGrow)从办公桌后抬起刷子一样规整的八字胡问:"你来自首?"

陈宜禧把报纸推到桌上:"这篇文章恶意中伤华道。"

麦格若警长从胡子后喷股粗气:"我可不是因为一篇报纸文章逮捕了你的合伙人,西雅图是个法治的城市。"他起身整整白衬衫衣领,摸一把挂在椅背上的双排扣大衣:"今天为了在违法现场捉你们华道的人,我天没亮就爬起来了,露水湿透了大衣,现在还没干。"

"华道的人?谁?"

麦格若领陈宜禧走进拘留室,明叔和阿泉扑到铁栅

---

① 1876—1880年,托马斯·伯克为华盛顿地区最高法院遗嘱检验法官。

栏上。

"你们自己商量吧,交五百元罚款还是在牢里待五个月?"警长吹胡子走开。

"哪条法律这样规定的?"明叔冲警长魁伟的背影反驳,却没喊冤。

陈宜禧心里一沉,把报纸展开在明叔眼前。明叔眨巴一阵眼,摆出敢作敢当的姿态:"加州、俄勒冈州都有市场需求,放着现成的生意不做,傻子啊?"

"你……"陈宜禧气得半天才憋出一句,"我们开始做劳务时,你应承我的话不算数吗?"

"我应承么嘢?就算应承过,时过境迁也要变通嘛。"

"你这样做不觉得有昧良心?"陈宜禧对这位族叔的忍耐此刻到了极限,虽然压着嗓子,声音却比平时粗许多。

"排华法案他妈的就是欺负唐人的瞎扯淡,我有鬼良心可昧?"

明叔是真糊涂还是装糊涂?他真不懂自己为何动了气?那就先说他违法给华道惹祸这事吧:"排华法案的确对唐人不公,可去年玛丽在大会上公开点华道的名,跟洋人劳工说,修杰克逊街发放的八万多债券有一万在我们手里,明摆着是要把我们当众矢之的。街上那么多洋人没工作,华道又是镇上最大的唐人劳务经纪,怎么低调做事都不为过,你还作茧自缚?"

"就是因为按你的主意低调,没去追市政府欠的债,又停了鸦片生意,搞得华道入不敷出,我才想在劳务这边省点成本。"明叔脑门上的头发开始稀疏了,手指还习惯性叉上去梳理,摸到光滑的肉皮,又恍惚地揉一揉,"再说犯法的又不是我一个人,差佬抓都抓不过来。今早都怪阿泉动身晚了,装人的船一到岸就撞到巡警手上,也算他妈的少有的倒霉。"明叔朝阿泉鞋后跟踢一脚:"昨晚叫你别贪杯!"

阿泉抹一把鼻涕,低眉顺眼反复说自己该死。

明叔怎么钻在生意套子里出不来?惹了祸理直气壮不说,置人于水深火热的缺德事,在他眼里倒是省成本的捷径?"你对被卖猪仔的同胞就不觉亏欠?"一股憋压已久的火蹿上来,陈宜禧没再克制,听任它从自己抬高的嗓门中爆发出去。

"我又没逼谁,出个船票转手拿点中间人手续费……嘿,还轮不到你教训我。"明叔应该是头一回被陈宜禧怒喝,还当着阿泉的面,脸色瞬间紫红,"你装么嘢装?不就是觉得欠了下水村阿发嘛,都过去二十多年了!"

他又看见阿发被绑在木桩上,耷拉着脑袋,烈日火焰烤得他皮开肉绽——虽然这情景只是从小玉口中听来的,却深深印刻记忆里,每次回放都感同身受,二十多年也淡忘不了。

明叔此刻的漠然和一贯的颐指气使倒让陈宜禧很快打定了主意:"你背着我做缺德事,忽视我们的约定,没把我当合伙人,我也不想再继续跟你做生意了。"说完,他转身就走。

他受道爷嘱托,和明叔合伙扩展华道生意,常被挤对打压可以忍,分红利总让明叔优先也毫无怨言,但这次明叔触犯的是他做人的底线,他不想妥协了。

明叔"哐当"一拳砸到铁栏上:"有本事你以后别进华道的门,也休想在新宁和西雅图单立门户做生意!"

"阿禧,怎么说散就散?至少交个罚款把我们赎出去再说嘛!"阿泉的哭腔追出黑邃的门洞。

菲利普斯太太十五岁就嫁人,三十不到已经养了五个孩子,最大的十岁,最小的不到一岁。玛丽摇曳着她经典的绿缎长裙,抱着一摞传单走进菲利普斯家门,婴儿"咿咿呀呀"蹬着肥白的腿爬到她脚边。

"阿星!"菲利普斯太太唤。一个营养不良的中国佬蜡黄着脸跑进客厅,黑黢黢的爪子掐进婴儿粉嫩的胳膊,还把婴儿贴到自己数得出一根根排骨的胸口,嘴里念着不知什么野蛮的咒语,往后屋碎步跑去。

这景象着实让玛丽恶心,她掏出丝帕捂上鼻尖。丝帕上揉过玫瑰花瓣,淡香使她抑制住干呕。中国佬枯黄的猪尾巴总算从玛丽视线里消失了,她问菲利普斯太太:"你不怕他的手把孩子弄脏?"

"我要求他每次抱孩子前都洗手的。"

"洗也洗不干净。"玛丽抽一张传单给菲利普斯太太。少妇扫一眼薄纸上的漫画,颧骨上的妊娠斑狐疑地抖了抖。

"你看,就像这画里揭示的,中国佬再怎么被调教,也是无耻的异教徒,骨子里永远是低贱肮脏的鼠类,就算让他们待在阴沟地窖里,也会给我们美丽的城市带来疾病和灾难。"

"可,伐木场不景气,我丈夫收入不稳,我们只雇得起中国佬做佣人。"

一年来玛丽和她领导的(白人)妇女自救会在皮欧吉特海峡逐家走动,说服雇佣中国佬的家庭改用白人。菲利普斯太太这样没觉悟的反应她见多了,她很有义务教育这样的人:"看看你的手和脸。"

少妇莫名其妙地把双手举到眼前,又摸摸自己粉红的脸蛋。

玛丽拉她到窗边,指着窗外胡子拉碴、无所事事的白人男子:"他们身体里流着我们白人的血,是我们的兄弟;我们雇佣肮脏的异教徒,就意味着剥夺自己弟兄的工作机会。你是否注意到,街上游荡的白人弟兄越来越多?他们失业,他们的家庭就挨饿、堕落,而家庭的堕落就意味着整个白人社会的堕落。"

菲利普斯太太脸上的红晕瞬间散尽,她大概从未想过,自己为省钱雇个中国佬却要担负如此重大的社会责任。

"请你和你丈夫慎重考虑。"玛丽倒着身子退出门,意味深长的眼神停留在挥手道别的少妇脸上。进入盛年的玛丽比少妇时期更精瘦,眼窝更深,两鬓染了雪霜。而她深知在岁月的痕迹装点下,自己这道眼神具有特殊的分量,菲利普斯太太的小心脏此刻一定在她的注视中"咚咚"打着内疚的鼓。

后退着的玛丽没留意到身后疾走来一个人,转身之间与他撞了胳膊肘,怀里传单飞散一地。

"你?"她瞪起双眼。许多年过去,雅斯勒的中国佬跟班已成为西雅图的大老板之一,她也早确切地知道了他的姓名。事实上,她印的传单背面列举的中国佬吸血鬼就提到华道和他,但她绝不屑于用他的名字玷污自己的嘴唇。玛丽把目光飞到一边:"就算你比我有钱,能穿西服带你女巫老婆去伯克家、雅斯勒家参加鸡尾酒会,不还是个邋遢的斜眼中国佬?"

玛丽还想说,就算你把那巫女生的儿子打扮成美国人模样送去教会学校,不留猪尾巴、说英语没口音,他还是该滚蛋的小中国佬!可一想到那虎头虎脑的小中国佬在欢欢客栈门前活蹦乱跳,巫女穿着玫瑰红的中式绣袍站一边笑盈盈地看他,他们脸上的绒毛在阳光下透亮……玛丽心里像被刀尖划过,滴血不止。母子间无形却又是生理事实的默契与连接,她曾深深感受过眷恋过,尚未尽兴就不由分说地被上帝收走了。而那不认识耶稣的中国巫女却大模大样,在她根本不该待的地界享受甜如蜜、浓似奶的做母亲的幸福,笑得像她绣袍上的白牡丹那般绚烂,凭什么?玛丽恨得牙关打颤说不出话来。

中国佬和她撞肘之初还假装绅士俯身去捡散落的传单,但一定是被传单上的漫画烫了眼睛。哼,鼠眉贼眼提着钱袋仓皇逃窜,被山姆大叔揪住辫子在半空挣扎,那不就是他自己的真实写照吗？中国佬抬起头,咬着下唇,把手中传单握成一团。玛丽感到他的神色带着狠劲,他肯定忘不了十几年前她在雅斯勒会堂送给他和他老婆的"派对",中国佬眼中的愤怒让她嘴角浮起满足的笑。不过,比起即将到来的风暴,当年那场审判会只是小打小闹而已。玛丽瞬即收起笑意,眼里当仁不让地射出刀光剑影:中国佬陈宜禧,看你还能神气活现到哪天？

玛丽如今已是镇上呼风唤雨的人物。格林裁缝去世后,她改回了娘家姓,"肯特",与晋升为西雅图警察局长的威尔·墨菲公开约会。裁缝店的招牌被她拆下当柴烧了,升值数倍的两层洋楼装修一新,成为她宴请四方政客的沙龙。

春风得意的玛丽,在西雅图的号召力,早超越了当年她和红发女教师丽兹争相关注的妇女选举权。男女不平等相对于阶级的不平等,只是个小问题,财富不均造成的苦难和道德沦丧才是一切社会问题的根源——她的眼界越来越开阔,尤其是加州来的劳工骑士①领袖丹纽·克罗林(Daniel Cronin)成为她沙龙的座上客以来。

原来,让她一向不痛快的"中国人问题",不仅仅危及白人社会的纯洁性和道德标准。"那不过是个表征,归根到底是劳工阶层与资本阶层之间不可调和的矛盾。美国西部的富商统治阶层只看重账本底线,大量雇佣中国苦力,实质上是利用廉价劳力来盘剥白人劳动者。"两颊深陷的克罗林坐在

---

①Knights of Labor,十九世纪末美国一个活跃的工会组织。

玛丽沙龙的紫红丝绒沙发里,反复把这个道理讲给玛丽、墨菲局长、史密斯律师、"大块头"尼克等西雅图排华委员会成员听。他忧郁的栗色眼睛仿佛透过沙龙烛光摇曳的空间,守望着方圆几百英里的贫困白人。玛丽被他悲天悯人的神情感动得几乎掉泪,她仰视的额头年轻宽阔,装着多么深刻的见解啊。

十年前,尼克被中国佬陈宜禧抢去瓦拉瓦拉铁路合同,和一群失业弟兄在艾略特酒馆里喝得烂醉。玛丽路过,见尼克在酒馆门口点燃一堆破烂,脱下外套摔进火堆,大骂西雅图富商跟中国苦力串通一气。山一样魁伟的大汉,跳着骂着,忽然坍塌在火堆旁号哭。面对白人弟兄那样揪心的无助,玛丽当时也没办法,只是悲哀。可现在不一样了,克罗林打开了她的视野。

玛丽的名声在皮欧吉特海峡远扬,是因为她对底层白人怀有切肤同情。她如今不愁衣食、风韵犹存,本可安享悠闲的中产阶级日子,但她懂得劳苦大众的困窘;她曾同样是这个不公平社会的受害者。上帝赐予她精明的头脑、富有感召力的声色姿态,一定是让她来做大事的,她岂能荒废天赋?在劳工骑士召集的大会上,玛丽为劳动者的权益疾呼;说到痛处,想起她不得已跟格林裁缝耗费掉的青春,泪珠滚落脸颊。台下近千张仰望的脸被她的真情打动,溢满期待,仿佛她就是上帝派来营救他们的圣母。

玛丽曾经以为,只要赶走陈宜禧和他的巫女老婆,她内心就能平复、安宁。可现在她要为那些对她充满期待的眼睛担负起重责；那些眼睛的主人们不应该再被中国佬掠取了活路。

玛丽捡齐散落的传单，向下一个教育对象的家门迈步。路过一家中国佬开的洗衣店，约翰逊太太正如同水蒸气一般，被店里的中国佬挥出门。岂有此理，应该被赶走的猪反倒理直气壮地赶起人来！玛丽瞪一眼那年轻的中国佬，他不是陈宜禧从前的跟班吗？好像叫阿秋，猪尾巴又粗又黑。

"我就是打听一下出售价钱，万一你改主意想卖呢……"约翰逊太太还跟中国佬纠缠。

"你打听一百遍也没用，不卖就是不卖！"中国佬鼓起腮帮子横在店门口。

玛丽不屑对中国佬开口，吊起眉毛对约翰逊太太说："前后左右的中国店一家接一家闭门停业，挂牌低价出售，他还能撑几天？"

"阿秋洗衣店服务周到价钱好，还上门收取递送，精打细算过日子的白人主妇都是他的主顾，生意好呢。"约翰逊太太托着臃肿的下巴跟玛丽耳语。

"你再等等，中国佬逃跑的时候就没功夫讨价还价了，镇上的中国店随你捡。"

"谁要逃跑？"中国佬阿秋竟敢对她玛丽提高嗓门。

"姐妹们，需要帮忙吗？"两个白人弟兄路见不平，甩着膀子走来。腰圆背厚的样子，应该是近郊的矿工或伐木工。

中国佬见势不妙,"砰、砰"扣紧两扇店门。白人弟兄上前一阵猛捶狠踹:"美国人没工作,中国猪还开店做生意!"

就是啊,连中国佬的跟班都自己开业做老板了,白人弟兄们却流离失所,这是什么黑白颠倒的世道!克罗林说得没错,开大会用言语泄愤远不能解决问题,应该采取更有力的措施;西雅图应该成为一片没有中国佬的净土。

玛丽当晚便在沙龙领头起草了西雅图的排华行动方案。"不惜代价",克罗林不止一次强调。虽然他说这话时望着空茫的远方,眼神一贯地忧郁,玛丽却感受到他文弱外表下那颗白种男子应有的坚硬内核,预见到那颗坚硬的石子将在皮欧吉特海峡激起的千层浪花。

陈宜禧忘不了十五年前玛丽躲在墨菲的方脸盘后投来的挑衅目光,可刚才在街上撞到她,玛丽眼里还多了些什么,除了骨子里的轻蔑、恶意捉弄,还有很明显的预示:大难即将临头。满天乌云似乎配合着她的预示,结成了块,像随时可能砸下来的巨石,直逼头顶。跨进欢欢客栈的时候,一阵狂躁的秋风尾随进来,卷起落叶枯枝的肃杀与苦涩。

西雅图街上聚集了越来越多游手好闲的洋人,有从周边矿场和伐木场丢了工作游荡过来的,也有轻信了铁路公司宣传从东部坐火车来找机会的,工作却自然不好找。镇上唐人近来没事都闭门不出,以免成为这类人撒气消遣的对象。

他每次出门,沐芳都算好时间在客栈门厅等他回家。秀宗出生后，沐芳小产过两回，最近好不容易有了身孕，他一再嘱咐她别轻易下楼，她却照旧等在门厅里。她的笑颜明朗如初，看一眼，似乎世间就没有了苦。

他展开捏在手里的传单给她看："明天让阿正去买船票，你带秀宗和欢欢去三藩市八叔那里先待一段时间。"八叔是华道的主要供应商，也是新宁老乡。

"你跟我们一起走？"沐芳眼眸如朗美的山泉般清亮，世事怎样变迁似乎都沾染不了她明净的心，他此时在那对清亮的眸子里看到自己拧紧的眉头。

"我一时恐怕走不开……"他虽和明叔闹翻，可还得对华道弟兄们负责，甚至，"整条唐人街都担在我肩上。"

第一次漂洋过海来金山的船上，他冲上甲板去找明叔，狂风巨浪，看不见听不见，他唯一能做的就是在风浪的鞭挞中坚持着，紧紧抓住他安身立命的根本。那时他还不明确自己安身立命的根本是什么，只知道倘若放弃会抱憾终生。可当他在北花地的寒风中对死去的阿发立誓，今后要尽力摆平不平事的时候，已经懂得，落在他眼前的责任，倘若不尽力担负，哪怕有一丝一毫的躲闪，就是内心亏欠的一笔债。而十一年前在修铁路比赛终结后，为避免洋人和唐人流血冲突，他忍辱负重一年多，也是因为有这使命般的责任感支撑。问心无愧，他才能坦荡地活着。

"那我哪也不去。要来的都会来，到哪里也躲不开。"沐芳脸上有种决绝，好像她已预见什么并接受了预见的结果。

"和明叔吵架了?"她指着门边案几上《后情报者》那篇檄文,"现在外面事事艰难,自家人再翻脸就更难了。"

其实走出警察局,在满街洋人不加掩饰的敌意与辱骂间绕来拐去时,他就准备回头让阿正把罚款送去,保释明叔和阿泉出来。明叔背着他卖猪仔这事迟早要了结,但现在真不是时候,当务之急是如何应对越来越混乱的局势。

阿秋和福记餐馆的老板踏进客栈。阿秋提着猎枪,福记老板握着菜刀:"禧哥,你得拿主意稳住人心,否则西雅图的唐人全要被玛丽那伙人吓跑了。"

"那也不能惹是生非。"他指阿秋的猎枪。

"是人家惹我们!玛丽和两个白人大汉堵在我洗衣铺门口,我不拿枪哪敢出门?"阿秋吼。

事态恶化的速度比他预料的还快:"你们多找几个人,马上去把周边矿山和农场的唐人都叫回市区,大家守在一起办法多点。我去发电报,向三藩市大清领事求援,然后去找雅斯勒市长。"

窗外忽然电闪雷鸣,玻璃窗被震得颤动不已,一道霹雳像是劈开了墙壁,锋利的电光刺进屋内。十岁的秀宗跑下楼扑向沐芳,小手握着他涂抹了半只棕熊的画纸。儿子有他挺直的鼻梁和沐芳清亮的眼睛。

沐芳抱起秀宗,似乎安慰他:"孩子们不会有事。"

沐芳的轻言细语,陈宜禧后来回想起来,其实句句是凝重的谶言。可此刻他的心被未知却触摸得到的危险挤压着,呼吸都不顺畅了；沐芳的话像云雾飘浮，他虽看见了，却没看透。

"阿正，无论如何要死守住这楼梯口！"陈宜禧跑下楼的时候对跟在身后的阿正吼，"无论外面发生什么，决不能让任何人上三楼！"

楼下大门被踢得"砰砰"响，用铁皮加固过的门框随时要被踢散的架势。

"阿泉不要开门！"

楼下弟兄们从各自房间跑出来，拥到门厅，阿泉站在最前面，瞪着猛烈晃荡的门板发抖。

阿正端着一杆来福枪，在狭窄的木梯上刹住脚，山丘般的身躯带着惯性倾下来。陈宜禧撑着楼梯扶手，肩膀抵住阿正，凝望三楼低声交代："万不得已，最后三颗子弹留给阿芳和孩子们。"

"噼啪""咚隆"砸到窗门上的石头听着越来越沉重。好在半年前他已经让弟兄们在客栈底层的窗玻璃外加了铁栏和木板，外面的石头一时还飞不进来。

阿正热泪奔流，一脚把楼梯跺得几乎塌下去："除非他们把我剁成肉酱，谁也休想跨过这级楼梯！"

胸口一团浓稠滚烫的东西涌进喉咙，撞得鼻腔酸胀。陈宜禧深吸一口气，把那团热流憋回肚里，沉坠感让他一时迈不开脚步，但他最终拍拍阿正握枪的大手，走下楼去。

一八八五年九月初,明叔和阿泉被保释出狱不到一周,怀俄明州岩石泉(Rock Spring, Wyoming)唐人矿工被集体屠杀的消息从千里外传来。震惊之余,陈宜禧做了最坏的打算。

到金山海岸第一天,他就领教了洋人对唐人的横蛮粗暴;初到北花地,又被里奇毒打重伤躺了半个月。但始终,欺负唐人的洋人,他以为都如里奇,是些龌龊的流氓,逡巡在街角暗处伺机使坏。可岩石泉的屠杀,性质突变了:光天化日里上百暴民有组织地烧杀抢掠唐人街,而排华报纸还称其为"一次成功的行动"。行凶的不再是仇视唐人的单枪匹马,而是一大伙人,自称"劳工骑士",遍布美国西部。

在西雅图,这个团伙的脸孔是玛丽·肯特的淑善其表,史密斯律师的道貌岸然,墨菲局长的冷血铁面,"大块头"尼克的鄙夷漠然。天空悬挂的巨石不是一块,而是成百上千,连成一片压下来,让人直不起身,透不过气。

关于岩石泉的屠杀,唐人街流传的细节远比报上登载的只语片言惨烈。报上说乱枪打死十一人,包括两名女性。而据逃出来的唐人说,至少有四五十人被子弹穿透胸膛,乱棒打碎头颅,利刃削去脑盖,或者被烈火烧断来不及掩藏的下身……事后偷跑回去替同胞收尸的人几乎找不到一具完整的尸身。

在被洗劫一空、随后又烧得片瓦无存的唐人矿工营地,人们发现了一些躲过火焰的半截躯干,连着脑袋,树桩一样倒栽在焦黑的土里。显然,在被大火、刀枪四面堵截,无路可走之时,这些躯干和脑袋曾企图掘地三尺来逃避噩运。而传递这些消息的人,据说脸被子弹打穿了,两排黄牙从挂着枯血丝的窟窿里露出来,开口说的每句话都散溢着腐烂的气味,像一具行走的骷髅,冤魂不散。

这些传闻有难以置信的真实感。死亡的蜘蛛从他幼年经历的水灾和饥荒中爬出来,笼罩一切的蛛丝网黏到身上,他嗅到阴森森的气息。而更让他不寒而栗的,是那整个镇子嗜血的疯狂——据说开枪的还有女人。大白天睁着眼,围堵追杀措手不及、没有还手余地的一方,什么样的人群、怎样的仇恨才下得了手?

他更心急火燎地劝沐芳带孩子们去加州找八叔。

"到哪里都一样,禧哥。在你身边,至少我心里平安。"沐芳却总是这句话。

"秀宗还这么小……"在岩石泉,老病弱小跑不动都被大火烧焦,他不敢往下想。只是沐芳的话也对,哪里都一样,唐人被赶被杀的事也连连发生在加州、俄勒冈州。倘若他不能保全妻儿,至少最后一刻要确保他们不受痛苦,而最后不得已的艰难抉择,他不应让沐芳独自面对。

"要是,你带大家一起回新宁呢?把客栈卖掉就有钱给大家买船票了吧?"沐芳轻声问过他一次。

卖客栈?彻底搬回老家?他被这样大跨度的思维怔了

一下,虽然早听说南海陈启源回乡办了蒸汽机缫丝厂①,他也早预感自己某天终归会让蒸汽机在新宁的田野山间轰鸣。他试图从她脸上读出个所以然,却只见她清亮的眸子逸出几丝忧虑,苹果绿的绸衫下,削肩那样单薄:"你不担心乡里们对自梳女嫁人的风言冷语了?不怕面对族规村法的惩罚?"

"如果大家都平安……我不怕。"

可他替她害怕。章叔托付他带沐芳来金山,就是不想她一辈子在流言蜚语的重压下抬不起头,他怎能让她走回头路?而且,就算他能够贸然中断华道手里的十几个合同,仓促丢开二十年打下的基业,弟兄们好不容易来趟金山,家乡老小都指望他们打工攒钱寄回家,局势这样艰险还留下来打工的,多是因为钱没攒下,即使给每人一张船票,又有谁真正甘心跟他回老家?他现在有商人身份,又有美国籍,回趟新宁还能再来西雅图,可劳工身份的弟兄们回去躲过风头,美国现在的排华法案就不允许他们再入境了。

"雅斯勒市长让麦格若警长组织了市民自卫队,配了枪,西雅图不会出乱子的。"他宽慰她,自己心里却没底。几天前与雅斯勒市长的简短对话,并没让他确信元老们坚守的法治能为唐人提供足够保护,他得再跟雅斯勒和伯克法官沟通清楚。

---

①1872年,侨商陈启源回广东南海简村创办了继昌隆缫丝厂。这是中国近代第一家民族资本企业。

岩石泉大屠杀发生四天后,离西雅图不过十几英里,一个啤酒花种植园里(Wold Brothers' hop ranch, Squak Valley),收割啤酒花的唐人在深夜被突袭。三位唐人被来福枪打死在帐篷里,他们的尸首被抛进山谷的溪流。"泡得像剃了毛的猪一样肥白",路人们说。

"劳工骑士不仅不给唐人留活路,还要唐人死无葬身之地。"陈宜禧到华道店里,跟明叔说要加固店面。

明叔指着楼后堆了一地的木板铁栏说:"就你聪明?不过,就算把整栋楼裹上铁皮,也只是缓兵之计,火烧起来谁也跑不掉,除非往天上飞。"

铁栏旁边,凯瑞公主手持缰绳坐在马车上。她和明叔生的三个儿子,两个小的在车上,最大的还不到十三,个子已高过明叔,正一袋袋往车上扛大米、白糖。

"回娘家啊?"陈宜禧招呼。

"让阿芳、欢欢和秀宗也跟我走吧,城里这样乱。"凯瑞说。

"查达普斯酋长那里,万不得已时,能让华道弟兄们去避避风头吗?"陈宜禧灵机一动,却立刻意识到他提了个"掘地三尺"的问题,像岩石泉走投无路的矿工。

凯瑞深邃的眼睛闪两下,没说话,等大儿子放好米爬上后座,一拉缰绳,"哒哒"驾车走了,长发在寒风中如烟飘舞。这么多年,公主依旧一头黑亮飘逸的秀发。陈宜禧记起很久以前,在公主和明叔的婚礼上,喜庆狂欢的氛围里,自己曾一闪念随那黑发的烟雾飞散,像听从一声随性的召唤,放开了所有负重与羁绊……

"我也想过,你我两家去,酋长大概还能担待,可华道几百号人……"明叔等凯瑞的马车走远,低声道,"听说在啤酒花种植园袭击唐人的有印第安人,你这几年抢生意也他妈太狠了,连印第安人都烦唐人,还往人家保留地里挤,不是找死?"

倒怪他接生意太多?陈宜禧回过神,语塞。墙上钟摆兀自晃荡,明叔下意识地揉着光亮的头皮。有个洋人进店来,嚷嚷要买"白标"雪茄:"不要苦力脏手搓的'黄标'。"

陈宜禧一拳砸到柜台上,震得周边瓶瓶罐罐"哐啷啷"响:"那你到'苦力'店来做什么?我们只有'苦力'做的雪茄!"

明叔瞪着眯缝眼看他,洋人也愣住了:中国佬竟敢冲他发火?被烟熏黄的龅牙张开在半空一时合不拢,手摸向后腰。明叔手快,提起柜台下的来福枪对准洋人,洋人无奈举起双手。

雅斯勒挂着拐杖佝着腰推门进来,头发胡子白得晃眼:"明,再给我来两盒那什么膏,我膝盖痛。西雅图这鬼天,骂了它三十年也不见少下两场雨。"一抬头看见店里情形,诧异道:"这里打什么仗呢?"

龅牙洋人见来了自己人,放下手咒骂:"妈的,中国佬反了,我进来想买根'白标'雪茄而已。"

"美国人不是一贯以开明自诩？以平等自傲？连雪茄还分'白标''黄标'，你们开的是什么明？平的什么等？"陈宜禧今天就想发发心里窝的火，反正掘地三尺也躲不掉这些人对唐人的憎恶。

明叔冲他翻白眼，用新宁话说："见好就收，还借题发挥？"又忙去开货柜："'白标'雪茄有，凤恩膏也有。"

此时进来的伯克法官却为陈宜禧鼓掌："问得好，中国佬还修路盖房子呢，'苦力'修的路你不走？'苦力'盖的房子你不住？"

提姆·科尔曼和麦格若警长紧跟在后。科尔曼说："'苦力'吃苦耐劳，工会成员不干的活都是'苦力'干，我倒宁愿雇佣'苦力'。"

鲍牙洋人没想到被自己同肤色的人围攻，向沉默的麦格若求援："警长今天替我作证，这些商人阶层代表跟中国佬串通欺负我一个劳动者。玛丽说的没错，他们就是'白种中国人'(white Chinese)。"

麦格若不苟言笑："散布社会党的流言对谁都没好处，你还买雪茄吗？"

"我他妈还买什么雪茄！"鲍牙洋人摔门而去。

托马斯·伯克与陈宜禧交往十年多，这还是第一次深入华道店内。他通常是在下城的律师事务所里跟阿禧讨论官司、生意，间或聊些私人往事。这个能干的劳务经纪虽来自大洋彼岸古老的东方古国,本质上却有和他类似的成长经历,都是年幼丧母,穷人孩子早当家——他十一岁卖杂货,阿禧卖酱油,都是靠自己能力白手起家。他因此与阿禧惺惺相惜。

华道的松木天花板被岁月浸染成浅褐色,脚下每踩一步,地板都"吱嘎"作响;说不清的各种食物味道混杂艾略特海湾飘来的水腥,既熟悉又惹人猜想神秘的东方。这家中国店的年岁和西雅图的历史差不多长吧?这座躁动的城市如今还有没有度量容它继续存在?伯克在客厅一角坐下,心情矛盾复杂。说实话,他对自己今天来华道的意图一时还捋不清,所以避开了阿禧询问的目光,低头假装琢磨案几上的青瓷花瓶。

雅斯勒费劲地坐进客厅上座:"现在西部的混乱我不用多说了,西雅图明白事理尊重法律的人不少,像在座各位……"

麦格若警长瞄着阿明动了动齐整的胡须,又刻意清清嗓子。

阿明觍着脸拱手:"多亏我贤侄交罚款保释我出来,猪仔也都让警长送回加拿大去了。我知错悔改,可各位要是看我不顺眼,至少得保证像我们阿禧这样模范公民的安全,才能自称西雅图是座法治城市吧?"

雅斯勒没理会警长跟阿明的插曲:"至今西雅图还没出大乱,谢天谢地,更没出人命。不过玛丽·肯特、乔治·史密斯他们跟那社会党人丹纽·克罗林三天两头开劳工大会,还给市政府一再下通牒,是准备大闹一场的阵势,各地流民都跑来凑热闹。我担心啊,我这把老骨头恐怕对付不了他们。"雅斯勒的目光没了从前狂奔的劲头,在室内昏暗的光线中甚至显得浑浊。

"市长的意思是,为确保中国人的安全,还是尽快说服你们的人离开西雅图。"麦格若的口气如他穿的深蓝制服一般板直,"二位是这里中国人最大的老板,说话有分量,希望你们合作。"

阿禧惯常温和的神情漾起酸楚的波痕:"我原本还想请市长、警长为中国人做主,你们却来请我们走?"

阿禧十年来承包修建了大半个西雅图,雅斯勒修路建楼、科尔曼建码头、伯克修铁路都找阿禧;都知道他可靠,能按时按质量完工。城市对劳力需求降低了,生意伙伴们迫于形势就来赶人,要是换了他自己,伯克想,此刻心里也一定比艾略特海湾深秋的水还凉。

"我向来对你们还算公平吧,中国佬,你刚才也听到玛丽他们都叫我什么了,'白种中国人',把我跟你们划一边,恨不得连我也赶走。"雅斯勒打开明叔给他的凤恩膏,挖一团往腕上揉,手背的皮肤松弛多斑。

雅斯勒的老态最近是越来越明显,伯克被他拉来华道做说客之前,多少还抱着希望——也许当年带人去夜袭杜瓦米希营地的壮年人还藏在这位西雅图首富体内,还会在关键时刻踏上雅斯勒会堂最高那级台阶吆喝：都他妈干活去，废话少说！

"市长先生，"阿禧点头说他理解雅斯勒的无奈，"可我们能往哪里走？西雅图还是个不到百人的渔村时，道叔爷和明叔就来这里工作，攒够钱开了这家店。我刚来的时候，还是个身无牵挂的年轻人。如今道叔爷安葬在这里十多年了，我和明叔各自养了一大家妻儿。你应该最了解，这里就是我们的家。"

"局势这么坏，能走的人都走了，留下来的要么没钱买船票，要么有家有业走不开。就算我带人走，也需要时间安排。"阿明是谈生意的路子，讨价还价。

"我不走，因为我还抱着希望，美国法律能有效保护合法住在西雅图的中国人。"阿禧黑邃的瞳仁散发矿石般安静的光，沉沉落在雅斯勒脸上，又扫过麦格若、科尔曼，最后和伯克的眼神对接。伯克瞬间读懂了阿禧眼中的话：正是你老兄教会我用美国法律维护华道的生意，你不会也像衰老的雅斯勒市长，感觉扛不过玛丽、史密斯们的压力吧？

"劳工骑士太专制，这是个自由的国家，雇主有权选择雇谁，他们凭什么阻止皮欧吉特海峡的雇主用中国人？"正值盛年的科尔曼毫不掩饰对劳工骑士的反感，"不过环境恶劣，如果我是你们，明智的选择还是先离开，没必要用鸡蛋碰石头。"

"石头，哈哈，有趣。我最近也在琢磨石头的问题。"阿禧自嘲,脸上酸楚的褶皱更显沉重,"仇恨的石头。"

雅斯勒和科尔曼茫然对视,没听懂阿禧的比喻。

伯克却当然懂,他不能再沉默下去:"岩石泉和啤酒花种植园的屠杀一定会成为这个国家历史上的耻辱,我们不能让西雅图也蒙上这样的耻辱……所以,才来请你们考虑离开。"最后一句,伯克说得犹疑,仿佛出自他人之口。

西雅图现在的形势复杂险峻,从安全角度考虑,雅斯勒让中国人离开的想法是没错,但不依法办事,又与自己和元老们的一贯主张背道而驰。伯克内心冲突着。他不止一次跟阿禧讲解美国宪法、国父们的立国原则,建立阿禧对法律的信心;阿禧也逐渐开始依仗他信服、维护的法治理想。可现在,连他都来劝中国人走,阿禧一定失望透顶。

阿禧被重重思虑挤压,平日里饱满的额头显得塌陷,眼中却闪着背水一战的倔强:"在座各位都是华道多年的主顾、合作伙伴,公允宽宏,我对各位敬重有加。可是,'法律面前人人平等',在以法治为世界表率的美国,'人人'包括苏格兰人、德国人、法国人、爱尔兰人,唯独不包括中国人。

"岩石泉和啤酒花种植园被杀害的中国人就算犯了罪,也该有被审判的机会,更何况他们何罪之有?罪在比别人更勤劳、要求的工资更低?还是因为他们与众不同的面孔?倘若美国的法律容忍岩石泉那样的野蛮屠杀,容忍流氓暴民无理驱逐、打杀守法的中国人,世界表率不是徒有虚名?"

阿禧不擅长说大道理,伯克很了解,这番话他一定考虑了好多天。他没有声嘶力竭,握在胸前的手颤抖着,仿佛捧着他刚掏出来的一颗心:"雅斯勒市长推荐我入美国籍的时候,我曾以为,在这片没有皇子皇孙、皇亲国戚的土地上,我可以和其他人一样,理直气壮凭自己的本事和勤奋,过越来越好的日子。

"但入籍十几年,我已经清楚:有没有美国籍,多数白人都不把我当美国人看待,我的面孔注定我始终是该滚回老家的中国佬。可笑的是,这里除了杜瓦米希人,都是来自世界各地的外乡人。我决意留下来,也是要看看,美国到底有没有容纳百川的气度。"

屋里沉寂了很久,深浅不一的呼吸与阿禧的话音余波交织、碰撞。伯克在阿禧质朴的词句中,既听到了中国人痛苦的责问,也听到了美国人痛心的自问,暗自惊奇。

此前他对中国人的笼统看法,是他们太能吃苦,太能忍耐,被奇异的风俗捆绑,以致胆小怕事,缩头缩脑,抱团抱得滴水不漏。虽然阿禧是难得的例外,走出了中国人的小圈子,但他们打交道,阿禧点头的时候居多,就算有不同想法,也是咧嘴一笑,露出白牙让他会意,不直接说。他曾以为,阿禧也是"没有声音的人"。可显然,敢于发声为自己人说话的华人领袖此刻就站在眼前,西雅图的中国人并非只能沉默。

伯克推开椅子站起来:"谢谢你,老朋友,你说到了这个国家的痛处。首先我要说清楚,在我眼中,你是比很多白人更合格的美国人;然后,我要收回刚才劝你们离开的建议。"

"你他妈不是来帮我劝中国佬回家的?"雅斯勒抬起屁股,拿手杖捅伯克的椅子。

劝中国人回家是市长先生你的意图,但不是我的——伯克至此思路已清晰:"中国人来美国工作,依据中美两国一八六八年签署的《贝林格姆条约》(Burlingame Treaty)①,是合法的,虽然一八八二年的排华法案不允许中国人入境了,但此前已到美国的中国人是法律许可的,即使要离开,也必须由他们自己选择,而不能出于对无政府主义暴力的妥协屈服。"

雅斯勒的手杖"嗵嗵"戳着地板:"你们高谈阔论,什么主义啊,自由平等啊,说起来他妈的漂亮,可玛丽、史密斯那群乌合之众哪天暴动起来,一把火就把我们几十年辛辛苦苦建设的城市烧光,到时恐怕连你我都自身难保,更不用说保全这些中国佬的脑袋。"

"是,我不否认中国人的存在目前是西雅图一个极不安定的因素,让他们离开,也许是平息目前紧张局势最容易的办法。"伯克拇指搭在裤袋口,踱到窗边,猛一转身,"但是,我们如果向法律的挑战者投降,还不如让他们一把火把西雅图烧掉。"

"托马斯,你怎么可以说这样的话?!"雅斯勒直呼其名。

他不管,他有义务告诫在座每个人:"一八八二年,市民结伙冲进监狱劫持囚犯,不经法庭审判就擅自处以绞刑,还称之为'快捷的正义'。维护法治的格林法官拼命阻止,竟然

① 《天津条约》的补充条款。

被暴民蒙上床单拖走。如果我们再让这类无法无天的事发生,西雅图这座城市将万劫不复!"

伯克的提醒如墙上钟摆,撞击着屋里每个人的记忆。三年前,雅斯勒会堂门口,暴民们"以牙还牙"的癫狂啸叫似乎就在耳边,枫树上悬挂的尸体似乎还在眼前摇晃。

科尔曼从腰后摸出一把左轮手枪拍到桌上:"买枪,每个愿意捍卫法律、保护这座城市的人都该武装起来。明、禧,给你们的人都配上枪,谁敢闯进你们家门就开枪自卫。"

"我倒想带人跟劳工骑士干一仗,可一时去哪里弄这么多枪?"阿明问。

雅斯勒的手杖直接捅到阿明腿肚子上:"你们疯了?中国佬都端起枪来,不是给玛丽那群人一个直接暴动的理由?"

伯克也摇头:"我们一再要市民尊重法律、依靠法律,又怎能以暴制暴?"

阿禧再度掏心掏肺:"多年以前,在加州内华达县臭气熏天的大牢里,我当时的雇主伊丽莎白隔着铁栏嘱咐我,要相信法律,那时我并不懂她的话,法律不过是个空洞的新词。十年来,伯克法官,感谢你,不断从道理和实践上向我展示法治的意义。你说过,法律是城市的梁柱;华道为西雅图建造大楼的梁柱,你和元老们为西雅图建造社会的梁柱。"

"的确,虽然看不见摸不着,没有法律的梁柱支撑,就没有城市可言。"伯克和元老们努力多年,才逐渐为西雅图这座鱼龙混杂的新兴城市建立起一套人人可循的法律秩序。他当然不希望阿禧对法治丧失信心。

"可法律的分量和厚度,支撑得住西雅图上空遮天蔽日的仇恨的巨石吗？中国人去与留的选择,真的能被充分尊重吗？"阿禧的疑问也理所当然。

麦格若拿起科尔曼拍在桌上的手枪,端详准星:"让中国人质疑美利坚法律的力量？西雅图绝不该沦落到这个地步。我承诺,市民自卫队将在尽可能的范围内保护西雅图市民——对,也包括中国人——不受伤害。城里一旦出现危急情况,防火警钟就会拉响,自卫队就会出现在每条街道上。"

"这才是西雅图精神(the Seattle Spirit)！法治不是空话,需要勇气与决断；法治也不能只是针对某些群体,而是一视同仁。"伯克握住麦格若拿枪的手,又对雅斯勒说,"请市长尽快跟华盛顿地区总督联络,申派联邦军队来维持治安。"

他最后拍拍阿禧的肩:"相信法律,必须,也只能这样。"

雅斯勒费劲地把自己从椅子里拔起来:"不管联邦军队来不来,你们还是多劝几个中国佬离开西雅图吧。"

"我们来检查住房安全和卫生。"门外洋人说,陈宜禧听出是"大块头"尼克粗重的声音。

"你们不开门要承担严重后果。"另一个洋人的声音。几支火把似乎同时凑到门板上,橙红的火苗舔进门缝。

屋里不知谁说了声"岩石泉",立刻一片哄乱。

"外面不是市府派来的检查员,别慌……"但陈宜禧的招呼瞬即被惊惶的争论、绝望的哀叹淹没。他的胸腔被自己狂跳的心脏猛烈摇撼。

站在最前面的阿泉耷拉着下巴，鬼使神差地去拉门杠。陈宜禧一把抓住他胳膊，却立刻被旁边的人拉开："我们不想被活活烧死啊，禧哥。"

一直被堵在楼里也不是办法，得有人跟麦格若警长的市民自卫队报警——陈宜禧思量的当口，门被打开了，尼克领着三个洋人壮汉走进来，门口还守着两个，一辆马车横在门前。街对面的唐人店铺也被马车、火把封锁。

"你们严重违反了城市卫生和安全法规。"尼克举着火把宣布，绿眼珠幽光飘忽。

"你们凭什么来检查？上月市府刚查过，我们是合格的。"陈宜禧抗议。

"你们违反了城市卫生和安全法规。"尼克机械地重复，目光落在空中，并不看他，面孔石板一样直白。

"你们没检查怎么就说我们不合格？"阿泉还当真。

"你们违反了城市卫生和安全法规，必须离开，否则承担严重后果。"另一张石板面孔空洞地说。

他们刻板地重复这几句话，对唐人的质问、询问、请求无动于衷。

大门外，残余的夜幕层层褪去，天光清明起来，火把稀了，才见人头人腿密密麻麻。有那么一瞬，屋里屋外似乎约好了，突然静下来，只有急促的呼吸，无形重物压迫下的喘息。然后,不知从哪个方向,低沉的声波如闷雷沿着街面滚来,涨至耳根:"中国佬必须滚(The Chinamen must go),中国佬必须滚,中国佬……"不高昂,也不炸耳,齐整紧密,如咒语逼进每个人胸膛,冲击着每个人的心脏。

有弟兄捂住了耳朵,转身往屋里钻,立刻被尼克和他的壮汉们揪住。

这便是岩石泉传闻中的魔咒了,陈宜禧想。据说,杀戮者们就是齐声诵着"中国佬必须滚",像着魔般端枪挥刀追杀唐人的。听说的人都不信一句话有让人变成杀人机器的魔力,可此刻他听见不仅自己的心跳、四周弟兄的心跳,还有尼克和其他几个石板面孔的洋人的心跳,都不由自主合上了魔咒越来越快的节拍。洋人们先前灰白的脸上泛出血色,仿佛被诡异的霞霭染红,可门外分明是个密实的阴天,不见一线阳光。

"好,我们走。"他迫使自己的心脏逃离那魔咒的节拍,尽量平稳地说。

"可外面……"阿泉抖着说不清话。

陈宜禧知道他怕什么。他把阿泉拉到身后,让弟兄们先别动,然后咬着下唇,捏紧拳头,梗着脖子跨出了大门。

"有胆冲我开枪!"他使出全身力气对暴民们嘶吼,奢望自己的吼声穿透林立的仇恨的石头,破解杀人的魔咒,传到麦格若警长、伯克法官和雅斯勒市长耳畔,至少,让这噩梦中的第一声枪响传到他们耳畔吧。

一八八五年十一月三日,岩石泉屠杀发生后两个月,塔科马的中国人被全部赶走,据说没有暴力,没有流血。西雅图排华委员会受到鼓舞,两天后在雅斯勒会堂召集劳、资、唐人三方对话,说是要效仿"塔科马方案"(The Tacoma Method)。

玛丽飘逸着墨绿长裙,把专程从三十英里外赶来介绍经验的塔科马市长领上戏台。雅斯勒坐在台子正中的高背椅里,患关节炎的腿跷不上办公桌了,手杖横在桌上。他瞄一眼塔科马市长,白胡子抖了抖:"西雅图人跟塔科马的乡巴佬没什么好说的,况且还是个英语都说不清的外国乡巴佬。"①

台上台下了解西雅图和塔科马宿怨的人哄笑鼓掌,也是一把白胡子的塔科马市长脸有点挂不住。

"市长先生去年才当选,一八七三年北太平洋铁路终点站的选择与他无关。"玛丽赶紧转移听众注意力,"重要的是,在他强有力的带领下,塔科马成功了。我们也可以和平地,让西雅图成为一座没有中国人的城市,不再有斜眼贼偷伐白人的森林,抢挖白人的矿藏!"玛丽挑衅的目光投向站在台子右侧的陈宜禧和明叔。

陈宜禧没理会,他担忧的是台下聚集的洋人劳工。不是三方对话吗?台下至少坐了八百洋人男女,大多是劳工骑士会员和家属,对玛丽的煽情甘之如饴,立刻报之以掌声。而在场的所谓资方,只有雅斯勒市长、伯克法官、科尔曼和另两

---

①塔科马市长尚未入美国籍。

位城市元老；唐人只有他和明叔。众寡如此悬殊，真能商讨出避免冲突的办法？

科尔曼一马当先走到台前："和平？成功？那么请塔科马市长解释一下，两天前，在贵市的寒风冷雨中，两个中国人冻死了，难道他们都是自愿走出家门挨冻受饿的？"

塔科马市长嘟囔。玛丽抢答："那纯属意外。"

"意外？人家拿枪逼你离家，你有选择吗？被迫在风雨中等待疾病和死亡降临，你感觉和平吗？什么塔科马方案，明明是塔科马惨案，明明是有人想借中国人问题暴动。"科尔曼的瘦高个显得孤单，却有以一当十的气魄。

史密斯律师站在戏台另一边，慢条斯理对答："那是你的看法，科尔曼先生。和平解决中国人问题完全是可行的。据我了解，西雅图的中国佬已经同意离开了。不信请他们自己来说。"

史密斯分明是哗众取宠，说好的三方对话，陈宜禧和明叔都还没机会开口。陈宜禧跨到科尔曼身旁："谁说中国人同意离开了？"

台下哄乱。麦格若警长站到台前楼梯口，右手按着腰间手枪。洋人劳工们冲他喊："警长先生，拜托，直接把中国佬押上回中国的蒸汽船！"

"就是，何必跟猪费口舌！"

史密斯打手势按住台下的吵嚷："让中国人最大的两位老板告诉我们，他们哪天离开西雅图？"史密斯眼袋有些浮肿,时间在白纸般的脸上划了道道,似乎终于设计出让人识别的标志来;他内心的极端意愿不再掩饰,呈现的相貌很令人不安。

"我们正准备离开,请给我们多点时间……"明叔躲在台角的阴影里。

陈宜禧打断明叔:"我们来西雅图二十多年了,在这里的时间应该比你们当中很多人都长,我们以及西雅图所有中国人为建设这座城市出的力、出的钱不比你们少,这是你们的家,也是我们的家,I'm not any less American than you(我跟你们同样是美国人)……"

最后一句没说完,烂土豆就从台下扔了上来。他左边眉头被砸中,一时睁不开眼。

"我们很快会离开,西雅图的中国人都愿意离开……"明叔拉他躲着烂土豆的雨点退到伯克法官身后。

"谁说西雅图唐人都愿意离开?"陈宜禧捂着左眼用新宁话问明叔。

"你想挑起暴动被下面那帮人打死?"

"你知道我昨天又给三藩市大清领事发了电报,他回电说要联系华盛顿地区总督派皇兵(联邦军队)。"

"那要等太阳从西边出来了。"明叔嗤鼻,又压低声音,"昨天史密斯和雅斯勒来华道找过我,你不在……史密斯说只要我们把西雅图唐人工都送走,保证劳工骑士不暴动,保证华道能继续开店。"

"你,你答应了?"原来埋伏在这里!

"不答应怎么办?谁希望西雅图火光冲天?你忍心看着道叔爷开创的基业毁于一旦?这是保存华道的唯一选择。"明叔揉着脑门,似乎那里刚才也被烂土豆砸中。

"要走大家一起走!把弟兄们赶走,唯独华道留下来?你这算么嘢大佬(大哥)?"陈宜禧感觉被彻底出卖了,心底有什么摇撼着,震得嘴唇发抖。为了不在大庭广众下与明叔闹翻,他咬住嘴唇背转身去。

明叔却没留意他的激愤:"当断不断,反受其乱。这时候了,谁不先保全自己?再说,我早不是么嘢大佬了,他们都听你的,你好好说服他们吧。"

明叔背着他违约违法卖猪仔的事还没了结,现在又背着他为一己私利出卖弟兄,陈宜禧的手不知怎么就抬了起来,一巴掌扇到明叔脸上,台下一片口哨和啸叫。

他才注意到,伯克法官不知何时站到了台子中央,正用他洪亮的嗓音为正义与法治申辩。台下的起哄是冲伯克去的,没人注意到他和明叔的争执。

"我想方设法保全华道有么嘢错?道叔爷要是还活着,也不容你这样乱来!"明叔揪住陈宜禧衣领还一拳头过来,他挥手架住,耳边明叔的抱怨被伯克法官的慷慨陈词替代。

"……虚假的谣传激起了这个地区对中国人的敌意。我们都同意中美应该签署新的条约限制中国来的移民,但由于最近外面发生的无法无天的事,这座城市的居民必须慎重选择：是依据法律遵循秩序来解决问题，还是对抗、践踏我们国家的法律、条约和宪法？西雅图的市民们，即使你们有能力推翻这片国土上的法律，直接以暴力取而代之，你们会这样做吗？"

台下此起彼伏喝倒彩，算是回答了伯克法官的反诘。他不为所动，向台前再迈两步，继续说服听众不要轻信某些人居心叵测的煽动；又以自己爱尔兰人的身份与台下爱尔兰劳工坦诚对话，其中不少人都受惠过他免费提供的律师服务："我无法想象爱尔兰出生的人能够昧着良心，用暴力对抗这个国家的法律……真性情的爱尔兰人一定热爱正义，对弱小低贱受压迫的人深怀同情，他不会剥夺任何上帝的造物——即使是无助的中国佬——受法律保护的权利，因为正是这样的法律让爱尔兰人从农奴变成了自由人……"

起哄谩骂淹没了伯克法官的话音。史密斯抬起双手平息台下骚动："希望劳动者们耐心听伯克法官说完。"

伯克法官不屑地挥走史密斯："我不需要任何人替我规劝西雅图的听众……我听得出有人对劳动者别有用心却毫无价值的讨好。可我要说的是，如果人类历史上有什么可确定的事，那就是，捍卫法律的权威对劳动者更具有重大意义。'法律的终结就是暴政的开端'，而暴政当道，劳动者就沦落为奴隶。"

伯克法官正义凛然的演说（A Plea For Justice）被载入了皮欧吉特海峡的史册，但当时台下的劳工骑士们却被激怒，尤其是伯克法官的同胞们——身为爱尔兰人,你倒为中国佬鸣不平?公开背叛你的种族,还要我们听你的话维护法治?麦格若警长护送陈宜禧和伯克一众主张法治的元老离开会堂时,洋人劳工们沸沸扬扬涌上街头。整座城市像开锅前的热汤动荡不安。

雅斯勒跺着手杖怪伯克法官年轻气盛,为一时痛快,说那些偏激的空话有鬼用?反而惹恼劳工骑士,让西雅图本可缓和的局势完全失控了。他不得不以市长的名义发布一道强硬的公告:"所有暴乱违法者将立即被逮捕严惩。"麦格若警长带领市民自卫队在城里持枪巡逻。

第二天,华盛顿地区总督紧急申请联邦政府派军队到西雅图维持治安。三百五十名全副武装的官兵全速从南边营地向西雅图进发;海关的军舰驶进艾略特海湾,大炮对准市中心。史密斯等十七人被科尔曼为首的陪审团指控蓄意剥夺中国人的权利。

联邦军队驻扎了两周,城里各种噪音似乎消停下来。军人们撤走的时候,明叔也买好船票,要和秋菊一起护送女儿回新宁出嫁。明叔那天在众目睽睽下挨了陈宜禧一耳光,发誓他要是再和"那目无尊长的衰仔"多说一句话就是吃屎的狗,所以最后是明叔的女儿陪着秋菊临行前来告辞传话。"你明叔说,你现在主意比天大,又有伯克法官撑腰,看着办吧,他反正也管不了。"秋菊还嘱咐,凯瑞公主带儿子们在查达普斯酋长的营地住太久不好,明叔怕他们都变成小野人,"局势稳了就派个人把他们接回来。"

陈宜禧点着头,心里一片惝惶。虽然伯克法官、科尔曼等元老公开为唐人说话,西雅图的局势却不知哪天能真正稳定下来,天空仍然挂满敌意的石头,他的呼吸很不畅顺。他封了个特大红包给秋菊女儿,又送母女俩到码头,见明叔已在甲板上眺望,便止步。已经习惯穿洋装的秋菊女儿搀扶着小脚母亲一步步攀上舷梯,绛红长裙被海风膨成一只大灯笼。

看着他们背影渐远,不知为何,他忽然想起自己的亲生母亲,六岁那年母亲留给他的最后一瞥。母亲的样子已经模糊,但她目光积聚的力量在他记忆里烙下的亮点从未淡化。有些亲人远离很久了,其实还一直陪伴着他;有些亲人,即使常年近在身旁,却让他觉得孤单。他冲甲板上明叔的身影挥了挥手。

第十八章

"中国佬必须滚"

1886年　西雅图

二月七日劳工骑士对唐人街的突袭出乎大多数人的预料,虽然沐芳早做了准备。三天前,她让阿正清理了客栈顶层储藏杂物的阁楼,用铁皮加固了阁楼门板,门板内侧钉了可以上锁的铁扣。阿正干完活,扛起木梯要下楼,被她叫住:"梯子就放在阁楼边上吧,或许很快要用。"

禧哥上楼来,要她回房间火盆边歇着:"走廊里冷,取放东西喊阿正、欢欢做,你可千万别爬梯子。"

腹中八个月大的胎儿好像听见父亲的声音,小手挥到她肚皮上。"不过是以防万一。"她点点头,心里弥漫不祥的预感,像窗外漫天飞舞的雪片,却不想细说。禧哥够焦虑了,额上两道横线最近深了,两鬓白发连成了片,眼里有不尽的难言。外面的乱世他每日面对、担当,比她更清楚。胎儿似乎也能觉察到人间的动荡,比欢欢和秀宗在她肚里时闹腾许多,她抚摸着刚被孩子碰触的地方,让心里的雪片轻轻落下,消融。

六日傍晚,丽兹匆匆赶来客栈,告诉他们排华委员会在伐木滑送道上的豪华戏院里召集了八百人的大会:"市府刚通过禁止中国人拥有地产的法律,可玛丽说那是隔靴搔痒,只保护富商阶层,劳动者们该有所行动。"

"什么行动?"胎儿在沐芳肚里踢一脚。

"抵制所有用中国人的雇主,包括雅斯勒市长,还有到唐人街检查居住空间密度的合法性。"

"什么时候?"禧哥问。

"好像没定,说下周再集会讨论。看样子是想给市府不断施压,逼市府颁布更极端的法律。"丽兹红发闪亮,俏皮小卷贴着两鬓,配合着诙谐的表情,"玛丽实在太享受在台上被众人瞩目,每周开大会估计都不过瘾。"

沐芳勉强提起嘴角,却笑不出:"恐怕她享受的不仅是开会的热闹。"

丽兹同意事态严峻:"要是你们愿意,沐芳和孩子们可以先去我家待几天。"丽兹的小木屋在联合湖附近,远离高风险的唐人区。

"倒不失为权宜之计,只是太麻烦你。"禧哥向沐芳投来恳求的目光。

沐芳想说她不去,肚里胎儿忽然辗转反侧,她一阵心慌目眩,说不出话。

丽兹说那我先回去收拾收拾,你们明天就住我那里去。

七日的黎明带着杂乱的皮靴和马蹄声降临之前,沐芳已下床,挺着肚子到欢欢房里叫醒了女儿。欢欢不到十四岁,被金山的饭食养得光鲜饱满,已高她一头,细嫩的皮肤被海风吹成蜜色,和禧哥一样深黑的眼眸映着她手里煤油灯跳跃的火苗。女儿在她和禧哥呵护下没受过委屈吃过苦,活泼靓丽,含苞待放,她不敢想象眼前的娇嫩美好受到一丝一毫的损伤。沐芳忽然怀疑她坚持一家人要守在一起是否错了,或许两个多月前明叔和秋菊离开的时候,她该托他们把欢欢也带回新宁去?虽远离父母,也远离迫在眉睫的凶险。

欢欢听她吩咐把木梯搭到阁楼口。阿正冲上楼来。禧哥也从房间跑出来,见欢欢已站在阁楼下,径直冲进秀宗房间。

阿正推欢欢爬上阁楼,禧哥紧接着把还流连梦乡的秀宗递上去,然后又要扶沐芳上木梯。

肚里胎儿躁动不安,又推又踢,她呼吸混乱身体往下沉,脚往木梯上踩几次都抖着滑下来。阿正要帮忙托举她,她不让,嘱咐趴在阁楼口向她伸出双手不停喊"阿妈"的欢欢和秀宗:"快把阁楼门板从里面锁起来,除了我和你爸、阿正叔,谁叫都别打开。"

楼下大门被踢得震天响。"禧哥,去面对必须面对的事吧。"沐芳打手势让阿正撤开木梯,靠着走廊墙壁喘息。

"那怎么行?你也得藏到阁楼上去!"禧哥抱住她双肩。

"来不及了。我不应该和孩子们都藏在一个地方。"

禧哥捶头:"昨天就该送你们去丽兹家!"

她捋捋禧哥凌乱的头发,翻好他衬衫的领子,沉沉看进他眼里,第一次对他说谎:"我和孩子们不会有事的,去带好楼下弟兄们吧。"

禧哥把她的双手紧贴到胸口,一颗心似乎立刻跳进她掌间,与她急促的脉搏同速跳动。他滚烫的呼吸,眼里的千言万语,他此刻实实在在整个人为她撑起的天地……她让自己的目光、呼吸、皮肤,自己的整个存在,再一次无保留地融合进去。

禧哥终于放下她的手,一步步往楼梯口走,眼睛一直停在她脸上。

她迫使自己微笑,转身扶着墙壁往她和禧哥的房间挪,后颈窝的茸毛浮着禧哥的目光。她不进屋,他不会下楼,这大概是她一生中最漫长的几步路。

她终于扶着门边椅子坐下,听见禧哥大声对阿正交代:"无论外面发生什么,决不能让任何人上三楼!"

阿正该去护卫禧哥啊,她想喊,却没有力气。腹中胎儿出奇地安静,可她眼中泪水已决堤奔涌。

陈宜禧梗着脖子跨出客栈大门,企望让射向自己的第一枪作为警报传给麦格若警长和市民自卫队,却发现街上洋人们无人持枪。墨菲局长带一队警察站在路边,倒都提着枪,透过晨雾冷眼看暴民驱赶唐人,不予干涉。

陈宜禧那声"有胆冲我开枪"的怒吼虽然传不到麦格若警长耳边,却让"中国佬必须滚"的咒骂声渐弱下去。洋人们围上来,都想看"苦力"大老板丢人现眼。

墨菲的手枪比画到他眼前:"别怕,中国佬,带你的人去码头上船,我保证没人伤害你们。"

"要是我们不去码头呢?"阿秋挤到陈宜禧身边,粗黑的辫子绕在脖子上。

"谁让你说话了?"墨菲的贴身随从朋克尼把枪托捅到阿秋背上。阿秋一个踉跄栽到前面洋人身上,立刻被狠狠推倒在地,眼看就要被群殴。

陈宜禧挡上前:"我们去码头,但需要时间收拾行李。"

"我们帮你们收拾,你们往码头走就是。"尼克走过来,向客栈门口的马车努努嘴。两个洋人大汉正往车上抛一个黑皮金山箱,漫不经心,箱子撞到车箱边沿跌下来,摔个底朝天,衣衫瓢碗撒一地,一顶缎面瓜皮帽侧立着在土里滚。一个洋人抓起瓜皮帽扣到马耳朵上,另一个低头在衣服堆里踢来踢去,忽然眼睛一亮,捡起一枚金戒指套到小手指上。

阿泉追在后面心焦气急,歪鼻头快皱到眉心。落到地上的箱子显然是他的,他却不敢开口讨回那枚戒指,只能用新宁话哭嚷:"大白天打劫,大白天打劫啦……"阿泉衣衫不整、涕泪糊面,旁边看热闹的洋人男女鄙夷嗤笑。

"打劫算轻巧了。"陈宜禧拉阿泉到身边,"你资格最老,给弟兄们做个榜样,保持镇静,千万别出人命。"

客栈的唐人都被赶到街上,眼睁睁看着尼克和他的大汉们从楼里胡乱搬些箱子箩筐堆到马车上,而大家真正想拿的东西人多没搬出来。有几个弟兄企图溜回楼里去拿行李,很快被墨菲的警察们发现,揪到陈宜禧面前,让他管好自己的人:"否则警察也不能保证中国人的安全。"

客栈门口拉车的两匹马一白一黑,前蹄不耐烦地在地上刨出了坑。尼克跳上车扬起鞭子,洋人大汉们推搡着被赶出家门的唐人往雅斯勒码头走。

陈宜禧回头巡视,不见阿正的大个头,似乎一直也没听见客栈楼上有过大动静,三楼每扇窗户都严实紧闭。是暴徒们犯懒没上三楼?或者上去就被阿正那铁拳吓走了?还是……他忐忑不安,但现在即使能溜回楼里,也于事无补,反而会暴露藏在顶楼的妻儿。他随人流前行,边走边想对策。他得先稳定大局,暴乱不平,唐人都面临险境,救大家也是救妻儿和自己。

街上充满燃烧的气味,燃烧的不仅是蘸了煤油的松枝火把,还有数百双盯在唐人身上的眼睛。地面散落着碗盏碎片、缺口的锅、被踩扁的箩筐斗笠、沾染污泥的长衫短褂——有的看上去还簇新,平时攒着舍不得穿,却在慌乱中遗失。

约翰逊太太和她同样腿短肚圆的丈夫扒开人群赶到阿秋身边。约翰逊太太短肥的手指拈一张油腻的十元钞票给阿秋:"我们不想乘人之危,本可以白捡你的洗衣店,但还是要付钱,这够你买张去旧金山的船票了吧?"

阿秋推开胖女人的手:"不卖不卖!"又用新宁话跟陈宜禧说:"这两个人盘算我的店好久了,今天一大早就候在店门口,等那帮假装检查卫生的鬼佬把我骗出来。十块钱?买箱肥皂都不够,还说不乘人之危?"

陈宜禧此时心思却不在阿秋洗衣店被强取豪夺上,他急着伺机送信给麦格若警长和伯克法官。劳工骑士大清早突袭,想悄无声息把唐人装船运走,若市民自卫队不及时赶来制止,恐怕事态难以挽回。他得待在弟兄们身边,带大家见机行事;而阿秋够机灵、够大胆,是最合适的送信人选。无奈约翰逊夫妇紧跟不舍,两个人的胖脸都赶得红彤彤。陈宜禧不得已替阿秋接过十元钞票,约翰逊夫妇才停步,撑着腿喘息。

"你收那窝囊钱做么嘢?"阿秋立起短促的眉毛,"你收不算数,我的店不卖!"

"嘘,"他拉阿秋加快步子,小声用新宁话说,"这笔账事后再算。现在你要找机会溜走,去给伯克法官和自卫队报信。"

街上洋人们说话都压低嗓音,显然在努力掩藏这天大的黑色秘密,避免招来市民自卫队的阻拦。"嗡嗡"的低语像湍急的暗流,马车"吱呀"、脚步杂沓,在低语的河里沉浮。墨菲和他的警察们持枪走在道路两旁,皮靴踩着残雪"嚓嚓"响。浓雾逐渐散去,码头边蒸汽船的烟囱和桅杆从层层屋顶后露出来,阿秋却还没有逃离的机会。

当蒸汽船的三层甲板清晰可见时,陈宜禧忽然心生一计。停靠在码头的是他熟悉的太平洋女王号(Queen of The Pacific),这几年去三藩市运货接人常坐,单程票十五元,对普通劳工来说不便宜。他虽和船长亚历山大交情不深,却打过照面说过话,印象中他与劳工骑士并无瓜葛,不过一介商人。

"传话给弟兄们,等会儿都说没钱买船票。"他用新宁话与阿秋、阿泉低语。

"本来就是没钱,大清早被赶出来,大白天被打劫……"阿泉哀怨着凑到前面弟兄背后,阿秋假装蹲下提鞋,把话传给了身后的人。

中午,西雅图的三百五十个唐人都被赶到雅斯勒码头。太平洋女王号投下的巨大阴影里,穿堂风冰冷刺骨。大家兜手缩脖子望着艾略特海湾,被轰出家门的仓皇不甘,对未知的下一刻的茫然,在七八百暴民的监视下,凝滞成隐忍无奈。

船长亚历山大从甲板上下来,大衣上的黄铜纽扣锃亮,辉映船头的黄铜雕花名号牌。墨菲、尼克和其他几个领头的洋人迎上去,请他帮个忙:"把这些中国佬运出西雅图去。"

"太平洋女王号最多承载两百人,你们撵来的中国佬,有三百多吧?"亚历山大眼睛左右一扫就数出个大概来,"十五块一个,钱收齐了才能上船,最多两百人。"

陈宜禧一旁听着,相信阿秋逃离的时机马上就到来。阿秋也不用他说什么,两人目光交接,心领神会。

领头的劳工骑士们摘下毡帽分头向唐人收船票钱。有十几个唐人怕惹麻烦,顺从地交了钱,其余都摆手摇头。阿泉摸两个硬币扔进摊到他面前的帽子里,说值钱的东西都被抢了。

"中国佬他妈的装穷!谁不知道他们腰缠万贯,在美国赚的钱都带回中国花?搜!"抢了阿泉金戒指的大汉煽动其他收钱的人,手掌伸向阿泉裤腰。阿泉终于爆发,抓起歪鼻头上的鼻涕甩向大汉:"岂有此理,抢我戒指还揩油!"

大汉猝不及防,被阿泉的鼻涕迷糊了眼睛歪倒一边。他的同伙骂着上前一巴掌把阿泉扇倒在地,跟阿泉要好的几个兄弟气愤不过,围住那同伙要动手。墨菲和他的警察们纷纷端枪围上来,亚历山大在人堆外抓起胸前的哨子一阵猛吹。

混乱中,陈宜禧用眼角余光送阿秋跑出了女王号的阴影。

人群里,警察只管扭住激愤的唐人,对挥拳踢踹的洋人却不予制止。阿泉挨的拳脚最多,鼻青脸肿倒在地上爬不起来。陈宜禧挤到亚历山大身边,左肩锁骨被不知哪里飞来的拳头砸中。他不顾眼前金星四溅,扯直喉咙对着亚历山大的耳朵吼:

"船长先生,你知道我们都是被逼到码头的吗?你希望太平洋女王号因为今天血洗码头被人们永远记住吗?"

亚历山大吹哨鼓圆的腮帮子立刻瘪下去,瞪他一眼冲进人群,边吹哨边狂舞双手上蹿下跳。船长的大动作终于吸引了暴民的注意力,殴打和咒骂当空冻结。

"谁也不许在我抛锚的码头上打人!想上船就交钱,否则都给我滚!"

劳工骑士们意识到送中国佬上船才是正事,意犹未尽收了手。尼克、墨菲几个脑袋凑一圈,低声讨论一会儿,随后把收船票钱的帽子换了方向,在几百个洋人手中传来递去。这群乌合之众显然铁了心,自己掏钱也要把中国佬运走。

尼克又和亚历山大讨价还价,还晓之以理,要同是白人的船长支持同种族劳动者为争取合法权益所做的努力。尼克理直气壮,石板脸上嚷出血色来。亚历山大和他们最后议定,七块钱一个人:"先付燃料费和运营成本,余下的等我下趟过来结算。"

灰扑扑的毡帽绕一大圈筹了六百七十九块,够九十七个中国佬上船。"运走一个算一个,"尼克跟墨菲啐道,"其余的钱让玛丽和史密斯赶紧筹了送过来。"

大半天的混乱中,陈宜禧似乎没看见玛丽和史密斯,抑或在某个转角处闪过玛丽挑衅的眼、史密斯苍白的脸?两个主谋不必亲自动粗操刀?还是在暗处策划更深的阴谋?他除了期盼阿秋报信顺利,还有什么办法能将他们的阴谋尽快让全城人都知道?

陈宜禧第一个被推上通向女王号的舷梯。墨菲拿枪管狠狠抵着他受伤的锁骨:"你永远也不可能成为美国人。"

他疼得冒冷汗,却不露怯意。几百个唐人的目光都落在他身上,他得让他们看见,即使被逼上船,也没到最后放弃的时候,有胆有意志就还有希望。他仰头看见女王号被煤烟熏黑的大烟囱,忽然灵光一闪,甩开墨菲,大步踏上甲板。

警察一门心思赶唐人上船;船长在舷梯口数人头;暴民看到驱逐行动初见成效,有的给中国佬喝倒彩,像赶牲口一样吆喝,有的互相拍肩膀道贺。没人注意到陈宜禧迅捷地攀梯子登上了顶层甲板,往驾驶舱跑去。

趴在栏杆上看热闹的一个水手无意间瞥见他,扬起被风刮得红一块白一块的脸问他来干什么,他不理会,加速跑进驾驶舱。水手回过神追过来时,他已伸手抓住了方向盘上方的汽笛拉索。

"呜、呜、呜!"他紧促拉三下,水手冲上来拖他,他紧抓拉索不放,两个人的力量反让汽笛声出奇地响亮悠长。"呜——"浓厚的云层似乎被刺开道口子,露出偏西的斜阳。

又冲进来两个水手对他拳打脚踢,一根根掰开他拽拉索的手指。他被抛到驾驶舱外的甲板上,浑身疼痛,脸上却浮起释然的笑。水手们挥臂还要教训他,码头上一声清脆的枪响划过天际,伯克法官的宣告随风飘上来:"太平洋女王号船长涉嫌非法扣留中国人,须于次日上午八点到地区最高法院出庭受审,并向法庭呈交扣留的所有中国人。这是最高法院格林法官的令状,违抗者立刻逮捕。"

陈宜禧爬起来,从顶层甲板望下去,伯克法官穿黑西服的身体像玩偶般大小,手里举起的白色令状挡住了他整张脸。他身旁是刚才鸣枪的麦格若警长,比伯克高出一个头,手枪还举在半空,看上去也不过是大一号的穿制服的玩偶。跟在他们身后的阿秋更只有一点大,鼻子眼睛一团模糊。尼克、墨菲应该是站在人群前面的,背对着他看不见脸。唐人、洋人密密麻麻挤作一堆,根本分不清谁是谁……

他忽然不可遏制地大笑起来,自己也莫名其妙。伯克法官那样肃穆的宣告,这样针锋相对的时刻、千钧一发的转折点,他怎么能笑?还越笑越大声,停不住。笑声中,历年来受的欺压侮辱并没如落叶般抖落,一大早就紧绷欲裂的神经也没有丝毫松弛,身上被踢打的瘀伤疼痛不止,天空悬挂的仇恨的巨石依旧遮天蔽日。他笑什么呢?

"玩偶,都是玩偶。"他听见自己的声音说了句英语,围攻他的水手们大概觉得他疯了,退到一边,任他摸着栏杆跌跌撞撞跑下楼去。

多年以后他记起来,这是他的灵魂第一次不堪重负跳离神智,悬浮旁观。当他熟悉了这种跳离后,将体会到凌空滑翔的舒展与自由。尤其四十多年后的那次大跳离,旁人都以为他丢了魂魄,他却称其为"放风筝"——放自己灵魂的风筝,收放自如,何等惬意。但此时他尚且年轻的神智对灵魂的释放还陌生而迷惑,一边排斥着一边做了个特别的记录,甚至来不及联想,其实二十多年前,在凯瑞公主婚礼上绽放的"蘑菇烟花"中,他已经体验过灵魂不自知的出走。

为保证唐人安全,陈宜禧同意了伯克法官和麦格若警长的建议:唐人们当晚集中等候在码头的仓库里,由市民自卫队轮流值班守卫。暴民们大半散去,尼克等十来个劳工骑士头目仍守在码头,说好不容易把中国佬都赶到海边,得盯紧,决不能让哪怕一个中国佬再溜回城里。

天黑前玛丽和史密斯驾着马车出现了,史密斯递一包钞票给尼克,应该是筹集的船费。玛丽站在马车上往仓库这边张望,陈宜禧站在门口冷冷迎上她搜寻的眼。玛丽的张望阴森带着威胁,他的心再次为沐芳和孩子们抓紧,但同时在某种程度上又直觉妻儿目前尚且平安,否则玛丽眼里应该充满幸灾乐祸。

夜深,云散了,月亮升到仓库天窗正中,月华落在地板上或坐或躺的三百五十个唐人身上。

"是轮满月啊。"有人感叹。

"也许是该回家了。"又有人说。

被折腾恐吓了一整天,更多的人茫然无语。

拥挤封闭的空间,让陈宜禧想起第一次来金山在海上经历的千辛万苦。他站到仓库中央,仰头让窗外皓月的清晖洗去心中焦虑、身上灼痛,和大家聊起来:"不知各位兄弟来金山的初衷是否和我一样,二十多年前我拼死漂洋过海的时候想,只要能活着到金山,我一定要挣得盆满钵满才回家,否则白冒险一场,对不起那张昂贵的越洋船票,回家也没脸见父老乡亲。"

他的话引来一阵骚动,不少歪躺的人坐了起来:"是啊,买田的钱还没攒够。"

"现在就回去,盖屋、娶亲都冇指望。"

"爹妈还等着我寄钱回家还债……"

暗影里有个滞涩的声音说:"可洋鬼容不得我们,不走就要夺命,我们就是想留下来挣钱也没办法啊。"

"办法是有,就看大家够不够胆留下来。"

"禧哥你讲么嘢办法,你带头,拼命我们也跟你上!"阿秋和十来个血性莽汉凑到他身边。

阿泉扯了条破布,把被打伤的胳膊吊在胸前:"那年我们为西雅图义务修铁路的时候,禧哥你跟大家说,'这个城市的未来也是我们的未来',可现在,我们把西雅图修好了,人家却要我们走人。"

"呵呵,你倒记得清楚。"陈宜禧感慨,"的确,那时西雅图缺劳力,玛丽那一类人不成气候。可现在我们要是因为害怕玛丽那样的人,就坐船回老家,不等于把自己的劳动成果拱手让人,自动放弃我们也该有份的未来?"

有人起哄:"禧哥你早赚得满盘满钵了,还要冒死留下来,爱财也不能不要命啊。"

"钱是怎么赚都不够。"他笑,"我这么多年留在金山,除了赚钱,一直在学习金山的好处,比如火车、蒸汽船,人家的办学、司法制度……"我不仅要衣锦还乡,还了乡还要锦乡,把金山的好处学到手都带回去,让家乡也有金山的好。后半截话他咽下没说,月光里每张脸都焦虑困顿,他不知有几人听得进这些话。

"我来告诉大家怎么能留下来吧。"他回到大家关切的话题,把伯克法官先前在码头边的公告跟大家仔细解释一番,"虽然玛丽和史密斯煽动白人劳工赶唐人走,西雅图市政府和市民自卫队都答应保护我们。大家明天在法庭上不要怕,要勇敢为自己说话。"

"要上公堂打官司啊?"

"洋人法官怎会听唐人说话?"许多人没见识过美国法庭,听到这里更显出犹豫畏缩。

"禧哥不止一次赢过跟洋人的官司;去年十一月塔科马出事后,他还给三藩市大清领事发电报,搬来了皇兵(美国联邦军队),大家听他的不会错。"阿秋站到一个木桩上,扯开嗓门想压住仓库里的人心惶惶。

陈宜禧继续用平缓的语调说:"上次的皇兵不一定是因为我发电报搬来的;今天一大早劳工骑士搞突袭,我也没机会发电报。离开还是留下?大家自己做主。但我一个人守不住大家在西雅图都应该有份的未来,就像我一个人修不出大家一起在西雅图修的房子、街道和铁路。所以明天在法庭上,我真心希望各位弟兄能跟我一起,告诉格林大法官,我们要留在西雅图。"

"我不想像岩石泉的唐人那样被人割脑盖、打穿脸……"

有个声音幽幽地在角落里迂回,仓库门被一阵冷风吹得"哐啷"响。

第二天早上晨曦射进仓库,麦格若警长让中国人集合成两人一排的长队,当值的十五个自卫队员分散在前后左右持枪护送。

很多唐人一夜未合眼,睡着的也都没睡踏实,迷糊中拖着疲乏的步子出了仓库。昨晚大家听了禧哥的解释,都以为今天要面对的,就是公堂上"去与留"的选择,不料一出码头,便见伐木滑送道上堵着五六百人。仇恨的石头密集成墙。

"中国佬必须滚,中国佬必须滚……"地底暗流般阴沉的魔咒再次翻涌,隆冬二月里难得一见的朝阳显得突兀怪异。堵截唐人的暴民显然早策划好,人群迅速向两旁延伸拐弯,把唐人和自卫队包围起来。

麦格若警长对空举起手枪:"你们在妨碍我执法,必须立即解散,否则将承担严重后果。"但他森然的警告大概只有陈宜禧和旁边两个自卫队员听见了。

"中国佬必须滚……"暴民嘴里的魔咒冲破地层,洪流般劈头盖脑卷来,仇恨的石墙步步推进,棍棒、铁锹、长短不一的刀在"墙"缝中闪着寒光。自卫队员们端枪倒退着,拉动枪栓,背贴到身后被挤成一团的唐人身上。不少唐人抱头蹲下了——手无寸铁,子弹不长眼,除此之外如何躲避危难的波涛?

陈宜禧梗着脖子、咬紧下唇,全身血液往头顶冲,全身力量攥到两个拳头里。如果这是他生命最后的时刻,他至少要用自己的血肉之躯,在前面那道仇恨的墙上撞开一道缺口;身后阿秋和弟兄们前赴后继,怎么也要冲出重围。

他正要把自己像子弹一样发射出去,一声枪响陡然从人墙最外围传来。魔咒的波涛戛然平伏,被"嗡嗡"的猜测代替:有人说墨菲带他的警察们来加强对中国佬的封锁了;也有人说是伯克和科尔曼,带着增援的自卫队赶来帮麦格若警长执法。两边都有人欢呼、诅咒,更多的人惶惑迷乱。

劳工骑士的头目们不失时机,号令暴民冲锋。麦格若警长对天连放两枪,也不过让冲在最前面的尼克眼皮抖了两下。转眼尼克已拽住一个自卫队员的来福枪管,其他暴民也去夺自卫队的枪。

陈宜禧闷头撞向前面大汉的腰肋,把大汉扑倒在地。身后弟兄们往前冲,在他耳边掠起一阵疾风。被他扑倒的大汉冲他抡起拳头,砸中他昨天受伤的锁骨,尖锐的痛几乎撕裂他的意识。他的双手在意识之外狠狠卡向大汉的脖子。二十五年的忍让低头,二十五年的压抑憋屈,够了,他受够了!怒火终于从意识的缺口喷涌而出,滚滚涌进他双手虎口,势不可挡。身下大汉张口瞪目,脸色红红白白,惊惧奔出瞳孔……

忽然又是两声枪响,离他很近,震耳欲聋,震醒了他的意识。他松手回头,见夺枪的尼克捧腹倒地,鲜血从十指间渗出。石头也会渗血？陈宜禧有点恍惚，却立刻记起多年前雅斯勒锯木厂里，"大块头"尼克端着饭盆去开蒸汽机，瞪着绿眼睛骂骂咧咧，每根手指都粗得像萝卜。而现在从那些萝卜间流出来的血，染红了地上那个大汉的胸襟，开始往尘土里淌。

人心能变成石头，身体却还是不堪一击。那一刻，在狂躁的风暴中心，他似乎窥见了仇恨的真相。尼克眼中的无助与畏惧随他的血液同时往外涌——正是因为内里的弱小和恐惧，仇恨才被锻铸成石头般坚硬的外壳吧？奇怪的是，看见仇恨他的石头倒地破碎，他没有丝毫快感，心里反而有种深沉的悲哀。

车间总管尼克的心何时变成了石头？陈宜禧的左肩又一阵刺痛钻心。十多年前，华道赢得瓦拉瓦拉铁路合同之时，尼克愤然冲出雅斯勒会堂，一巴掌推开他……他想起来了，当时他左肩像被烙铁烫到般灼痛，可是他忽略了。大概就是从那一刻开始的吧，他却因为拿到首单大生意极度兴奋，完全没看见尼克被怒火煅烧成石头的脸。

劳工骑士没想到自卫队真会开枪，而且是冲自己同胞开枪，都愣住了。麦格若抓紧时机，带自卫队用枪托捅开一条道路；陈宜禧领唐人们紧跟自卫队跑。跑到外围却听到人群慌乱叫喊："科尔曼开枪了！""伯克开枪了！"

伯克法官站在一个木箱上，科尔曼站在他身后，两人几乎等高，手里的确都握着左轮手枪。左右十几个胸佩徽章的自卫队员端着来福枪严阵以待。

"警长,我受雅斯勒市长委托,命令你立刻逮捕任何阻碍执法的人!"伯克法官对冲出重围的麦格若说。

麦格若立即带人去捆绑劳工骑士的头目。伯克法官又指挥增援的自卫队继续护送唐人去法庭。

"劳动者们就这样任人宰割、束手就擒?"玛丽尖利的呼叫随急促的马蹄声飞来。

史密斯和她同时跳下马车:"不能放走打伤劳动者的人!"

暴民们回过神来,与逮捕他们头目的自卫队扭打。

伯克法官在唐人队伍前列对断后的科尔曼挥手,让他加速前进,别理会身后骚乱。科尔曼却提着手枪往回跑,跳上了伯克先前站过的木箱:"开枪伤人者一定会被惩罚,但你们如果听信社会党煽动继续暴乱,都将受到法律制裁……"

"科尔曼开过枪!"

"他还带头起诉我们的人!"

"不能让他走掉!"

"血债血还……"暴民的喊声淹没了科尔曼的疾呼,他瘦长的身影很快也被人潮淹没。又是几声枪响……

从二十多年前北花地唐人街火海余生,到三年后为铁路大亨詹姆士·希尔(James Hill)修大北方铁路(The Great Northern Railway),在美国的四十多年,陈宜禧上过数十次法庭,为生存、为生意,为自己和同胞鸣不平。诉讼或胜或败,每次各有其酸甜苦辣、刻骨铭心之时,却没有一次对簿公堂像现在这样,令他深刻地感知自己既是唐人又是美国人的双重身份,他的选择因而复杂起来。

坐镇华盛顿地区最高法院的格林大法官不比陈宜禧年长几岁,虽然一大早出庭,栗色分头梳理得一丝不乱,身上黑袍每条褶皱似乎都落在他认定的位置上:"我曾祖父当年和杰斐逊、华盛顿一起签署了美利坚宪法,今天,我庆幸自己能在这里捍卫这个国家的法律。门外的人如果继续无视法律,都将受到应得的惩处。"格林法官是站在法坛后宣布开庭的,手中法槌沉重落下,前倾的姿态似乎随时准备迎战。

法槌旁边摆一把手枪,提醒人们,一八八二年,正是这位肩负开国元勋世家传统的护法金刚,冒死冲进另一场暴乱的中心,冲到被非法处以绞刑的两个囚犯身边,试图用匕首割断套在他们脖子上的绞索。

格林法官的宣告被守护在法庭内外的自卫队传出大门,门外立刻响起更高涨更疯狂的吼声:"中国佬必须滚!"

"血债血还!"

"绞死科尔曼!"

"把伯克交出来!"

雅斯勒市长坐在听众席的最前排,用拐杖捅地板:"外面是要造反呐,为保护中国佬毁了西雅图,到底他妈值不值得?格林法官你要想清楚!"

"我们保护的是法律的尊严、美利坚的制度！"伯克法官提着手枪挺立在法坛前，额头在混乱中刮破，结了硬币大小的血痂，格子西服的纽扣扯掉了三颗。

"他们真会绞死科尔曼的！"雅斯勒的声音和满头白发同时颤抖。

"有麦格若警长带自卫队维护秩序，他们不敢轻举妄动！"格林法官喝令，"传太平洋女王号船长！"

庭内一时沉寂。船长却没出现，不知趁乱溜去哪里了。

麦格若警长推门进来，潮水般的怒吼跟进来，又立刻被关在门外。"又有两个劳工骑士受伤，自卫队也伤了两个。"警长的胡须乱成一团蓬草，"尼克伤势过重，没救过来，已经死了。混乱中不知是谁的枪走火，伯克和科尔曼当时都拿着枪，暴民认定是他们开枪打死了尼克，要我们交出伯克法官，和科尔曼一起上绞架。"麦格若向来喜怒不形于色，此时眼里却闪现悲哀。

"可尼克是在人群中心中弹倒下的，我作证，我的弟兄们都可以作证！科尔曼和伯克法官当时都在人潮之外。"陈宜禧大声申辩，阿秋和其他弟兄们也纷纷证明。

"别忘了一八八二年西雅图发生的暴乱，暴民嗜血的疯狂一旦被点燃，没法可讲，没理可循。"雅斯勒佝着背走到法庭书记桌前，"还记录什么？快带我去发电报，地区总督不派联邦军队来，西雅图就要完蛋了！"

一个自卫队员冲进来："他们说不把中国佬都赶上船，就要绞死科尔曼。"

"麦格若警长,我命令你带自卫队不惜一切代价保护法庭!本庭现在让中国人行使他们的合法权利:请每一位中国人告诉本庭,愿意留在西雅图还是坐船离开?"格林法官开始逐一询问汇集在法庭内的唐人,并一再强调,如果选择留下,"华盛顿地区政府将保护你们的人身和财产"。

华道大部分弟兄按事先约定都说要留下:"西雅图也是我们的家,西雅图的未来也是我们的未来!"

阿泉满脸血瘀,受伤的胳膊吊在胸前:"如果政府真有能力保护中国人,我怎会被打成这样?我受够了,只有一走了之。"庭上有一百多个唐人跟阿泉一样彻底灰了心,或者被门外的阵势吓破了胆,要离开。

轮到陈宜禧回答,他环视法庭,权衡再三。留下的意义自不必说,两百多华道弟兄如约随他背水一战,个个伤痕累累、尘土满面,却没有放弃对不公待遇的反抗、对彼此的忠诚。他的身心虽在重压下疲惫不堪,也感到阵阵暖意,他不禁对他们深深鞠下一躬。

可是,留下的代价,如果是牺牲向来公道友好、危急时刻挺身为唐人说话的科尔曼和伯克法官,让他和弟兄们辛勤参与建设的西雅图被火海吞没,唐人即使留下来,他于心何安?他们的坚守是否还有意义?

他一时仿佛又站在太平洋女王号的顶层甲板上,码头上唐人、洋人密密麻麻挤做一堆,分不清谁是谁。而在他的前方,法律庄严的灯塔屹立在危机四伏的海上,辉映他心底的公道天良。西雅图正是因为有像伯克法官、科尔曼、格林大法官甚至雅斯勒这样的人,塔顶上那束给人希望的正义之光才不致被恶浪淹灭。比起生命,立场没那么重要;谁是中国人、谁是美国人也不重要;重要的是人,没有这些人,法律不过是一纸空文,正义不过是个高高在上的说法。

在近四百双眼睛的注目中,他最后说:"我选择离开。"

阿秋冲到他身边,左脸一道醒目的刀伤截断浓眉,带着新鲜的血迹:"不是说好留下的?"弟兄们诧异的目光同时从前后左右芒刺般扎来。

他正要解释,又一个自卫队员跑进来:"暴民在组织冲锋,说不把伯克法官交出去,就要冲进法庭来抓人了。"外面接连飞来两块石头,砸碎了自卫队员身旁的玻璃窗。

"如此大胆狂妄!"格林法官黑袍一抖,提起手枪,"我宣布,西雅图此刻开始军事戒严。门外暴民若不解散,麦格若警长,你们有权逮捕他们;如果谁胆敢冲击法庭,你们有权开枪。"

此时法庭书记扶着雅斯勒从侧室回来:"格林法官,你宣布军事戒严,麦格若那几十个兵就果真挡得住门外的七八百个疯子?我刚给地区总督发电报,他回电说联邦军队两天后才赶得过来。"雅斯勒说完精疲力竭倒进椅子里。

庭上片刻静寂,陈宜禧的声音像在空谷回荡:"格林法官,我刚才话还没说完,我选择离开,但暴民必须放过科尔曼先生和伯克法官,保证西雅图全城平安。"

阿秋和华道弟兄们醒过神,争相对格林法官改口:"暴民放了人,我们也都会离开。"

"不过,"阿秋又说,"我的洗衣店不能白送给暴民,我要妥善处理完资产再走。"福记老板和另外十五个有产业的弟兄也提出这个条件。

当天下午,两百唐人登上了太平洋女王号。蒸汽船喷着黑烟驶向旧金山时,自卫队护送余下的一百五十人先回唐人街,等候下一班渡船到来。

伯克法官紧握陈宜禧的手:"感谢你高尚的选择!"

"不,感谢你,伯克法官,是你十多年前以身示范所做的超越种族的选择成就了我,让我看到了人生的另一种高度……"他竟有些哽咽。他今天在法庭上做的选择,不知是否达到了他当年仰视的高度,但他知道自己的选择是对的。呼吸顺畅、头顶有什么洞开——每当他做出对的选择,就有类似的感觉,像他多年前在雅斯勒会堂选择了与沐芳结婚时那样。

"但你不该退让,你不能走,西雅图需要你。"伯克拥抱了他。他在伯克眼里看到了纯粹的坦诚,生死之交才会有的绝对信任。

科尔曼被暴民释放,脸上身上都是伤,西服被扯掉一只袖子,还不忘跟陈宜禧调侃:"你还欠我一个合同没做,不是说好帮我修码头的?怎么能说走就走?"

379

他惦记着留在客栈的妻儿,匆匆与两位老友道别:"我还会回来的。"

伯克法官追在他身后嘱咐:"及时巡视唐人街的损失,或许我还能帮你们做点弥补的事。"

暴乱似乎平息了,陈宜禧踏着满街狼藉赶回客栈。被踢破的大门歪歪斜斜在风里"吱嘎"晃悠,午后阳光落在地面玻璃碎片上,动荡的反光都是他心中担惊受怕的折射。

"阿芳!阿正!"他喊着跑上楼,没听到回音,三步并两步飞奔,突然一脚踩空。还好反应快抓住了栏杆,身体悬在半空。

通向三楼的最后一段楼梯全部被砸断拆空,三楼成了他头顶的孤岛。"阿正!阿芳!"他的喊声变了调,在空寂的楼里回荡。

一支来福枪管从三楼墙角缓缓伸出来,随后是阿正能盯死人的眼。一见是他单手吊在半空,阿正乱了神:"真是你啊,禧哥!坚持一会儿。"

攀爬阁楼的木梯很快支了过来,阿正爬下来拉他。他重新在断层下方站稳,抬头见沐芳扶着肚子立在三楼断梯口。劫后余生,两人对视的眼里都有梦中重逢的恍惚,两颗心都迫不及待伸出手,在断层中间碰触、相拥。欢欢和秀宗从沐芳左右探出头,欢欢绽放笑颜,秀宗不停欢呼"阿爸"。

他定下神来,要攀梯上楼。阿正说:"先下楼给孩子们找点吃的,两天困在三楼没吃没喝。"的确,大难不死、至亲团聚的庆幸之外,沐芳和孩子们都脸色土灰,唇焦嘴裂。

"阿正,真有你的!"他捶一下阿正肩膀,"我说昨天早上怎么没听见鬼佬上楼被你痛打,原来你想出了妙招。"

"是阿芳的主意,我不过使了拳头和力气,趁楼下一团乱的时候砸了楼梯。"

"难怪她说她和孩子们不会有事,原来她早有主意。"想到昨天早上的生离死别,陈宜禧仍然心有余悸。

"也是没办法的办法,谢天谢地,现在外面好像没事了。"阿正探头看看楼外空旷的街,说昨天大队人马走后,又来过几群洋鬼,挨家挨户搬值钱的东西、搜躲藏的唐人:"昨天半夜还有洋鬼跑上楼,在断梯下吼半天'出来',像是知道楼上藏了人,还说如果不出来就要烟熏火烤,幸亏只是说……我们在楼上大气不敢出,秀宗吓得直喊'阿爸',小嘴被阿芳死死捂住。孩子饿得没力气,我说找机会搭木梯下楼寻点吃的,可就算楼下没人的时候沐芳也不让,怕弄出动静惹来洋鬼。"

他们最终在被翻箱倒柜、洗劫一空的厨房找到几张米饼,阿正用洋铁桶烧上开水,又带华道留下等船的两个弟兄把架在断层间的木梯钉稳,上面钉几块木板,做了个临时通上三楼的斜梯。

秀宗和欢欢大口吞咽米饼,喉咙眼被卡得直咳嗽;沐芳吹着开水招呼他们慢点吃。陈宜禧抱起秀宗让他多喊几声

"阿爸"："现在就算坏人听见了也不怕。"

沐芳望向他的目光依旧忧心忡忡,他放下秀宗跟她简述了这两天外面和法庭上发生的事:"或许我该早听你的,几个月前就带大家回新宁。"

沐芳的笑有点无奈:"那不过是我一个女人的见识,阿爸说过禧哥有成大事的命,你的决定都是有缘由的。"

他看沐芳和孩子们吃完米饼,便要趁太阳下山前带楼下两个弟兄去街上查看唐人街的损失情况。先前即使伯克法官没嘱咐,他有过北花地火灾的经历,也知道要对财产损失做详细记录,才可能打官司争取赔偿。

秀宗紧抱他的腿不让他走。沐芳说:"儿子这两天太想你了,让阿正抱他跟你一起去吧。"

他看着沐芳沉重的身子担心:"让阿正留下陪你。"

"阿正不去,我还不放心呢,外面说不准会发生什么。"她拍拍秀宗的头,"家里有欢欢陪我。"

沐芳坐在窗前,借余下的天光赶着缝完小绒帽的最后几针。孩子下个月来的时候新宁乍暖还寒呢,禧哥没说哪天离开西雅图,孩子别生在回乡的船上。

欢欢在旁边收拾行李,问新宁有没有女子也能上的学校。欢欢在丽兹的学校读了五年书,满脑子洋思想了,虽然沐芳带她从小读诗书,给她讲唐人的传统和历史,女儿看上去更像个洋派的美国小淑女。她有点担心,把这株鲜活灿烂的洋玫瑰硬生生移植到家乡的土壤里,她活不活得了? 不过自己十八岁来金山都活下来了,女儿尚小,何况还有父母守护。

窗外满街都是被捣毁的门窗,张着残破洞黑的口,有苦说不出的样子;还算完整的墙上歪歪斜斜画满"中国佬必须滚"的涂鸦;地上四处散落着被遗落的衣衫杂物;一些没人抢的东西曾被洋人们堆起来点火焚烧,残余的灰堆还偶尔冒出黑烟。

沐芳感觉灾难还没结束,虽然预感不甚清晰,像外面若有若无的暮霭。她知道自己的预感很多时候并不准确,大的事情,比如,她曾以为禧哥娶的正妻应该是她;又比如,她没想到来金山还能和禧哥结婚生子。所以几个月前她对禧哥提出带大家回新宁的时候,虽然心里飘满西雅图的灾难景象,却并没坚持。她没有兴婶能看见阴府故人的眼睛,也没有阿爸推算阳世诸事的神功,因果的藤蔓更理不清,她不过像那最早冒出枝头的嫩叶,对风雨冷暖感知更敏锐些而已。

沐芳听见楼下大门被人踢开时,却清晰地知道是玛丽和她的打手们来了。是啊,她怎可放过她? 街上、码头和法庭都不见她的踪影,玛丽怎会善罢甘休? 昨天晚上,她和孩子们藏在三楼,沉重的皮靴踏上楼来,在断梯前恼火地驻足,诅咒、威胁,声音像是墨菲和他那叫朋克尼的随从;而在脚步和咒骂的间隙中,她似乎还听到玛丽的绸缎裙边在地板上拖出细碎的声响,呼吸到空气中极为淡薄的香水味道。她敏锐的感知此时又一次被确证。

攀阁楼的木梯被钉在断层中间了,她让欢欢赶紧藏到楼尾的房间去,欢欢不肯,一定要守着她。墨菲的四方脸已经出现在楼梯口,她只能把欢欢拉到自己身后。

墨菲没像她担心的那样冲欢欢伸手,而是径直揪住她的发髻把她往楼下拖。欢欢尖叫"阿妈",死死拽住她的手不放,朋克尼上前挥臂,一巴掌把欢欢抽倒在地板上。

她疾呼"欢欢……"可欢欢没有应答,双眼紧闭,嘴角渗出血珠。她的心扭成一条绳,忘了自己的处境,拼命想挣脱墨菲的手往回奔。墨菲却把她的发髻抓得更紧,她的头皮似乎被扯裂了。

"打女孩,算什么男人!"她怒喝。

朋克尼不屑:"我不仅打女孩,还要打男孩,你儿子呢?"

墨菲已经把她拖到斜梯上,她看见朋克尼带马刺的皮靴跨过被打昏的欢欢,往楼道深处踏去。

她记起腹中胎儿,想自己千万不能跌倒摔坏了孩子。于是她碎步倒退着追赶自己被扯飞的头皮,可退到临时搭的斜梯下就跟不上了,脚下架空。腹中胎儿愤怒地拳打脚踢,她听见他在里面嘶声号哭,满心痛疚,捧肚子念叨:"阿妈不会让你受伤害的,不会让你受伤害……"

墨菲拖累了,一松手,她的身体坠下去,尾椎骨重重杵在地板上,疼痛从后背穿心,冲上牙根。朋克尼从三楼跑下来,说没找到小中国佬。她抬起手臂指向楼外,说他在外面,想把他们引到门外去,这是她唯一能为欢欢做的了。可要是他们真抓到秀宗可不好,她的心四分五裂,惦着楼上的女儿,牵挂不知现在何处的儿子,更为肚里的胎儿受怕,却哪一头也顾全不了。

墨菲"噔噔"下楼,朋克尼抓起她的棉袍领子继续往底层拖。幸亏你哥跟阿爸走了,她又对腹中胎儿说,才发现自己根本出不了声,尾骨"咯噔噔"蹭过每一级楼梯边沿,她的下巴牙齿好像都被震没了。

胎儿停了拳脚,她的身体不知在哪一级楼梯散了架,她听见体内大面积的轰然塌陷、胎儿最后一声哀号,热乎乎的液体涌出下身。她被拖出客栈门口的时候,已经没了痛感,在失去意识前一刹那,回头看见自己身体画出一路浩荡的血迹。

"两个人的血呢……"她对阿爸说。

阿爸焦急地掐她人中。她说让我好好睡一觉吧,太累了,不想醒。身下松软宽厚的蕨草真舒服,阿爸用骨碎补给她铺的床,青鲜的香覆盖着她。

她是到了阿爸修炼的仙山吗?山峦的轮廓像是水墨描的,柔美中透着遒劲,草木绿得纯净,枝叶藤蔓一条条那样清晰。

什么瓜?什么豆?她又问,阿爸不语。

云悠悠,风轻拂,香沁人,空中飘浮的每粒尘埃都安详圆满,让人流连。

"女儿,你得醒,还没到休息的时候。"

阿爸怎么不讲情理?她想像小时候一样对阿爸噘嘴鼓眼,却怎么也提不起嘴唇,撑不开眼皮,可怎么还能看见他、听见他的声音呢?阿爸一点没有变,魁梧、书卷气,还穿着她缝的青布长衫……不,好像也不是看见、也不是听见,只是知道,感觉到。

她感觉到阿爸的抚摸,在她的发梢、脸庞,无穷尽的疼爱,没有身和心的痛苦、没有人间的羁绊。她应该是在仙境吧?多好啊,她哪里也不想去,叫禧哥也来这里就好。

这个念头一生,阿爸化成了云雾。"阿禧需要你,你还得帮他,做他该做的事……"阿爸的声音在云雾里飘绕。

"别管她,她会巫术,死不了!"玛丽的声音被狂风刮来,夹杂无数锋利的刀片,前后左右、里里外外,她身上每寸肝肠每节骨骼每块肌肤都被削断割破,她拧成剧痛的死结,心却踏实了。要来的一定会来,她种的恨,虽然起于无意,她得承受、偿还。玛丽泄恨了,禧哥和孩子们该安全了。

"沐芳!"丽兹的惊呼刺透稠云浓雾。

"阿芳!"禧哥?

"阿妈!"秀宗……

陈宜禧来不及理会玛丽和墨菲远去的背影,失声冲向血泊中的沐芳。他捧起她失尽颜色的脸,使劲擦拭她满身血污,又抓一把她身下渗透鲜血的泥土,不知怎样才能让她还原。

整个世界在崩塌,有关无关的人和事都消隐了,他曾经呼唤过的神祇都寂然无声,真空里他只听见自己心里的反复斥责:为什么要着急出去查损失?为什么没让阿正留下?昨晚明明看见玛丽搜寻的眼光,早该知道她在找什么啊……自责的利刃一次又一次戳进五脏六腑,他感觉自己也像沐芳一样,化成了地上一摊血。

丽兹叫来了临近的医生,拉开跪在他身边哭喊"阿妈"的秀宗,又试图拉开他抱紧沐芳的手。他却把她看成了玛丽,把医生看成了墨菲,推开她拍着胸膛吼:"懦夫!有种冲我来,冲我来啊!"

两个弟兄终于把他拉到一边,阿正抱起沐芳走进客栈。

他追在后面像疯子般颠三倒四地唠叨:"阿芳,我们回新宁去,回家去,这里容不下我们……"

太阳沉进大海那一刻,曾经的幸福美好也被淹没了。他回头对漫天血红的霞光伸出大拇指:"章叔,神算!对不起,对不起……"呓语中他瘫倒在地,被抽空了心髓筋骨,只剩皮肉衣衫。

阿正把他架进厨房。沐芳被平放在长桌上。他扑上前抱紧她,沾满泪水的耳朵听见她极微弱的声音:"跟你……过了十六年,天谴……也值得。"